T de TRAMPA

colección andanzas

Libros de Sue Grafton
en Tusquets Editores

T SUE GRAFTON
de TRAMPA

Traducción de Carlos Milla Soler

Título original: *T is for Trespass*

1.ª edición: enero de 2009

© de la traducción: Carlos Milla Soler, 2009
Diseño de la colección: Guillemot-Navares
Reservados todos los derechos de esta edición para
Tusquets Editores, S.A. - Cesare Cantù, 8 - 08023 Barcelona
www.tusquetseditores.com
ISBN de la obra completa: 978-84-7223-147-4
ISBN: 978-84-8383-113-7
Depósito legal: B. 175-2009
Fotocomposición: Foinsa-Edifilm, S.L.
Impresión: Limpergraf, S.L. - Mogoda, 29-31 - 08210 Barberà del Vallès
Encuadernación: Reinbook
Impreso en España

Índice

Para Elizabeth Gastiger, Kevin Frantz
y Barbara Toohey, con admiración y afecto

AGRADECIMIENTOS

La autora desea agradecer su inestimable ayuda a las siguientes personas: Steven Humphrey; Joe B. Jones, farmacéutico (jubilado); John Mackall, abogado, de Seed Mackall SRL; Dan Trudell, presidente de ARS, Accident Reconstruction Specialists [Especialistas en Reconstrucción de Accidentes]; Robert Failing, patólogo forense (jubilado); Sylvia Stallings y Pam Taylor, de la inmobiliaria Sotheby's International Realty; Sally Giloth; Barbara Toohey; Greg Boller, ayudante del fiscal, Fiscalía del Distrito del Condado de Santa Bárbara; Randy Reetz, de la Cámara de Comercio de Santa Bárbara; Sam Eaton, abogado, del Bufete Eaton & Jones; Ann Cox; Ann Marie Kopeikan, directora de Enfermería Vocacional; Lorraine Malachak, especialista en Programas de Apoyo de Enfermería, y Eileen Campbell, en Administración del Santa Barbara City College; Christine Estrada, administrador del Tribunal del Condado de Santa Bárbara, de los Registros y Archivos de la Audiencia; Liz Gastiger; Boris Romanowski, agente de libertad condicional, del Departamento Correccional del Estado de California; Lynn McLaren, investigadora privada; Maureen Murphy, de Maureen Murphy Fine Arts; Laurie Roberts, fotógrafa; y Dave Zanolini, de United Process Servers, agentes notificadores.

Prólogo

No quiero pensar en los depredadores de este mundo. Me consta que existen, pero prefiero centrarme en lo mejor de la naturaleza humana: la compasión, la generosidad, la voluntad de acudir en ayuda de los necesitados. Este sentimiento puede parecer absurdo, dada nuestra ración diaria de noticias que nos cuentan con todo lujo de detalle robos, agresiones, violaciones, asesinatos y otras fechorías. A los cínicos de este mundo debo de parecerles idiota, pero me aferro a la bondad, y procuro, siempre que puedo, separar a los malvados de aquello de lo que puedan sacar beneficios. Sé que siempre habrá alguien dispuesto a aprovecharse de los vulnerables: los más jóvenes, los más viejos y los inocentes de cualquier edad. Lo sé por mi larga experiencia.

Solana Rojas era una de ésas...

1
Solana

Tenía un nombre verdadero, claro está —el que le pusieron al nacer y utilizó la mayor parte de su vida—, pero se lo había cambiado. Ahora era Solana Rojas, la persona cuya identidad había usurpado. Atrás quedó la mujer que fue en otro tiempo, erradicada al adquirir su nueva personalidad. Para ella, resultó tan fácil como respirar. Era la menor de nueve hermanos. Su madre, Marie Terese, dio a luz a su primer hijo, un niño, a los diecisiete años; y al segundo, también varón, a los diecinueve. Los dos fueron fruto de una relación jamás bendecida por el matrimonio, y si bien las dos criaturas llevaban el apellido de su padre, nunca lo conocieron. Encarcelado por tráfico de drogas, murió en prisión, asesinado por otro recluso en una reyerta a causa de un paquete de tabaco.

A los veintiún años, Marie Terese se casó con un hombre llamado Panos Agillar. Le dio seis hijos en un periodo de ocho años antes de que él la abandonara por otra. A los treinta años se encontró sola y sin un céntimo, con ocho hijos de edades comprendidas entre los tres meses y los trece años. Volvió a casarse, esta vez con un hombre responsable y trabajador, de más de cincuenta años. Éste engendró a Solana, la primera hija de él y la última de su madre, y la única en común.

De niños, los hermanos de Solana reclamaron para sí todos los papeles obvios en una familia: el atleta, el soldado, el payaso, el buen estudiante, el teatrero, el timador, el santo y el manitas. En ella recayó el papel de botarate. Al igual que su madre, quedó embarazada de soltera y dio a luz a los dieciocho años recién cumplidos. A partir de ese momento, su vida fue una sucesión de desdichas. Nada le salía bien. Vivía al día, sin ahorros y sin la menor previsión de futuro. O eso suponía su familia. Sus hermanas le daban consejos y recomendaciones, la sermoneaban e intentaban persuadirla con zalamerías, y al final se daban por vencidas, pues sabían que Solana nunca cambiaría. Sus hermanos expresaban su exasperación, pero al final acostumbraban reunir el dinero necesario para sacarla de sus apuros. Nadie advirtió lo astuta que era. Era camaleónica. El papel de perdedora era su disfraz. No se parecía a ellos, no se parecía a nadie, pero tardó años en comprender plenamente sus propias diferencias. Al principio pensó que su singularidad era fruto de la dinámica familiar, pero ya al comienzo de la educación primaria empezó a tomar conciencia de la realidad. En ella no se daban los lazos emocionales que unían a los otros alumnos entre sí. Actuaba como un ser aparte, sin empatía. Fingía ser como las demás niñas y niños de su clase, con sus peleas y sus lágrimas, su parloteo, sus risas y sus esfuerzos por destacar. Observaba su comportamiento y los imitaba fundiéndose con su mundo hasta parecer casi igual a ellos. Intervenía en las conversaciones, pero sólo para aparentar que le hacía gracia un chiste o para repetir lo que oía. No discrepaba. No daba su opinión porque no la tenía. No expresaba deseos ni necesidades propias. La mayor parte del tiempo era invisible —un espejismo o un fantasma— y buscaba maneras de aprovecharse de sus compañeros. Mientras éstos permanecían ensimismados y ajenos a todo, ella estaba hiperatenta. Lo veía todo y nada le importaba. A los diez años sabía ya que sólo era cuestión de tiempo encontrar la manera de usar su talento para el camuflaje.

A los veinte desaparecía tan rápido y de forma tan automática que a menudo ella misma no era muy consciente de haberse ausentado de la habitación. Tan pronto estaba allí como dejaba de estar. Era una compañera ideal, porque adoptaba la imagen de la persona que tenía delante y se volvía igual que ella. Dominaba la mímica y la imitación. Como es natural, la gente la apreciaba y confiaba en ella. También era la empleada ideal: responsable, resignada, incansable, dispuesta a hacer cuanto se le pedía. Llegaba temprano al trabajo. Se quedaba hasta tarde. De tal forma que parecía una persona desinteresada cuando, en realidad, todo le traía sin cuidado, salvo por lo que se refería a perseguir sus propios intereses.

En cierto modo, el subterfugio le había sido impuesto. Casi todos sus hermanos habían terminado los estudios y en ese momento de sus vidas parecían haber llegado más lejos que ella. Se sentían bien consigo mismos ayudando a su hermana menor, cuyas perspectivas, en comparación, eran lamentables. Si bien Solana aceptaba de buen grado su generosidad, no le gustaba estar subordinada a ellos. Para sentirse en pie de igualdad, había acumulado una considerable suma de dinero, que tenía en el banco en una cuenta secreta. Prefería que no supieran lo mucho que había mejorado su suerte en la vida. Su hermano inmediatamente mayor, el que había estudiado derecho, era el único que le servía de algo. Trabajar le gustaba tan poco como a ella, y no le importaba apartarse de las reglas si le salía a cuenta.

Ya con anterioridad, en dos ocasiones, había tomado prestada una identidad y se había convertido en otra persona. Pensaba con cariño en sus otras identidades, como haría uno con viejos amigos que se habían trasladado a otro estado. Al igual que un actor del Método, tenía un nuevo papel que interpretar. Ahora era Solana Rojas, y en eso concentraba toda su atención. Se envolvía en su nueva identidad como en una capa, sintiéndose segura y protegida en la personalidad que había adoptado.

La Solana original —aquella cuya vida había tomado prestada— era una mujer con la que trabajó durante unos meses en la sala de convalecientes de una residencia para ancianos. La auténtica Solana, en quien ahora pensaba como «la Otra», era enfermera diplomada de grado medio. También ella había estudiado enfermería. La única diferencia entre las dos era que la Otra se había titulado, en tanto que ella había abandonado los estudios sin acabar el curso. La culpa fue de su padre, que murió, y luego nadie se ofreció a pagar su educación. Después del funeral, su madre le pidió que de-

17

jara de estudiar y buscara un empleo, y eso hizo. Encontró trabajo primero limpiando casas y luego como auxiliar de enfermería, intentando convencerse de que era una auténtica enfermera, como lo habría sido si hubiese acabado el curso en el City College. Sabía hacer todo lo que hacía la Otra, pero no estaba tan bien pagada porque carecía de titulación. ¿Era eso justo?

Había elegido a la Solana Rojas auténtica del mismo modo que había elegido a las otras. Se llevaban doce años, pues la Otra tenía sesenta y cuatro y ella cincuenta y dos. En el aspecto físico no se parecían mucho, pero sí lo suficiente a ojos de un observador accidental. Ella y la Otra eran poco más o menos de la misma estatura y peso, aunque sabía que el peso no era de gran importancia. Las mujeres ganaban y perdían kilos continuamente, así que si alguien advertía la diferencia, tenía fácil explicación. El color del cabello era otro rasgo intrascendente. El pelo podía ser del color o el tono de cualquiera de los tintes que se vendían en las tiendas. Ya había pasado de morena a rubia y de rubia a pelirroja en ocasiones anteriores, colores todos en marcado contraste con el gris natural que tenía desde los treinta años.

En el último año se había oscurecido el pelo poco a poco hasta que el parecido con el de la Otra era notable. Una vez, una empleada nueva de la sala de convalecencia las tomó por hermanas, cosa que la satisfizo mucho. La Otra era hispana, y ella no. No obstante, podía hacerse pasar por hispana si quería. Sus antepasados eran mediterráneos: italianos y griegos con algún que otro turco por medio, todos ellos de piel aceitunada y cabello oscuro con grandes ojos oscuros. Cuando estaba en compañía de personas de ascendencia anglosajona, si permanecía callada e iba a la suya, todos daban por supuesto que apenas hablaba inglés. Gracias a ello, se mantenían en su presencia conversaciones como si ella no entendiese una palabra. En realidad, lo que no hablaba era el español.

Sus preparativos para apropiarse de la identidad de la Otra habían dado un brusco giro el martes de la semana anterior. El lunes, la Otra anunció a sus compañeras que dejaría el trabajo en la residencia al cabo de quince días. Había pensado dedicarse a estudiar a tiempo completo, y quería tomarse un descanso antes del curso, que pronto empezaría. Para ella, ésa fue la señal de que había llegado el momento de poner en marcha su plan. Necesitaba robarle la cartera a la Otra, porque el carnet de conducir era vital para sus maquinaciones. Nada más pensarlo, surgió la ocasión. Así era la vida para ella: se le presentaban una oportunidad tras otra para su desarrollo y avance personal. No había recibido muchos privilegios en la vida, y los que tenía se había visto obligada a creárselos ella misma.

Se encontraba en la sala de enfermeras cuando la Otra volvió de una visita al médico. Había estado enferma hacía un tiempo y, si bien el mal remitía, debía someterse a frecuentes revisiones. Dijo a todos que para ella el cáncer había sido una bendición. Ahora valoraba más la vida. Su enfermedad la había impulsado a poner en orden sus prioridades. La habían aceptado en la universidad, donde haría un máster en gestión sanitaria.

La Otra colgó el bolso en su taquilla y lo tapó con un jersey. Sólo había un colgador, ya que al otro se le había caído un tornillo y pendía inservible. La Otra cerró la taquilla sin teclear la clave en la cerradura de combinación. Lo hacía así para que al final del día fuera más fácil y rápido abrir la puerta.

Solana esperó, y cuando la Otra se marchó al puesto de enfermeras, se puso unos guantes de látex desechables y dio un tirón a la puerta de la taquilla. En un santiamén abrió la puerta, metió la mano en el bolso de la Otra y sacó el billetero. Extrajo el carnet de conducir del compartimento transparente y volvió a guardar el billetero, invirtiendo los pasos tan limpiamente como si rebobinara la secuencia de una película. Se quitó los guantes y se los metió en el bolsillo del uniforme. Se colocó el carnet debajo de la plantilla Dr. Scholl del zapato derecho. Aunque en realidad nadie sospecharía de ella. Cuando la Otra echase de menos el carnet, supondría que lo había olvidado en algún sitio. Siempre era así. La gente atribuía esas cosas a sus propios descuidos y distracciones. Rara vez se les ocurría acusar a otra persona. En este caso, nadie pensaría en señalarla a ella, porque siempre se mostraba atenta con los demás.

Para llevar a cabo el resto del plan esperó a que la Otra terminara su turno y el personal administrativo diera por concluida la jornada. Todos los despachos de la parte delantera quedaron vacíos. Como era habitual los martes por la noche, las puertas de los despachos permanecían abiertas para que entrara el personal de la limpieza. Mientras éste estaba enfrascado en su trabajo, era fácil entrar y buscar las llaves de los archivadores cerrados. Las llaves se guardaban en el escritorio de la secretaria, y bastaba con cogerlas y usarlas. Nadie cuestionó su presencia, y dudaba que alguien recordase más tarde que había pasado por allí. Una agencia externa se encargaba de la limpieza. El trabajo de las mujeres consistía en pasar el aspirador, quitar el polvo y vaciar las papeleras. ¿Qué sabían ellas del funcionamiento interno de la sala de convalecencia en una residencia de la tercera edad? Por lo que a ellas se refería —visto su uniforme—, era una auténtica enfermera diplomada de grado medio, una persona de buena posición y digna de respeto, autorizada a hacer lo que se le antojase.

Sacó el formulario que la Otra había rellenado al solicitar el empleo. Esas dos páginas contenían todos los datos necesarios para adoptar su nueva vida: fecha y lugar de nacimiento —Santa Teresa—, número de la Seguridad Social, formación, número de la licencia de enfermera y el anterior empleo. Fotocopió el documento y las dos cartas de recomendación adjuntas al expediente de la Otra. Hizo copias de las evaluaciones del rendimiento profesional de la Otra y sus revisiones salariales, sintiendo un arrebato de ira al ver la humillante diferencia entre los sueldos de ambas. Pero ya no tenía sentido sulfurarse por eso. Volvió a guardar los papeles en la carpeta y a colocar el expediente en el cajón, que acto seguido cerró con llave. Dejó las llaves en el cajón del escritorio de la secretaria y salió de la oficina.

2

Diciembre de 1987

Me llamo Kinsey Millhone. Soy investigadora privada en la pequeña ciudad de Santa Teresa, en el sur de California, a doscientos cincuenta kilómetros al norte de Los Ángeles. Tocaba a su fin 1987, un año en que, según los análisis del índice de delincuencia realizados por el Departamento de Policía de Santa Teresa, se habían cometido 5 homicidios, 10 atracos a bancos, 98 allanamientos de morada, 309 detenciones por robo de vehículos y 514 por hurtos en establecimientos comerciales, todo ello en una población de 85.102 habitantes, excluyendo Colgate al norte de la ciudad y Montebello al sur. En California era invierno, lo que significaba que el día declinaba a las cinco de la tarde. A esa hora empezaban a encenderse las luces por toda la ciudad. Las chimeneas de gas estaban ya en marcha y llamas azules se enroscaban en torno a las pilas de troncos falsos. En algún lugar de la ciudad se percibía el tenue aroma de leña auténtica quemada. En Santa Teresa crecen pocos árboles de hoja caduca, así que no padecemos esa triste imagen de las ramas desnudas recortándose contra el cielo gris de diciembre. El césped, las hojas y los arbustos seguían verdes. Los días eran lúgubres, pero manchas de color salpicaban el paisaje: las buganvillas magenta y asalmonadas que florecían durante todo diciembre y hasta febrero. El océano Pacífico estaba frío como el hielo −gris, en continuo movimiento−, y sus playas, desiertas. Durante el día las temperaturas caían por debajo de los diez grados. Todos llevábamos jerséis gruesos y nos quejábamos del tiempo.

A pesar del número de delitos cometidos en Santa Teresa, yo

atravesaba una etapa de poco trabajo. La época del año parecía disuadir a los delincuentes de cuello blanco. Posiblemente los desfalcadores andaban ocupados en las compras navideñas, gastando el dinero extraído de las cajas de sus respectivas empresas. Los fraudes en bancos comerciales e hipotecarios iban a la baja, y los timadores del telemárketing vivían momentos de apatía e indiferencia. Por lo visto, ni siquiera los cónyuges al borde del divorcio tenían un ánimo combativo, presintiendo quizá que las hostilidades podían alargarse hasta la primavera. Como de costumbre, continuaba dedicándome a la búsqueda de documentos en los archivos de los registros civiles, pero apenas me llamaban para algo más. Sin embargo, como los pleitos son siempre una modalidad de deporte en pista cubierta muy popular, mantenía cierto nivel de actividad como agente notificador del juzgado, para lo cual disponía de licencia en el condado de Santa Teresa. El trabajo me obligaba a recorrer muchos kilómetros en coche, pero no era agotador y me proporcionaba dinero suficiente para pagar las facturas. Aunque sabía que el periodo de calma no duraría, jamás habría adivinado lo que se avecinaba.

A las ocho y media de la mañana del lunes 7 de diciembre cogí el bolso, la americana y las llaves de mi coche y salí de casa camino de la oficina. Me había saltado mis habituales cinco kilómetros de *jogging,* incapaz de obligarme a hacer ejercicio en la oscuridad previa al amanecer. Con lo acogedora que era mi cama, ni siquiera me sentía culpable. Al cruzar la verja, el tranquilizador chirrido de las bisagras se vio ahogado por un corto gemido. Al principio pensé: «Gato, perro, bebé, televisor». Ninguna de las posibilidades describía con precisión aquel lamento. Me detuve, escuché con atención, pero sólo oí los acostumbrados ruidos del tráfico. Seguí adelante, y acababa de llegar al coche cuando oí otra vez el gemido. Volví sobre mis pasos, abrí la verja y me dirigí al jardín posterior. Nada más doblar la esquina apareció mi casero. Henry tiene ochenta y siete años y es dueño de la casa a la que está adosado mi estudio. Su consternación era evidente.

—¿Qué ha sido eso?

—Ni idea. Acabo de oírlo mientras salía por la verja.

Nos quedamos allí inmóviles, escuchando los habituales sonidos que se oían en el barrio por la mañana. Durante un minuto largo no se oyó nada, y luego empezó otra vez. Ladeé la cabeza como un cachorro, agucé el oído para localizar de dónde procedía, que sin duda estaba cerca.

—¿Gus? —pregunté.

—Es posible. Espera un momento. Tengo una llave de su casa.

Mientras Henry regresaba a la cocina para buscar la llave, recorrí los pocos pasos que separaban su propiedad de la casa contigua, donde vivía Gus Vronsky. Al igual que Henry, Gus se acercaba a los noventa años, pero todo lo que Henry tenía de perspicaz, Gus lo tenía de adusto. Se había granjeado la merecida fama de cascarrabias del barrio, la clase de individuo que avisaba a la policía si consideraba que un vecino tenía el volumen del televisor demasiado alto o el césped demasiado crecido. Llamaba al Departamento de Control de Animales para denunciar a perros que ladraban, perros perdidos y perros que dejaban deposiciones en su jardín. Llamaba al ayuntamiento para asegurarse de que cualquier obra menor —cercas, patios, cambios de ventanas, reparaciones en tejados— contaba con los permisos correspondientes. Sospechaba que la mayoría de las cosas que hacían los demás eran ilegales, y allí estaba él para enmendarles la plana. Ignoro si le preocupaban las normas y los reglamentos o si, más bien, le gustaba armar alboroto. Y si de paso conseguía indisponer a dos vecinos entre sí, tanto mejor para él. El entusiasmo que ponía a la hora de causar problemas era seguramente lo que lo había mantenido con vida tantos años. Yo no había tenido ningún roce con él, pero sabía de mucha gente que sí lo había sufrido. Henry lo toleraba pese a haber sido víctima de molestas llamadas telefónicas en más de una ocasión.

Desde que yo vivía en la casa de al lado, hacía ya siete años, había visto cómo la edad doblaba a Gus casi hasta romperlo. En su día fue un hombre alto, pero ahora tenía los hombros caídos y el pecho hundido y su espalda formaba una C, como si llevara al cuello una cadena invisible prendida de una bola que arrastraba entre las piernas. Todo esto desfiló por mi cabeza durante el breve momento que Henry tardó en regresar con un juego de llaves en la mano.

Juntos cruzamos el jardín de Gus y subimos por los escalones del porche. Henry golpeteó el cristal de la puerta.

—¿Gus? ¿Estás bien?

Ahora el gemido fue inconfundible. Henry abrió la puerta con la llave y entramos. La última vez que vi a Gus, hacía unas tres semanas, estaba en su jardín reprendiendo a dos niños de nueve años por practicar *ollies* con el monopatín en la calle delante de su casa. Es verdad que hacían mucho ruido, pero a mí me pareció que tenían una paciencia y una destreza notables. También pensé que era mejor que emplearan sus energías aprendiendo a dominar el *kick-flip* que ensuciando ventanas con jabón o volcando cubos de basura, que es como se entretenían los chicos en mis tiempos.

Vi a Gus medio segundo después que Henry. El anciano se había caído. Yacía sobre el costado derecho y estaba blanco como el papel. Tenía el hombro dislocado y la cabeza del húmero se había salido de su cavidad. Bajo la camiseta sin manga, la clavícula descollaba como un retoño de ala. Gus tenía los brazos muy delgados y la piel tan translúcida que pude ver cómo las venas se le bifurcaban por los omóplatos. Los hematomas de color azul oscuro indicaban lesiones de ligamentos o tendones que sin duda tardarían en curar.

Sentí una punzada de dolor, como si yo misma hubiese padecido la lesión. He matado en tres ocasiones, pero siempre en defensa propia, y en ninguno de los casos he experimentado la misma aprensión que ante huesos salidos y otras formas visibles de sufrimiento. Henry se arrodilló junto a Gus e intentó ayudarlo a levantarse, pero desistió al oír el penetrante alarido del anciano. Advertí que a Gus se le había desprendido un audífono y estaba en el suelo fuera de su alcance.

Localicé un teléfono negro antiguo, con disco de marcación, en una rinconera al lado del sofá. Marqué el 911 y me senté, con la esperanza de que remitiera el repentino zumbido en mi cabeza. Cuando me atendió la telefonista, le expliqué el problema y pedí una ambulancia. Le di la dirección y, en cuanto colgué, me acerqué a Henry, en el extremo opuesto de la sala.

—Ha dicho que entre siete y diez minutos. ¿Podemos hacer algo por él entretanto?

—Busca una manta para abrigarlo. —Henry examinó mi rostro—. ¿Y tú cómo estás? No tienes buena cara.

—Estoy bien. No te preocupes. Ahora vuelvo.

La distribución de la casa de Gus era una réplica de la de Henry, así que no me costó encontrar el dormitorio. Aquello era una leonera: la cama sin hacer, ropa tirada por todas partes. Había una cómoda antigua y un chifonier llenos de trastos. La habitación olía a moho y a bolsas de basura rebosantes. Aparté una colcha de un rebujo de sábanas y volví a la sala.

Henry tapó a Gus con cuidado, procurando no tocarle las heridas.

—¿Cuándo te has caído?

Gus dirigió una mirada de dolor a Henry. Tenía los ojos azules y los párpados inferiores le colgaban tanto como a un sabueso.

—Anoche. Me quedé dormido en el sofá. A eso de las doce me levanté para apagar el televisor y me caí. No recuerdo cómo. Estaba de pie y de pronto me vi en el suelo.

Hablaba con voz ronca y débil. Mientras Henry conversaba con él, entré en la cocina y llené un vaso de agua del grifo. Me propuse abstraerme de lo que tenía ante los ojos, ya que el estado de la cocina era aún peor que el de las otras habitaciones que había visto. ¿Cómo podía alguien vivir en medio de semejante inmundicia? En una rápida inspección de los cajones descubrí que no había a mano un solo paño limpio. Antes de regresar a la sala, abrí la puerta de atrás y la dejé entornada con la esperanza de que el aire fresco disipara el olor acre que flotaba por toda la casa. Le di el vaso de agua a Henry y lo observé sacar un pañuelo limpio del bolsillo. Lo empapó y humedeció con él los labios resecos de Gus.

Al cabo de tres minutos, oí el agudo ululato de la sirena de la ambulancia al entrar en nuestra calle. Me acerqué a la puerta y vi al conductor aparcar en doble fila y salir con los dos auxiliares que viajaban en la parte posterior. Detrás se detuvo un vehículo rojo de la brigada de bomberos, del que también se apeó personal médico de emergencia. Las luces destellaban a un ritmo extrañamente sincopado, un tartamudeo en rojo. Abrí la puerta a los cinco auxiliares, tres hombres y dos mujeres, en camisa azul con insignias en las mangas. El primero acarreaba el equipo, de entre cinco y ocho kilos, incluido un electrocardiógrafo, un desfibrilador y un oxímetro de pulso. Una mujer llevaba una mochila con un botiquín de primeros auxilios, que, como yo sabía, contenía fármacos y un dispositivo intubador.

Después de ir a cerrar la puerta de atrás, salí al porche delantero y esperé mientras los auxiliares llevaban a cabo su trabajo. La suya era una tarea en la que pasaban la mayor parte del tiempo de rodillas. Por la puerta abierta oía el reconfortante murmullo de las preguntas y las trémulas respuestas de Gus. Yo no quería estar presente cuando llegara el momento de moverlo. Un grito más, y tendrían que atenderme a mí también.

Poco después Henry se reunió conmigo y los dos nos retiramos a la calle. Había vecinos dispersos por la acera, atentos ante aquella emergencia de causas desconocidas. Henry charlaba con Moza Lowenstein, que vivía a dos casas. Como la vida de Gus no corría peligro, podíamos hablar sin la sensación de estar faltando al respeto. Tardaron otros quince minutos en colocar a Gus en la parte trasera de la ambulancia. Para entonces tenía puesto un gotero.

Henry consultó con el conductor, un hombre de treinta y tantos años, robusto y de cabello oscuro, que nos dijo que trasladaban a Gus al servicio de urgencias del hospital de Santa Teresa, que la mayoría de nosotros llamábamos cariñosamente «St. Terry».

Henry dijo que los seguiría en su coche.

—¿Vienes?

—No puedo. Tengo trabajo. ¿Me llamará después?

—Claro. Te llamaré en cuanto sepa algo.

Cuando la ambulancia se marchó y Henry salió del camino de acceso marcha atrás, subí a mi coche.

De paso, me detuve en el bufete de un abogado y recogí una orden de comparecencia que notificaba a un progenitor sin custodia que se había solicitado una modificación de la pensión de alimentos. El ex marido era un tal Robert Vest, en quien yo pensaba ya cariñosamente como «Bob». Nuestro Bob era un asesor tributario autónomo que trabajaba desde su casa en Colgate. Consulté la hora y, como apenas pasaba de las diez, me dirigí hacia allí con la esperanza de encontrarlo en su mesa.

Localicé la casa y reduje un poco la velocidad al pasar por delante; luego di media vuelta y aparqué en la acera de enfrente. Tanto el camino de acceso como la plaza de aparcamiento estaban vacíos. Puse los papeles en mi bolso, crucé y subí los peldaños del porche. El periódico de la mañana estaba en el felpudo, lo cual parecía indicar que Bobby aún no se había levantado. Tal vez se había acostado tarde la noche anterior. Llamé a la puerta y esperé. Pasaron dos minutos. Volví a llamar, con mayor insistencia. Tampoco hubo respuesta. Me desplacé un poco a la derecha y eché un rápido vistazo por la ventana. Más allá de la mesa del comedor se veía la cocina a oscuras. La casa tenía el aspecto lúgubre propio de un lugar vacío. Regresé a mi coche, anoté la fecha y la hora del intento y me fui a la oficina.

3
Solana

Seis semanas después de que la Otra dejara su empleo, también ella notificó su renuncia. Fue una especie de graduación. Había llegado el momento de despedirse de su trabajo de vulgar auxiliar de clínica e iniciar la carrera de enfermera recién diplomada. Aunque nadie más lo sabía, en el mundo existía ahora una nueva Solana Rojas, que llevaba una vida paralela en la misma comunidad. Algunos consideraban Santa Teresa una ciudad pequeña, pero Solana sabía que podía poner en práctica sus planes sin grandes riesgos de encontrarse con su tocaya. Ya lo había hecho antes con una facilidad sorprendente.

Había solicitado dos tarjetas de crédito nuevas a nombre de Solana Rojas dando su propia dirección. A su manera de ver, utilizar la licencia profesional y el crédito bancario de la Otra no era una conducta fraudulenta. Ni se le ocurriría comprar algo sin intención de pagarlo. Nada más lejos. Hacía frente a sus facturas en cuanto llegaban. Aunque se quedara en números rojos, era puntual a la hora de extender sus talones recién impresos y enviarlos. No podía permitirse retrasos en el pago porque sabía que si remitían una factura a una agencia de morosos, existía el riesgo de que su duplicidad saliera a la luz, y eso no le convenía. Ningún borrón debía empañar el nombre de la Otra.

La única pega que veía era que la Otra tenía una letra muy personal y una firma imposible de imitar. Solana lo había intentado, pero no conseguía dominar sus descuidados garabatos. Temía que un dependiente, por exceso de celo, comparase su firma con la firma en miniatura reproducida en el carnet de la Otra. Para evitar preguntas, llevaba una muñequera en el bolso y se la ponía en la muñeca derecha antes de comprar. Así podía decir que padecía el síndrome del túnel carpiano, lo que le granjeaba la compasión de los demás en lugar de desconfianza por su torpe aproximación a la firma de la otra.

Aun así, una vez pasó por una situación difícil en unos grandes almacenes del centro. Para concederse un capricho, se compró un juego de sábanas, una colcha y dos almohadas de pluma, que llevó al mostrador del departamento de ropa del hogar. La dependienta marcó el precio de los artículos en la caja registradora y, cuando miró el nombre en la tarjeta de crédito, alzó la vista sorprendida.

—No me lo puedo creer. Acabo de atender a una Solana Rojas hace menos de diez minutos.

Solana sonrió y quitó importancia a la coincidencia.

—Eso pasa continuamente. En la ciudad, somos tres las que tenemos el mismo nombre y apellido. Todos nos confunden.

—Me lo imagino —dijo la dependienta—. Debe de ser un incordio.

—No, en realidad no es para tanto, aunque a veces resulta algo cómico.

La vendedora echó un vistazo a la tarjeta de crédito y, con tono amable, preguntó:

—¿Puede enseñarme un documento de identidad?

—Por supuesto —contestó Solana.

Abrió el bolso y, con cierto teatro, revolvió el contenido. De pronto tomó conciencia de que no se atrevía a enseñar el carnet de conducir robado cuando la Otra acababa de estar allí. A esas alturas, la Otra tendría ya un nuevo carnet. Si lo había empleado para identificarse, la dependienta vería el mismo por segunda vez.

Dejó de hurgar en el bolso.

—¡Dios santo! —exclamó con fingida perplejidad—. Ha desaparecido el billetero. No sé dónde puedo haberlo dejado.

—¿Ha hecho alguna otra compra antes de venir aquí?

—Pues… ahora que lo dice, sí. Recuerdo que he sacado el bi-

30

lletero y lo he puesto en el mostrador mientras compraba unos zapatos. Seguro que he vuelto a cogerlo, porque he sacado la tarjeta de crédito, pero después debo de habérmelo olvidado.

La dependienta alargó el brazo hacia el teléfono.

—Con mucho gusto preguntaré en el departamento de zapatería. Seguro que lo han guardado.

—Pero es que no ha sido aquí. Antes he entrado en otra tienda de esta misma calle. Bueno, da igual. ¿Le importaría apartarme esto? Vendré a recogerlo y pagarlo en cuanto haya recuperado el billetero.

—No hay problema. Dejaré su compra aquí mismo.

—Gracias. Muy agradecida.

Salió de los almacenes y dejó allí la ropa de cama, que al final compró en unas galerías comerciales a varios kilómetros del centro. Lo sucedido la asustó más de lo que estaba dispuesta a admitir. Dio muchas vueltas al asunto en los días posteriores y, al final, decidió que era mucho lo que había en juego como para correr riesgos. Acudió al registro civil y pidió un duplicado de la partida de nacimiento de la Otra. Luego fue a la jefatura de tráfico y solicitó el carnet de conducir, a nombre de Solana Rojas, dando su propia dirección en Colgate. Se acogió al razonamiento de que sin duda había más de una Solana Rojas en el mundo, igual que había más de un John Smith. Explicó al funcionario que su marido había muerto y ella acababa de aprender a conducir. Tuvo que someterse a un examen teórico y pasar por el trámite de la prueba práctica con un examinador muy riguroso, pero aprobó los dos sin mayor problema. Firmó las instancias y se hizo la fotografía; a cambio, recibió un carnet provisional hasta que se formalizara el definitivo en Sacramento y se lo enviaran por correo.

Una vez resuelto eso, le quedaba por resolver otro asunto, quizá de carácter más pragmático. Tenía dinero, pero no quería utilizarlo para mantenerse. Guardaba unos ahorrillos secretos por si un día decidía desaparecer —cosa que, como bien sabía, ocurriría tarde o temprano—, pero necesitaba unos ingresos regulares. Al fin y al cabo, tenía bajo su cargo a su hijo Tiny. Era vital encontrar trabajo. Con ese objetivo, llevaba semanas rastreando las ofertas de empleo día tras día, de momento sin suerte. Había más anuncios para operarios, mujeres de la limpieza y jornaleros que para profesionales sanitarios, y la contrarió lo que eso implicaba. Se había esforzado mucho para llegar a donde estaba, y, por lo visto, en esos momentos escaseaba la demanda para sus servicios.

Dos familias pedían una niñera interna. Uno de los anuncios exigía experiencia con bebés y el otro mencionaba a un niño en edad preescolar. En ambos casos, según decían, la madre trabajaba fuera de casa. ¿Qué clase de persona abría la puerta a alguien sin más méritos que saber leer? Las mujeres habían perdido el sentido común. Se comportaban como si estuvieran por encima de la maternidad, como si ésta fuera una tarea trivial que podía delegarse en la primera desconocida que cruzase la puerta de la calle. ¿Acaso no contemplaban la posibilidad de que un pederasta consultase el periódico por la mañana y se instalase cómodamente con su nueva víctima al final del día? Toda esa atención dedicada a las referencias y los controles de antecedentes era absurda. Esas mujeres estaban desesperadas y recurrían a cualquiera con buenos modales y una presencia medianamente aceptable. Si Solana hubiera tenido intención de trabajar largas jornadas por poco dinero, ella misma se habría presentado a alguno de esos empleos. En sus circunstancias, aspiraba a algo mejor.

Debía pensar en Tiny. Los dos compartían el modesto apartamento desde hacía casi diez años. Su hijo era objeto de muchas discusiones entre sus hermanos, que lo consideraban un muchacho consentido, irresponsable y manipulador. Su nombre real era Tomasso. Después de traer al mundo a un bebé de seis kilos, Solana sufrió una infección en sus partes íntimas, que puso fin tanto a su deseo de tener más hijos como a su capacidad de dar a luz. Era una preciosidad de bebé, pero el pediatra que lo examinó al nacer dijo que era deficiente. Solana no recordaba ya el término exacto que el médico empleó y, en todo caso, no dio la menor importancia a sus agoreras palabras. A pesar del tamaño de su hijo, su llanto era débil y lastimero. Era un niño apático, lento de reflejos y con escaso control muscular. Tenía dificultades para mamar y tragar, lo que le causó trastornos nutricionales. El médico le dijo que el niño estaría mejor atendido en una institución, donde lo cuidarían personas habituadas a los niños como él. Ella se negó en redondo. El niño la necesitaba. Era la luz y la alegría de su vida y, si tenía problemas, ya encontraría ella la manera de afrontarlos.

Antes de la primera semana de vida, uno de los hermanos de Solana lo había apodado ya Tiny, «pequeñín», y ése fue el nombre que le quedó. Ella, para sí, lo llamaba afectuosamente «Tonto», mote que le parecía apropiado. Como el Tonto en las viejas películas del Oeste, era su sombra, un compañero leal. Ahora era ya un hombre de treinta y cinco años, chato, de ojos hundidos y rostro aniñado. Moreno, llevaba el pelo peinado hacia atrás y recogido en una coleta que dejaba a la vista unas orejas caídas, situadas muy por debajo de lo normal. No fue un niño fácil, pero Solana le había dedicado su vida.

Cuando Tiny llegó al equivalente a sexto en educación especial, pesaba ochenta kilos y tenía un certificado médico que lo eximía de las clases de gimnasia. Era hiperactivo y agresivo, propenso a las rabietas y a los arrebatos destructivos a la menor frustración. En primaria y secundaria, su rendimiento había sido bajo porque padecía un trastorno del aprendizaje que le dificultaba la lectura. Más de un asesor escolar insinuó que era un poco retrasado, pero Solana se lo tomó a risa. Si le costaba concentrarse en clase, ¿qué culpa tenía él? La responsable era la maestra por no hacer mejor su trabajo. En verdad tenía cierta dificultad con el habla, pero ella lo entendía perfectamente. Había repetido dos veces —cuarto y octavo curso— y al final dejó los estudios durante el primer año de instituto, el día que cumplió dieciocho años. Sus intereses eran limitados, y esto, unido a su tamaño, le impidió encontrar un empleo fijo; o, más bien, cualquier clase de empleo. Era fuerte y útil, pero en realidad no estaba hecho para el trabajo. Ella era su único medio de subsistencia, y eso ya les iba bien a los dos.

Pasó la página y consultó la sección de «Ayuda doméstica». En una primera ojeada no vio el anuncio, pero algo la indujo a examinarlos todos otra vez. Allí estaba, casi al principio, un anuncio de diez líneas solicitando una enfermera privada a tiempo parcial para ocuparse de una paciente con demencia senil que necesitaba cuidados especializados. «Formal, digna de confianza, con medio de transporte propio», rezaba el anuncio. Ni una palabra sobre la honradez. Incluía una dirección y un número de teléfono. Vería qué podía averiguar antes de presentarse a la entrevista. Quería tener la oportunidad de evaluar la situación por adelantado para decidir si le valía la pena.

Cogió el teléfono y marcó el número.

4

A las once menos cuarto tenía una cita para hablar de un caso que en ese momento era mi principal preocupación. La semana anterior había recibido la llamada de Lowell Effinger, un abogado que representaba a la parte demandada en un pleito por daños personales como consecuencia de un accidente entre dos automóviles ocurrido siete meses antes. En mayo del año anterior, el jueves previo al puente del día de los Caídos, su clienta, Lisa Ray, al volante de un Dodge Dart blanco de 1973, realizaba un giro a la izquierda a la salida de uno de los aparcamientos del City College cuando fue embestida por una furgoneta. El automóvil de Lisa Ray sufrió graves desperfectos. Acudieron la policía y una ambulancia. Lisa se llevó un golpe en la cabeza. Los auxiliares médicos la examinaron y recomendaron una visita al servicio de urgencias del St. Terry. Aunque nerviosa y disgustada, Lisa Ray rehusó la asistencia médica. Por lo visto no soportaba la idea de esperar horas sólo para que al final la enviaran a casa con una serie de advertencias y una receta de un analgésico suave. Le indicaron que permaneciera atenta a posibles síntomas de conmoción cerebral y le aconsejaron que visitara a su médico en caso de necesidad.

El conductor de la furgoneta, Millard Fredrickson, estaba alterado pero en esencia ileso. Su mujer, Gladys, se llevó la peor parte de las lesiones e insistió en ser trasladada al hospital, donde el médico de urgencias diagnosticó una conmoción cerebral, graves contusiones y daños en los tejidos blandos del cuello y la región lumbar. Una resonancia magnética reveló una rotura de ligamentos en la pierna derecha y las posteriores radiografías mostraron fractura de pelvis y de dos costillas. Recibió tratamiento y la remitieron al ortopeda para el ulterior seguimiento.

Lisa dio aviso aquel mismo día a su agente de seguros, que notificó el hecho a la componedora de la compañía La Fidelidad de California, con quien, casualmente, yo había compartido despacho. El viernes, veinticuatro horas después del siniestro, la componedora, Mary Bellflower, se puso en contacto con Lisa y le tomó declaración. Según el informe policial, Lisa era la culpable, ya que a ella correspondía cerciorarse de que no existía peligro antes de girar a la izquierda. Mary fue al lugar del accidente y sacó fotografías. Fotografió asimismo los daños de ambos vehículos y luego le dijo a Lisa que pidiera un presupuesto de reparación. Sospechaba que era siniestro total, pero necesitaba la cifra para su expediente.

Transcurridos cuatro meses, los Fredrickson interpusieron demanda. Yo había leído una copia del texto, que contenía suficientes «en vista de» y «habida cuenta» para dar un susto de muerte a cualquier ciudadano medio. Según decía, la demandante «había visto perjudicadas su salud, fortaleza y actividad, como resultado de lesiones físicas graves y permanentes, sumándose a ello un estado de shock y lesiones psicológicas, todo lo cual causó y seguirá causando en el futuro a la demandante una profunda angustia emocional, dolores físicos y sufrimiento anímico, que dan lugar a la subsiguiente incapacidad para el normal cumplimiento de sus responsabilidades conyugales... (etcétera, etcétera). La demandante exige una indemnización por daños y perjuicios que incluya pero no se limite a los gastos médicos pasados y futuros, los ingresos perdidos en concepto de salario y cualquier otro gasto secundario, así como cualquier indemnización compensatoria prevista por la ley».

La abogada de la demandante, Hetty Buckwald, parecía pensar que un millón de dólares, con esa reconfortante cola de ceros, bastaría para aliviar y paliar los muchos suplicios de su cliente. Yo había visto a Hetty un par de veces durante mis visitas al juzgado por otros asuntos, y me había marchado con la esperanza de no tener nunca ocasión de enfrentarme a ella. Era una mujer baja y gorda, que rondaba los sesenta años, con una actitud agresiva y sin sentido del humor. Yo ignoraba a qué se debía su resentimiento. Trataba a los abogados rivales como si fueran basura y al pobre demandado como si fuese alguien que comía a recién nacidos por pura afición.

En circunstancias normales, la compañía de seguros La Fidelidad de California habría asignado a uno de sus abogados para la defensa de un pleito así, pero Lisa Ray estaba convencida de que saldría mejor librada con su propio abogado. Se negó a llegar a un acuerdo previo y pidió a Lowell Effinger que la representara, intuyendo que quizá La Fidelidad de California se rendiría sin presentar batalla. Pese al informe de la policía, Lisa Ray juró que no era culpable. Afirmó que Millard Fredrickson iba a una velocidad excesiva y Gladys no llevaba el cinturón de seguridad, lo cual, en sí mismo, era una violación del reglamento de tráfico californiano.

El expediente que yo había pasado a recoger por el despacho de Lowell Effinger contenía copias de numerosos papeles: la solicitud de documentos por parte de la demandada, la solicitud complementaria de documentos, los informes clínicos del servicio de urgencias del hospital y del personal médico que había tratado a Gladys Fredrickson. Incluía asimismo copias de las declaraciones tomadas a Gladys Fredrickson, su marido Millard y la demandada, Lisa Ray. Examiné rápidamente el informe policial y hojeé las transcripciones de los interrogatorios. Dediqué un buen rato a las fotografías y el croquis del accidente, que mostraba las posiciones relativas de los dos automóviles antes y después de la colisión. A mi modo de ver, el elemento central era un testigo presencial del accidente, cuyos comentarios inducían a pensar que respaldaba la versión de Lisa Ray. Le dije a Effinger que estudiaría el caso; luego me di media vuelta y concerté una cita a media mañana con Mary Bellflower.

Antes de entrar en las oficinas de La Fidelidad de California, me blindé mental y emocionalmente. Trabajé allí en otro tiempo, y mi relación con la compañía no acabó bien. Mi acuerdo con ellos consistía en que yo disponía de un despacho y, a cambio, investigaba posibles incendios provocados y muertes sospechosas. Por aquel entonces, Mary Bellflower, una mujer de veinticuatro años recién casada, guapa y perspicaz, llevaba poco tiempo en la empresa. Ahora tenía cuatro años de experiencia y era un placer tratar con ella. Al sentarme eché un vistazo a su escritorio en busca de fotos enmarcadas de su marido, Peter, y de las posibles criaturas que acaso hubieran venido al mundo entretanto. No había ninguna a la vista, y me pregunté en qué habían quedado sus planes de maternidad. Pensando que era mejor no hacer averiguaciones, fui al grano.

—Así pues, ¿de qué va este asunto? —pregunté—. ¿Hay que tomarse en serio lo de Gladys Fredrickson?

—Eso parece. Aparte de lo evidente..., la fractura de costillas y pelvis y la rotura de ligamentos..., hay lesiones en los tejidos blandos, que son más difíciles de demostrar.

—¿Todo eso por un choque menor?

—Me temo que sí. Las colisiones de bajo impacto pueden ser más graves de lo que cabría pensar. El lado derecho del guardabarros de la furgoneta de los Fredrickson golpeó contra el lado izquierdo del automóvil de Lisa Ray con fuerza suficiente para que ambos vehículos se desplazaran rotando después de colisionar. Se produjo un segundo impacto cuando el lado derecho del guardabarros trasero de Lisa entró en contacto con el lado izquierdo del guardabarros trasero de la furgoneta.

—Me hago una idea.

—De acuerdo. Ya hemos tratado antes con todos los médicos implicados, y no hay indicios de diagnósticos fraudulentos ni de facturas infladas. Si la policía no hubiese responsabilizado a Lisa, habríamos estado más dispuestos a cerrarnos en banda. No quiero decir que no vayamos a luchar, pero es evidente que la culpable es ella. Remití la reclamación al Instituto de Prevención de Delitos contra las Aseguradoras para que le echaran un vistazo. Si la demandante es una persona que emprende acciones legales a la ligera, su nombre aparecerá en la base de datos. Y dicho sea de paso, aunque no creemos que guarde relación con esto, Millard Fredrickson quedó incapacitado en un accidente de tráfico hace unos años. Desde luego hay gente con mala suerte.

Mary añadió que, en su opinión, Gladys acabaría aceptando cien mil dólares, gastos médicos aparte, una ganga desde el punto de vista de la aseguradora, ya que así podían sortear la amenaza de juicio, con los riesgos que eso conllevaba.

—¿Un millón de dólares reducidos a cien de los grandes? Es un descuento considerable.

—Eso pasa continuamente. El abogado fija un precio alto para que el acuerdo nos parezca un buen trato.

—¿Y por qué llegar a un acuerdo? Quizá si os mantenéis firmes, la mujer se eche atrás. ¿Cómo sabéis que no exagera?

—Es posible, pero poco probable. Tiene sesenta y tres años y exceso de peso, factores ambos que han podido contribuir. Entre las visitas al médico, la fisioterapia, las citas con el quiropráctico y toda la medicación que está tomando, no puede trabajar. Según el médico, la incapacidad puede ser permanente, lo cual implicará otro quebradero de cabeza más.

—¿En qué trabaja? No lo he visto mencionado.

—Sale en algún sitio.

—Lleva la contabilidad de una serie de pequeñas empresas.

—Eso no parece muy lucrativo. ¿Cuánto gana?

—Veinticinco mil dólares al año, según ella. Sus declaraciones de renta son confidenciales, pero su abogada dice que puede presentar facturas y recibos que lo demuestran.

—¿Y qué dice Lisa Ray?

—Vio acercarse la furgoneta, pero le pareció que tenía tiempo de sobra para girar, y más aún porque Millard Fredrickson había puesto el intermitente de la derecha y reducido la velocidad. Lisa inició el giro, y cuando se dio cuenta, la furgoneta ya se le echaba encima. Millard calculó que circulaba a menos de veinte kilómetros por hora, pero eso no es despreciable cuando te embiste un vehículo de mil quinientos kilos. Lisa lo vio venir pero no pudo apartarse. Millard jura que fue al revés. Dice que pisó a fondo el freno, pero Lisa salió tan de repente que fue imposible esquivarla.

—¿Y el testigo? ¿Habéis hablado con él?

—Pues no. Ése es el problema. No ha aparecido, y Lisa apenas tiene información. «Un viejo de pelo blanco con una cazadora de cuero marrón.» Es lo único que recuerda.

—¿El que se presentó no apuntó su nombre y dirección?

—No, ni él ni nadie. Cuando la policía llegó, ya había desaparecido. Colgamos carteles en la zona y pusimos una nota en la sección de anuncios clasificados. De momento, no ha habido respuesta.

—Iré a ver a Lisa y volveremos a hablar. Tal vez recuerde algo que me sirva para localizar a ese hombre.

—Esperemos que sí. Un juicio con jurado es una pesadilla. Si acabamos en los tribunales, te garantizo que Gladys aparecerá en silla de ruedas con collarín y un aparato espantoso en las piernas. Bastará con que se ponga a babear para que le caiga el millón de pavos.

—Ya capto —dije.

Volví a mi despacho, donde me puse al día con el papeleo.

Llegados a este punto, hay dos aspectos que me siento en la obligación de mencionar:

(1) En lugar de mi Volkswagen sedán de 1974, ahora conduzco un Ford Mustang de 1970, con cambio manual, que es lo que prefiero. Es un cupé de dos puertas, con alerón delantero, neumáticos de banda ancha y la abertura de entrada de aire más grande que ha llevado nunca un Mustang de serie. Cuando tienes un Boss 429, aprendes a hablar así. Mi adorado Cucaracha azul claro, embestido por un bulldozer, cayó a un profundo hoyo en mi último caso. Debería haberlo dejado allí enterrado, pero la compañía de seguros insistió en que lo sacara para poder decirme que era siniestro total: no me extrañó, teniendo en cuenta que el capó se había empotrado contra el parabrisas y éste, hecho añicos, había acabado sobre el asiento trasero.

Vi el Mustang en un concesionario de coches de segunda

mano y lo compré ese mismo día, pensando que era el automóvil ideal para trabajos de vigilancia. ¿En qué estaría pensando? Pese al vistoso exterior de color azul turquesa, supuse que un automóvil ya viejo se confundiría con el paisaje. Tonta de mí. Durante los dos primeros meses me paraba por la calle uno de cada tres hombres con los que me cruzaba para charlar sobre el motor Hemi V-8, desarrollado inicialmente para el campeonato nacional de *stock cars*. Para cuando fui consciente de lo llamativo que era el coche, yo misma me había enamorado de él y ya no podía cambiarlo.

(2) Más adelante, cuando vean amontonarse mis problemas, se preguntarán por qué no acudí a Cheney Phillips, mi otrora novio, que trabaja en el Departamento de Policía de Santa Teresa —«otrora», que significa «ex»—, pero a eso ya llegaremos. Al final sí lo llamé, pero para entonces estaba con el agua al cuello.

5

Como despacho, uso un pequeño bungalow de dos habitaciones con baño y cocina americana situado en una calle estrecha en pleno centro de Santa Teresa. Está a un paso del juzgado, pero, más importante aún, el alquiler es muy asequible. El que yo ocupo se encuentra entre otros dos iguales, dispuestos los tres en fila como las cabañas de los Tres Cerditos. La propiedad está siempre en venta, lo que significa que podrían desahuciarme si apareciera un comprador.

Tras la ruptura con Cheney, no diré que me deprimiera, pero sí es cierto que no me apetecía realizar grandes esfuerzos. Me pasé semanas sin salir a correr. Quizá «correr» sea una palabra demasiado benévola para describir lo que yo hago, pues correr es, por definición, desplazarse a una velocidad de diez kilómetros por hora; y lo que yo hago es trotar, que equivale a andar con paso brioso, no mucho más.

Tengo treinta y siete años, y muchas mujeres que conozco se quejan del aumento de peso como efecto secundario de la edad; un fenómeno que yo esperaba evitar. Debo admitir que mis hábitos alimentarios dejan mucho que desear. Devoro gran cantidad de comida rápida, en concreto las hamburguesas de cuarto de libra con queso de McDonald's, y consumo menos de nueve raciones de verdura y fruta frescas al día (en realidad, menos de una, a no ser que contemos las patatas fritas). Tras la marcha de Cheney, visitaba con más frecuencia de la que me convenía la ventanilla de comida para llevar. Había llegado el momento de sacudirme el muermo y recuperar el control. Como cada mañana, juré salir a correr al día siguiente.

Entre llamadas de teléfono y trabajo administrativo llegó por fin el mediodía. Para el almuerzo tenía una tarrina de requesón desnatado con una porción de salsa tan picante que se me saltaron las lágrimas. Desde el momento en que la destapé hasta que tiré el envase vacío a la papelera tardé menos de dos minutos: el doble de lo que me llevaría consumir una hamburguesa con queso.

A la una me acerqué en el Mustang al bufete de Kingman and Ives. Lonnie Kingman es mi abogado, el cual también me alquiló un despacho cuando La Fidelidad de California prescindió de mis servicios después de siete años. No entraré en los humillantes detalles del despido. En cuanto me quedé en la calle, Lonnie me ofreció una sala de reuniones vacía y me proporcionó un refugio provisional en el que lamerme las heridas y reorganizarme. Treinta y ocho meses más tarde abrí mi propia oficina.

Lonnie me había contratado para que entregara una orden de alejamiento *ex parte* a un hombre de Perdido, un tal Vinnie Mohr, cuya mujer lo acusaba de acoso, amenazas y violencia física. Lonnie creyó que tal vez su hostilidad disminuiría si el mandato judicial lo entregaba yo en lugar de un agente uniformado de la oficina del *sheriff* del condado.

—¿Es muy peligroso el tipo ese?

—Sólo cuando bebe. Entonces se descontrola a la más mínima. Haz lo que puedas, pero si te da mala espina probaremos con otro sistema. A su extraña manera, es caballeroso…, o al menos tiene debilidad por las chicas monas.

—Yo no soy mona, y hace tiempo que dejé de ser una «chica», pero te lo agradezco de todos modos.

Comprobé la dirección en los documentos. De vuelta en el coche, consulté mi callejero de Santa Teresa y San Luis Obispo, pasando las hojas hasta localizar mi destino. Recorrí unas cuantas calles hasta la entrada de la autovía más cercana y me dirigí hacia el sur por la 101. El tráfico era muy fluido y tardé en llegar a Perdido diecinueve minutos en lugar de los habituales veintiséis. No se me ocurre ninguna razón agradable por la que uno pueda ser emplazado en un juzgado, pero, por ley, todo demandado en una causa penal o civil debe recibir la correspondiente notificación. Yo entregaba citaciones, órdenes de comparecencia, órdenes de embargo y toda clase de mandatos judiciales, preferiblemente en mano, si bien había otras maneras de realizar el trabajo, siendo dos de ellas por contacto y por rechazo.

Buscaba una dirección de Calcutta Street, en el centro de Perdido. La casa, revestida de un estuco verde de aspecto lúgubre, tenía tapiada con un tablero de contrachapado la ventana panorámica de la parte delantera. Además de romper la ventana, alguien (sin duda Vinnie) había abierto un enorme agujero en la puerta hueca a la altura de la rodilla y luego la había arrancado de los goznes. Varios tablones clavados estratégicamente de un lado al otro del marco impedían el acceso a través de la puerta. Llamé y luego me agaché para mirar por el agujero, lo que me permitió ver acercarse a un hombre. Vestía vaqueros y tenía las rodillas delgadas. Cuando se inclinó hacia el agujero desde el otro lado de la puerta, sólo vi el mentón hendido con barba de varios días, la boca y la hilera de dientes inferiores, que tenía torcidos.

—¿Sí?

—¿Es usted Vinnie Mohr?

Se retiró. Siguió un breve silencio y luego una respuesta ahogada.

—Depende de quién lo pregunte.

—Me llamo Millhone. Tengo unos papeles para usted.

—¿Qué clase de papeles? —Hablaba con un tono apagado pero no hostil. Por el irregular agujero me llegaban ya ciertos efluvios: bourbon, tabaco y chicle Juicy Fruit.

—Es una orden de alejamiento. No debe maltratar, molestar, amenazar, acosar o importunar a su mujer de ninguna manera.

—¿No debo ¿qué?

—Tiene que mantenerse alejado de ella. No puede ponerse en contacto ni por teléfono ni por correo. El próximo viernes se celebrará una vista y está usted obligado a comparecer.

—Ah.

—¿Podría identificarse? —pregunté.

—¿Cómo?

—Me bastaría con un carnet de conducir.

—Lo tengo caducado.

—Con tal de que consten el nombre, la dirección y la foto, me basta —dije.

—De acuerdo.

Se produjo un silencio y al cabo de un momento acercó su carnet al agujero. Reconocí el mentón hendido, pero me sorprendió el resto de la cara. No era feo, sólo un poco bizco, pero no podía juzgarlo con severidad teniendo en cuenta que yo, en la foto del carnet de conducir, salgo como si encabezara la lista de los delincuentes más buscados del FBI.

—¿Quiere abrir la puerta o paso los papeles por el agujero? —pregunté.

—Por el agujero, supongo. Joder, no sé qué habrá contado esa mujer, pero es una embustera. En cualquier caso, ella me provocó, así que debería demandarla yo.

—Podrá darle su versión al juez. Quizás él le dé la razón —dije.

Enrollé el mandato y se lo pasé por el agujero. Oí cómo crujía el papel al otro lado mientras él desplegaba el documento.

—¡Pero bueno! ¡Maldita sea! Yo no he hecho nada de lo que pone aquí. ¿De dónde ha sacado esto? Fue ella quien me pegó a mí, y no a la inversa. —Vinnie adoptaba el papel de «víctima», una táctica muy habitual en quienes aspiran a imponer su voluntad.

—Sintiéndolo mucho, yo no puedo ayudarlo, señor Mohr, pero cuídese.

—Ya. Usted también. Parece encantadora.

—Soy adorable. Gracias por su colaboración.

De vuelta en el coche, anoté el tiempo que había dedicado y el kilometraje.

Regresé al centro de Santa Teresa y dejé el Mustang en un aparcamiento cerca de una notaría. Tardé unos minutos en rellenar la declaración jurada por el servicio prestado; después entré en la oficina, donde firmé la declaración y dieron fe pública. Pedí prestado el fax del notario e hice dos copias; luego pasé por el juzgado. Me sellaron los documentos y le dejé el original al funcionario. Me quedé con una copia, a Lennie le entregaría la otra para sus archivos.

Tras regresar a mi despacho encontré una llamada de Henry en el contestador. El mensaje era breve y no requería respuesta. «Hola, Kinsey. Es poco más de la una, y acabo de llegar a casa. El médico ya le ha encajado el hombro a Gus, pero han decidido ingresarlo igualmente, al menos por esta noche. No tiene ningún hueso roto, pero aún le duele mucho. Pasaré por su casa mañana a primera hora y limpiaré un poco para que no esté tan asqueroso cuando él vuelva. Si quieres echar una mano, estupendo. Si no, no hay problema. No te olvides del cóctel hoy después del trabajo. Ya hablaremos entonces.»

Consulté mi agenda, pero sin necesidad de mirar sabía que tenía libre el martes por la mañana. Maté el tiempo en mi escritorio el resto de la tarde. A las cinco y diez, di por concluida la jornada y me marché a casa.

Un lustroso Cadillac negro de 1987 ocupaba mi plaza habitual delante de casa, así que me vi obligada a recorrer la zona hasta encontrar un espacio de acera vacío a media manzana de allí. Cerré el Mustang con llave y me encaminé hacia mi casa. Al pasar junto al Cadillac me fijé en la matrícula, que era I SELL 4 U, o sea: «Vendo para ti». Tenía que ser el coche de Charlotte Snyder, la mujer con la que salía Henry esporádicamente desde hacía dos meses. Su éxito en bienes raíces fue lo primero que él mencionó al decidirse a continuar con la relación.

Rodeé la casa hacia el patio trasero y entré en mi estudio. No tenía mensajes en el contestador ni correo que mereciera la pena abrir. Dediqué un momento a refrescarme y después crucé el patio en dirección a casa de Henry para conocer a la última mujer de su vida. Aunque en realidad no había habido muchas. Eso de salir con mujeres era un comportamiento nuevo en él.

La primavera anterior, durante un crucero por el Caribe, se

había encaprichado de la responsable de actividades artísticas del barco. Su relación con Mattie Halstead no prosperó, pero Henry lo superó enseguida, dándose cuenta al mismo tiempo de que la compañía femenina, incluso a esa edad, no era tan mala idea. Durante el crucero, otras mujeres se interesaron por Henry, y él decidió ponerse en contacto con dos que vivían a una distancia razonable. La primera, Isabelle Hammond, tenía ochenta años. Había sido profesora de lengua y literatura en el instituto de Santa Teresa, y aún era una leyenda en el centro cuando yo estudié allí, unos veinte años después de su jubilación. Le encantaba bailar y era una lectora voraz. Henry e Isabelle salieron juntos varias veces, pero al poco tiempo ella llegó a la conclusión de que la química se había acabado. Isabelle buscaba chispas, y Henry, aunque duro como el pedernal, no consiguió encender su llama. Así se lo dijo ella a las claras, y lo ofendió profundamente. Él opinaba que el cortejo correspondía a los hombres y, además, que debía desarrollarse con cortesía y comedimiento. Isabelle era una persona desenfadada y dinámica, y pronto se puso de manifiesto que no estaban hechos el uno para el otro. A mi juicio, esa mujer era una mema.

Ahora había entrado en escena Charlotte Snyder. Vivía en la comunidad costera de Olvidado, a cuarenta kilómetros al sur, poco más allá de Perdido. A sus setenta y ocho años trabajaba aún activamente y, por lo visto, no tenía la menor intención de jubilarse. Henry la había invitado a una copa en su casa y luego a cenar en un encantador restaurante del barrio llamado Emile's-at-the-Beach. Me había pedido que me acercara a tomar algo con ellos para darle mi parecer. Si yo consideraba que Charlotte no era adecuada para él, quería saberlo. A mi modo de ver, la valoración era cosa suya, pero había pedido mi opinión, y allí estaría yo para dársela.

Henry tenía la puerta de la cocina abierta, pero con la mosquitera cerrada, así que al acercarme los oí reír y charlar. Me llegó un olor a levadura, canela y azúcar caliente, y deduje, acertadamente como se vio después, que Henry había combatido los nervios previos a la cita preparando unos bollos dulces. En su vida laboral había sido panadero de oficio, y su habilidad nunca ha dejado de asombrarme desde que lo conozco. Tamborileé en la mosquitera y me abrió. Se había vestido para la ocasión, abandonando sus habituales chancletas y pantalón corto en favor de unos mocasines, pantalón de color tostado y una camisa azul celeste de manga corta que hacía juego con sus ojos.

A simple vista, otorgué a Charlotte una alta puntuación. Al igual que Henry, se conservaba esbelta y vestía con buen gusto, dentro de una línea clásica: falda de tweed, jersey amarillo de escote redondo y, debajo, blusa de seda blanca. Tenía el pelo de color caoba, corto, bien teñido y peinado hacia atrás. Advertí que se había hecho la cirugía estética en los ojos, pero no lo atribuí a la vanidad. Trabajaba en ventas, y en ese medio el aspecto personal era un valor tan importante como la experiencia. Parecía una mujer capaz de negociarte una hipoteca como si nada. Si yo hubiese estado buscando una casa, se la habría comprado a ella.

Estaba apoyada en la encimera. Henry le había preparado un vodka con tónica mientras él tomaba su habitual Jack Daniel's con hielo. Había abierto una botella de Chardonnay para mí y me sirvió una copa tan pronto como terminó con las presentaciones. Había sacado un cuenco de frutos secos y una bandeja de queso y galletas saladas con racimos de uva colocados aquí y allá.

—Ahora que me acuerdo, Henry —dije—, mañana con mucho gusto te ayudaré a limpiar si podemos acabar antes del mediodía.

—Perfecto. Ya le he contado a Charlotte lo de Gus.

—Pobre viejo —dijo Charlotte—. ¿Cómo se las arreglará cuando vuelva a casa?

—Eso mismo ha preguntado el médico. No le dará el alta a menos que disponga de ayuda —contestó él.

—¿No tiene familia? —pregunté.

—No que yo sepa. Tal vez Rosie pueda decirnos algo. Gus habla con ella cada dos semanas o así, sobre todo para quejarse de todos nosotros.

—Se lo preguntaré cuando la vea —me ofrecí.

Charlotte y yo iniciamos el habitual intercambio de trivialidades, y cuando la conversación se desvió hacia el sector inmobiliario, ella se animó.

—Le contaba a Henry lo mucho que se han revalorizado estas casas antiguas en los últimos años. Antes de salir de la oficina, por pura curiosidad, he consultado la base de datos de la asociación de agencias de la propiedad inmobiliaria, y el precio medio, repito, el precio medio, era de seiscientos mil. Una vivienda unifamiliar como ésta se vendería probablemente por cerca de ochocientos mil, más que nada porque tiene adosado un apartamento en alquiler.

Henry sonrió.

—Dice que estoy sentado en una mina de oro. Pagué quince mil por esta casa en 1945, convencido de que los gastos me llevarían a una residencia de mendigos.

—Henry se ha ofrecido a enseñarme la casa. Espero que no te importe si nos dedicamos un momento a eso.

—Adelante. Por mí no hay problema.

Salieron de la cocina, cruzaron el comedor y fueron a la sala de estar. Los oí recorrer la casa mientras Henry se la enseñaba, y la conversación pasó a ser casi inaudible cuando llegaron a la habitación que él utilizaba como leonera. Tenía otros dos dormitorios, uno que daba a la calle y otro al jardín de atrás. Había dos baños completos y, junto a la entrada, un aseo. Me dio la impresión de que ella se deshacía en elogios, emitiendo exclamaciones que probablemente llevaban unido el signo del dólar.

Cuando regresaron a la cocina, pasaron del sector inmobiliario a los índices de construcción de nuevas viviendas y las tendencias económicas. Charlotte podía hablar de las caídas de la Bolsa, el rendimiento de los bonos del Estado y la confianza de los consumidores como el que más. A mí me intimidó un poco su aplomo, pero eso era problema mío, no de Henry.

Apuramos las copas y Henry dejó los vasos vacíos en el fregadero mientras Charlotte se disculpaba para retirarse al baño más cercano.

—¿Qué te parece? —preguntó él.

—Me cae bien. Es lista.

—Bien. Parece agradable y está bien informada, cualidades que valoro.

—Yo también —coincidí.

Cuando Charlotte volvió, se había retocado los labios y espolvoreado las mejillas. Cogió el bolso, salimos las dos por la puerta seguidas de Henry y le dejamos un momento para que cerrara con llave.

—¿Podríamos echar un vistazo rápido al estudio? Me ha dicho Henry que lo diseñó él mismo y me encantaría verlo.

Hice una mueca.

—Antes debería adecentarlo un poco. Soy una fanática del orden, pero he estado fuera todo el día.

En realidad, no quería que ella entrara a reconocer el terreno y calcular cuánto añadiría el estudio al precio de mercado si lo convencía para que vendiera.

—¿Cuánto tiempo hace que lo tienes alquilado?

—Siete años. Me encanta la zona, y Henry es el casero perfecto. La playa está a media manzana en esa dirección y tengo el despacho en el centro, a sólo diez minutos de aquí.

—Pero piensa en el patrimonio que habrías acumulado a estas alturas si vivieras en una casa en propiedad.

—Soy muy consciente de las ventajas, pero mis ingresos van oscilando y no estoy dispuesta a cargar con una hipoteca. A mí ya me va bien que sea Henry quien se preocupe de los impuestos y el mantenimiento.

Demasiado cortés para expresar su escepticismo ante mi estrechez de miras, Charlotte se limitó a dirigirme una mirada.

Cuando los dejé, Henry y ella habían reanudado su conversación. Hablando del alquiler de propiedades, Charlotte le sugirió la posibilidad de usar el valor patrimonial de la casa como apalancamiento para adquirir un tríplex que acababa de salir a la venta en Olvidado, donde la vivienda no era tan cara. Dijo que las unidades necesitaban reformas, pero si él realizaba las mejoras necesarias y vendía la propiedad en poco tiempo, obtendría un buen beneficio, que entonces podría reinvertir. Intenté ahogar un grito de alarma, pero tenía la sincera esperanza de que ella no lo convencería de algo tan absurdo.

Tal vez ya no me caía tan bien como pensaba.

6

En circunstancias normales, esa noche, para cenar, habría recorrido a pie la media manzana hasta el bar de Rosie. Rosie es húngara y cocina en consonancia, centrándose en la crema agria, las bolas de masa rellenas, los strudels, las cremas de verdura, los tallarines con queso, las guarniciones de col preparada de distintas maneras, además de los dados de carne —vaca o cerdo a elegir— guisados durante horas y servidos con salsa de rábanos picantes. Confiaba en que ella supiera si Gus Vronsky tenía familia en la zona y, en tal caso, cómo ponerse en contacto con ellos. Dado mi reciente propósito de iniciar una alimentación más sana y equilibrada, decidí aplazar la conversación hasta después de cenar.

Mi colación vespertina consistió en un bocadillo de mantequilla de cacahuete y pepinillos con pan integral de trigo, acompañado de un puñado de fritos de maíz, que estoy casi segura de que podrían considerarse un cereal. Admito que la mantequilla de cacahuete contiene casi un ciento por ciento de grasa; aun así, es una buena fuente de proteínas. Y por fuerza debe de existir alguna cultura en la que los pepinillos con pan y mantequilla se consideren verdura. De postre me obsequié con un puñado de uvas. Éstas me las comí en el sofá mientras pensaba en Cheney Phillips, con quien había salido durante dos meses. La longevidad nunca ha sido mi fuerte.

Cheney era adorable, pero el encanto no basta para mantener una relación. Soy una mujer complicada. Lo sé. Me crió una tía solterona que, para fomentar mi independencia, me daba un dólar todos los sábados y domingos por la mañana y me mandaba a la calle sola. Gracias a ella aprendí a cruzar la ciudad en autobús y a ver, con cierta picardía, dos películas al precio de una en el cine; pero no era precisamente una buena compañía, y de ahí que la «intimidad» me provoque sudores y sensación de ahogo.

Había caído en la cuenta de que, cuanto más se prolongaba la relación con Cheney, más fantasías albergaba sobre Robert Dietz, un hombre del que no sabía nada desde hacía dos años. La conclusión era que prefería establecer lazos afectivos con hombres que se pasaban la vida fuera de la ciudad. Cheney era policía. Le gustaba la acción, el ritmo rápido y la compañía de las personas, en tanto que yo prefiero la soledad. Para mí, la charla superficial representa un esfuerzo y los grupos de cualquier tamaño me agotan.

Cheney era un hombre que comenzaba muchos proyectos y no acababa ninguno. Durante el tiempo que estuvimos juntos, los suelos de su casa permanecieron cubiertos con láminas protectoras y, a pesar de que nunca lo vi coger un pincel, el aire olía siempre a pintura reciente. Había retirado los herrajes de todas las puertas interiores, con lo cual era necesario meter el dedo en el agujero y tirar para pasar de una habitación a otra. Detrás de su garaje de dos plazas tenía una furgoneta colocada sobre bloques. Y aunque quedaba oculta a la vista y ningún vecino se había quejado, en el suelo del camino de acceso había quedado dibujada en óxido la silueta de una llave inglesa de tantas veces como había llovido sobre ella.

A mí me gusta poner el punto final. Me saca de quicio ver la puerta de un armario entreabierta. Me gusta planificar. Lo preparo todo por adelantado y no dejo nada al azar, en tanto que Cheney se considera un espíritu libre, que se toma la vida tal como viene. Sin embargo, yo compro a locas, y Cheney, en cambio, se pasa semanas haciendo investigaciones de mercado. Le gusta pensar en voz alta, en tanto que a mí me aburre debatir sobre temas en los que no tengo un interés personal. No es que lo suyo fuera mejor ni peor que lo mío. Sencillamente éramos distintos en terrenos innegociables. Al final fui franca con él en una conversación tan dolorosa que no merece la pena repetirla. Todavía no creo que él se sintiera tan dolido como me indujo a pensar. En cierto sentido, debió de experimentar alivio, porque no podía ser que él disfrutara de los roces más que yo. Para mí, lo más satisfactorio a partir de la ruptura fue el súbito silencio en la cabeza, la sensación de autonomía, la libertad de cualquier obligación social. Y sobre todo el placer de darme la vuelta en la cama sin chocar con nadie.

A las siete y cuarto me obligué a abandonar el sofá y tiré la servilleta que había utilizado como plato. Alcancé el bolso y la chaqueta, cerré con llave y recorrí la media manzana hasta el local de Rosie, que es una fea mezcla de restaurante, taberna y bar de barrio. Digo «fea» por la exigua decoración del laberíntico espacio. La barra es como cualquier otra barra: un reposapiés de latón a lo largo y botellas de distintos licores en estantes con espejos por detrás. En esa misma pared hay un pez espada disecado de cuyo pico cuelga un suspensorio. Esa desagradable prenda la lanzó allí un alborotador durante un juego de azar cuya práctica ha desalentado Rosie desde entonces.

A lo largo de dos de las paredes se suceden unos toscos reservados, hechos a base de láminas de contrachapado unidas con clavos y ahora de un tono oscuro y pegajoso a causa de la suciedad. El resto de las mesas y sillas son la clase de objetos que pueden encontrarse en un mercadillo, piezas disparejas de formica y cromo con alguna que otra pata demasiado corta. Por suerte, la iluminación es mala, así que muchos de los defectos pasan inadvertidos. El ambiente huele a cerveza, cebolla salteada y ciertas especias húngaras sin identificar. Ha desaparecido ya el humo del tabaco, que Rosie prohibió hace un año.

Como estábamos a principios de semana, eran pocos los parroquianos. Por encima de la barra, el televisor emitía, sin sonido, *La rueda de la fortuna*. En lugar de ocupar mi habitual reservado al fondo, me encaramé a un taburete y esperé a que Rosie saliera de la cocina. Su marido, William, me sirvió una copa de Chardonnay y la dejó delante de mí. Al igual que su hermano Henry, es alto, pero de indumentaria mucho más formal, prefiere los zapatos de cordones, muy lustrosos, mientras que Henry siente predilección por las chancletas.

William se había quitado la americana y se habían puesto toallitas de papel en los puños, sujetas con gomas elásticas, para protegerse las mangas de la camisa, blancas como la nieve.

—Hola, William —saludé—. Hace una eternidad que no hablamos. ¿Cómo te va?

—Tengo una leve congestión de pecho. No obstante, espero que no acabe en una infección de las vías respiratorias superiores en toda regla —contestó. Sacó una cajetilla del bolsillo del pantalón y, tras echarse un comprimido a la boca, explicó—: Cinc.

—Vaya, vaya.

William era un heraldo de enfermedades menores, que él se tomaba muy en serio por miedo a que se lo llevaran a la tumba. Aunque se había moderado y ya no llegaba a los límites de antes, permanecía atento a cualquier defunción inminente.

—He oído que Gus anda mal —comentó.

—Magullado y maltrecho; aparte de eso, se encuentra bien.

—No estés tan segura —dijo él—. Una caída como ésa puede traer complicaciones. Parece que uno se encuentra bien, pero en cuanto tiene que guardar cama pilla una neumonía. Otro riesgo son los trombos, y ya no hablemos de las infecciones por estafilococos, que pueden llevárselo a uno al otro barrio en un periquete.

Con un chasquido de dedos, William puso fin a cualquier infundado optimismo que yo pudiese haber concebido. Por lo que a él se refería, Gus ya estaba prácticamente bajo tierra. En lo tocante a la muerte, William se mantenía siempre alerta. En gran medida, Rosie lo había curado de su hipocondría, puesto que su fervor culinario generaba las suficientes indigestiones para mantener a raya las enfermedades imaginarias de William. Aun así, él todavía era propenso a la depresión y consideraba que no había nada como un funeral para proporcionar un pasajero estímulo anímico. ¿Quién podía echárselo en cara? A su edad, habría sido un alma de cántaro si ver a un amigo recién fallecido no le levantase un poco la moral.

—Más me preocupa lo que le pase a Gus cuando vuelva a casa. Estará fuera de combate durante un par de semanas.

—Si no más.

—Exacto. Teníamos la esperanza de que Rosie conociera a algún pariente dispuesto a cuidar de él.

—Yo no contaría con la familia. Ese hombre tiene ochenta y nueve años.

—La misma edad que tú, y tú tienes cuatro hermanos vivos, tres de los cuales pasan de los noventa.

—Pero nosotros estamos hechos de una pasta más resistente. Gus Vronsky ha fumado la mayor parte de su vida. Por lo que sabemos, aún fuma. Lo mejor es un servicio de asistencia sanitaria a domicilio, como por ejemplo la Asociación de Enfermeras Visitadoras.

—¿Crees que tiene algún seguro de salud?

—Lo dudo. Probablemente ni siquiera imaginaba que viviría tanto como para beneficiarse de él, pero sí debe de tener seguridad social.

—Sí, supongo.

Rosie salió de la cocina por la puerta de vaivén caminando de costado. Llevaba un plato en cada mano, uno lleno a rebosar de lomo frito y rollos de col rellenos y el otro con estofado húngaro y tallarines al huevo. Se los sirvió al par de bebedores diurnos sentados ante el extremo opuesto de la barra. Estaba segura de que los dos llevaban allí desde el mediodía, y bien podía ser que ella los invitase a la cena con la esperanza de que se les pasara la borrachera antes de marcharse a casa.

Se reunió con nosotros en la barra y la puse al corriente brevemente de nuestras preocupaciones por Gus.

—Hay una sobrina nieta —dijo ella de inmediato—. Como no lo ve desde hace años, le tiene mucho cariño.

—¿No me digas? ¡Qué bien! ¿Y vive aquí?

—En Nueva York.

—A Gus eso va a servirle de poco. El médico no le dará el alta a menos que tenga a alguien que lo cuide.

Rosie descartó la idea.

—Metedlo en una residencia. Eso hice yo con mi hermana.

William se inclinó hacia mí y aclaró:

—... que murió poco después.

Rosie no le prestó la menor atención.

—Es un lugar agradable. En la esquina de Chapel y Missile.

—¿Y qué hay de su sobrina? ¿Sabes cómo podríamos ponernos en contacto con ella?

—Gus tiene una agenda en su escritorio, allí seguro que aparece el nombre.

—Algo es algo —dije.

Cuando sonó el despertador el martes a las seis de la mañana, salí a rastras de la cama y me puse las zapatillas Saucony. Había dormido en chándal, lo que me ahorraba un paso en mi recién inaugurado ritual matutino. Mientras me lavaba los dientes, me miré en el espejo con desesperación. Durante la noche, mi pelo rebelde había formado un cono en lo alto de la cabeza, que tuve que humedecer con agua y alisar con la palma de la mano.

Cerré la puerta y me até la llave del estudio en el cordón de una de las zapatillas. Al cruzar la verja me detuve y, por si a alguien le interesaba, estiré los ligamentos de las rodillas con gran alarde. Luego me dirigí hacia el bulevar Cabana, donde troté por el carril bici hasta la siguiente travesía, con la playa a mi derecha. Amanecía más tarde que la última vez que corrí, hacía varias semanas, por lo que a esas horas de la madrugada reinaba aún más la oscuridad. El mar ofrecía un aspecto negro y hosco, y las olas, a juzgar por el ruido al romper contra la arena, parecían frías. Unos kilómetros mar adentro, las islas del canal, recortadas contra el horizonte, formaban una hilera oscura e irregular.

Normalmente no me habría planteado siquiera la ruta, pero cuando llegué al cruce de Cabana y State Street, eché un vistazo a la izquierda y comprendí que las dos hileras de luces situadas a los lados tenían algo de tranquilizador. A esa hora no había allí ni un alma y los escaparates estaban a oscuras, pero, guiándome por la intuición, dejé la playa atrás y me encaminé hacia el centro de Santa Teresa, a diez manzanas al norte.

En Lower State se encuentran la estación de ferrocarril, un centro de alquiler de bicicletas y un establecimiento de Sea & Surf, donde venden tablas, bikinis y equipo de submarinismo. A media manzana había una tienda de camisetas y un par de hoteluchos. El mejor de los dos, el Paramount, había sido el alojamiento preferido de mucha gente en los años cuarenta, cuando los niños mimados de Hollywood viajaban a Santa Teresa en tren. Estaba a un paso de la estación y tenía una piscina que se alimentaba de unas fuentes termales. La piscina fue clausurada cuando unos trabajadores descubrieron que las filtraciones de una gasolinera contaminaban el acuífero. El hotel había cambiado de manos y el nuevo propietario estaba rehabilitando el establecimiento, en otro tiempo suntuoso. Las obras interiores habían concluido y ahora estaba construyéndose una nueva piscina. Los agujeros de la valla provisional plantada para proteger la obra invitaban al público a curiosear. Yo misma me había parado a mirar una mañana, pero sólo vi montones de basura y fragmentos de azulejos antiguos.

Seguí corriendo otras diez manzanas y luego di media vuelta, iba contemplando el paisaje alrededor para no pensar en que respiraba muy agitada. El aire frío previo al amanecer me tonificaba. El cielo había pasado de color carbón a gris ceniza. Casi al final de mi carrera oí cómo el tren de mercancías de primera hora de la mañana cruzaba lentamente la ciudad haciendo sonar un silbato en sordina. Con un alegre campanilleo descendieron las barreras del paso a nivel. Aguardé a que pasara el tren. Conté seis vagones cerrados, un vagón cisterna, un vagón de ganado vacío, un vagón frigorífico, nueve contenedores de coches, tres bateas, un vagón plataforma y, por último, el furgón de cola. Cuando el tren se perdió de vista, seguí a pie para enfriar mientras recorría las últimas manzanas. En esencia, me alegraba de haberme quitado ya de encima el *jogging*.

Me salté la ducha pensando que bien podía quedarme sudorosa para la sesión de tareas domésticas que me esperaba. Reuní guantes de goma, estropajos y varios artículos de limpieza y lo eché todo en un cubo de plástico. Añadí un rollo de papel de cocina, trapos, detergente para ropa y bolsas de basura. Así provista salí al jardín, donde aguardé a Henry. No hay nada como los peligros y el glamour de la vida de un detective.

Cuando apareció Henry, fuimos al domicilio de Gus. Él recorrió la casa para evaluar la situación y regresó a la sala de estar, donde recogió los periódicos de varias semanas esparcidos por el suelo. Por mi parte, me quedé examinando el mobiliario. Las cortinas eran exiguas y las cuatro piezas tapizadas (un sofá y tres sillones) estaban cubiertas con fundas elásticas de color marrón oscuro, todas de un mismo tamaño adaptable. La mesa era de un laminado imitación caoba. El mero hecho de estar allí resultaba desalentador.

La primera tarea que me asigné fue registrar el buró de persiana de Gus en busca de la agenda, que estaba en el cajón de los lápices, junto con una llave de la casa en un llavero blanco y redondo donde se leía PITTS.

La saqué.

—¿Qué es esto? No sabía que Gus tenía una llave de tu casa.

—Claro. Por eso yo tengo una llave de la suya. Lo creas o no, hubo un tiempo en que no era tan cascarrabias. Me recogía el correo y me regaba las plantas cuando yo me iba a Michigan a visitar a mis hermanos.

—Ver para creer —dije, y reanudé mi tarea mientras Henry llevaba la pila de periódicos a la cocina y los metía en el cubo de la basura.

Gus tenía el aspecto económico de su vida bien organizado: facturas pagadas en una casilla, las pendientes de pago en otra. En una tercera encontré el talonario, dos libretas de ahorro y hojas de saldo sujetas con gomas elásticas. No pude evitar fijarme en la cantidad de dinero acumulado en sus cuentas. Bueno, sí, lo admito, repasé los números con detenimiento, pero no tomé notas. Tenía cerca de dos mil dólares en la cuenta corriente, quince mil en una libreta de ahorros y veintidós mil en la otra. Quizás eso no fuera todo. Me parecía la clase de persona que guardaba billetes de cien dólares entre las páginas de los libros y mantenía cuentas intactas en varios bancos. Los ingresos regulares que hacía eran probablemente cheques de la seguridad social o de la pensión.

—Oye, Henry, ¿a qué se dedicaba Gus antes de jubilarse?

Henry asomó la cabeza desde el pasillo.

—Trabajaba en los ferrocarriles, allá en el Este. Es posible que fuera en la compañía L&N, pero no sé qué cargo ocupaba exactamente. ¿Por qué lo preguntas?

—Tiene bastante dinero. O sea, no es rico, pero dispone de recursos para vivir mucho mejor de lo que vive.

—No creo que el dinero y la higiene estén relacionados. ¿Has encontrado la agenda?

—Aquí está. La única persona que vive en Nueva York es una tal Melanie Oberlin, que tiene que ser su sobrina.

—¿Por qué no la llamas?

—¿Tú crees?

—¿Por qué no? Así paga él la llamada. Mientras tanto, empezaré por la cocina. Tú puedes ocuparte de su dormitorio y el baño en cuanto hayas acabado.

Marqué el número, pero como suele suceder últimamente, no hablé con un ser humano vivo. La mujer del contestador se identificó como Melanie, sin dar el apellido, y no podía atender la llamada. La noté muy alegre para estar diciéndome al mismo tiempo lo mucho que lamentaba no poder atenderme. Hice un breve resumen de la caída de su tío Gus y después dejé mi nombre y los números de teléfono de mi casa y mi oficina y le pedí que me devolviera la llamada. Me guardé la agenda en un bolsillo, con la intención de intentarlo de nuevo más tarde si no tenía noticias suyas.

Di una vuelta por la casa de Gus como había hecho antes Henry. En el pasillo percibí un tufo a excrementos de ratón o quizás a ratón muerto en fecha reciente atrapado en una pared cercana. En la segunda habitación se amontonaban cajas de cartón sin etiquetar y muebles antiguos, algunos de buena calidad. La tercera habitación estaba dedicada a objetos de los que obviamente el viejo era incapaz de deshacerse. Había pilas de periódicos atados con cordel y que llegaban a la altura de la cabeza, y entre las filas había dejado pasillos para acceder fácilmente en caso de que alguien necesitara entrar y coger las tiras cómicas de los dominicales desde diciembre de 1964. Contenía asimismo botellas vacías de vodka, cajas de comida en lata y agua embotellada suficiente para resistir un asedio, cuadros de bicicleta, dos cortacéspedes oxidados, una caja de zapatos de mujer y tres televisores de aspecto barato con antenas portátiles y pantallas del tamaño de las ventanillas de un avión. Además, Gus había llenado de herramientas una caja de embalaje. Un viejo sofá cama asomaba bajo una montaña de ropa revuelta. Sobre una mesita de centro se alzaban columnas de vajilla de cristal verde de los tiempos de la Depresión.

Conté quince cuadros apoyados contra una pared, todos con recargados marcos. Fui pasándolos de uno en uno mientras examinaba los lienzos, pero no supe qué pensar. Los temas eran variados: paisajes, retratos, una pintura de un ramo exuberante pero mustio, otra de una mesa adornada con fruta cortada, una jarra de plata y un pato muerto con la cabeza colgando del borde. El óleo de la mayoría se había oscurecido tanto que era como mirar a través de un cristal tintado. No sé nada de arte, de modo que no podía opinar sobre su colección, salvo por el pato muerto, que me pareció de un gusto dudoso.

Me puse manos a la obra en el cuarto de baño, decidida a empezar por lo peor. Desconecté mis engranajes emocionales, poco más o menos como hago en el escenario de un homicidio. La repulsión no sirve de nada cuando tienes trabajo que hacer. Durante las siguientes dos horas frotamos y restregamos, quitamos el polvo y pasamos el aspirador. Henry vació el frigorífico y llenó dos bolsas de basura grandes de alimentos descompuestos sin identificar. Los estantes de los armarios contenían latas con la base abombada, indicio de explosión inminente. Puso el lavavajillas mientras yo metía una pila de ropa sucia en la lavadora y la encendía también. Dejé la ropa de cama amontonada en el suelo del lavadero hasta tener lista la primera colada.

A mediodía habíamos avanzado lo máximo posible. Ahora que se había restablecido un mínimo de orden, vi lo deprimente que era la casa. Podríamos haber trabajado otros dos días enteros y el resultado habría sido el mismo: desgaste, abandono, una nube de viejos sueños suspendida en el aire. Cerramos la casa, y Henry llevó dos cubos de basura a rastras hasta la acera. Me dijo que quería adecentarse y que luego iría al supermercado para reabastecer los estantes de Gus. Después de eso pensaba telefonear al hospital para preguntar cuándo le darían el alta. Yo me marché a casa, me duché y me puse los habituales vaqueros para irme a trabajar.

Decidí que intentaría por segunda vez entregar la orden de comparecencia a mi amigo Bob Vest. En esta ocasión, cuando aparqué y cruce la calle para llamar a su puerta, me fijé en los dos periódicos tirados en el porche. Eso no era buena señal. Esperé, por si lo había pillado en el retrete con los calzoncillos a la altura de las rodillas. Mientras estaba allí, vi un rascador para gatos en un extremo del porche. La superficie tapizada permanecía intacta, ya que por lo visto el gato prefería afilarse las uñas haciendo trizas el felpudo. Había también un cajón de gato, sucio de hollín y lleno de pelos, caspa y huevos de pulga, pero no se veía gato alguno.

Me acerqué al buzón y examiné el contenido: correo comercial, catálogos, unas cuantas facturas y un puñado de revistas. Me puse todo bajo el brazo y crucé el jardín hasta la casa contigua. Toqué el timbre. Me abrió la puerta una mujer de más de sesenta años, con un cigarrillo en la mano. A su alrededor olía a beicon frito y sirope de arce. Llevaba una camiseta sin mangas y un pantalón pirata. Tenía los brazos flácidos y la cintura del pantalón le quedaba holgada en torno a la cadera.

—Hola. ¿Sabe cuándo volverá Bob? —pregunté—. Me pidió que le entrara el correo. Creí que volvería a casa anoche, pero veo que no ha recogido los periódicos.

La mujer abrió la mosquitera y miró por encima de mí hacia el camino de acceso de su vecino.

—¿Cómo ha conseguido liarte? A mí me pidió que le cuidara el gato, pero no dijo nada del correo.

—Tal vez prefirió no molestarla con eso.

—No sé por qué no. No le importa molestarme con todo lo demás. Ese gato ya se cree que vive aquí de tanto como lo cuido. Pobre bicho. Me da pena.

La escasa atención que Bob prestaba a su gato me pareció lamentable. Vergüenza debería darle.

—¿Dijo cuándo volvería a casa?

—Esta tarde, pero fíate de su palabra. A veces me asegura que estará fuera dos días cuando él sabe de sobra que no volverá antes de una semana. Piensa que es más probable que acceda si su ausencia es corta.

—En fin, ya conoce a Bob —dije, y le enseñé el correo—. De todos modos, dejaré esto en la puerta de su casa.

—Puedo quedármelo yo si quiere.

—Gracias. Muy amable.

Me examinó.

—No es asunto mío, pero ¿tú no serás la chica nueva de la que no para de hablar?

—Ni mucho menos. Ya tengo problemas más que suficientes sin cargar con él.

—Bueno, me alegro. No pareces su tipo.

—¿Y cuál es su tipo?

—El tipo de mujer que veo salir de su casa casi todas las mañanas a las seis.

Cuando llegué a la oficina, telefoneé a Henry, que me puso al corriente. Al final, el médico había decidido retener a Gus un día más porque tenía la tensión alta y el recuento de glóbulos rojos bajo. Como Gus estaba grogui por efecto de los analgésicos, Henry tuvo que hablar con la sección que tramitaba las altas del departamento de servicios sociales del hospital, para ver en qué medida era posible satisfacer las necesidades médicas de Gus en cuanto lo pusieran en la calle. Henry se ofreció a explicarme los entresijos de la cobertura de Medicare, pero, la verdad, era demasiado aburrido para asimilarlo. Más allá de la Parte A y la Parte B, todo era un baile de siglas: CMN, SNF, PPS, PRO, DRG, etcétera, etcétera. Como yo no iba a tener que sortear esos rápidos hasta pasados otros treinta años, la información sencillamente me resultaba tediosa. Las directrices generales eran de un retorcimiento diabólico, concebidas para confundir a los mismísimos pacientes a los que en teoría debían aleccionar.

Por lo visto existía una fórmula que determinaba cuánto dinero podía ganar el hospital reteniéndolo durante un número específico de días y cuánto podía perder reteniéndolo un solo día más. El hombro dislocado de Gus, aunque doloroso, hinchado y causante de una incapacidad temporal, no se consideraba tan grave como para garantizarle una estancia de más de dos noches. Distaba mucho de agotar los días que tenía asignados, pero el hospital no quería correr riesgos. El miércoles Gus salió del St. Terry para quedar en manos de un centro de convalecencia.

7

La residencia de ancianos Colinas Ondulantes era una laberíntica estructura de ladrillo de una planta. Abarcaba una superficie de unos cuatrocientos metros cuadrados y no había a la vista una sola colina, ni ondulante ni de ninguna clase. Se observaba algún que otro intento de dar vida al exterior: habían añadido una pila para pájaros y dos bancos de hierro, de esos que dejan marcas en los fondillos del pantalón. El suelo del aparcamiento era muy negro y olía como si acabaran de asfaltarlo. En el estrecho jardín delantero, una hiedra formaba un espeso tapiz verde que se extendía hasta las fachadas laterales, cubría las ventanas y llegaba al tejado. En un año, el edificio quedaría envuelto por una selva de verdor, un montículo amorfo como una pirámide maya perdida.

Dentro, el vestíbulo estaba pintado de vivos colores primarios. Quizá pensaban que para los ancianos, como para los bebés, la estimulación con tonos intensos era beneficiosa. En el rincón opuesto, alguien había sacado de su caja un árbol de Navidad artificial y había conseguido encajar las «ramas» de aluminio en los agujeros correspondientes. La configuración de las ramas quedaba tan realista como un trasplante de pelo reciente. De momento no tenía adornos ni luces. Con la escasa luz vespertina que se filtraba por los cristales, el efecto general era mortecino. Ocupaban ambos lados de la sala hileras de sillas cromadas con el asiento de plástico amarillo. Por necesidad, las luces estaban encendidas, pero las bombillas eran de una potencia tan exigua como las de los moteles baratos.

La recepcionista estaba oculta detrás de una ventana corredera de cristal esmerilado, semejante a las que uno encuentra en las consultas de los médicos. Un revistero en vertical de cartón sostenía folletos en los que la residencia de ancianos Colinas Ondulantes parecía un establecimiento de los «años dorados». En un montaje fotográfico se veía a un grupo de ancianos atractivos y en apariencia llenos de energía que, sentados en un jardín, conversaban alegremente mientras jugaban a las cartas. Otra imagen mostraba el comedor, donde dos parejas residentes disfrutaban de un exquisito ágape. Pero vista la realidad, el lugar me despertó la esperanza de una muerte repentina y prematura.

De camino hacia allí me detuve en un supermercado, donde me quedé un rato mirando el revistero. ¿Qué clase de lectura entretendría a un viejo cascarrabias? Compré *Revista de maquetas de tren*, el *Playboy* y un libro de crucigramas. Añadí una barra de chocolate de tamaño gigante, por si era goloso y tenía un antojo.

No llevaba mucho tiempo esperando en el vestíbulo, pero como nadie había abierto la ventanilla de la recepcionista, llamé a la mampara con los nudillos. La ventanilla se deslizó ocho centímetros y asomó una mujer de unos cincuenta años.

—Ah, perdone. No me he dado cuenta de que había alguien. ¿En qué puedo ayudarle?

—Me gustaría ver a un paciente, Gus Vronsky. Ha ingresado hoy mismo.

La mujer consultó su Rolodex y luego hizo una llamada, cubriendo el auricular con la mano para impedir que le leyera los labios. Cuando colgó, dijo:

—Tome asiento. Enseguida saldrá alguien.

Ocupé una silla que me ofrecía la panorámica de un pasillo con despachos administrativos a ambos lados. En el extremo opuesto, donde un segundo pasillo se cruzaba con el primero, un mostrador con enfermeras dividía el tráfico peatonal como una roca el flujo de agua de un arroyo. Supuse que las habitaciones hospitalarias se distribuían a lo largo de los dos pasillos periféricos. Las zonas comunes y las habitaciones de los residentes activos y saludables debían de estar en otro sitio. Sabía que el comedor no andaba lejos porque olía mucho a comida. Cerré los ojos y descompuse el menú en sus partes integrantes: carne (quizá cerdo), zanahorias, nabos y algo más, probablemente el salmón del día anterior. Imaginé una hilera de lámparas térmicas calentando las bandejas de acero inoxidable de veinticinco por treinta y cinco centímetros: una a rebosar de cuartos de pollo en salsa de crema, otra llena de boniatos glaseados, una tercera con puré de patata amazacotado y un poco reseco en el contorno. Comparativamente, ¿qué podía tener de malo comer una hamburguesa de cuarto de libra con queso? Si eso era lo que me esperaba al final de mi vida, ¿por qué privarme ahora?

Al cabo de un rato vino a buscarme a la recepción una voluntaria de mediana edad vestida con una bata de algodón rosa. Mientras me conducía por el pasillo permaneció en absoluto silencio, pero, eso sí, lo hizo con gran amabilidad.

Gus ocupaba una habitación semiprivada, y estaba sentado con el tronco erguido en la cama más próxima a la ventana. La vista se reducía al lado interior de la enredadera, tupidas filas de raíces blancas que parecían patas de ciempiés. Tenía el brazo en cabestrillo y por las distintas aberturas del camisón asomaban los hematomas de la caída. Medicare no cubría las atenciones de una enfermera privada, ni teléfono ni televisor.

Una cortina que colgaba de un riel formando un semicírculo ocultaba la cama de su compañero de habitación. En el silencio, oí su respiración estertórea, una mezcla de resuello y suspiro que me llevó a contar cada vez que tomaba aire por si dejaba de respirar y me tocaba a mí realizarle la resucitación cardiopulmonar.

Me acerqué de puntillas a la cama de Gus y, sin proponérmelo, empleé la voz que reservo para las bibliotecas públicas.

—Hola, señor Vronsky. Soy Kinsey Millhone, su vecina.

—¡Ya sé quién es! No me he caído de cabeza. —Gus adoptó su tono de costumbre, que allí se me antojó un grito. Inquieta, miré en dirección a la otra cama preguntándome si las voces despertarían al pobre hombre.

Con la esperanza de aplacar su mal genio dejé lo que le había llevado sobre la mesa rodante junto a la cama.

—Le he traído una barra de chocolate y unas revistas. ¿Cómo está?

—¿Y a usted qué le parece? Me duele.

—Ya me lo imagino —musité.

—Déjese de susurros y hable como un ser humano normal. Si no levanta la voz, no oigo una sola palabra.

—Lo siento.

—No basta con sentirlo. Antes de que me haga otra pregunta estúpida, le diré que estoy sentado así porque si me tiendo me duele más. Ahora mismo la palpitación es un suplicio y tengo el cuerpo entero molido. Fíjese en este morado: es de la mucha sangre que me sacaron. Debió de ser un litro y medio en cuatro tubos enormes. Según el informe del laboratorio, soy anémico, pero no había tenido el menor problema hasta que caí en sus manos.

Adopté una expresión compasiva, pero se me había agotado la capacidad de consuelo.

Gus dejó escapar un resoplido de indignación.

—Un día en esta cama y ya tengo el trasero en carne viva. Si me quedo otro más acabaré llagado por todas partes.

—Debería comentárselo a su médico o a una enfermera.

—¿A qué médico? ¿A qué enfermera? Aquí no ha venido nadie en las últimas dos horas. Además, el médico es un idiota. No sabe de qué habla. ¿Qué ha dicho de mi alta? Más le vale firmarla pronto o me marcharé por mi propio pie. Puede que esté enfermo, pero no soy un prisionero, a menos que ser viejo sea un delito, que es lo que piensan en este país.

—No he hablado con la enfermera de planta, pero va a venir Henry y puede preguntárselo. Telefoneé a su sobrina en Nueva York para informarla de lo que ha pasado.

—¿A Melanie? Es una inútil. Está demasiado ocupada y ensimismada para preocuparse de personas como yo.

—En realidad, no llegué a hablar con ella. Le dejé un mensaje en el contestador y espero que me devuelva la llamada.

—No servirá de nada. No ha venido a visitarme desde hace años. Le dije que la desheredaría. ¿Sabe por qué no lo he hecho?

Porque me saldría demasiado caro. ¿Por qué habría de pagar a un abogado cientos de dólares para que ella no vea un céntimo? ¿Qué sentido tiene? También me he hecho un seguro de vida, pero no me gusta hablar con mi agente porque siempre intenta venderme algo nuevo. Si retiro su nombre como beneficiaria, me veré obligado a pensar a quién pongo para sustituirla. No me queda nadie más y no pienso dejarle nada a una organización benéfica. ¿Por qué iba a hacerlo? He trabajado mucho para ganar ese dinero. Que los demás hagan lo mismo.

—Pues me parece muy bien —solté por decir algo.

Gus miró la cortina en semicírculo.

—¿Y a ése qué le pasa? Vale ya de tanto jadeo. Me está poniendo los nervios de punta.

—Creo que duerme.

—Pues es muy desconsiderado.

—Si quiere, puede taparle la cara con una almohada —comenté—. Era broma —añadí al ver que no se reía. Eché una ojeada a mi reloj. Llevaba con él casi diez minutos—. Señor Vronsky, ¿le traigo un poco de hielo antes de marcharme?

—No, ya puede marcharse. Me importa un rábano. Piensa que me quejo demasiado, pero no sabe de la misa la media. Usted nunca ha sido vieja.

—Ya, sí, claro. Ya nos veremos.

Negándome a pasar un segundo más en su compañía, huí. Sin duda su irritabilidad era fruto del sufrimiento y el dolor, pero yo no tenía por qué ponerme a tiro. Tan malhumorada como él, fui a buscar mi coche al aparcamiento.

Como en cualquier caso ya estaba de mal talante, decidí intentarlo de nuevo con la citación de Bob Vest. Su desatención al gato bien podía quedar impune, pero más le valía ocuparse de su ex esposa e hijos. Fui a su casa y aparqué otra vez en la acera de enfrente. Volví a probar en vano con mi habitual llamada a la puerta. ¿Dónde demonios se había metido el tipo aquel? Habida cuenta de que ése era mi tercer intento, en rigor podía darme por vencida y zanjarlo con una declaración jurada de imposibilidad de entrega, pero presentía que estaba cada vez más cerca y no deseaba rendirme.

Regresé al coche y comí lo que me había preparado y puesto en una bolsa de papel marrón: un sándwich de queso, pimiento y aceitunas con pan integral y un racimo de uvas, lo que ascendía a dos raciones de uvas en dos días. Me había llevado un libro y alterné la lectura con la radio. A intervalos encendía el motor, ponía la calefacción y dejaba que el interior del Mustang se llenara de un agradable calor. La cosa empezaba a alargarse. Si Vest no llegaba antes de las dos, me marcharía. Siempre podía decidir más tarde si merecía la pena intentarlo de nuevo.

A la una y treinta y cinco se acercó una furgoneta, un modelo antiguo. El conductor se volvió para mirarme al entrar en el camino de acceso y aparcar. El vehículo y el número de la matrícula coincidían con los datos que me habían facilitado. Por la descripción, aquel hombre era el mismísimo Bob al que debía entregar la citación. Antes de que yo pudiera hacer algo, salió, cogió un petate de la caja de la furgoneta y cargó con él camino arriba. Un gato gris de aspecto roñoso apareció de la nada y trotó detrás de él. Bob abrió la puerta delantera apresuradamente y el gato aprovechó de inmediato la oportunidad para colarse. Bob volvió a dirigir la mirada hacia mí antes de entrar y cerrar la puerta. Eso no era buena señal. Si sospechaba que yo pretendía entregarle una citación, podía pasarse de listo y escabullirse por la puerta de atrás para eludirme. Si yo justificaba mi presencia allí, quizás atenuaba su paranoia y lo atraía a mi trampa.

Salí, me acerqué a la parte delantera del coche y levanté el capó. Con cierta exageración, simulé que toqueteaba el motor, luego me puse en jarras y cabeceé. Cielos, desde luego una chica no sabe ni por dónde empezar con un motor sucio, viejo y enorme como ése. Esperé un tiempo prudencial y luego bajé el capó ruidosamente. Crucé la calle y recorrí el camino de acceso hasta el porche de su casa. Llamé a la puerta.

Nada.

Volví a llamar.

—¡Oiga! Perdone que lo moleste, pero quería saber si puedo usar su teléfono. Creo que me he quedado sin batería.

Habría jurado que estaba al otro lado de la puerta, escuchándome mientras yo intentaba escucharlo a él.

No hubo respuesta.

Llamé otra vez, y al cabo de un minuto regresé a mi coche. Me senté y me quedé con la vista fija en la casa. Para mi sorpresa, Vest abrió la puerta y me miró detenidamente. Me incliné hacia la guantera y simulé que buscaba el manual del usuario. ¿Tendría un Mustang de diecisiete años un manual? Cuando volví a mirar, él había bajado los peldaños del porche y se dirigía hacia mí. Mierda.

Cuarentón, sienes plateadas, ojos azules. Tenía el rostro surcado por finas arrugas: una permanente mueca de descontento. No parecía ir armado, y eso me resultó alentador. En cuanto estuvo a una distancia razonable bajé la ventanilla y dije:

—Hola, ¿qué tal?

—¿Era usted quien llamaba a mi puerta?

—Ajá. Quería pedirle que me dejara usar su teléfono.

—¿Qué problema tiene?

—No puedo arrancar el motor.

—¿Quiere que lo intente yo?

—Claro.

Vi que desviaba la mirada hacia las citaciones en el asiento del acompañante, pero no debió de registrar la referencia al tribunal superior y todas las alusiones a la demandante contra el demandado, porque no ahogó una exclamación ni dio un respingo horrorizado. Plegué el documento y me lo guardé en el bolso al salir del coche.

Ocupó mi sitio en el asiento delantero, pero, en lugar de girar la llave, apoyó las manos en el volante y cabeceó en actitud admirativa.

—Yo tuve una de estas virguerías. Nada menos que el Boss 429, el rey de los supercoches, y lo vendí. Para lo que saqué, podría haberlo regalado. Aún me doy de cabezazos. Ni siquiera recuerdo para qué necesitaba el dinero. ¿Dónde lo ha encontrado?

—En un concesionario de segunda mano de Chapel. Fue un capricho que me di. No llevaba en la tienda ni medio día. El vendedor me contó que no se fabricaron muchos.

—Apenas cuatrocientos noventa y nueve en 1970 —dijo—. Ford creó el motor 429 en 1968 después de empezar Petty a arrasar en el campeonato nacional de *stock cars* con su 426 Hemi Belvedere. ¿Se acuerda de Bunkie Knudsen?

—Pues la verdad es que no.

—Ya, bueno, pues más o menos por esa época se marchó de GM y asumió la dirección de Ford. Fue él quien los convenció para que equiparan las líneas Mustang y Cougar con el motor 429. El hijo de puta es tan grande que tuvieron que resituar la suspensión y colocar la batería en el maletero. Al final sufrieron pérdidas, pero los Boss 302 y 429 siguen siendo los coches más increíbles que se han fabricado. ¿Cuánto le ha costado?

—Cinco mil.

Pensé que se daría con la cabeza contra el volante, pero se limitó a moverla en uno de esos lentos movimientos que denotan un pesar infinito.

—No tenía que haberlo preguntado. —Dicho esto, giró la llave del contacto y el motor arrancó en el acto—. Debe de haberlo ahogado.

—Tonta de mí. Se lo agradezco.

—No ha sido nada —dijo—. Si alguna vez quiere vender el coche, ya sabe dónde estoy.

Salió y se apartó a un lado para dejarme entrar en el coche.

Saqué los papeles de mi bolso.

—¿No será usted Bob Vest, por casualidad?

—Lo soy. ¿Nos concemos?

Le entregué la citación, que él cogió automáticamente cuando le toqué el brazo.

—No. Lamento tener que decirlo, pero es una citación —contesté mientras me sentaba al volante.

—¿Cómo dice? —Miró los papeles y, cuando vio qué era, exclamó—: Mierda.

—Y por cierto, debería cuidar mejor a su gato.

Cuando regresé a la oficina, llamé por segunda vez a la sobrina de Gus. Con las tres horas de diferencia, esperaba encontrarla ya en casa, de vuelta del trabajo. El teléfono sonó tanto tiempo que me sorprendió cuando por fin descolgó. Repetí el parte original de forma abreviada. Ella estaba en la inopia, como si no supiera de qué le hablaba. Volví a soltarle el discurso en una versión más elaborada, explicándole quién era yo, qué le había pasado a Gus, su traslado a la residencia y la necesidad de que alguien, más concretamente ella, acudiera en su ayuda.

—¿No hablará en serio? —dijo Melanie.

—No es ésa la respuesta que yo esperaba.

—Estoy a cinco mil kilómetros de allí. ¿De verdad considera que es tan urgente?

—Bueno, no se está muriendo desangrado ni nada por el estilo, pero necesita su ayuda. Alguien tiene que hacerse cargo de la situación. No está en condiciones de valerse por sí solo.

Su silencio inducía a pensar que la idea no le entusiasmaba, ni total ni parcialmente. ¿Qué le pasaba a esa mujer?

—¿A qué se dedica? —pregunté para instarla a hablar.

—Soy vicepresidenta ejecutiva de una agencia de publicidad.

—¿No cree que podría hablar con su jefe?

—Jefa.

—Tanto mejor. Estoy segura de que una mujer entenderá la crisis que nos atañe. Gus tiene ochenta y nueve años y usted es su única pariente viva.

El tono de su voz pasó de la oposición a la simple reticencia.

—La verdad es que tengo contactos profesionales en Los Ángeles. No sé cuánto tardaría en organizarlo, pero supongo que podría viajar a finales de esta semana y tal vez ver a Gus el sábado o el domingo. ¿Qué le parece?

—Un día aquí no servirá de nada a menos que tenga la intención de dejarlo donde está.

—¿En la residencia? No es mala idea.

—Sí, lo es. Para él, aquello es un suplicio.

—¿Por qué? ¿Qué tiene de malo ese sitio?

—Expongámoslo así: yo a usted no la conozco de nada, pero tengo la razonable certeza de que no se quedaría en un sitio así ni muerta. Está limpio y la atención es excelente, pero su tío quiere estar en su propia casa.

—Pues no va a ser posible. Usted misma ha dicho que no puede valerse por sí mismo con el hombro tal y como lo tiene.

—A eso voy. Tendrá que contratar a alguien para que cuide de él.

—¿Y eso no podría hacerlo usted? Tendrá una idea más clara de cómo organizarlo. Yo no soy de allí.

—Melanie, es su responsabilidad, no la mía. Yo apenas lo conozco.

—Tal vez pueda echar usted una mano durante un par de días, hasta que encuentre a alguien.

—¿Yo?

Aparté el auricular y miré atónita el micrófono. No podía ser que pretendiera involucrarme así. Soy la persona con menos vocación de enfermera que conozco y sé de más de uno dispuesto a respaldar mis palabras. En las raras ocasiones en que me he visto obligada a prestar ese servicio he salido del paso a trancas y barrancas, pero nunca me ha gustado mucho. Mi tía Gin veía el dolor y el sufrimiento con malos ojos, pues en su opinión eran simples invenciones para atraer la atención. No soportaba los trastornos de salud y creía que todas las supuestas enfermedades graves eran falsas, eso hasta el mismísimo momento en que le diagnosticaron el cáncer del que murió. Aunque no soy tan insensible como ella, no le voy muy a la zaga. Imaginé de pronto agujas hipodérmicas y me sentí al borde del desmayo, hasta que me di cuenta de que Melanie seguía en la brecha.

—¿Y la persona que lo encontró y llamó al 911?

—Fui yo.

—Ah. Pensaba que en la casa de al lado vivía un viejo.

—Se refiere usted a Henry Pitts. Es mi casero.

—Exacto. Ahora me acuerdo. Está jubilado. Mi tío ya me había hablado de él antes. ¿No tendría él tiempo para echarle un ojo a Gus?

—Me parece que no lo acaba de entender. Su tío no necesita a alguien que le «eche un ojo». Hablo de las atenciones profesionales de una enfermera.

—¿Por qué no llama a los servicios sociales? Tiene que haber una agencia que se ocupe de esas cosas.

—Usted es su sobrina.

—Su sobrina nieta. Tal vez incluso bisnieta —aclaró.

—Ajá.

Dejé un silencio en el aire, que ella no aprovechó jubilosamente para ofrecerse a coger el primer avión.

—¿Oiga? —dijo.

—Sigo aquí. Sólo espero a que me diga qué piensa hacer.

—Bien, iré, pero su actitud no acaba de gustarme.

Colgó ruidosamente para ilustrar la idea.

8

El viernes por la noche, después de cenar, fui con Henry a un vivero de Milagro donde vendían árboles de Navidad para ayudarlo a escoger uno, cosa que él se toma muy en serio. Todavía faltaban dos semanas para la Navidad, pero Henry, tratándose de las fiestas, es como un niño. El vivero era pequeño, pero él tuvo la impresión de que los árboles estaban recién cortados y la selección era mejor que la de otros sitios donde había mirado antes. En la altura de metro ochenta, su preferida, tenía varias opciones: el abeto balsámico, el abeto Fraser, la picea azul, el abeto Nordman, el abeto noruego y el abeto noble. Henry y el dueño del vivero se enfrascaron en una larga discusión sobre los méritos de cada uno. La picea azul, el abeto noble y el noruego conservaban mal la pinocha, y los Nordman tenían las puntas débiles. Finalmente optó por un abeto balsámico de color verde oscuro y forma clásica, con agujas suaves y la fragancia de un pinar (o de Ajax Pino, según el marco de referencia de cada cual). El hombre inmovilizó las ramas con un grueso cordel y nosotros lo llevamos hasta el coche familiar de Henry, donde lo sujetamos al techo con una complicada configuración de cuerdas y correas elásticas.

Volvimos a casa por Cabana Boulevard, con el Pacífico a oscuras a nuestra izquierda. Mar adentro, las plataformas petrolíferas titilaban en la noche como los yates de una regata pero con capacidad de vertido. Ya eran casi las ocho, y los restaurantes y moteles en primera línea de playa eran una explosión de luz. Al cruzar State Street, vimos una sucesión de adornos navideños hasta donde alcanzaba la vista.

Henry aparcó en el camino de acceso a su casa y desatamos el árbol. Cargándolo entre los dos, él por la base del tronco y yo por la parte central, lo llevamos hasta la calle, subimos por el breve sendero y entramos. Henry había redistribuido los muebles a fin de dejar un espacio libre para el árbol en un rincón de la sala de estar. En cuanto conseguimos mantenerlo en equilibrio sobre su soporte, apretó los pernos y llenó de agua el depósito al pie. Ya había sacado del desván seis cajas con el rótulo NAVIDAD y las tenía apiladas allí mismo. Cinco estaban repletas de adornos cuidadosamente envueltos y la sexta contenía una increíble maraña de luces navideñas.

—¿Cuándo vas a poner las luces y los adornos?

—Mañana por la tarde. Charlotte tiene que enseñar una casa de dos a cinco y pasará por aquí cuando acabe. ¿Por qué no te apuntas? Prepararé ponche para infundirnos el espíritu apropiado.

—No quiero entrometerme en tu cita.

—No seas tonta. También van a venir William y Rosie.

—¿La conocen?

—William sí, y ha dado su aprobación. Tengo curiosidad por conocer la reacción de Rosie. Es dura de pelar.

—¿Y a qué se debe la encuesta de opinión? La cuestión es si a ti te gusta o no.

—Es que no lo sé —contestó Henry—. Hay algo en esa mujer que me molesta.

—¿Y qué es?

—¿No la encuentras un poco monotemática?

—Sólo he hablado con ella una vez y me dio la impresión de que hace bien su trabajo.

—A mí me parece más complicado que eso. Es lista y atractiva, lo reconozco, pero sólo habla de vender, vender y vender. La otra noche dimos un paseo después de la cena y calculó el valor de todas las casas de la manzana. Estaba dispuesta a ir puerta por puerta, buscando clientes, pero me planté. Son mis vecinos. La mayoría están retirados y ya han pagado. Si convence a alguien para que venda, después ¿qué? Acabas con un montón de dinero pero sin un sitio donde vivir y sin poder comprar otra casa por lo altísimos que están los precios.

—¿Y ella cómo reaccionó?

—Se lo tomó bien y lo dejó correr, pero me di cuenta de que seguía dándole vueltas.

—Es de las que no se paran ante nada, eso salta a la vista. De hecho, me preocupaba que te convenciera para que pusieras a la venta esta casa.

Henry descartó la idea con un gesto.

—Por eso no temas. Me encanta mi casa y nunca la dejaría. Sigue presionándome para que invierta en alguna propiedad con la idea de alquilarla, pero a mí eso no me interesa. Ya tengo una inquilina, ¿para qué más?

—Bueno, puede que sea ambiciosa, pero eso no constituye un defecto. Henry, si le das tantas vueltas, lo estropearás todo. Lánzate, y si la cosa no sale bien, pues mala suerte.

—Muy filosófico —dijo él—. Recordaré tus palabras y algún día te las repetiré.

—No lo dudo.

A las nueve y media volví a mi casa. Apagué la luz del porche y colgué la chaqueta. Estaba a punto de acomodarme con una copa de vino y un buen libro cuando oí que llamaban a la puerta. A esa hora, seguramente se trataba de algún vendedor, o algún repartidor de panfletos mal impresos que predecían el fin del mundo. Me sorprendió que alguien se atreviera a llegar hasta mi puerta, teniendo en cuenta que la luz de las farolas no iluminaba el patio ni el jardín trasero de Henry.

Encendí la luz de fuera y eché un vistazo por la mirilla. No conocía a la mujer que estaba en mi porche. De unos treinta y cinco años, tenía el rostro anguloso y pálido, las cejas muy depiladas, los labios pintados de color rojo vivo y una gruesa mata de pelo castaño rojizo que llevaba recogido en un moño en lo alto de la cabeza. Vestía un traje pantalón negro, pero no vi ninguna carpeta ni maletín de muestras, así que a lo mejor no corría peligro. Cuando vio que la miraba, sonrió y saludó con la mano.

Puse la cadena y entreabrí la puerta.

—¿Sí?

—Hola. ¿Eres Kinsey?

—Sí.

—Me llamo Melanie Oberlin. Soy la sobrina de Gus Vronsky. ¿Te molesto?

—En absoluto. Espera un momento. —Cerré la puerta y retiré la cadena para dejarla entrar—. ¡Vaya, qué rapidez! Hablamos hace dos días. No te esperaba aquí tan pronto. ¿Cuándo has llegado?

—Ahora mismo. Tengo un coche de alquiler aparcado en la calle. Resultó que a mi jefa le pareció una idea estupenda que viniera, así que anoche viajé a Los Ángeles y he estado todo el día reunida con clientes. No he salido hasta las siete, pues pensé que lo más inteligente sería evitar la hora punta, pero al final había atasco por culpa de un choque en cadena de seis vehículos en Malibú. En cualquier caso, siento irrumpir así, pero acabo de darme cuenta de que no tengo llave de la casa del tío Gus. ¿Hay alguna manera de entrar?

—Henry tiene un juego y seguro que aún está levantado. Si quieres pasar y esperar, iré por él. Será sólo un momento.

—Encantada. Gracias. ¿Puedo usar el lavabo?

—Adelante.

La conduje al cuarto de baño de abajo, y mientras ella se dedicaba a lo suyo, crucé el patio hasta la puerta trasera de Henry y llamé al cristal. Las luces de la cocina estaban apagadas, pero vi el parpadeo del televisor en la sala de estar. Al cabo de un momento, Henry apareció en la puerta y encendió la luz de la cocina antes de abrir.

—Creía que ya te habías retirado —dijo.

—Y así era, pero ha venido la sobrina de Gus y necesita las llaves de la casa.

—Un momento.

Dejó la puerta abierta mientras iba a la cocina a buscar el juego de llaves en el cajón de los trastos.

—Por lo que contaste de vuestra conversación telefónica, no creía que fuera a venir, y menos tan deprisa.

—Yo tampoco. Me he llevado una grata sorpresa.

—¿Hasta cuándo se quedará?

—Todavía no se lo he preguntado, pero ya te mantendré al corriente. Es posible que tengas que tratar con ella de todos modos, porque mañana a primera hora pienso ir a mi despacho.

—¿En sábado?

—Me temo que sí. Tengo que ponerme al día con el papeleo y prefiero hacerlo con tranquilidad.

Cuando volví al estudio, Melanie seguía en el cuarto de baño, y al oír el grifo abierto supuse que se lavaba la cara. Saqué dos copas del armario y abrí una botella de Chardonnay del valle de Edna. Serví una generosa copa para cada una y, cuando salió, le di la llave de la casa de Gus y el vino.

—Espero que te guste el vino. Me he tomado la libertad —dije—. Siéntate.

—Gracias. Después de tres horas en la carretera, me vendrá bien una copa. Yo pensaba que en Boston conducían mal, pero aquí la gente está chiflada.

—¿Tú eres de Boston?

—Más o menos. Mi familia se trasladó a Nueva York cuando yo tenía nueve años, pero fui a la universidad en Boston y todavía voy a visitar a mis amigos de aquella época. —Se sentó en una de las sillas plegables y examinó la casa de un rápido vistazo—. Un sitio agradable. Esto sería un palacio en la ciudad.

—Es un palacio en cualquier parte —contesté—. Me alegro de que hayas venido. Henry acaba de preguntarme cuánto tiempo vas a quedarte.

—Si todo va bien, hasta finales de la semana que viene. Para ir ganando tiempo, he llamado al periódico local y puesto un anuncio que aparecerá toda la semana a partir de mañana. Lo incluirán en la sección de «Ayuda a domicilio»… Compañía, enfermeras privadas, esas cosas…, y saldrá también en la sección de «Personales». Como no sabía si el tío Gus tiene contestador, he dado su dirección. Espero no haber cometido un error.

—No veo por qué. En esta época del año no creo que te veas

desbordada por los candidatos. Mucha gente aplaza la búsqueda de trabajo hasta pasadas las fiestas.

—Ya veremos. Si voy muy apurada, siempre puedo recurrir a una agencia de colocación temporal. Debo disculparme por mi reacción cuando llamaste. Como no veo a Gus desde hace años, me pillaste desprevenida. En cuanto decidí venir pensé que, ya puestos, mejor hacer las cosas bien. Y hablando del tío Gus, ¿cómo está? Debería haber sido mi primera pregunta.

—Hoy no he ido a verlo, pero Henry sí, y dice que está como era de prever.

—En otras palabras, poniendo el grito en el cielo.

—Más o menos.

—También tiene fama de tirar cosas cuando se pone hecho una furia. O al menos eso hacía antes.

—¿Qué grado de parentesco tienes con él? Sé que es tu tío, pero ¿qué lugar ocupa en tu árbol genealógico?

—Es tío por línea materna. En realidad, era el tío abuelo de mi madre, así que debe de ser mi tío bisabuelo, supongo. En mayo hará diez años que falleció mi madre, y tras la muerte de su hermano, yo soy la única que queda. Me siento culpable por no haberlo visto en tanto tiempo.

—Bueno, no es fácil si vives en la Costa Este.

—¿Y tú? —preguntó Melanie—. ¿Tienes familia aquí?

—No. También soy huérfana, y probablemente es mejor así.

Charlamos durante diez o quince minutos, y ella consultó su reloj.

—Uy, será mejor que me vaya. Tú querrás acostarte. Ya me darás indicaciones para llegar a la residencia por la mañana.

—Saldré temprano, pero siempre puedes pasar por casa de Henry. Él te ayudará encantado. ¿He de suponer que te quedarás a dormir en la casa de al lado?

—Ésa era mi intención, a menos que pienses que él vaya a oponerse.

—Seguro que no le importará, pero la casa es un poco tétrica, te lo advierto. Limpiamos cuanto pudimos, pero, en mi opinión, todavía deja mucho que desear. A saber cuándo fue la última vez que Gus le dio un repaso.

—¿Tan mal está?

—Da asco. Las sábanas están limpias, pero cualquiera diría que se ha traído el colchón de la calle. Además, como es de los que no tiran nada, las habitaciones no pueden usarse, a menos que andes buscando un sitio donde echar trastos viejos.

—¿No tira nada? Eso es nuevo. Antes no era así.

—Ahora sí. Guarda platos, ropa, herramientas, zapatos. Da la impresión de que tiene periódicos de los últimos quince años. En la nevera había cosas que seguramente podían propagar enfermedades.

Arrugó la nariz.

—¿Crees que es mejor que me vaya a dormir a otra parte?

—Yo que tú, lo haría.

—Si tú lo dices, te creo. ¿Será muy difícil encontrar un hotel a estas horas?

—No debería serlo. En esta época del año no hay muchos turistas. Encontrarás seis u ocho moteles a sólo dos manzanas de aquí. Cuando salgo a correr por las mañanas, siempre veo encendidos los carteles que anuncian habitaciones libres.

Puede que fuera el vino, pero me di cuenta de lo amable que me sentía, posiblemente porque me alegraba de que hubiera venido. O acaso la nuestra fuera una de esas relaciones que empiezan con un topetazo y a partir de ahí van como la seda. Fuera cual fuese la dinámica, dije sin pensar:

—Y siempre puedes quedarte aquí. Al menos por esta noche.

Ella pareció sorprenderse tanto como yo.

—¿De verdad? Sería estupendo, pero no quiero abusar de ti.

Después, como es lógico, me habría mordido la lengua, pero, por cortesía, me sentí obligada a asegurarle que mi ofrecimiento era sincero, mientras ella juraba que no le importaba ponerse a dar vueltas en plena noche en busca de alojamiento, cosa que a todas luces prefería ahorrarse.

Al final, le preparé el sofá cama plegable del salón. Ya sabía dónde estaba el cuarto de baño, así que dediqué unos minutos a enseñarle cómo funcionaba la cafetera y dónde estaban los cereales y los cuencos.

A las once se acostó y yo subí al altillo por la escalera de caracol. Como seguía con el horario de la Costa Este, apagó la luz mucho antes que yo. Por la mañana me levanté a las ocho, y para cuando me hube duchado y vestido, ella ya se había marchado. Como una buena invitada, retiró las sábanas y las dejó pulcramente plegadas encima de la lavadora, junto con la toalla húmeda que había utilizado para ducharse. Había plegado el sofá y colocado los cojines en su sitio. Según la nota que me había dejado, había ido a buscar una cafetería y esperaba estar de regreso a las nueve. Se ofreció a invitarme a cenar si estaba libre esa noche, como así era, casualmente.

Salí camino del despacho a las ocho y treinta y cinco de esa mañana y no volví a verla hasta al cabo de seis días. En eso quedó la cena.

9

A última hora de la tarde del sábado, me reuní con Henry y Charlotte para celebrar con ellos la colocación de los adornos en el árbol. Rechacé el ponche, que, como sabía, contenía una asombrosa cantidad de calorías, por no hablar de las grasas y el colesterol. La receta de Henry incluía una taza de azúcar refinado, un litro de leche, una docena de huevos grandes y dos tazas de nata montada. Había preparado una versión sin alcohol, lo que permitía a los invitados añadir bourbon o coñac a su gusto. Cuando llegué, las luces navideñas ya estaban hilvanadas entre las ramas, y Rosie ya había pasado por allí y se había marchado. Tras aceptar una taza de ponche, había vuelto al restaurante, puesto que su presencia dictatorial se requería en la cocina.

Henry, William, Charlotte y yo desenvolvimos y admiramos los adornos, la mayoría de los cuales pertenecían a la familia de Henry desde hacía años. En cuanto el árbol estuvo engalanado, William y Henry se enzarzaron en su discusión anual sobre cómo colocar el espumillón. William era partidario del método de «una tira por vez»; Henry, en cambio, consideraba que el efecto era más natural si se lanzaba el espumillón a fin de crear formas pintorescas. Al final, acordaron una combinación de ambos.

A las ocho recorrimos a pie la media manzana hasta el restaurante de Rosie. Como William ocupó su puesto detrás de la barra, nos sentamos a la mesa Henry, Charlotte y yo.

No había prestado atención a cuánto habían bebido ellos dos, lo cual puede explicar o no lo que ocurrió a continuación. Esa noche la carta se componía del extraño surtido de platos húngaros habitual, muchos de los cuales, según Rosie había decidido de antemano, eran los que nosotros elegiríamos libremente para la ocasión.

Mientras esperábamos los primeros, me volví hacia Henry.

—He visto luz en casa de Gus. Imagino, pues, que esta mañana has conocido a Melanie después de irme yo a la oficina.

—Sí, así es, y me ha parecido de lo más enérgica y eficiente. Acostumbrada como está a los agobios de la vida en Nueva York, sabe hacer frente a los problemas. A las nueve y cuarto llegábamos ya a Colinas Ondulantes. Naturalmente, no había ni rastro del médico ni manera de conseguir el alta de Gus sin su autorización. Melanie lo ha localizado, no sé cómo, y le ha hecho firmar el impreso. Lo ha organizado todo con tal eficacia que a las once y diez teníamos a Gus en su casa.

—¿Y ella ha encontrado alojamiento?

—Ha tomado una habitación en el Wharfside de Cabana. También ha hecho la compra y alquilado una silla de ruedas. Ya se la han entregado, y esta tarde paseaba a Gus por el barrio. Tantas atenciones han obrado maravillas. Él estaba francamente amable.

Cuando me disponía a introducir un comentario como respuesta, Charlotte tomó la palabra.

—¿Quién construyó esa hilera de casas en tu manzana? Son todas muy parecidas.

Henry se volvió y la miró, un tanto desconcertado por el cambio de tema.

—No tanto. Mi casa y la de Gus son casi idénticas, pero la que está más allá del solar vacío y la de Moza Lowenstein, que es la siguiente, causan una impresión muy distinta. Es posible que se construyeran por la misma época, pero con las reformas incorporadas desde entonces resulta difícil saber cómo eran los planos originales.

Henry y yo cruzamos una breve mirada que a Charlotte le pasó inadvertida. Una vez más había encauzado la conversación hacia la propiedad inmobiliaria. Yo esperaba que fuese una pregunta ociosa, pero por lo visto tenía una intención.

—Ninguna de ellas fue diseñada por un arquitecto de renombre, supongo.

—No que yo sepa. A lo largo de los años, sucesivos contratistas fueron comprando las parcelas y construyendo lo más rápido y barato posible. ¿Por qué lo preguntas?

—Pensaba en las restricciones para edificios de más de cincuenta años. Si una casa no tiene valor histórico, el comprador está autorizado a derribar la estructura y construir otra nueva. De lo contrario, te ves más o menos condicionado por el plano original, que reduce las posibilidades.

—¿Y eso a qué viene? Ningún vecino ha manifestado interés en vender.

Ella arrugó la frente.

—Entiendo que no haya habido mucha movilidad, pero dada la avanzada edad de los propietarios en la zona, algunas de estas casas por fuerza acabarán poniéndose en venta. El caso de Gus es un ejemplo.

—¿Y?

—¿Qué pasará cuando muera? Melanie no tendrá ni idea de cómo vender la casa.

Lancé otra mirada a Henry, que ahora mantenía el semblante cuidadosamente inexpresivo. En los siete años desde que lo conocía, lo había visto perder los estribos unas cuantas veces, y en todos los casos había conservado una actitud de impecable comedimiento.

—¿Qué propones? —preguntó, sin llegar a mirarla.

—No propongo nada. Sólo digo que alguien de fuera del estado podría equivocarse y fijar un precio por debajo del valor del mercado.

—Si Gus o Melanie se lo plantean, les daré tu tarjeta y podrás meter la cuchara.

Charlotte lo miró.

—¿Cómo dices?

—No me había dado cuenta de que estabas aquí en busca de clientes. ¿Acaso planeas cultivar la zona? —preguntó. Se refería a la práctica del sector inmobiliario de trabajar una zona repartiendo folletos, visitando a los vecinos, sembrando con la esperanza de cosechar una venta.

—Claro que no. Ya hemos hablado de eso, y dejaste claro que te parecía mal. Si te he ofendido de alguna manera, no era mi intención.

—Seguro que no, pero me parece una falta de delicadeza por tu parte calcular el precio de las casas contando ya con la muerte de personas a las que conozco desde hace años.

—Por Dios, Henry, no puede ser que hables en serio. Esto no tiene nada de personal. La gente muere todos los días. Yo misma tengo setenta y ocho años y creo que la planificación patrimonial es importante.

—Sin duda.

—No hace falta que me hables así. Al fin y al cabo, hay que pensar en los impuestos. ¿Y qué hay de los herederos? Para la mayoría de la gente, una casa es su bien más valioso, y desde luego lo es para mí. Si desconozco el valor de la propiedad, ¿cómo voy a establecer un reparto justo entre mis herederos?

—Estoy seguro de que lo tienes calculado hasta el último centavo.

—No hablaba literalmente. Me refiero a una persona normal y corriente.

—Gus no es tan normal y corriente como, por lo visto, tú crees.

—¿A qué viene tanta hostilidad?

—Eres tú quien ha sacado el tema. Kinsey y yo hablábamos de otra cosa muy distinta.

—Pues lamento haberos interrumpido. Es evidente que te has ofendido, pero yo no he hecho más que expresar una opinión. No entiendo qué es lo que temes.

—No quiero que mis vecinos piensen que apoyo a agentes inmobiliarios.

Charlotte abrió la carta con el menú que tenía ante sí.

—Veo que éste es un tema sobre el que no nos pondremos de acuerdo. Será mejor dejarlo.

Henry también alcanzó la carta y la abrió.

—Sería de agradecer. Y ya puestos, quizá podríamos hablar de otra cosa.

Sentí que me ruborizaba. Aquello era como una discusión conyugal, sólo que ellos dos apenas se conocían. Pensé que a Charlotte la abochornaría el tono de Henry, pero ni pestañeó. El momento de tensión quedó atrás. El resto de la conversación durante la cena transcurrió sin nada digno de mención y la velada concluyó en aparente armonía.

Henry la acompañó a su coche, y mientras los dos se despedían, dudé si mencionar o no el enfrentamiento, pero decidí que no era de mi incumbencia. Sabía a qué se debía la suspicacia de Henry al respecto. A los ochenta y siete años, seguro que pensaba en el lado económico de su propio fallecimiento.

Cuando Charlotte se marchó, nos encaminamos juntos hacia casa.

—Debes de pensar que me he sobrepasado —comentó él.

—Bueno, no creo que sea una persona tan interesada como has insinuado. Sé que está obsesionada con su trabajo, pero no es insensible.

—Me ha irritado.

—Vamos, Henry. No iba con malas intenciones. Cree que la gente debe estar informada sobre el valor de la propiedad, ¿y por qué no?

—Supongo que tienes razón.

—No se trata de quién tiene la razón. Aquí la cuestión es que si vais a pasar un tiempo juntos, debes aceptarla tal como es. Y si no piensas volver a verla, ¿para qué provocar una pelea?

—¿Crees que debo disculparme?

—Eso depende de ti, pero no haría ningún daño.

A última hora de la tarde del lunes tenía concertada una cita con Lisa Ray para que me contara lo que recordaba del accidente por el que pesaba una demanda contra ella. Las señas que me había dado eran de una urbanización en Colgate, una serie de viviendas unifamiliares adosadas en grupos de cuatro. Las fachadas eran de seis estilos distintos y empleaban cuatro tipos de material de construcción: ladrillo, madera, piedra y estuco. Supuse que existían seis planos diferentes con elementos combinables de manera que cada vivienda era única. Las unidades presentaban sus propias características externas: algunas tenían persianas, otras balcones, otras patios delanteros. Cada grupo de cuatro casas se alzaba en un recuadro de césped bien cuidado. Había arbustos y arriates y prometedores árboles que tardarían cuarenta años en desarrollarse. En lugar de tener garajes, los residentes aparcaban sus vehículos bajo largos sotechados que se extendían entre las casas en filas horizontales. La mayor parte del espacio de aparcamiento estaba vacío, lo que indicaba que los ocupantes se habían ido a trabajar. No vi el menor rastro de niños.

Encontré el número correspondiente a la casa de Lisa y aparqué en la calle, justo delante. Mientras esperaba a que me abriera, olfateé el aire sin percibir olor a guiso. Probablemente aún era pronto. Supuse que los vecinos empezarían a llegar a casa entre las cinco y media y las seis. Las cenas llegarían en vehículos de reparto que tenían letreros en el techo, o saldrían de los congeladores en cajas con llamativas fotos de platos de comida y las instrucciones para el horno o el microondas impresas en una letra tan pequeña que, para leerlas, sería necesario ponerse gafas.

Lisa Ray abrió la puerta. Tenía el pelo oscuro y lo llevaba corto en atención a sus rizos naturales, una aureola de bucles perfectos. Era una mujer de rostro lozano y ojos azules, con el puente de la nariz salpicado de pequeñas pecas semejantes a motas de color beige. Vestía un jersey de algodón rojo de manga corta y una falda plisada a juego y calzaba zapatos bajos con medias.

—Vaya, ha llegado a la hora. ¿Es usted Kinsey Millhone?

—Sí.

Me invitó a pasar.

—No pensaba que fuera tan puntual —dijo—. Acabo de llegar del trabajo y me gustaría cambiarme de ropa.

—No hay inconveniente. Esperaré.

—Vuelvo dentro de un segundo. Siéntese.

Entré en el salón y me acomodé en el sofá mientras ella subía de dos en dos los peldaños de la escalera. Sabía por el expediente que tenía veintiséis años, que era estudiante universitaria a tiempo parcial y que se pagaba los estudios y los gastos trabajando veinte horas semanales en la administración del hospital de St. Terry.

La casa era pequeña. Paredes blancas, moqueta beige que parecía nueva y olía intensamente a productos químicos. Los muebles eran una mezcla de objetos de mercadillo y reliquias que tal vez se hubiera llevado de la casa de su familia. Dos sillas distintas, tapizadas ambas con el mismo estampado de leopardo, flanqueaban un sofá a cuadros escoceses rojos, con una mesita de centro en medio. En el otro extremo de la sala había una pequeña mesa de comedor de madera con cuatro sillas y, a la derecha, una ventanilla que comunicaba con la cocina. Al echar una ojeada a las revistas en la mesita de centro, vi que podía escoger entre los números atrasados de *Glamour* y *Cosmopolitan*. Elegí *Cosmopolitan* y me enfrasqué en un artículo sobre lo que les gusta a los hombres en la cama. ¿Qué hombres? ¿Qué cama? No había tenido un encuentro íntimo con un hombre desde que Cheney salió de mi vida. Estaba a punto de calcular el número exacto de semanas, pero la idea me deprimió antes de empezar siquiera a contar.

Lisa apareció de nuevo al cabo de cinco minutos, bajando al trote por la escalera en vaqueros y una sudadera con el logo de la Universidad de California en Santa Teresa. Se sentó en una de las sillas tapizadas.

Dejé la revista.

—¿Es ahí donde estudiaste? —pregunté señalando la sudadera.

Bajó la mirada.

—Es de la chica con quien comparto la casa. Trabaja allí de secretaria, en la Facultad de Exactas. Yo estudio a tiempo parcial en el City College; me estoy sacando la diplomatura de técnico radiográfico. La gente del St. Terry se ha portado muy bien conmigo en cuanto al horario: me permiten ajustarlo más o menos a mis necesidades. ¿Ha hablado con la compañía de seguros?

—Brevemente —respondí—. Da la casualidad de que antes colaboraba con La Fidelidad de California, así que conozco a la componedora, Mary Bellflower. Conversé con ella hace unos días y me lo explicó por encima.

—Es muy amable. Me cae bien, aunque no estamos en absoluto de acuerdo por lo que se refiere a la demanda.

—Eso deduje. Sé que ya lo has hecho media docena de veces, pero ¿te importaría explicarme qué ocurrió?

—No, ni mucho menos. Era un jueves, justo antes del fin de semana del día de los Caídos. No tenía clase, pero había ido a la universidad para hacer un trabajo en el laboratorio informático. Cuando acabé, fui a buscar el coche al aparcamiento. Paré en la salida con la intención de doblar a la izquierda por Palisade Drive. Aunque no había mucho tráfico, puse el intermitente y esperé a que pasaran varios coches. Vi acercarse la furgoneta de los Fredrickson, a unos doscientos metros. Conducía él. Llevaba puesto el intermitente de la derecha y aminoró la velocidad, así que pensé que iba a doblar para entrar en el mismo aparcamiento del que yo salía. Antes de arrancar, miré a la derecha para asegurarme de que no venía nadie en ese sentido. Ya a medio giro, me di cuenta de que él iba más deprisa de lo que yo pensaba. Intenté acelerar, con la esperanza de esquivarlo, pero me embistió en el costado. Es un milagro que no esté muerta. La puerta del acompañante quedó hundida y el poste central del bastidor se torció. Con el impacto, el coche se desplazó de lado unos cinco metros. A causa de la sacudida, me golpeé la cabeza tan fuerte contra la ventanilla que se rompió el cristal. Todavía voy al quiropráctico por eso.

—Según el expediente, rechazó la atención médica.

—Bueno, sí. Por raro que parezca, en ese momento me encontraba bien. Puede que tuviera una conmoción. Estaba alterada, claro, pero no había sufrido lesiones. No tenía ningún hueso roto, ni sangraba. Sabía que me saldría una magulladura enorme en la ca-

94

beza. Los auxiliares médicos opinaron que debían examinarme en urgencias, pero lo dejaron en mis manos. Me sometieron a un par de pruebas para asegurarse de que no padecía pérdida de memoria ni visión doble, o cualquiera de los síntomas que les preocupan cuando está en juego el cerebro. Me instaron a visitar a mi propio médico si surgía alguna complicación. El cuello no se me agarrotó hasta el día siguiente. Me pasé todo el día tirada en casa de mi madre, poniéndome hielo en el cuello y tomando analgésicos caducados que ella guardaba desde una intervención dental de hacía un par de años.

—¿Y Gladys?

—Estaba histérica. Para cuando conseguí abrir la puerta de mi coche, su marido ya había salido de la furgoneta en su silla de ruedas y me gritaba. Ella chillaba y lloraba como si estuviera al borde de la muerte. A mí me pareció que era puro teatro. Me aparté unos pasos para echar un vistazo a los dos coches y hacerme una idea de los daños, pero empecé a temblar de tal forma que temí desmayarme. Volví a mi coche y me senté con la cabeza entre las rodillas. Fue entonces cuando apareció ese viejo y se acercó a mí para ver cómo estaba. Era amable. No paró de darme palmadas en el brazo y de decirme que todo iría bien y que no me preocupara, que no había sido culpa mía, y cosas así. Estoy segura de que Gladys lo oyó, porque de pronto montó la gran escena, gimiendo y llorando a lágrima viva. Vi que iba entrando en calor ella sola, como mi sobrina de tres años, que vomita a voluntad cuando las cosas no son como ella quiere. El viejo se acercó a Gladys y la ayudó a subirse a la acera. Para entonces ella había entrado ya en pleno ataque de histeria. No lo digo literalmente, claro, pero sé que fingía.

—No según el informe del servicio de urgencias.

—Vamos, por favor. No dudo que quedó magullada, pero está sacando todo el provecho posible a la situación. ¿Ha hablado con ella?

—Todavía no. La llamaré para ver si accede a verme. No tiene la obligación de hacerlo.

—Por eso no se preocupe. No dejará pasar la oportunidad de contar su versión. Tendría que haberla oído hablar con el policía.

—Retrocedamos un momento. ¿Quién avisó a la policía?

—No lo sé. Supongo que alguien oyó el accidente y telefoneó al 911. La policía y la ambulancia se presentaron más o menos al mismo tiempo. Para entonces se habían detenido un par de conductores y, en la acera de enfrente, una mujer había salido de su casa. Gladys gemía como si se muriera de dolor, así que los auxiliares médicos la atendieron primero a ella; comprobaron sus constantes vitales y demás, ya sabe, para intentar tranquilizarla. El policía vino a preguntarme qué había pasado. Descubrí entonces que el viejo que me había ayudado ya no estaba. Poco después vi que subían a Gladys a la ambulancia en una camilla, con la cabeza inmovilizada. En ese momento debería haberme dado cuenta del lío en el que me había metido. Me sentía fatal con todo aquello, porque no le desearía dolor ni sufrimiento a nadie. Al mismo tiempo, pensaba que el comportamiento de esa mujer era totalmente falso, puro teatro.

—Según el informe de la policía, usted tuvo la culpa.

—Ya sé que dice eso, pero es ridículo. Si se aplica la ley al pie de la letra, ellos tenían preferencia de paso y, en rigor, la culpable soy yo. La furgoneta iba despacio cuando la vi acercarse. Juro que no iba a más de diez kilómetros por hora. Ese Fredrickson debió de pisar a fondo el acelerador al darse cuenta de que podía alcanzarme antes de completar yo el giro.

—¿Está diciéndome que la embistió intencionadamente?

—¿Por qué no? Tenía delante la gran oportunidad de su vida.

Negué con la cabeza.

—No lo entiendo.

—Para embolsarse el dinero del seguro —dijo ella con impaciencia—. Compruébelo usted misma. Gladys trabaja por cuenta propia. Como autónoma, no debe de tener cobertura médica a largo plazo ni seguro por incapacidad. Ponerme a mí un pleito para desangrarme es una manera estupenda de asegurarse el sustento en sus años de jubilación.

—¿Eso le consta?

—¿Qué? ¿Que no tenga seguro por incapacidad? No me consta, pero me apuesto lo que sea.

—No acabo de verlo claro. ¿Cómo podía Millard estar seguro de que ella sobreviviría al accidente?

—Ya, bueno, tampoco iba a tanta velocidad. En términos relativos. Es decir, no iba a cien kilómetros por hora. Debía de saber que ninguno de nosotros moriría.

—Aun así, me parece arriesgado —comenté.

—Quizás eso dependa de lo que hay en juego.

—Cierto, pero el fraude a las compañías aseguradoras de automóviles, por lo general, está muy organizado e interviene más de una persona. El «incauto» puede verse inducido a dar un topetazo a otro vehículo por detrás, pero es todo un montaje. La «víctima», el abogado y el médico están todos confabulados en la demanda. Me cuesta creer que Gladys o Millard formen parte de algo así.

—No tienen por qué —contestó Lisa—. Podría ser que él lo leyera en un libro. No haría falta ser un genio para saber cómo montarlo. Vio una ocasión para embolsarse dinero fácil y no se lo pensó dos veces.

—¿Cómo vamos a demostrarlo?

—Encuentre al viejo y él lo confirmará.

—¿Cómo está tan segura de que presenció el accidente?

—Porque recuerdo que lo vi al acercarme a la salida del aparcamiento. Como estaba atenta al tráfico, no me fijé mucho en él.

—¿Dónde lo vio?

—Al otro lado de Palisade.

—¿Y qué hacía? —pregunté.

—No lo sé. Supongo que esperaba para cruzar la calle, así que debió de ver la furgoneta al mismo tiempo que yo.

—¿Qué edad le calcula?

—¿Qué sé yo de viejos? Tenía el pelo blanco y llevaba una cazadora marrón de cuero, como reseca y agrietada.

—¿Algún otro detalle? ¿Llevaba gafas?

—No me acuerdo.

—¿Y la forma de la cara?

—Un poco alargada.

—¿Tenía barba?

—No, barba no, pero es posible que llevara bigote.

—¿Algún lunar o cicatriz?

—No sabría decirle. Estaba muy alterada y no presté atención.

—¿Y en cuanto a la estatura y el peso?

—Me pareció más alto que yo, y mido un metro sesenta y cinco, pero no era ni muy gordo ni muy flaco. Siento no poder darle datos más concretos.

—¿Y algún detalle de las manos?

—No, pero recuerdo los zapatos. Eran de esos antiguos: negros, de piel, con cordones, como los que se ponía mi abuelo para ir a trabajar. ¿Sabe esos que tienen agujeros en la puntera?

—Wing-tip, creo que se llaman. ¿Ésos?

—Sí, ésos —confirmó Lisa—. Los llevaba sucios, y el derecho tenía la suela suelta.

—¿Le notó algún acento?

—No.

—¿Y los dientes?

—Un desastre. Amarillentos, como si fumara. Me había olvidado de eso.

—¿Algo más?

Negó con la cabeza.

—¿Y qué hay de sus lesiones, aparte del traumatismo cervical?

—Al principio tuve dolores de cabeza, pero ya no. Aún me duele el cuello y supongo que por eso se me está desviando la columna. Perdí dos días de trabajo, pero nada más. Si paso mucho tiempo sentada, tengo que levantarme y caminar un poco. Supongo que es una suerte no haber acabado peor.

—En eso tiene toda la razón —corroboré.

La semana siguiente no se me presentó la ocasión de hablar con Melanie, pero Henry me mantuvo al corriente de sus complicaciones con Gus, cuyo mal genio había vuelto a aflorar. La vi llegar del motel a primera hora de la mañana dos veces. Sabía que se quedaba hasta tarde cuidando de su tío. Yo habría podido invitarla a mi casa a tomar una copa de vino o recordarle su ofrecimiento de ir a cenar. Más aún, habría podido improvisar un nutritivo guiso, proporcionándoles así una comida a los dos como haría una buena vecina. Pero ¿es eso propio de mí? No me obligué a hacerlo por las siguientes razones:

(1) No sé cocinar.

(2) Yo nunca había tenido una relación cercana con Gus, y no quería verme atrapada en la turbulencia que lo rodeaba.

En mi experiencia, el impulso de rescatar a los demás genera trastornos a la pobre aspirante a heroína sin que haya efecto discernible en la persona necesitada de ayuda. Es imposible salvar a los otros de sí mismos, porque aquellos que se complican la vida sin cesar no agradecen que los demás se entrometan en el drama creado por ellos. Quieren una compasión sensiblera, pero no quieren cambiar. He aquí una verdad que por lo visto nunca aprenderé. En este caso, el conflicto estaba en que Gus no se había buscado sus propios problemas. Había abierto una puerta, y éstos se habían colado solos.

Según me contó Henry, el primer fin de semana que Gus pasó en su casa contó con los servicios de una enfermera privada, recomendada por la jefa de enfermeras de Colinas Ondulantes, que no tuvo inconveniente en trabajar ocho horas el sábado y repetir el domingo. Esto descargó a Melanie de las responsabilidades más molestas en relación con la atención médica y la higiene personal y, a la vez, proporcionó a Gus otra persona a quien maltratar cuando se le agriaba el humor, cosa que ocurría a todas horas.

Asimismo, Henry me dijo que Melanie no había recibido respuesta al anuncio. Al final se había puesto en contacto con una agencia y había estado entrevistando a acompañantes domésticos con la esperanza de encontrar a alguien que llenara el hueco.

—¿Ha tenido suerte? —pregunté.

—Yo no lo llamaría suerte precisamente. De momento ya ha

contratado a tres, y dos no han llegado a terminar la jornada. A la tercera le fue mejor, pero no por mucho. Lo he oído despotricar contra ella desde el otro lado del seto.

—Supongo que debería haberme ofrecido a ayudarla, pero decidí que me irían mejor las cosas si aprendía a afrontar mi culpabilidad.

—¿Y qué tal lo llevas?

—Bastante bien.

10
Solana

Solana aparcó y volvió a consultar el anuncio en la sección de «Personales» para asegurarse de que ésa era la dirección. No incluía número de teléfono, pero daba igual. Su último intento con un anuncio había quedado en nada. La paciente era una anciana que vivía en casa de su hija, confinada en una cama de hospital instalada en el comedor. La casa era preciosa, pero el espacio improvisado para la enferma estropeaba el efecto general. Techos altos, claridad, toda la decoración de un gusto exquisito. Tenían cocinera y ama de llaves fijas, y eso puso fin al entusiasmo de Solana.

La entrevistó la hija, que buscaba a alguien para atender las necesidades de su madre, pero consideraba que no tenía por qué pagar las tarifas de un servicio privado, ya que ella también estaría en la casa. Solana tendría que bañar, dar de comer y poner pañales a la madre senil, cambiar las sábanas, hacer la colada y administrar los medicamentos. Eran responsabilidades que podía asumir, pero no le gustó la actitud de la hija. Para ella, por lo visto, una enfermera profesional era una criada, al nivel de una lavandera. Solana sospechaba que el ama de llaves recibiría mejor trato que ella.

La altiva hija tomó notas en su cuaderno y dijo que debía entrevistar a varios aspirantes más, lo cual era una mentira descarada, como bien sabía Solana. La hija pretendía inducirla a adoptar una actitud competitiva, como si tuviera que considerarse afortunada por que le ofreciera el puesto, que consistía en nueve horas de trabajo diarias, un día libre por semana y ninguna llamada personal. Dispondría de dos descansos de quince minutos, pero debía hacerse cargo de su propia comida. ¡Y eso con una cocinera en la casa!

Para demostrar que aquello le interesaba mucho, Solana formuló un sinfín de preguntas asegurándose de que la hija le explicaba punto por punto hasta el último detalle. Al final no puso el menor reparo, ni siquiera al escaso sueldo. La actitud de la mujer pasó primero de fría a remilgada y por último a ufana. Saltaba a la vista que se sentía muy superior por haber convencido a alguien de que aceptara unas condiciones tan absurdas. Solana advirtió que ya no volvió a mencionar a las otras candidatas.

Explicó que en ese momento no disponía de tiempo para rellenar los formularios, pero se los entregaría completos a la mañana siguiente a las ocho, cuando se presentara a trabajar. Anotó su número de teléfono para dejárselo a la hija por si ésta deseaba comentar alguna otra cosa. Para cuando Solana se marchó, la hija no cabía en sí de júbilo, aliviada por haber resuelto el problema a tan bajo coste. Le estrechó la mano a Solana afectuosamente. Ésta regresó a su coche, sabiendo que nunca volvería a ver a aquella mujer. El número de teléfono que le había dado era el del departamento de psiquiatría de un hospital de Perdido donde Tiny había permanecido ingresado durante un año.

Ahora Solana estaba a unas cuantas puertas de la dirección que buscaba, en la acera de enfrente. Había ido hasta allí por un anuncio del fin de semana anterior. Al principio lo descartó porque no incluía número telefónico alguno. Conforme avanzó la semana y no apareció ningún otro empleo de interés, decidió que quizá valdría la pena echar un vistazo a la casa. Su aspecto no era muy prometedor. El lugar tenía un aire de abandono, sobre todo en comparación con otras casas de la manzana. El barrio estaba cerca de la playa y se componía casi íntegramente de viviendas unifamiliares. Encajonados aquí y allá, entre las pequeñas y deprimentes casas, vio algún que otro dúplex o cuádruplex nuevo, del estilo arquitectónico español tan extendido en la zona. Solana supuso que muchos de los residentes eran jubilados, lo que significaba ingresos fijos y pocos gastos discrecionales.

En apariencia, ella pertenecía a la misma clase económica. Dos meses antes, uno de sus hermanos le había regalado un descapotable destartalado del que quería deshacerse. Al coche de Solana se le había desprendido una biela, y el mecánico le había dicho que la reparación costaría dos mil dólares, que era más de lo que valía el coche. En ese momento ella no disponía de ese dinero en efectivo, y cuando su hermano le ofreció el Chevrolet de 1972, lo aceptó, aunque no sin cierta sensación de humillación. Obviamente él consideraba que para ella semejante cacharro era más que suficiente. Solana le había echado el ojo a un coche mejor e incluso había estado tentada de cargar con las onerosas letras, pero al final se impuso el sentido común. Ahora se alegraba de haberse conformado con el Chevrolet de segunda mano, que se parecía a muchos de los otros coches aparcados en la calle. Un modelo más nuevo habría causado una impresión inapropiada. A nadie le interesaría contratar a una persona que parece más próspera que uno mismo.

De momento no tenía información alguna sobre el paciente, aparte de los escasos datos ofrecidos por el anuncio. Veía bien que se tratara de un viejo de ochenta y nueve años lo bastante débil para caerse y hacerse daño. Su necesidad de ayuda externa inducía a pensar que no había parientes cercanos dispuestos a arrimar el hombro. En la actualidad la gente sólo se preocupaba de sí misma y se impacientaba con cualquier cosa que estorbara su propia comodidad y conveniencia. Desde su punto de vista, eso era bueno; para el paciente, no tanto. Si estuviera rodeado de afectuosos hijos y nietos, no tendría ninguna utilidad para ella.

Lo que la preocupaba era que ese hombre estuviera en condiciones de pagar la atención a domicilio. No podía facturar a Medicare o Medicaid, porque en ningún caso pasaría los controles oficiales, y las posibilidades de que el viejo dispusiera de un seguro privado aceptable parecían más bien bajas. Eran muchos los ancianos que no habían hecho previsiones para una incapacidad a largo plazo. Entraban a la deriva en el invierno de su vida como por error, sorprendiéndose al descubrir sus limitados recursos, incapaces de cubrir los exorbitantes gastos médicos que se acumulaban a causa de una enfermedad aguda, crónica o catastrófica. ¿Acaso creían que los fondos necesarios les caerían del cielo?

¿Quién esperaban que cargaría con el peso de su mala planificación? Por suerte, su última paciente tenía sobrados medios, a los que Solana había dado buen uso. El empleo acabó con cierta acritud, pero ella extrajo una valiosa lección. El error que había cometido no volvería a cometerlo por segunda vez.

En un principio dudó de la sensatez de indagar sobre un empleo en un barrio tan modesto, pero al final decidió que al menos podía llamar a la puerta y presentarse. Puesto que había hecho el viaje desde Colgate, ya no le costaba nada explorar la posibilidad. Sabía que algunas personas acaudaladas se enorgullecían de mantener una apariencia humilde. Quizás era el caso de aquel individuo. Precisamente dos días antes había leído un artículo en el periódico sobre una anciana que, al fallecer, había dejado dos millones de dólares nada menos que a un refugio de gatos. Amigos y vecinos se quedaron atónitos, porque la mujer había vivido como una indigente, y nadie sospechaba que tuviera tanto dinero guardado. Su mayor preocupación eran sus seis viejos gatos, que la fiscalía del estado había dado orden de sacrificar incluso antes de que la mujer se enfriara en su tumba. Lo cual liberó miles de dólares para pagar las posteriores minutas legales.

Solana comprobó su aspecto en el espejo retrovisor. Llevaba las gafas nuevas, unas baratas que había encontrado, no muy distintas de las de la foto del carnet de conducir de la Otra. Con el pelo teñido de un color más oscuro, el parecido entre las dos era aceptable. Ella tenía la cara más delgada, pero eso no la preocupaba. Cualquiera que comparase su cara con la foto pensaría simplemente que había perdido peso. Para la ocasión, había elegido un vestido de algodón, planchado de forma implecable, que producía un reconfortante susurro al andar. No era un uniforme propiamente dicho, pero presentaba las mismas líneas sencillas y olía a apresto. La única joya que llevaba era un reloj con grandes números en la esfera y un ancho segundero. Un reloj así creaba la impresión de una atención inmediata y profesional a las constantes vitales. Sacó la polvera y se retocó la nariz. Estaba presentable. Tenía la tez clara y le gustaba ese pelo de un tono más oscuro. Se guardó la polvera, satisfecha de su apariencia, acorde con el papel de leal acompañante de los ancianos. Salió del coche y cerró con llave. Luego cruzó la calle.

Abrió una mujer de más de treinta años y aspecto chabacano: carmín de un rojo intenso, pelo rojo oscuro. Se la veía pálida, como si hiciera poco ejercicio y nunca saliera a la calle. Desde luego no parecía californiana, y menos con esas cejas depiladas en forma de finos arcos y oscurecidas con lápiz. Calzaba botas negras y vestía una falda estrecha de lana negra que le llegaba a media pantorrilla. Ni la forma ni el largo la favorecían, pero Solana sabía que aquello causaba furor en aquel entonces, como las uñas de color rojo subido. Aquella mujer debía de pensar que tenía buen ojo para la alta costura, y no era el caso. Había sacado ese *look* de las últimas revistas. Todo lo que llevaba estaría pasado de moda antes de un año. Solana sonrió para sí. Una persona con tan poco sentido de su propia imagen sería fácil de manipular.

Mostró el periódico, doblado para que se viera el anuncio.

—Creo que ha puesto un anuncio en el diario.

—En efecto. Ah, qué bien. Empezaba a pensar que nadie contestaría. Soy Melanie Oberlin —dijo la mujer, y le tendió la mano.

Solana habría podido ser un pescador con caña lanzando el anzuelo.

—Solana Rojas —contestó, y estrechó la mano a Melanie asegurándose de darle un fuerte apretón. Todos los artículos que había leído sobre el tema decían lo mismo: estreche la mano con firmeza y mire a su jefe potencial a los ojos. Solana tenía bien memorizados todos esos consejos.

—Pase, por favor —dijo la mujer.

—Gracias.

Solana entró en el salón, observándolo pero sin dar la menor señal de curiosidad ni consternación. En el aire flotaba un olor acre. La moqueta beige se veía raída y manchada, y los muebles tapizados llevaban fundas de una tela marrón oscuro parecida al crepé que, a juzgar por su aspecto, debía de estar pegajosa. Las pantallas de las lámparas presentaban un oscuro color apergaminado

105

por efecto de grandes cantidades de humo de tabaco durante un largo periodo de tiempo. Sabía que si acercaba la nariz a las cortinas, inhalaría décadas de nicotina y alquitrán de segunda mano.

—¿Nos sentamos?

Solana tomó asiento en el sofá.

Se trataba de una casa donde un hombre había vivido solo durante muchos años, indiferente a su entorno. Se había impuesto un orden superficial, probablemente en fecha reciente, pero habría que vaciar las habitaciones para eliminar las numerosas capas de mugre. Sabía, aun sin verlo, que el linóleo de la cocina sería de un gris mortecino, y el viejo frigorífico, pequeño y decrépito. La luz interior no funcionaría y los estantes tendrían pegotes de comida derramada durante años.

Melanie miró alrededor, viendo la casa con los ojos de su visitante.

—He intentado poner orden desde que llegué. La casa es de mi tío Gus. Es el que se cayó y se dislocó el hombro.

A Solana le complació el tono de disculpa, porque de él se desprendía inquietud y un deseo de complacer.

—¿Y dónde está su tía?

—Falleció en 1964. Tenían un hijo que murió en la segunda guerra mundial y una hija que murió en un accidente automovilístico.

—Cuánta tristeza —comentó Solana—. Yo tengo un tío en una situación muy parecida. Tiene ochenta y seis años y vive aislado desde la pérdida de su mujer. He pasado muchos fines de semana con él, limpiando, haciendo recados y preparándole comida para la semana siguiente. Creo que lo que más le gusta es la compañía.

—Exacto —dijo Melanie—. El tío Gus parece un viejo gruñón, pero me he fijado en cómo mejora su humor cuando está acompañado. ¿Le apetece un café?

—No, gracias. Ya he tomado dos tazas esta mañana y ése es mi tope.

—Ojalá yo pudiera decir lo mismo. Debo de tomar diez tazas al día. En la ciudad lo consideramos la adicción favorita. ¿Es usted de California?

—De cuarta generación —contestó Solana, y le hizo gracia el rodeo que encontró la mujer para preguntarle si era mexicana. Aunque no lo había dicho, supo que Melanie Oberlin se imaginaría a una familia española en otro tiempo rica—. Usted misma tiene cierto acento, ¿no?

—De Boston.

—Eso me ha parecido. ¿Y ésa es «la ciudad» a la que se refería? Melanie negó con la cabeza.

—Nueva York.

—¿Cómo se enteró del desgraciado accidente de su tío? ¿Tiene más familia aquí en Santa Teresa?

—Lamentablemente, no. Me telefoneó una vecina. Vine con la intención de quedarme unos días, pero ya llevo aquí una semana y media.

—¿Ha venido de Nueva York? ¡Qué considerada!

—Bueno, no me quedaba más remedio —contestó Melanie. Esbozó una sonrisa, como quitándose mérito, pero quedó claro que pensaba lo mismo.

—La lealtad familiar es poco habitual hoy día. O eso he observado. Espero que disculpe la generalización.

—No, no. Tiene toda la razón. Es un comentario muy triste sobre los tiempos que corren —dijo.

—Lástima que no hubiera nadie viviendo cerca para ayudar.

—Provengo de una familia muy pequeña, y todos los demás ya no están.

—Yo soy la menor de nueve hermanos. Pero da igual. Debe de apetecerle volver a casa.

—Más que apetecerme, me muero de ganas. He tratado con un par de agencias de servicios de asistencia sanitaria a domicilio para contratar a alguien, pero de momento la cosa no ha salido bien.

—No siempre es fácil encontrar a la persona adecuada. Según su anuncio, busca usted a una enfermera diplomada.

—Exacto. Con los problemas médicos que tiene mi tío, necesita algo más que una acompañante doméstica.

—A decir verdad, soy enfermera de grado medio, no de grado

superior. No quisiera que confunda mi titulación. Trabajo con una agencia, Asistencia Sanitaria para la Tercera Edad, pero mi situación se acerca más a la de una autónoma que a la de una empleada.

—¿Es de grado medio, entonces? Viene a ser algo muy parecido, ¿no?

Solana se encogió de hombros.

—La formación es distinta y, claro está, una enfermera diplomada de grado superior gana mucho más que alguien de mi humilde origen. Tengo a mi favor que la mayor parte de mi experiencia ha sido con ancianos. Procedo de una cultura en la que se respetan la edad y la sabiduría.

Solana siguió en esa línea, improvisando a medida que hablaba, pero no tenía por qué molestarse. Melanie se creyó todo lo que dijo. Quería creérselo para poder huir sin sentirse culpable ni irresponsable.

—¿Su tío necesita atención las veinticuatro horas del día?

—No, no. Nada de eso. Al médico le preocupa que no pueda arreglárselas solo durante su recuperación. Aparte de la lesión del hombro, tiene buena salud, así que posiblemente necesitaremos a alguien sólo durante un mes poco más o menos. Espero que eso no sea un problema.

—Casi todos mis empleos han sido temporales —contestó Solana—. ¿Qué responsabilidades tenía usted pensadas?

—Las de siempre, supongo. El baño y el aseo personal, un poco de cuidado de la casa, la colada y quizás una comida al día. Algo por el estilo.

—¿Y la compra y el traslado a la consulta del médico? ¿No necesitará que alguien lo lleve a su médico de cabecera?

Melanie se reclinó.

—No lo había pensado, pero estaría bien que usted se ocupara de ello.

—Claro. También suele haber otros recados, o al menos ésa es mi experiencia. ¿Y el horario?

—Lo dejo en sus manos. Lo que usted considere mejor.

—¿Y la paga?

—Estaba pensando en algo del orden de los nueve dólares la hora. Es la tarifa habitual en la Costa Este. No sé aquí.

Solana disimuló su sorpresa. Tenía previsto pedir siete cincuenta, que ya era un dólar más de lo que cobraba normalmente. Enarcó las cejas.

—Nueve —repitió, insuflando a la palabra un infinito pesar.

Melanie se inclinó.

—Me gustaría poder ofrecerle más, pero él lo pagará de su propio bolsillo, y es todo lo que puede permitirse.

—Entiendo. En California, cuando se busca asistencia sanitaria cualificada, eso se consideraría poco.

—Lo sé y lo siento. Tal vez podamos subirlo un poco. No sé, a nueve y medio, por ejemplo. ¿Qué le parece?

Solana se lo pensó.

—Bueno, quizá podría acomodarme, en el supuesto de que estemos hablando de turnos de ocho horas, cinco días por semana. Si es necesario trabajar en fin de semana, la tarifa subiría a diez por hora.

—Me parece bien. Llegado el caso, puedo aportar unos cuantos dólares para sobrellevar el gasto. Lo importante es que él reciba la ayuda que necesita.

—Como es natural, las necesidades del paciente son prioritarias.

—¿Y cuándo podría empezar? Es decir, suponiendo que a usted le interese.

Solana guardó silencio por un instante.

—Hoy estamos a viernes, y tengo unos cuantos asuntos pendientes. ¿Qué le parece a principios de la semana que viene?

—¿Sería posible el lunes?

Solana se movió en su asiento con aparente inquietud.

—En fin, quizá pueda reorganizar mi agenda, pero dependería más de usted.

—¿De mí?

—¿Querrá usted que le rellene un formulario?

—Ah, no creo que sea necesario. Ya hemos hablado de lo básico, y si surge alguna otra duda, ya la aclararemos en su momento.

—Agradezco la confianza, pero le conviene disponer de la información en papel. Es mejor para las dos que pongamos las cartas sobre la mesa, por así decirlo.

—Eso es muy responsable de su parte. De hecho, tengo formularios. Espere un momento.

Se levantó y cruzó la sala hasta el aparador, donde tenía el bolso. Sacó unas hojas plegadas.

—¿Necesita un bolígrafo?

—No hace falta. Rellenaré la solicitud en casa y se la traeré mañana a primera hora. Así dispondrá del fin de semana para comprobar mis referencias. Hacia el miércoles ya debería tener todo lo que necesita.

Melanie arrugó la frente.

—¿No sería posible adelantarlo y empezar a trabajar el lunes? Siempre puedo telefonear desde Nueva York.

—Supongo que sí. Es más una cuestión de que usted se quede tranquila.

—Eso no me preocupa. Seguro que todo está en orden. Sólo de tenerla aquí ya me siento mejor.

—La decisión es suya.

—Bien. Y ahora, ¿qué le parece si le presento al tío Gus y le enseño la casa?

—Estupendo.

Cuando se dirigieron al pasillo, Solana vio que Melanie volvía a manifestar cierto nerviosismo.

—Lamento que la casa esté patas arriba. El tío Gus no se ha preocupado mucho de cuidarla. Típico de hombres solos. Da la impresión de que no ve el polvo y el deterioro.

—Puede que esté deprimido. Los ancianos, en especial los hombres, parecen perder el interés por la vida. Se nota en la poca atención que prestan a la higiene personal, la indiferencia al espacio donde viven y los limitados contactos sociales. A veces también se producen cambios de personalidad.

—No lo había pensado. Debo advertirle que puede ser una persona de carácter difícil. En realidad es un encanto, pero a veces se impacienta.

—Dicho con otras palabras, tiene mal genio.

—Exacto —confirmó Melanie.

Solana sonrió.

—Eso no es nuevo para mí. Créame, los gritos y las pataletas me dan igual. No me lo tomo de manera personal.

—Es un alivio.

Solana conoció a Gus Vronsky, y si bien apenas le habló, mostró por él un vivo interés. No tenía sentido intentar congraciarse con el anciano. Era Melanie Oberlin quien la contrataba, y pronto se iría. Fuera como fuese aquel viejo, malhablado o desagradable, Solana lo tendría para ella sola. Dispondrían de tiempo de sobra para resolver sus diferencias.

Ese viernes por la tarde, en el comedor de su pequeño apartamento, se sentó a la mesa redonda de formica que empleaba como escritorio. La cocina era minúscula, sin apenas encimeras suficientes para preparar la comida. Tenía un frigorífico de tamaño reducido, una cocina de cuatro fogones que parecía tan insuficiente como un juguete, un fregadero y armarios de pared baratos. Como extendía los cheques para el pago de las facturas en esa mesa, solía tenerla cubierta de papeles, y, por lo tanto, no servía para comer. Su hijo y ella comían sentados ante el televisor, colocando los platos en la mesita de centro.

Tenía delante la solicitud para el empleo de Vronsky. Al lado había dejado la copia de la solicitud que había sacado del expediente de la Otra. A cinco metros, el televisor sonaba a todo volumen, pero Solana apenas lo oía. La sala de estar era, de hecho, la sección más larga del salón comedor en forma de ele, y no existían grandes diferencias entre ambos espacios. Tiny, su Tonto, estaba arrellanado en el sillón reclinable, con los pies en alto, la mirada fija en la pantalla. Era duro de oído, y normalmente subía el volumen a niveles que hacían contraer el rostro a Solana e incitaban a los vecinos a aporrear las paredes. Al dejar el colegio, el único trabajo que encontró fue de mozo en un supermercado cercano. No duró mucho. Consideró que el empleo era poca cosa para él y lo dejó al cabo de seis meses. Luego lo contrató una empresa de jardinería para cortar césped y podar setos. Se quejaba del calor y juraba que tenía alergia a la hierba y al polen de los árboles. A menudo llegaba tarde al trabajo o llamaba para decir que estaba enfermo. Cuando se presentaba, si no contaba con la debida vigilancia, se marchaba en cuanto le venía en gana. Lo dejó o lo despidieron, eso depende de quién contara la historia. Después de eso buscó trabajo alguna que otra vez, pero no fue más allá de la entrevista. Debido a sus dificultades para hacerse entender, a menudo sentía frustración y la emprendía contra unos y otros a bulto. Al final desistió de todo empeño.

En cierto modo, a Solana le resultaba más cómodo tenerlo en casa. Como nunca había conseguido el carnet de conducir, cuando tenía trabajo le tocaba a ella llevarlo y recogerlo al final de la jornada. Con sus horarios en la clínica de reposo, eso representaba un problema.

En ese momento, él tenía una cerveza en equilibrio sobre el brazo del sillón y una bolsa de patatas fritas abierta apoyada en el muslo como un perro fiel. Comía mientras veía su programa favorito, un concurso con muchos efectos sonoros y luces. Le gustaba contestar a gritos a las preguntas con aquella extraña voz suya. No parecía avergonzarlo en absoluto equivocarse en todas las respuestas. ¿Qué más daba? A él lo que le gustaba era participar. Por la mañana veía culebrones; por la tarde, dibujos animados o películas antiguas.

Al examinar el historial profesional de la Otra, la asaltó un familiar sentimiento de envidia, mezclado con cierto grado de orgullo, ya que ahora presentaba el currículum como propio. Las cartas de recomendación hablaban de lo fiable y responsable que era, y Solana consideraba que esas cualidades la definían a ella con toda exactitud. El único problema que veía era un hueco de dieciocho meses, durante el que la Otra había estado de baja por enfermedad. Conocía los detalles porque se había hablado mucho del tema en el trabajo. A la Otra le habían diagnosticado un cáncer de mama. Después le habían extirpado el tumor y administrado un tratamiento de quimio y radioterapia.

Solana no tenía intención de incorporar ese dato a la solicitud. Era supersticiosa en cuanto a las enfermedades, y no quería que nadie pensara que había padecido algo tan bochornoso. ¿Cáncer de mama? Dios santo. No necesitaba ni la lástima ni la aduladora preocupación de nadie. Además, temía que un jefe potencial mostrara curiosidad. Si mencionaba el cáncer, alguien podía preguntarle por los síntomas o la clase de medicamentos que había tomado, o qué le habían dicho los médicos acerca de las posibilidades de recurrencia. Nunca había tenido un cáncer. Ni ella ni nadie de su familia cercana. Desde su punto de vista, el cáncer era tan vergonzoso como el alcoholismo. Además, le preocupaba que la enfermedad se manifestara de verdad si incluía ese dato.

Pero ¿cómo podía explicar el intervalo en que la auténtica Solana —la Otra— había estado de baja? Decidió sustituirlo por un empleo que había tenido ella por esas fechas. Había trabajado de acompañante de una anciana llamada Henrietta Sparrow. La mujer ya había muerto, así que nadie podía telefonearla para pedirle referencias. Henrietta ya no podía quejarse (como había hecho en su día) de malos tratos. Todo eso se había ido a la tumba con ella.

Solana consultó un calendario y anotó las fechas de inicio y fin del empleo junto con una breve descripción de las tareas de las que se había ocupado. Escribió con clara letra de imprenta, pues no quería dejar muestras de su caligrafía en ningún sitio. Cuando acabó de rellenar la solicitud, se sentó con su hijo delante del televisor. Satisfecha de sí misma, decidió pedir tres pizzas pepperoni grandes. Si resultaba que Gus Vronsky no tenía un centavo, siempre podía dejar el empleo. Esperaba con impaciencia que Melanie Oberlin se marchase, y cuanto antes, mejor.

11

El lunes siguiente pasé por casa a la hora del almuerzo con la esperanza de evitar la tentación de la comida rápida. Me calenté una lata de sopa, de esas que no requieren agua, y que, como yo bien sabía, contenía una cantidad de sodio equivalente a la ingesta de una cucharada de sal. Mientras fregaba los platos después de comer, Melanie llamó a la puerta. Llevaba un abrigo de cachemira negro entallado, tan largo que le caía hasta la mitad de la caña de las botas de piel negras. Lucía sobre los hombros un amplio chal negro y rojo con dibujo de turquesas, doblado en forma de voluminoso triángulo. ¿Cómo podía tener el aplomo para llevar una cosa así? Si lo intentara yo, la gente pensaría que, sin darme cuenta, había tropezado con un tendedero y se me había quedado una sábana enredada.

Abrí la puerta y me hice a un lado para dejarla pasar.

—Hola. ¿Qué tal?

Entró con entera confianza y, tras sentarse en el sofá, estiró las piernas en un gesto de agotamiento.

—Mejor que no te cuente. Ese hombre me está volviendo loca. Te he visto aparcar y he pensado en acercarme antes de que vuelvas a salir. ¿Llego en mal momento? Por favor, dime que no te importa o tendré que suicidarme.

—No me importa. ¿Qué pasa?

—Nada, exageraciones mías. No está ni mejor ni peor que de costumbre. En todo caso, no puedo quedarme mucho rato. Esta mañana ha empezado a trabajar una mujer, y de eso quería hablarte.

—Pues tú dirás.

—Esa mujer…, ese ángel…, que se llama Solana Rojas, vino el viernes por la mañana para una entrevista. Charlamos de esto y lo otro y lo de más allá: el tío Gus, su lesión, la clase de ayuda que necesita. Esas cosas. Dijo que aquello era lo suyo y que con mucho gusto aceptaba el empleo. Incluso acabó quedándose toda la tarde sin cobrar. Temía exponerla al verdadero tío Gus por miedo a que se fuera, pero sentí que no podía engañarla. Pensé que debía saber en qué se metía, y no parece importarle.

—¿Y cuál es el problema?

—Mañana cojo un vuelo para Nueva York y no tengo tiempo de verificar las referencias.

—Me sorprende que te hayas quedado tanto tiempo.

—No eres la única sorprendida —contestó—. Tenía previsto volver el viernes pasado, pero Gus, como bien sabes, se ha convertido en un verdadero tormento. Y también mi jefa. Entiéndeme, es muy buena persona y le pareció bien que viniera, pero esta mañana me ha telefoneado, ya histérica. Han surgido problemas en el trabajo y quiere que vuelva. «O si no…», es como me lo ha planteado.

—Vaya por Dios.

—Debería haber previsto que esto acabaría así. Es una mujer generosa hasta que se presenta el primer problema —dijo Melanie—. Supongo que debería estar agradecida con cualquier cosa que me saque de aquí. Y eso me lleva al motivo de mi visita. Me ha dicho Henry que eres detective privado. ¿Es verdad?

—Pensaba que ya lo sabías.

—Es increíble que no te lo haya preguntado. Muy mal por mi parte —se reprochó—. Me gustaría que comprobaras por encima los antecedentes de Solana y me dijeras si es de fiar. Naturalmente, te pagaría por tu tiempo.

—¿Tienes prisa en saberlo?

—Bastante. Ha accedido a trabajar un turno de ocho horas durante los próximos cinco días. Después, si todo va bien, iremos ajustando el horario hasta que veamos qué es lo mejor. De momento empezará a las tres y se marchará a las once; así acompañará a Gus a la hora de la cena, le dará la medicación y lo ayudará a acostarse. Con lo delicado que está, sé que necesita más que eso, pero es lo máximo que he podido hacer. Antes de irse por la noche, le preparará el desayuno para el día siguiente. He llamado a Meals on Wheels, el servicio de voluntarios, para que le traigan una comida caliente al mediodía y algo sencillo para la cena. Ella se ofreció a cocinar, pero pensé que era pedir demasiado. No quería abusar.

—Parece que ya lo tienes todo resuelto, pues.

—Esperemos que así sea. Me preocupa un poco irme tan precipitadamente. Se la ve honrada y responsable, pero la conocí el viernes y quizá no debería dar las cosas por sentadas.

—No creo que tengas por qué preocuparte. Si la ha enviado una agencia, será de fiar. Cualquier servicio de asistencia sanitaria a domicilio comprobaría sus referencias. Sólo la propondrían para un puesto si tiene titulación y ha firmado un contrato de garantía con la agencia.

—Ése es el problema. Trabaja con una agencia, pero respondió al anuncio por cuenta propia. De hecho, fue la única que contestó, así que en ese sentido debo considerarme afortunada.

—¿Qué agencia es?

—Tengo aquí la tarjeta. Asistencia Sanitaria para la Tercera Edad. No sale en el listín, y cuando intenté llamar, descubrí que el número ya no existía.

—¿Te dio esa mujer alguna explicación?

—Cuando se lo pregunté, se deshizo en disculpas. Dijo que el número de la tarjeta era antiguo. La empresa se ha trasladado y no ha tenido ocasión de encargar tarjetas nuevas. Me dio el número nuevo, pero siempre sale un contestador automático. He dejado dos mensajes y espero que alguien me devuelva la llamada.

—¿Ha rellenado la solicitud?

—Aquí la tengo. —Abrió el bolso y sacó las hojas, que había doblado en tres partes—. Es un formulario estándar que encontré en un manual de documentos jurídicos. En mi trabajo contrato a mucha gente, pero por lo general el jefe de personal los investiga antes. Sé juzgar a las personas en mi ámbito, pero el mundo de la enfermería me es ajeno. Tiene el título de enfermera de grado medio, no el de grado superior, pero ha trabajado con pacientes geriátricos, y eso no representa el menor problema para ella. Naturalmente, el tío Gus ha estado de mal humor e insoportable, pero ella se lo ha tomado todo con calma. Es mejor persona que yo. El tío Gus se comportó tan mal que estuve tentada de soltarle un sopapo.

Eché una hojeada al papel, rellenado a mano con bolígrafo. La información constaba en pulcras letras de imprenta, todas mayúsculas, sin tachaduras. Comprobé la declaración al pie de la hoja donde la mujer firmaba y daba fe de que toda la información facilitada era exacta y veraz. Se incluía en el párrafo un descargo, autorizando a la posible parte contratante a comprobar su titulación e historial profesional. «Entiendo y acepto que, en caso de falsedad u omisión de datos materiales, perderé todo derecho de empleo.»

—Con esto debería bastar. Lo resolveré en parte por teléfono, pero la mayoría de las entrevistas es mejor hacerlas en persona, sobre todo cuando se trata de cuestiones de carácter. En general, los antiguos jefes son reacios a poner por escrito observaciones despectivas por miedo a posibles demandas. Cara a cara, es más probable que ofrezcan los detalles dignos de mención. ¿Hasta cuándo quieres que me remonte?

—Pues, la verdad, me parece suficiente con una comprobación por encima: el título, el último puesto de trabajo y un par de referencias. Espero que no pienses que es pura paranoia por mi parte.

—Oye, yo me gano la vida con esto. No tienes que justificar mi propio trabajo.

—Lo que quiero, más que nada, es saber que no se trata de una asesina que anda suelta por ahí —dijo con pesar—. Aunque ni siquiera eso sería un problema si consigue llevarse bien con él.

Volví a doblar la solicitud.

—Mañana por la mañana la fotocopiaré en la oficina y te la devolveré.

—Gracias. Me iré a Los Ángeles a las nueve para coger el avión a las doce. Te telefonearé el miércoles.

—Quizá sea mejor que te llame yo cuando tenga algo que decir.

Saqué un contrato modelo del cajón de mi escritorio y tardé unos minutos en rellenar los espacios en blanco, explicando la naturaleza y el contenido de nuestro acuerdo. Apunté el número de teléfono de mi casa y el de mi despacho en lo alto de la página. Después de firmar las dos, sacó su billetero y me dio una tarjeta de visita y quinientos dólares en efectivo.

—¿Con esto bastará?

—Sí. Cuando te envíe el informe, adjuntaré una explicación detallada —dije—. ¿Ella sabe algo de esto?

—No, y prefiero que quede entre nosotras. No quiero que piense que no confío en ella, y menos después de insistir tanto en contratarla de inmediato. No tengo inconveniente en que se lo digas a Henry.

—Seré de lo más discreta.

Había planeado una visita al campus del City College, donde se había producido el accidente de Lisa Ray, para dedicar un tiempo a rastrear la zona y ver si localizaba al testigo desaparecido. Eran cerca de las tres y cuarto cuando llegué a la salida de Castle y doblé a la derecha para tomar por Palisade Drive, que subía en diagonal por la pendiente. Hacía un día gris y el cielo encapotado parecía anunciar lluvia, pero en California el tiempo puede ser engañoso. En el este, unos densos nubarrones augurarían precipitaciones; aquí, en cambio, estamos sometidos a la niebla marina, que en realidad no permite ningún pronóstico.

El City College de Santa Teresa se alza en un promontorio con vistas al Pacífico, y es uno de los 107 centros de enseñanza superior del sistema universitario californiano. El recinto abarca una superficie considerable, y el campus este y el campus oeste se hallan separados por una calle llamada High Ridge Road, que baja en suave pendiente hacia Cabana Boulevard y la playa. Al pasar en coche por delante, vi aparcamientos y varios edificios universitarios.

No había ninguna tienda en las inmediaciones, pero a dos kilómetros al oeste, en el cruce de Palisade y Capillo, se sucedían unos cuantos comercios: una cafetería, un zapatero, un supermercado, una papelería y una farmacia que suministraba al barrio. Más cerca del campus, una gasolinera y un híper de una gran cadena compartían aparcamiento con dos restaurantes de comida rápida. El viejo tal vez vivía cerca de la universidad o tenía algo que hacer en esa zona. Por lo que contó Lisa, no quedaba claro si iba a pie o si acababa de dejar su coche o regresaba a él. Existía también la posibilidad de que fuera profesor o miembro del personal no docente. En algún momento tendría que empezar a llamar a las puertas, partiendo del lugar del accidente y aumentando el radio de búsqueda.

Dejé atrás el campus, lo rodeé y finalmente me detuve junto a la acera frente a la entrada donde había parado el coche de Lisa Ray antes de girar a la izquierda. En otros tiempos, un detective privado se encargaba de gran parte de la investigación en una demanda de este tipo. Conocí a uno cuya especialidad consistía en dibujar diagramas a escala de los accidentes tras tomar las medidas del ancho de la calle y los puntos de referencia pertinentes en la colisión. También sacaba fotografías de las huellas de los neumáticos, los ángulos de visibilidad, las señales de frenazos y cualquier otra prueba física presente en el lugar de los hechos. Hoy día estos datos los reunían los expertos en reconstrucción de accidentes, cuyos cálculos, fórmulas y modelos informáticos eliminaban casi toda especulación. Si la demanda llegaba al juzgado, el testimonio pericial podía ser la clave para el desenlace del juicio.

Sentada en mi coche, releí el expediente empezando por el informe policial. No conocía al agente, Steve Sorensen. En las casillas referentes a las condiciones generales, éste había marcado: buen tiempo, mediodía, calzada seca y ninguna circunstancia fuera de lo común. En el apartado «movimiento previo a la colisión», indicaba que la furgoneta Ford de los Fredrickson (vehículo 1) avanzaba en línea recta, en tanto que el Dodge Dart de 1973 de Lisa (vehículo 2) realizaba un giro a la izquierda. Había incluido un bosquejo aproximado con la advertencia «no a escala». En su opinión, el vehículo 2 era culpable, y Lisa constaba como responsable de la infracción I 218004, contra propiedad pública o privada, al existir la obligación de ceder el paso a vehículos que se acercan, y de la 22107, por giro peligroso y/o sin señalizar. Lowell Effinger contrató a un especialista en reconstrucción de accidentes de Valencia, el cual había reunido los datos y elaboraba ya su informe. Hacía también las veces de experto biomecánico y utilizaría la información para determinar si las lesiones de Gladys estaban en consonancia con la dinámica de la colisión. En cuanto al testigo desaparecido, el trabajo de campo normal y corriente parecía ser mi mejor opción, sobre todo habida cuenta de que no se me ocurría ningún otro plan.

Las pocas fotografías en blanco y negro que había tomado el agente de tráfico en su momento no eran de gran ayuda. En lugar de eso, recurrí al juego de fotos, en color y en blanco negro, que Mary Bellflower había sacado del lugar del accidente y de los dos vehículos. Las hizo un día después del choque, y en sus imágenes se veían los fragmentos de vidrio y metal en la calzada. Examiné la calle en los dos sentidos, preguntándome quién era el testigo y cómo encontrarlo.

Regresé a la oficina, volví a consultar el expediente y encontré el número de teléfono de Millard Fredrickson.

Su esposa, Gladys, contestó al sonar el timbre por tercera vez.

—¿Qué hay?

Al fondo, un perro ladraba incesantemente en una gama de frecuencias que inducía a pensar en un perro de una raza pequeña y temblorosa.

—Hola, señora Fredrickson. Me llamo…

—Un momento —dijo. Tapó el micrófono con la palma de la mano—. Millard, ¿puedes hacer callar a ese perro, por favor? Estoy intentando hablar por teléfono. ¡He dicho que hagas callar a ese perro! —Retiró la palma y reanudó la conversación—. ¿Con quién hablo?

—Señora Fredrickson, soy Kinsey Millhone…

—¿Quién?

—Soy investigadora y estoy estudiando el accidente que sufrieron usted y su marido el pasado mes de mayo. Quería saber si me permitirían mantener una charla con ustedes.

—¿Tiene que ver con el seguro?

—Está relacionado con el juicio. Me interesa escuchar su versión de lo ocurrido, si son tan amables.

—Mire, ahora mismo no puedo hablar. Tengo un juanete que me está matando y el perro se ha vuelto loco porque mi marido ha comprado un pájaro sin consultarlo conmigo. Le dije que no pensaba andar limpiando la mugre de un bicho que vive en una jaula, y me importa un comino si está forrada con papel o no. Los pájaros son asquerosos. Están llenos de piojos. Todo el mundo lo sabe.

—Claro, me hago cargo —dije—. Yo esperaba quedar con ustedes mañana a primera hora. ¿Qué tal a las nueve?

—¿Qué día es mañana, martes? Déjeme ver el calendario. Es posible que tenga hora con el quiropráctico para un reajuste. Voy dos veces por semana, y para lo que me ha servido... Con tanta pastilla y demás porquería, ya debería estar bien. Un momento. —La oí pasar las páginas hacia atrás y hacia delante—. A las nueve estoy ocupada. Parece que estaré aquí a las dos, pero no mucho rato. Tengo fisioterapia y no puedo permitirme llegar tarde. Estoy haciéndome un tratamiento con ultrasonidos, para ver si me alivian el dolor lumbar.

—¿Y su marido? También querría verlo.

—No puedo hablar por él. Tendrá que proponérselo usted misma cuando venga a verme.

—Bien. Seré lo más breve posible.

—¿Le gustan los pájaros?

—No mucho.

—Bien, estupendo.

Oí un gañido de sorpresa muy agudo, y Gladys colgó bruscamente, tal vez para salvarle la vida al perro.

12

El martes por la mañana, en la oficina, fotocopié la solicitud de Solana Rojas y guardé el original en un sobre al que puse la dirección de Melanie. El anticipo de quinientos dólares era lo que solía cobrar por un día de trabajo, así que, en interés de ambas, decidí concentrarme en ello de inmediato y sacarle el máximo provecho posible al dinero.

Sentada ante mi escritorio, examiné la solicitud de Solana, que incluía el lugar y la fecha de nacimiento y los números de la Seguridad Social, del carnet de conducir y de la licencia de enfermera. En su dirección de Colgate constaban las señas de un apartamento, pero yo no conocía la calle. Tenía sesenta y cuatro años y gozaba de buena salud. Divorciada, sin hijos menores a su cargo. Había obtenido el diploma de estudios universitarios generales en el City College de Santa Teresa en 1970, lo que significaba que había vuelto a estudiar a los cuarenta y tantos años. Había pedido plaza para la escuela de enfermería, pero la lista de espera era tan larga que tardó otros dos años en ser aceptada. Dieciocho meses después, tras completar los tres semestres preceptivos en el currículo de enfermería, ya tenía su título.

Estudié su historial profesional y me fijé en que incluía varios empleos como enfermera privada. El más reciente, durante un periodo de diez meses, había sido en una clínica de reposo, donde sus obligaciones abarcaban la aplicación y el cambio de vendas, la colocación de catéteres, irrigaciones, enemas, extracción de muestras para análisis clínicos y administración de medicamentos. Según el historial, cobraba ocho dólares y medio la hora. Ahora pedía nueve. Bajo el encabezamiento «Antecedentes» afirmaba que nunca había sido declarada culpable de un delito, que en ese momento no estaba en espera de juicio por un delito penal y que nunca había cometido un acto violento en el lugar de trabajo. Eso era una buena noticia, desde luego.

En la lista de empleos, empezando por el presente y retrocediendo en el tiempo, se incluían direcciones, números de teléfono y, cuando correspondía, nombres de los supervisores. Vi que las fechas de empleo constituían una progresión ininterrumpida desde el año de su titulación. De los pacientes ancianos que había atendido como enfermera privada, cuatro habían ingresado después en residencias de la tercera edad con carácter permanente, tres habían muerto y dos se habían recuperado lo suficiente para volver a vivir sin ayuda. Había adjuntado fotocopias de dos cartas de recomendación que decían poco más o menos lo que cabía esperar: bla, bla, bla, responsable; bla, bla, bla, competente.

Busqué el número del City College y pedí a la telefonista que me pusiera con la secretaría de la universidad. La mujer que atendió la llamada estaba acatarrada y el hecho de atender el teléfono le provocó un acceso de tos. Esperé mientras se esforzaba por controlar el ataque. La gente no debería ir al trabajo cuando está resfriada. Probablemente se enorgullecía de no faltar ni un día mientras los demás a su alrededor contraían las mismas enfermedades de las vías respiratorias superiores y agotaban su permiso por enfermedad anual.

—Disculpe. ¡Uf! Lo siento. Soy la señora Henderson.

Le di mi nombre y le expliqué que estaba verificando los antecedentes de Solana Rojas en relación con un contrato de trabajo. Deletreé el nombre y le di la fecha en que había obtenido el título de enfermera en el City College.

—Sólo necesito que me confirme si esta información es exacta.

—¿Puede esperar un momento?

—Claro —contesté.

Mientras yo escuchaba villancicos, la mujer debió de coger una pastilla para la tos, porque cuando volvió al aparato, oí el ruido de la gragea contra los dientes.

—No estamos autorizados a dar información por teléfono. Tendrá que presentar su solicitud en persona.

—¿No puede darme siquiera un simple sí o no?

Hizo una pausa para sonarse la nariz, una operación desagradablemente húmeda acompañada de un graznido.

—Exacto. Debemos atenernos a una política de protección de datos personales de los estudiantes.

—¿Qué tiene esto de personal? Esa mujer busca trabajo.

—Eso dice usted.

—¿Por qué habría de mentir sobre algo así?

—No lo sé, querida. Eso tendrá que explicármelo usted.

—Pero ¿y si tengo su firma en una solicitud de empleo, autorizando la verificación de su historial académico y profesional?

—Un momento —dijo molesta. Tapó el micrófono con la palma de la mano y, en susurros, habló con alguien a su lado—. Siendo así, no hay problema. Traiga la solicitud. Haré una copia y la presentaré junto con la instancia.

—¿Puede sacar el expediente para ganar tiempo y tener la información a mano cuando yo llegue?

—No estoy autorizada a hacer eso.

—Bien, y una vez que esté ahí, ¿cuánto tardarán?

—Cinco días hábiles.

Me irrité, pero supe que no servía de nada discutir. Seguramente iba dopada a base de fármacos contra el resfriado y tenía ganas de hacerme callar. Le di las gracias por la información y colgué.

Puse una conferencia con el Colegio de Enfermeras y Técnicos Psiquiátricos de Sacramento. El empleado que me atendió se mostró servicial: mis dólares de contribuyente en acción. La licencia de Solana Rojas estaba en vigor y nunca había sido objeto de sanciones ni demandas. El hecho de que tuviera una licencia significaba que había completado satisfactoriamente los cursos de enfermería en algún sitio; aun así, tendría que ir hasta el City College para confirmarlo. No encontraba ninguna razón por la que a alguien se le ocurriría falsificar los detalles de su titulación, pero Melanie me había pagado por un tiempo y no quería escatimárselo.

Me acerqué al juzgado y examiné los documentos públicos. Tras comprobar el archivo penal, civil, de delitos menores y público (éste incluía los casos civiles generales, de familia, testamentarios y penales), no vi ninguna condena penal ni demanda presentada por ella o contra ella. Para cuando llegué al City College tenía la casi total certeza de que la mujer era tal como se mostraba.

Aminoré la marcha y me detuve en la caseta de información del campus.

—¿Puede decirme dónde está la secretaría?

—En el edificio de administración, ahí mismo —contestó la mujer señalando la estructura situada justo delante.

—¿Y dónde aparco?

—Por la tarde no hay restricciones. Puede aparcar donde quiera.

—Gracias.

Ocupé la primera plaza libre que encontré y, tras apearme, cerré el coche con llave. Desde aquella altura se veía el Pacífico por detrás de los árboles, pero el mar estaba gris y el horizonte oscurecido por la bruma. Con el cielo todavía encapotado, el día parecía más frío. Me colgué el bolso al hombro y crucé los brazos para darme calor.

El estilo arquitectónico de casi todos los edificios del campus era sencillo, una funcional mezcla de estuco color crema, rejas de hierro forjado y tejas rojas. Los eucaliptos proyectaban sombras moteadas sobre la hierba y una suave brisa agitaba las frondas de las palmeras que se alzaban por encima de la calle. Había en uso seis u ocho aulas provisionales mientras se ampliaban las instalaciones.

Me resultó extraño pensar que en su día estuve matriculada allí. Después de tres semestres, me di cuenta de que no estaba hecha para los estudios, ni siquiera a los niveles más bajos. Debería haberme conocido mejor. El instituto había sido un suplicio. Inquieta, me distraía con facilidad y me interesaba más fumar porros que estudiar. No sé qué creía que iba a hacer con mi vida, pero esperaba sinceramente no tener que ir a la universidad, lo que descartaba medicina, odontología y derecho, junto con otras innumerables profesiones que no me atraían en absoluto. Me daba cuenta de que sin un título universitario casi ninguna empresa me aceptaría como presidenta. Una verdadera lástima. Sin embargo, si entendía bien la Constitución, mi falta de educación no me excluía como candidata a la presidencia de Estados Unidos, cuyo único requisito era haber nacido en el país y tener al menos treinta y cinco años. ¿No era una perspectiva apasionante?

Entre los dieciocho y los diecinueve años pasé por sucesivos empleos, todos del más bajo nivel, aunque en la mayoría de ellos yo habría sido incapaz de superar ese nivel. Cumplidos los veinte, por razones que ahora no recuerdo, presenté una solicitud en el Departamento de Policía de Santa Teresa. Para entonces había entrado en razón, aburrida ya tanto de la droga como de los trabajos de poca monta. Dicho de otro modo, ¿cuántas veces podía una volver a doblar la misma pila de jerséis en el departamento de ropa deportiva de Robinson's? El nivel salarial era lamentable, incluso para alguien como yo. Descubrí que si a una le interesaban los sueldos bajos, en las librerías eran inferiores a los de las tiendas de ropa, en las que los horarios eran peores. Lo mismo podía aplicarse al trabajo de camarera, que, resultó, exigía más habilidad y sutileza de las que yo poseía. Necesitaba un desafío y quería comprobar hasta dónde me llevaba mi astucia callejera.

Por un milagro, superé el proceso de selección del Departamento, aprobé el examen escrito, el examen de agilidad física, el control médico y de sustancias prohibidas y otras varias entrevistas y pruebas. Alguien debió de ser un tanto laxo en sus responsabilidades. Pasé veintiséis semanas en la Academia de Instrucción de Policía, que fue lo más duro que había hecho en mi vida. Después de graduarme, serví como agente durante dos años y al final descubrí que trabajar en el seno de una burocracia no era lo mío. Mi posterior paso, un periodo de aprendizaje con una agencia de investigadores privados, demostró ser la combinación idónea de libertad, flexibilidad y arrojo.

Cuando concluí ese momentáneo paseo por los vericuetos de la memoria, había entrado ya en el edificio de administración. El amplio pasillo era muy luminoso, aunque la luz que entraba a raudales por las ventanas era fría. Se veían adornos navideños aquí y allá, y la ausencia de estudiantes me indujo a pensar que ya se habían ido de vacaciones. No recordaba que el lugar transmitiera una sensación tan agradable, pero sin duda eso se debía a mi actitud en aquella época.

Entré en la secretaría y pregunté a la mujer de recepción por la señora Henderson.

—La señora Henderson se ha ido ya a casa. ¿Puedo ayudarla en algo?

—Pues eso espero —contesté. Sentí en los labios la emoción de la mentira—. He hablado con ella hace una hora y me ha dicho que sacaría cierta información de los expedientes estudiantiles. He venido a buscarla. —Puse la solicitud de Solana en el mostrador y señalé su firma.

La mujer frunció un poco el entrecejo.

—No sé qué decirle. Eso no parece propio de Betty. No me ha dicho nada.

—¿Ah, no? Vaya. Con lo enferma que estaba, probablemente se le ha pasado. Pero ya que estoy aquí, ¿no podría consultar los archivos usted misma?

—Supongo que sí, aunque tardaré un poco. No conozco los archivos tan bien como ella.

—No importa. No hay prisa. Se lo agradecería.

Al cabo de siete minutos, tenía la confirmación que necesitaba. Lamentablemente, no pude sonsacarle ningún dato más. Pensé que si Solana era una estudiante mediocre, un posible jefe tenía derecho a saberlo. Como decía una amiga mía: «En un avión, más vale que el perro detector de bombas no haya sido el último de su promoción».

Regresé al coche y saqué la guía de los condados de Santa Teresa y San Luis Obispo. Tenía la dirección de la última residencia de la tercera edad donde Solana había trabajado, que resultó estar a dos pasos de mi oficina.

Casa del Amanecer era una combinación de clínica de reposo y residencia asistida para la tercera edad, con espacio para cincuenta y dos internos, algunos temporales y otros permanentes. El edificio era una estructura de madera de una sola planta, con una serie de ampliaciones adosadas en forma de alas verticales u horizontales dispuestas al azar como un tablero de Scrabble. El interior estaba decorado con buen gusto, en tonos verde y gris, que eran relajantes sin ser apagados. El árbol de Navidad, aunque artificial, era un ejemplar de denso follaje con luces pequeñas y adornos plateados. Ocho regalos bellamente envueltos habían sido dispuestos sobre una tela de felpa blanca. Sabía que las cajas estaban vacías, pero su sola presencia auguraba sorpresas maravillosas.

Un gran escritorio antiguo ocupaba el lugar de honor en el centro de la alfombra persa. La recepcionista, agraciada y amable, pasaba de sesenta años y se la veía servicial. Debió de pensar que yo tenía un pariente anciano necesitado de alojamiento.

Cuando pregunté por el jefe de personal, me condujo por un laberinto de pasillos hasta el despacho de la subjefa de administración. Por encima del hombro, dijo:

—No tenemos un departamento de personal propiamente dicho, pero la señora Eckstrom puede ayudarla.

—Gracias.

Eloise Eckstrom rondaba mi edad, poco menos de cuarenta años, con gafas y una mata de pelo rojo. Llevaba un conjunto de suéter y chaqueta de punto de color verde intenso, falda de lana escocesa y zapatos planos. La había pillado con el escritorio desordenado, los cajones vacíos y el contenido repartido por las sillas y mesas. A un lado, en una caja, tenía una serie de bandejas de alambre y separadores de archivo. Detrás de ella, sobre el armario, vi cinco fotografías enmarcadas de un terrier de pelo blanco en distintas fases de crecimiento.

Nos estrechamos la mano por encima del escritorio, pero antes ella se limpió los dedos con una toallita húmeda.

—Disculpe el desorden —dijo—. Llevo aquí un mes y he jurado

que me organizaría antes de las fiestas. Siéntese, si encuentra dónde.

Podía elegir entre dos sillas, ambas con pilas de carpetas y números atrasados de revistas geriátricas.

—Todo eso probablemente acabará en la basura. Puede dejarlo en el suelo.

Puse en el suelo el cargamento de revistas de la silla y me senté. Ella pareció sentir alivio ante la oportunidad de sentarse también un rato.

—¿En qué puedo ayudarla?

Puse la solicitud de Solana Rojas en el único lugar vacío que encontré.

—Me gustaría verificar cierta información sobre una antigua empleada de este centro. La han contratado para cuidar de un anciano cuya sobrina vive en Nueva York. Supongo que podríamos llamar a esto «debida diligencia».

—Claro.

Eloise cruzó el despacho hasta una serie de archivadores metálicos grises y abrió un cajón. Sacó el expediente de Solana y lo hojeó mientras volvía a su mesa.

—No dispongo de gran cosa. Según esto, empezó a trabajar para nosotros en marzo de 1985. Las valoraciones de su trabajo eran excelentes. De hecho, en mayo de ese año fue la empleada del mes. Nunca hubo quejas ni fue expedientada. No puedo decirle nada más.

—¿Por qué se marchó?

Volvió a mirar el expediente.

—Por lo visto, decidió ir a la universidad. No debió de irle bien si ya anda buscando trabajo de enfermera privada.

—¿Hay alguien aquí que la conociera? Pensaba en alguien que hubiese trabajado con ella día a día. El paciente al que va a cuidar es un hombre conflictivo, y su sobrina quiere a una persona con paciencia y tacto.

—Entiendo —dijo ella, y volvió a consultar el expediente de Solana—. Según parece, trabajó en la Uno Oeste, la planta de cuidados postoperatorios. Tal vez podamos encontrar a alguien que la conozca o se acuerde de ella.

—Eso sería estupendo.

La seguí por el pasillo, no muy optimista en cuanto a los resultados. Al verificar los antecedentes de alguien, la búsqueda de información personal puede ser engañosa. Si se habla con un amigo del individuo, hay que formarse antes una idea de la naturaleza de la relación. Si los dos son compinches y confidentes, es probable que haya ahí una mina de información íntima, pero las posibilidades de obtenerla son escasas. Por definición, los buenos amigos son leales y, por lo tanto, interrogarlos sobre los detalles escabrosos de uno de ellos rara vez tiene mucha utilidad. Por otro lado, si se habla con un compañero de trabajo o un conocido, es más probable que se llegue a la verdad. Al fin y al cabo, ¿quién puede resistirse a una invitación a poner verde a alguien? Aprovechando la rivalidad entre personas, es posible hacer grandes hallazgos. La inquina, generada por conflictos declarados, envidias, rencillas o desigualdad en los ingresos o la posición social, puede dar frutos inesperados. Para obtener un resultado óptimo al husmear, se necesitan tiempo e intimidad, a fin de que la persona a quien se interroga se sienta libre de hablar sin tapujos. No era probable que la planta de cuidados postoperatorios proporcionase el ambiente idóneo.

Entonces tuve un pequeño golpe de suerte.

Lana Sherman, la enfermera de grado medio que había trabajado con Solana casi un año, salía justo en ese momento del mostrador de enfermeras para ir a tomar un café y me propuso que la acompañara.

13

Mientras recorríamos el pasillo de camino a la sala de personal, le hice un par de preguntas, intentando adivinar qué clase de persona era. Me dijo que había nacido y crecido en Santa Teresa, que llevaba tres años en la Casa del Amanecer y que aquello no le desagradaba. Yo no la habría calificado de «efusiva». Era una mujer de cabello oscuro y ralo, que le colgaba en bucles de aspecto mustio. Lo primero que pensé fue que debía despedir de inmediato a su «estilista» y probar con otro. Tenía los ojos castaños e inyectados en sangre, como si estuviese probándose sus primeras lentillas y el resultado no fuese muy satisfactorio.

La sala de personal, aunque reducida, estaba decorada con buen gusto. Había una mesa con sillas alrededor, un sofá moderno y dos confidentes tapizados dispuestos junto a una mesita de centro. Un microondas, una tostadora, un gratinador y una cafetera ocupaban el aparador. Adornaban la nevera severas advertencias acerca de la inviolabilidad de la comida de los compañeros de trabajo. Me senté a la mesa mientras Lana servía café en un tazón y añadía dos tarrinas de leche descremada y dos sobres de sacarina.

—¿Le apetece un café?

—No, gracias. Estoy bien.

Alcanzó una bandeja y fue a la máquina expendedora, donde introdujo varias monedas en la ranura. Pulsó un botón y vi cómo el objeto seleccionado caía en el cajón inferior. Acercó la bandeja y dejó en la mesa el tazón, la cucharilla y un paquete de dónuts de chocolate en miniatura.

Antes de proseguir, esperé a que se sentara.

—¿Cuánto hace que conoce a Solana?

Partió el primer dónut y se llevó la mitad a la boca.

—¿En qué consiste el trabajo? —dijo.

Pese a la brusquedad de su pregunta, la informé, pensando que me convenía sembrar para después cosechar.

—Un vecino mío se cayó y se dislocó el hombro —expliqué—. Tiene ochenta y nueve años y necesita atención a domicilio mientras se recupera.

—¿Y cuánto se saca ella?

El dónut tenía un aspecto amazacotado y reseco y el baño de chocolate negro brillaba como la cera. Aun así, por diez centavos la habría derribado de un golpe y me habría comido uno. Supe en ese momento que la gran cantidad de fruta y verdura ingerida en los últimos días sólo me había servido para volverme agresiva, lo cual, en mi trabajo, no es bueno.

Por un instante había perdido el hilo de la conversación.

—¿Cómo dice?

—¿Cuánto le pagan a Solana?

—No lo sé. Mi función es hablar con gente que haya trabajado antes con ella. Busco referencias sobre su carácter.

—Una idea aproximada.

—Cuanto más exacta, mejor. Si no hay más remedio, incluso hablaré con los vecinos.

—Me refería al salario —corrigió—. Aproximadamente, ¿cuánto cobra por hora?

—No me lo han dicho. ¿Está pensando en cambiar de empleo?

—Podría ser.

El segundo dónut había volado casi sin darme cuenta, distraída por el resquicio que empezaba a ver.

—Si Solana no es aceptada, con mucho gusto la propondré a usted.

—Me lo pensaría —dijo ella—. Recuérdemelo antes de irse y le daré mi currículum. Llevo una copia en el bolso.

—Estupendo. Lo pasaré —contesté, y enseguida cambié de tema—. ¿Solana y usted eran amigas?

—Yo no diría tanto, pero trabajamos juntas durante casi un año y nos llevamos bien.

—¿Qué tal es como persona?

Se encogió de hombros.

—Así así.

—¿Así así? —pregunté.

—No está mal, supongo, si a uno le gusta la gente así.

—La gente ¿cómo?

—Quisquillosa. Si alguien llegaba aunque sólo fuera dos minutos tarde, la armaba —explicó.

—Era muy puntual, pues —comenté.

—Bueno, sí, es una manera de decirlo.

—¿Y qué me dice de sus rasgos de personalidad?

—¿Como por ejemplo? —preguntó.

—¿Era paciente, compasiva? ¿Sincera? ¿De buen carácter? Ésas son las cosas que me interesan. Usted debió de tener muchas oportunidades de observarla directamente.

Revolvió el café y chupó la cuchara antes de dejarla en la bandeja. Se llevó el siguiente dónut a la boca entero y lo masticó mientras pensaba la respuesta.

—¿Quiere que le sea sincera?

—Se lo agradecería.

—No me malinterprete. No tengo nada contra ella, pero le faltaba sentido del humor, y tampoco era buena conversadora. O sea, le decías algo, y a veces contestaba y a veces no, según del talante que estuviera. Siempre la encontrabas absorta en un historial o iba de un lado a otro de la planta vigilando a los pacientes. Cuando ni siquiera eran responsabilidades suyas. Las asumía por propia iniciativa.

—Vaya. No tenía ni idea —dije—. Sobre el papel, la impresión es buena.

—Eso no siempre refleja toda la verdad.

—Por eso estoy aquí, para llenar los huecos. ¿Se veían ustedes fuera del trabajo?

—Rara vez. Las demás salíamos a veces los viernes por la noche.

Digamos que nos desmelenábamos un poco al acabar la semana. Solana se iba derecha a casa. Al cabo de un tiempo, ni siquiera le pedíamos que nos acompañara, suponiendo ya que diría que no.

—¿No bebía?

—¡Qué va! Nada más lejos. Era una mujer muy estricta. Además, siempre andaba controlando el peso. Y en los descansos leía. Cualquier cosa con tal de hacernos quedar mal a las demás. ¿Le he servido de algo?

—Mucho.

—¿Cree que la contratarán?

—Eso no es cosa mía, pero desde luego pasaré nota de lo que me ha dicho.

Me marché del centro a la una con el currículum de Lana Sherman en la mano. De regreso a mi oficina pasé por delante de una sandwichería y caí en la cuenta de que no había comido. Con los agobios del trabajo, a veces me salto una comida, pero casi nunca cuando tengo tanta hambre como en ese momento. Había llegado a la conclusión de que una dieta equilibrada era la antítesis de la saciedad. Una hamburguesa de cuarto de libra con queso y una buena ración de patatas fritas la dejan a una prácticamente comatosa. La súbita acometida de hidratos de carbono y grasas inducen a dormir una siesta, lo que deja un hueco de diez o quince minutos antes de pensar en la siguiente comida. Di media vuelta y entré en la sandwichería. Lo que pedí no es asunto de nadie más que mío, pero no estaba nada mal. Comí sentada a mi mesa mientras revisaba el expediente de los Fredrickson.

A las dos, sujetapapeles en mano, llegué a mi cita con Gladys Fredrickson. Su marido y ella ocupaban una casa modesta cerca de la playa, en una calle parcialmente invadida por viviendas mucho más suntuosas. Dados los exagerados precios del suelo en la zona, tenía sentido adquirir cualquier casa en venta y realizar amplias reformas o derribar la estructura entera y partir de cero.

La casa de madera de los Fredrickson, de una sola planta, encajaba en esta última categoría, pues, más que una rehabilitación, merecía que la demolieran, amontonaran los escombros y los quemaran. El decrépito estado reflejaba años de mantenimiento postergado. En una fachada lateral, vi que un tramo del canalón de aluminio se había desprendido. Debajo de la brecha, las hojas podridas, arrastradas por el agua, formaban un improvisado montón de abono orgánico. Sospeché que la moqueta olería a humedad y el cemento blanco entre los azulejos de la ducha estaría negro de moho.

En el porche, además de la escalera, había una larga rampa de madera que ascendía desde el camino para dar acceso a una silla de ruedas. La propia rampa estaba salpicada de algas de color verde oscuro y sin duda era tan resbaladiza como el hielo cuando llovía. Me detuve en el porche a mirar los arriates de hiedra mezclada con acederas amarillas. Dentro, el perro ladraba con tal intensidad que probablemente acabaría llevándose una patada en el trasero. Al otro lado del patio lateral, a través de una alambrada, vi a una vecina de avanzada edad colocando en el jardín lo que debían de ser los adornos navideños. Consistían en siete pajes de Papá Noel de plástico, huecos e iluminados por dentro, más nueve ciervos, también de plástico, uno de los cuales tenía una enorme nariz roja. Se interrumpió para mirarme y respondió a mi breve saludo con una sonrisa colmada de dulzura y pesar. En otro tiempo hubo niños en su vida —hijos o nietos—, cuyo recuerdo celebraba con esa inquebrantable exhibición de esperanza.

Ya había llamado dos veces y estaba a punto de llamar de nuevo cuando Gladys abrió la puerta. Apoyaba todo el peso del cuerpo en un andador y llevaba un collarín de gomaespuma de quince centímetros de ancho. Alta y gruesa, vestía una blusa a cuadros con los botones a punto de reventar debido a la presión del amplio pecho. El elástico de la cintura de su pantalón acrílico había dado de sí y dos imperdibles lo mantenían sujeto a la blusa, evitando que se le cayera hasta los pies. Calzaba unas zapatillas de deporte de marca desconocida, aunque era evidente que no iba a echarse a correr en fecha próxima. En la del pie izquierdo había recortado una porción de piel en forma de media luna para alivio del juanete.

—¿Sí?

—Soy Kinsey Millhone, señora Fredrickson. Tenemos una cita para hablar del accidente.

—¿Es usted de la compañía de seguros?

—No de la suya. Trabajo para La Fidelidad de California. Me ha contratado el abogado de Lisa Ray.

—El accidente fue culpa de ella.

—Eso me han dicho. He venido a verificar la información que ella nos dio.

—Ah. Bueno, entonces será mejor que pase —dijo, y le dio la vuelta al andador para encaminarse hacia la butaca reclinable donde se sentaba.

Al cerrar la puerta me fijé en una silla de ruedas plegable apoyada en la pared. Me había equivocado respecto a la moqueta. La habían quitado y dejado a la vista los suelos de estrechos tablones de madera noble. Las grapas que antes sujetaban la moqueta seguían incrustadas en la madera y vi una hilera de orificios oscuros donde en su día estuvieron clavados los listones de fijación.

Dentro de la casa, el calor era tan sofocante que el aire olía a chamusquina. Un pajarillo de vivos colores revoloteaba como una mariposa nocturna de una barra de cortina a otra mientras el perro brincaba sobre los cojines del sofá y derribaba las pilas de revistas, correo comercial, facturas y periódicos colocadas encima. El perro tenía la cara pequeña, los ojos negros y brillantes, y un esponjoso triángulo de pelo en el pecho. El pájaro había dejado dos cagadas del tamaño de pequeñas monedas en el suelo, entre la mesa y la silla.

—¿Millard? —vociferó Gladys—. Te he dicho que saques de aquí al perro. *Dixie* se ha subido al sofá y no me responsabilizo de lo que haga.

—Maldita sea. Ya voy. Deja de gritar —contestó Millard a pleno pulmón desde alguna de las habitaciones que daban al estrecho pasillo transversal.

Dixie aún ladraba, bailando sobre las patas traseras mientras arañaba remilgadamente el aire con las delanteras, y mantenía la mirada fija en el periquito con la esperanza de comérselo en recompensa por sus habilidades.

Al cabo de un momento apareció Millard, impulsando su silla de ruedas. Como a Gladys, le calculé poco más de sesenta años, aunque los llevaba mejor que ella. Era un hombre fornido, de rostro rubicundo, poblado bigote negro y una mata de pelo rizado y canoso. Llamó al perro con un penetrante silbido y el animal saltó del sofá, cruzó raudo la sala y subió a su regazo de un brinco. Millard giró en redondo y, hablando entre dientes, desapareció por el pasillo.

—¿Desde cuándo va en silla de ruedas su marido?

—Desde hace ocho años. Tuvimos que quitar la moqueta para que pudiera desplazarse por la casa.

—Ya que estoy aquí, espero que él también pueda dedicarme un rato.

—No, ha dicho que hoy no le venía bien. Tendrá que volver en otro momento si quiere hablar con él. —Gladys apartó un montón de papeles—. Si le apetece sentarse, despéjese el sitio usted misma.

Ocupé con cuidado el hueco que ella me había hecho. Dejé el bolso en el suelo y saqué la grabadora, que coloqué en la mesita de centro delante de mí. Una montaña de sobres marrones, en su mayoría de un servicio de mensajería llamado Fleet Feat, se desmoronó contra mi muslo. Esperé mientras ella maniobraba para colocarse en posición ante la butaca y por fin se acomodaba con un gruñido. En ese breve intervalo, sin más intención que prevenir la posible avalancha de facturas, dispersé los primeros cinco o seis sobres. Dos tenían una orla roja y la proverbial advertencia: ¡URGENTE! ¡ÚLTIMO AVISO! Una era de una tarjeta de crédito para el consumo de gasolina, la otra de una cadena de grandes almacenes.

En cuanto Gladys se instaló, recurrí a mi voz de enfermera visitante.

—Con su permiso, grabaré la conversación. ¿Está usted de acuerdo?

—Supongo.

Después de pulsar el botón de grabación, recité mi nombre, su nombre, la fecha y el número del caso.

—Sólo para que conste, aclararemos que ofrece usted la información de forma voluntaria, sin amenazas ni coacciones. ¿Es así?

—Ya he dicho que sí.

—Gracias. Se lo agradezco. Cuando conteste a mis preguntas, le ruego que facilite sólo la información que conoce, sin dar opiniones, juicios o conclusiones.

—En fin, tengo mis opiniones como todo el mundo.

—Lógicamente, señora Fredrickson, pero debo limitar mi informe a datos de la mayor precisión posible. Si le pregunto algo y usted no lo sabe o no lo recuerda, dígalo. Por favor, evite toda conjetura y especulación. ¿Está lista para empezar?

—Estoy lista desde que me he sentado. Es usted quien lo alarga. No me esperaba tantas paparruchas.

—Le agradezco su paciencia.

Asintió en señal de respuesta, pero antes de que yo pudiera plantear la primera pregunta, se lanzó a hablar por propia iniciativa.

—Ay, cariño, estoy para el arrastre, y no es broma. Sin el andador, apenas puedo moverme. En este pie siento un hormigueo. Es como si lo tuviera dormido, como si lo hubiera apoyado mal...

Siguió describiendo los dolores de la pierna mientras yo tomaba notas, como se suponía que debía hacer.

—¿Algo más? —pregunté.

—Bueno, dolores de cabeza, claro, y tengo el cuello rígido. Fíjese, apenas puedo volver la cabeza. Por eso llevo este collarín, para más sostén.

—¿Algún otro dolor?

—Cariño, no tengo más que dolores.

—¿Podría decirme qué medicamentos toma?

—Tengo una pastilla para cada cosa. —Alargó la mano hacia la mesa, donde había varios frascos junto a un vaso de agua. Me los mostró uno por uno, sosteniéndolos en alto para que yo anotara los nombres—. Estos dos son analgésicos. Éste es un relajante muscular, y esto otro es para la depresión...

Aunque continuaba escribiendo, levanté la vista con interés.

—¿Depresión?

—Sufro una depresión crónica. No recuerdo haberme sentido tan mal de ánimo en la vida. El doctor Goldfarb, el ortopeda, me envió a un psiquiatra, que me recetó estas pastillas. Supongo que las otras no hacen mucho efecto cuando llevas tomándolas un tiempo.

Anoté el nombre, Elavil, cuando me enseñó la receta.

—¿Y antes qué tomaba?

—Litio.

—¿Ha tenido algún otro problema desde el accidente?

—Duermo mal y apenas puedo trabajar. Me han dicho que es posible que no pueda volver a trabajar. Ni siquiera a tiempo parcial.

—Según tengo entendido, lleva la contabilidad de varias empresas pequeñas.

—Desde hace cuarenta y dos años. A eso lo llamo yo aguantar en un trabajo. Ya empiezo a estar harta.

—¿Trabaja en casa?

Señaló hacia el pasillo.

—Allí al fondo, el despacho es la segunda habitación. El problema es que no puedo pasar mucho tiempo sentada por los dolores de cadera. Tendría que haber visto usted el moretón que me salió, enorme, por todo este lado. Violeta como una berenjena. Todavía tengo una mancha amarilla, grande como la luna. ¿Y quiere saber si duele? Veo las estrellas. Tuvieron que vendarme las costillas y, como le he dicho, está además el problema del cuello. Traumatismo cervical y conmoción cerebral. Yo lo llamo «contusiones de la confusión» —dijo, y soltó una risotada.

Sonreí educadamente.

—¿Qué coche conduce?

—Una furgoneta Ford del noventa y seis. Verde oscuro, por si iba a preguntármelo.

—Gracias —respondí, y lo anoté—. Volvamos al accidente. ¿Podría contarme qué pasó?

—Con mucho gusto, aunque para mí fue terrible, terrible, como podrá imaginarse. —Entornó los ojos y se tocó los labios con un dedo, fijando la mirada en la media distancia como si recitara un poema. Cuando iba por la segunda frase, quedó claro que había contado la historia tan a menudo que los detalles no variarían–. Millard y yo circulábamos por Palisade Drive a la altura del City College. Era el jueves antes del puente de los Caídos. ¿Cuánto hará de eso? ¿Seis, ocho meses?

—Algo así. ¿Qué hora del día era?

—Media tarde.

—¿Y cuáles eran las condiciones meteorológicas?

Al verse obligada a pensar la respuesta en lugar de recitar de memoria, arrugó un poco la frente.

—Si no recuerdo mal, hacía buen tiempo. La primavera pasada llovió de forma intermitente, pero cesó durante unos días y, según los periódicos, ese fin de semana haría bueno.

—¿Y en qué dirección iban?

—Hacia el centro. Mi marido no debía de circular a más de diez o quince kilómetros por hora. O un poco más, puede, pero desde luego iba muy por debajo del límite de velocidad. De eso estoy segura.

—¿Y eso es cuarenta kilómetros por hora?

—Algo así.

—¿Recuerda a qué distancia estaba el vehículo de la señorita Ray cuando lo vio? —pregunté.

—Recuerdo que lo vi a mi derecha, en la salida del aparcamiento del City College. Millard se disponía a pasar cuando ella apareció como una flecha delante de mí. ¡Y pumba! Mi marido pisó el freno, pero ya era tarde. No me había llevado semejante sorpresa en toda mi vida, se lo aseguro.

—¿Llevaba ella el intermitente puesto?

—No lo creo. Seguro que no.

—¿Y ustedes?

—No, señora. Millard no tenía previsto girar. La intención era seguir hasta Castle.

—Según tengo entendido, se planteó la duda de si usted llevaba puesto el cinturón de seguridad o no.

Ella movió la cabeza en un rotundo gesto de negación.

—Jamás viajo en coche sin ponerme el cinturón. Tal vez se soltara por el impacto, pero desde luego lo llevaba.

Me tomé un momento para repasar las notas, buscando la manera de pillarla desprevenida. Los datos repetidos una y otra vez empezaban a resultar trillados.

—¿Adónde iban?

Eso la pilló a contrapié. Parpadeando, preguntó:

—¿Cómo dice?

—Querría saber adónde se dirigían cuando se produjo el accidente. Intento llenar las lagunas. —Sostuve en alto el sujetapapeles como si eso lo explicara todo.

—Ya no me acuerdo.

—¿No recuerda adónde iban?

—Pues no, como lo oye. Usted misma me ha pedido que si no recordaba algo, lo dijera claramente, y eso no lo recuerdo.

—Bien. Eso he dicho, sí. —Fijé la mirada en el papel e hice una marca—. Veamos si consigo refrescarle la memoria: ¿podría ser que fueran hacia la autovía? Desde Castle, hay acceso en ambas direcciones, al norte y al sur.

Gladys negó con la cabeza.

—Desde el accidente tengo problemas de memoria —dijo.

—¿Iban a hacer algún recado? ¿A comprar comida? Algo para la cena, quizá.

—Debía de ser algún recado, sí. Yo diría que era eso. Es posible que tenga amnesia, ¿sabe? Según el médico, no es raro en accidentes de este tipo. Me cuesta mucho concentrarme. Por eso no puedo trabajar. No puedo estar mucho rato sentada, y tampoco pensar. Y en eso consiste mi trabajo, no hay más: sumo y resto y pego sellos a los sobres.

Consulté mis notas.

—Ha mencionado una conmoción cerebral.

—Ah, sí, me di un buen golpe en la cabeza.

—¿Contra qué?

—El parabrisas, supongo. Puede que fuera el parabrisas. Todavía tengo el bulto —dijo, y se llevó la mano brevemente a un lado de la cabeza.

Yo me llevé también la mano a la cabeza como ella.

—¿En el lado izquierdo o por detrás?

—En los dos sitios. Me golpeé por todas partes. Mire, toque aquí.

Alargué el brazo. Ella me tomó la mano y me la apretó contra un bulto duro del tamaño de un puño.

—Dios mío.

—Más vale que lo anote —indicó señalando el sujetapapeles.

—Por supuesto —convine a la vez que escribía—. ¿Y después qué pasó?

—Como podrá imaginar, Millard estaba alteradísimo. Enseguida se dio cuenta de que no se había hecho daño, pero vio que yo estaba fuera de este mundo, del todo inconsciente. En cuanto recuperé el conocimiento me ayudó a salir de la furgoneta. No le resultó nada fácil, ya que tuvo que sentarse en la silla y bajarse a la calle. Yo apenas sabía dónde me encontraba. De tan aturdida y desencajada, temblaba como una hoja.

—Debió de llevarse un buen susto.

—¿Cómo no iba a llevármelo, si esa mujer salió de pronto ante nosotros?

—Claro. Y ahora veamos. —Me interrumpí por un momento para comprobar mis anotaciones—. Aparte de su marido y usted y la señorita Ray, ¿había alguien más en el lugar del accidente?

—Ah, sí. Alguien avisó a la policía y vinieron enseguida junto con la ambulancia.

—Me refiero a antes de que llegaran. ¿Alguien se paró para ayudar?

Negó con la cabeza.

—No, no lo creo. Al menos no que yo recuerde.

—Tengo entendido que un caballero prestó ayuda antes de que llegara el agente de tráfico —comenté.

Me miró fijamente, parpadeando.

—Ah, pues ahora que lo dice, sí, es verdad. Lo había olvidado. Mientras Millard echaba un vistazo a la furgoneta, ese tipo me ayudó a ir a la acera. Me dejó en el suelo y me rodeó los hombros con el brazo. Le preocupaba que pudiera entrar en estado de shock. Se me había borrado por completo de la memoria hasta ahora.

—¿Era otro conductor?

—Creo que era un peatón.

—¿Puede describirlo?

Pareció vacilar.

—¿Para qué quiere saberlo? —preguntó.

—La señorita Ray tiene la esperanza de localizarlo para mandarle una nota de agradecimiento.

—Bueno… —Guardó silencio durante quince largos segundos. Vi que calculaba mentalmente las distintas posibilidades. Sin duda poseía astucia de sobra para darse cuenta de que si ese hombre había aparecido tan pronto, con toda probabilidad había presenciado el accidente.

—¿Señora Fredrickson?

—¿Qué?

—¿No recuerda ningún detalle sobre ese hombre?

—Difícilmente podría acordarme de algo a ese respecto. Puede que Millard sepa algo más que yo. Para entonces me dolía tanto la cadera derecha que lo raro es que aguantase en pie. Si tuviera la radiografía aquí, le señalaría las costillas rotas. Según dijo el doctor Goldfarb, aún tuve suerte, porque si la fisura de la cadera hubiese sido más grave, me habría quedado inmovilizada para siempre.

—¿De qué raza es?

—Blanco. Jamás iría a un médico de otra raza.

—Me refiero al hombre que la ayudó.

Negó con la cabeza en un gesto de pasajera irritación.

—Me alegré tanto de no haberme roto la pierna que no me fijé en nada más. También usted se habría alegrado en mi lugar.

—¿Qué edad calcula que tendría?

—No puedo contestar a esa clase de preguntas. Me estoy alterando, y dice el doctor Goldfarb que eso no es bueno para mí, nada bueno.

145

Seguí mirándola y advertí que desviaba la vista por un momento y volvía a fijarla en mí. Me concentré de nuevo en la lista de preguntas y elegí unas cuantas que se me antojaron neutrales e inofensivas. En general cooperó, pero me di cuenta de que se le agotaba la paciencia. Guardé el bolígrafo en la pinza del sujetapapeles y alcancé el bolso a la vez que me ponía en pie.

—Bien, creo que de momento eso es todo. Gracias por su tiempo. En cuanto pase a máquina mis anotaciones, me acercaré por aquí para que lea su declaración y la corrobore. Podrá hacer las correcciones necesarias, y cuando considere que es una versión fiel, puede firmarla y ya no la molestaré más.

Cuando apagué la grabadora, dijo:

—No tengo inconveniente en ayudar. Lo único que queremos es justicia, puesto que ella tiene toda la culpa.

—Eso mismo quiere la señorita Ray.

Al salir de la casa de los Fredrickson, fui por Palisade Drive y doblé a la derecha, repitiendo la ruta que había seguido Gladys el día del accidente. Al pasar por delante del City College, lancé una mirada a la entrada del aparcamiento. Más allá la calle iniciaba una curva descendente. En el cruce de Palisade y Castle giré a la izquierda y seguí hasta Capillo, donde torcí a la derecha. El tráfico era fluido y tardé menos de cinco minutos en llegar a la oficina. El cielo estaba encapotado y se hablaba de tormentas aisladas, cosa que me parecía improbable. Por razones que nunca he entendido del todo, Santa Teresa tiene una temporada lluviosa, pero muy rara vez cae una tormenta. Los relámpagos son un fenómeno que he visto básicamente en fotografías en blanco y negro, mostrando hebras blancas sobre el cielo nocturno como grietas irregulares en un cristal.

Ya en la oficina, abrí un expediente y mecanografié de inmediato mis anotaciones. Metí el currículum de Lana Sherman en la carpeta junto con la solicitud de Solana Rojas. Podría haberlo tirado, pero, ya que lo tenía, ¿por qué no guardarlo?

El miércoles por la mañana, cuando me telefoneó Melanie, le di la versión resumida de mis hallazgos, tras lo cual dijo:

—Así que es de fiar.

—Eso parece —confirmé—. Aunque no se puede decir que haya mirado hasta debajo de las piedras, claro.

—No te preocupes. No tiene sentido obsesionarse.

—Eso es todo, pues. Al parecer, las cosas van saliendo como estaba previsto. Le pediré a Henry que esté atento, y si surge algo, te avisaré.

—Gracias —contestó Melanie—. Te agradezco tu ayuda.

Colgué, satisfecha con el trabajo realizado. Lo que no podía saber era que, sin darme cuenta, acababa de ponerle la soga al cuello a Gus Vronsky.

14

Navidad y Año Nuevo quedaron atrás sin dejar apenas una arruga en el tejido de la vida cotidiana. Charlotte se había ido a Phoenix para celebrar las fiestas con sus hijos y nietos. Henry y yo pasamos juntos la mañana de Navidad e intercambiamos regalos. Me obsequió un podómetro y unos auriculares Sony para escuchar la radio cuando salía a correr por las mañanas. Para él, yo había encontrado un reloj de arena antiguo de quince centímetros de altura, un ingenioso artefacto de vidrio y latón con arena rosa dentro. Se activaba dándole la vuelta de manera que arriba quedase la ampolla llena de arena, inmovilizada por un tope. Pasados tres minutos, cuando la arena acababa de caer de la ampolla superior a la inferior, el conjunto se invertía por sí solo y sonaba una campanilla. Le regalé también un ejemplar de *El nuevo recetario completo de panes de Bernard Clayton*. A las dos, Rosie y William vinieron a compartir con nosotros la comida de Navidad, tras lo cual regresé a mi casa e hice una larga siesta, como acostumbro en los días festivos.

En Noche Vieja me quedé en casa a leer, feliz de no tener que salir a la calle a arriesgar mi integridad física y hasta la vida con el sinfín de borrachos que debía de haber al volante. Confieso que el día de Año Nuevo abandoné mi determinación con respecto a la comida basura y me deleité con una orgía de hamburguesas de cuarto de libra con queso (dos) y una ración grande de patatas fritas bañadas en ketchup. No obstante, me dejé el podómetro puesto mientras comía, y me aseguré de que ese día daba diez mil pasos, con la esperanza de que contasen en mi favor.

Inicié la primera semana de 1988 con la obligada carrera de cinco kilómetros; después, me duché y desayuné. En la oficina destapé la Smith-Corona y redacté un anuncio para la sección de «Personales» del *Santa Teresa Dispatch*, donde expresaba mi interés en el testigo de una colisión entre dos vehículos ocurrida el 28 de mayo de 1987, aproximadamente a las tres y cuarto de la tarde. Incluí los escasos detalles que conocía, mencionando que el hombre debía de tener más de cincuenta y cinco años, lo cual era sólo una suposición. Estatura y peso medio y el pelo «blanco y tupido». También mencioné la cazadora marrón de cuero y los zapatos de punta negros con la puntera perforada formando un dibujo. No di mi nombre pero añadí un número de contacto y una petición de ayuda.

Ya puestos, telefoneé a los Fredrickson por si era posible quedar con Millard para hablar del accidente. El timbre sonó incontables veces, y cuando me disponía a dejar el auricular en la horquilla, él descolgó.

—¡Señor Fredrickson! ¡Cuánto me alegro de encontrarlo! Soy Kinsey Millhone. Hace un par de semanas pasé por su casa para hablar con su esposa, y me dijo que lo llamara si quería verlo también a usted.

—No puedo perder el tiempo con esto. Ya ha hablado usted con Gladys.

—Sí, y fue de gran ayuda —contesté—. Pero hay un par de cuestiones que me gustaría tratar con usted.

—¿Qué cuestiones?

—Ahora no tengo las notas delante, pero puedo llevarlas cuando lo visite. ¿Le iría bien el miércoles de esta semana?

—Estoy ocupado...

—¿Y por qué no el lunes que viene, dentro de una semana? Puedo estar allí a las dos.

—El lunes tengo un compromiso.

—¿Y si elige usted el día?

—El viernes es el día que mejor me va.

—Estupendo. El viernes de la semana entrante, o sea, el día quince. Me lo apunto en la agenda y pasaré a verlo a las dos. Muchas gracias.

Anoté la hora y la fecha en la agenda, y me alegré de no tener que preocuparme más por eso hasta pasados diez días.

A las nueve y media llamé al *Santa Teresa Dispatch* con el texto y me dijeron que el anuncio aparecería durante una semana a partir del miércoles. Poco después del accidente Mary Bellflower había publicado una petición parecida, sin resultados, pero consideré que merecía la pena intentarlo de nuevo. A continuación me acerqué a la copistería junto al juzgado y encargué cien octavillas con una descripción del hombre y donde se explicaba que acaso tuviera información relativa al accidente entre dos vehículos el día tal. Grapé una tarjeta de visita a cada octavilla pensando que quizá conseguía de paso algún que otro cliente. Aparte de eso, me dije que confería un aire de seriedad a mi petición.

Me pasé casi toda la tarde recorriendo las casas de Palisade situadas frente a la entrada del City College de Santa Teresa. Aparqué en una calle adyacente, cerca de un edificio de dos plantas, y seguí a pie. Debí de llamar a cincuenta puertas. Cuando tenía la suerte de encontrar a alguien en casa, explicaba la situación y mi necesidad de localizar a un testigo del accidente. Apenas mencionaba que tal vez tendría que prestar declaración a favor de la parte demandada. Hasta los ciudadanos con mayor sentido cívico son a veces reacios a comparecer en un juicio. Debido a los caprichos del sistema judicial, un testigo puede pasarse horas sentado en un frío corredor, y todo para que al final lo eximan porque las partes enfrentadas llegan a un acuerdo previo al juicio.

Al cabo de dos horas no había descubierto absolutamente nada. La mayoría de los vecinos con quienes hablé ni siquiera sabían nada del accidente, y ninguno de ellos había visto a un hombre que coincidiera con la descripción del testigo. Si no me abrían cuando llamaba, dejaba una octavilla en la puerta. También puse octavillas en numerosos postes de teléfono. Me planteé colocarlas además bajo las varillas de los limpiaparabrisas de los coches junto a los que pasaba, pero es una práctica molesta, y yo personalmente siempre las tiro. Lo que sí hice fue pegar una con celo en el banco de madera de la parada de autobús. Tal vez era ilegal utilizar una propiedad municipal con tales fines, pero pensé que si no les gustaba, siempre podían darme caza y matarme.

A las dos y diez, después de cubrir toda la zona, regresé al coche, atravesé el cruce y entré en el aparcamiento de la universidad. Me puse la chaqueta que había dejado en el asiento trasero, cerré el Mustang y me encaminé hacia el lugar donde la vía de acceso iba a dar a la avenida de cuatro carriles de Palisade, separados los sentidos de la marcha por una valla de tela metálica. A mi derecha, la calle iniciaba una suave curva en pendiente y se perdía de vista. No había un carril de giro destinado a los vehículos que se proponían entrar en el aparcamiento, ni en un sentido ni en otro, pero vi que, desde la perspectiva de Lisa Ray, cualquier vehículo que se acercara sería visible a unos quinientos metros, circunstancia que no había observado en mi visita anterior.

Me encaramé a una tapia baja de piedra y me quedé mirando cómo pasaban los coches. Unos pocos peatones entraban y salían del campus, en su mayoría estudiantes o madres trabajadoras que iban a recoger a sus hijos a una guardería dependiente de la propia universidad, situada en la esquina más alejada, cerca de la parada de autobús. Deduje que la guardería no disponía de plazas de estacionamiento propias y, por lo tanto, las madres aprovechaban el aparcamiento universitario cuando recogían a sus hijos. A la menor posibilidad entablaba conversación con esas desafortunadas transeúntes y les explicaba para qué necesitaba a ese hombre de pelo blanco. Las madres eran corteses, pero, abstraídas, apenas respondían a mis preguntas debido a las prisas, preocupadas por que les cobraran horas de permanencia. A lo largo de la tarde desfiló por allí un flujo constante de madres con criaturas a rastras.

De los primeros cuatro estudiantes a los que abordé, dos eran nuevos y otros dos se habían ido afuera el puente de los Caídos. La quinta ni siquiera era estudiante, sino sólo una mujer que andaba buscando a su perro. Ninguno pudo aportar un solo dato útil, pero aprendí mucho sobre la inteligencia y superioridad del caniche corriente. El vigilante del campus se detuvo a charlar conmigo, pensando quizá que era una sin techo y estaba allí reconociendo el terreno o trapicheando con drogas de diseño.

Mientras él me interrogaba, yo me dediqué a interrogarlo a él. Recordaba vagamente al hombre de pelo blanco, pero no cuándo lo había visto por última vez. Su respuesta, aunque imprecisa, me dio al menos un rayo de esperanza. Le entregué una octavilla y le pedí que se pusiera en contacto conmigo si volvía a ver a ese hombre.

Así seguí hasta las cinco y cuarto, dos horas después del momento en que se produjo el accidente. En mayo, debía de haber luz hasta las ocho. Ahora el sol se ponía a las cinco. En el fondo esperaba que el testigo tuviese alguna actividad cotidiana que lo llevara al barrio a la misma hora todos los días. Pensé en regresar el sábado y peinar de nuevo la zona. Tal vez durante el fin de semana me fuera más fácil encontrar a la gente en casa. Si no contestaba nadie al anuncio del periódico, volvería el jueves de la semana siguiente. Abandoné el proyecto por ese día y me fui a casa, cansada y cabizbaja. Por mi experiencia, andar deambulando sin objetivo fijo le pone a uno los nervios de punta.

Entré en mi calle y, como de costumbre, fui derecha a las plazas de aparcamiento más cercanas a mi estudio. Me desconcertó ver un contenedor de intenso color rojo junto al bordillo. Debía de medir cuatro metros de ancho y dos metros y medio de fondo y habría podido alojar a una familia de cinco miembros. Me vi obligada a aparcar a la vuelta de la esquina y desandar el camino a pie. Al pasar junto al contenedor miré por encima del borde, a un metro y medio de altura, y vi el interior vacío. ¿Qué hacía allí?

Saqué el correo del buzón, crucé la verja y doblé hacia mi estudio, que en su día fue un garaje de una sola plaza. Siete años atrás, Henry cambió de sitio el camino de acceso, construyó un garaje nuevo de dos plazas y convirtió el garaje original en un estudio de alquiler, donde me instalé yo. Tres años más tarde, un desafortunado incidente con una bomba arrasó la estructura. Henry aprovechó la demolición gratuita y reconstruyó el estudio, añadiendo un altillo que contenía un dormitorio y un baño. El último contenedor que yo había visto en nuestra manzana era el que alquiló él para echar los escombros de la obra.

Me desprendí del bolso en la entrada del apartamento y, dejando la puerta entreabierta, crucé el patio hasta la casa de Henry. Llamé a la puerta de la cocina y él apareció poco después, procedente del salón, donde veía las noticias. Charlamos un momento de temas intrascendentes y luego pregunté:

—¿Qué hace ahí ese contenedor? ¿Es nuestro?

—Lo ha pedido la enfermera de Gus.

—¿Solana? ¡Vaya un atrevimiento por su parte!

—Eso mismo he pensado yo. Ha venido esta mañana para informarme de que lo traían. Va a deshacerse de los trastos viejos de Gus.

—¿No lo dirá en serio?

—Pues sí. Le ha pedido permiso a Melanie, y ella ha dado el visto bueno.

—¿Y Gus está de acuerdo?

—Eso parece. Yo mismo he llamado a Melanie para asegurarme de que todo estaba en orden. Me ha dicho que Gus ha pasado unos días malos y Solana se ha quedado a dormir dos noches, pues pensaba que no debía estar solo. Ha tenido que dormir en el sofá, que no sólo es demasiado corto, sino que además huele a tabaco. Le ha preguntado a Melanie si podía traer un camastro, pero no cabía. Las otras dos habitaciones están hasta los topes de trastos, y eso es lo que ella se propone tirar.

—Me sorprende que Gus haya accedido.

—No le quedaba más remedio. No puede pretender que esa mujer duerma en el suelo.

—¿Quién va a sacar todo eso a la calle? En una sola de esas habitaciones debe de haber media tonelada de diarios.

—Lo hará casi todo ella sola, al menos en la medida de sus posibilidades. Para los objetos más pesados contratará a alguien, supongo. Gus y ella lo han examinado todo y decidido qué se podía tirar. Se ha quedado con lo bueno, los cuadros y unas cuantas antigüedades, lo demás pasará a la historia.

—Ya que está, esperemos que quite esa moqueta tan asquerosa —observé.

—Pues sí.

Henry me invitó a una copa de vino, y habría aceptado, pero en ese momento sonó mi teléfono.

—Tengo que ir a contestar —dije, y me alejé al trote.

Descolgué justo antes de que saltara el contestador. Era Melanie Oberlin.

—¡Ah, menos mal! —dijo—. Me alegro de encontrarte. Temía que no estuvieras en casa. Estoy a punto de salir, pero quiero hacerte una pregunta.

—Adelante.

—He telefoneado al tío Gus hace un rato y creo que no sabía quién era. Ha sido una conversación muy extraña. Estaba como atontado, ¿sabes? Parecía borracho o confuso, o quizá las dos cosas.

—Eso no es propio de él. Todos sabemos que es un cascarrabias, pero siempre tiene claro dónde está y qué ocurre a su alrededor.

—Ahora ya no.

—Tal vez sea la medicación. Deben de estar dándole analgésicos.

—¿Todavía? No me encaja. Sé que tomó Percocet, pero se lo retiraron en cuanto pudieron. ¿Has hablado con él últimamente?

—No desde que te fuiste, pero Henry ha ido a verlo un par o tres de veces. Si hubiera algún problema, seguro que me lo habría comentado. ¿Quieres que vaya a echarle un vistazo?

—Si no te importa —dijo—. Después de colgar, he vuelto a llamar y he hablado con Solana para que me diera su opinión. Según ella, puede que el tío Gus esté empezando a manifestar síntomas de demencia.

—Pues eso es preocupante —comenté—. Me acercaré en algún momento en los próximos días y charlaré con él.

—Muchas gracias. ¿Y podrías preguntarle a Henry si ha notado algo?

—Claro. Te llamaré en cuanto tenga algo que contar.

El martes por la mañana destiné una hora a entregar una orden de desahucio al inquilino de un bloque de apartamentos de Colgate, que tenía un plazo de tres días para desalojar su vivienda. En circunstancias normales Richard Compton, el dueño del edificio, habría entregado el apercibimiento él mismo con la esperanza de convencer al inquilino de que se pusiera al día en los pagos. Compton era propietario de la finca desde hacía menos de seis meses y se había dedicado a echar a los morosos. La gente que se niega a pagar el alquiler a veces tiene muy mal carácter, y dos de ellos se habían ofrecido a sacudirle el polvo. Compton decidió, por tanto, que lo más prudente era mandar a alguien en su lugar, concretamente a mí. En mi opinión, era una cobardía por su parte, pero iba a pagarme veinticinco pavos por entregarle a alguien una hoja de papel, y me pareció una recompensa más que suficiente por un trabajo de dos segundos. El tráfico era fluido y recorrí la distancia en quince minutos con la radio sintonizada en uno de esos programas de entrevistas cuyos oyentes llaman para pedir consejo sobre desgracias conyugales y sociales. Yo admiraba a la locutora y me divertía comparar mis reacciones con las de ella.

Encontré el número del edificio que buscaba y aparqué junto a la acera. Doblé el aviso de desahucio y me lo guardé en el bolsillo de la americana. Por regla general, cuando entrego documentos, sean del tipo que sean, prefiero no presentarme exhibiendo papeles de aspecto oficial. Me parece mejor tantear el terreno antes de dar a conocer mis intenciones. Tomé el bolso del asiento del acompañante al salir y cerré el coche.

Tardé un minuto en examinar el lugar, que semejaba la versión cinematográfica de una cárcel. Me hallaba ante cuatro edificios de tres plantas, dispuestos en forma de cuadrado con los ángulos abiertos y pasadizos en medio. Eran bloques de estuco sin el menor adorno y cada uno contenía veinticuatro apartamentos. Al pie, en la acera, habían plantado enebros, quizás en un intento de atenuar la austeridad de la fachada. Por desgracia, pese a ser arbustos de hoja perenne, habían sufrido una plaga y las ramas estaban tan deshojadas como las de árboles de Navidad secos, con las escasas agujas restantes de color óxido.

Delante del edificio más cercano vi una pequeña hilera de porches con el suelo enlosado, a un peldaño de altura, y con alguna que otra tumbona de aluminio dentro. El triste tejadillo a dos aguas en lo alto de cada puerta no bastaba para ofrecer protección contra los elementos. Seguramente los días lluviosos uno se plantaba ante la puerta, llave en mano, y acababa empapado cuando por fin conseguía abrir tras algún que otro torpe intento. En verano, el sol debía caer a plomo y convertir las habitaciones delanteras en pequeños hornos. Cualquiera que subiese a la tercera planta sufriría palpitaciones y problemas respiratorios.

No había jardín propiamente dicho, pero sospeché que, si entraba en el patio interior, vería barbacoas en las galerías del segundo y tercer piso, y tendederos y columpios en las franjas de césped de la planta baja. Los cubos de basura formaban una hilera irregular en un extremo del sotechado que, a falta de garajes, hacía la función de aparcamiento, en ese momento vacío. El complejo ofrecía un extraño aspecto de deshabitado, como si se tratara de viviendas abandonadas después de un cataclismo.

Compton no tenía más que quejas de sus inquilinos, que eran «unos hijos de puta patéticos» (en palabras suyas, no mías). Según él, en el momento en que compró la propiedad, los pisos presentaban ya hacinamiento e indicios de utilización indebida. Él había llevado a cabo algunas obras, dado una mano de pintura a la fachada y subido los alquileres. Como consecuencia, se habían marchado los ocupantes menos deseables. Los que se quedaron enseguida empezaron a quejarse y a demorarse en el pago.

Los inquilinos en cuestión eran los Guffey, marido y mujer, Grant y Jackie respectivamente. El mes anterior, Compton les había escrito una desagradable carta sobre su impago, que los Guffey pasaron por alto. Ya llevaban dos meses de retraso y quizá pretendían disfrutar de otro mes sin pagar el alquiler antes de responder

157

a sus amenazas. Crucé la franja de césped seco, doblé la esquina del edificio y subí por una escalera exterior. El apartamento 18 estaba en la primera planta, entre otros dos.

Llamé a la puerta. Al cabo de un momento, una mujer abrió lo que daba de sí la cadena de seguridad y se asomó.

—¿Sí?

—¿Es usted Jackie?

Un silencio.

—Jackie no está.

Le vi el ojo izquierdo, azul, y el pelo rubio oscuro enrollado en torno a rulos del tamaño de latas de zumo de naranja congelado. También le vi la oreja izquierda, con el cartílago traspasado por pequeños aros de oro en cantidad suficiente para emular la espiral de un cuaderno. Compton me había mencionado los *piercings* al describirla, así que con eso tenía la relativa certeza de que era Jackie y mentía descaradamente.

—¿Sabe cuándo volverá?

—¿Por qué lo pregunta?

Esta vez fui yo quien vaciló, buscando el modo de abordar la cuestión.

—Su casero me ha pedido que me pase por aquí.

—¿Para qué?

—No estoy autorizada a hablar del asunto con nadie más. ¿Es usted pariente suya?

Una pausa.

—Soy su hermana. Soy de Minneapolis.

Lo mejor de las mentiras son las florituras, pensé. Yo misma soy una especialista de talla mundial.

—¿Y usted se llama…?

—Patty.

—¿Le importa si lo anoto?

—Éste es un país libre. Puede hacer lo que le venga en gana.

Metí la mano en el bolso y saqué un bolígrafo y un pequeño cuaderno. Escribí «Patty» en la primera hoja.

—¿Apellido?

—No tengo por qué decírselo.

—¿Está usted enterada de que Jackie y su marido no pagan el alquiler desde hace dos meses?

—¿Y a mí qué? Estoy de visita. Eso no tiene nada que ver conmigo.

—Bien, pues quizá pueda transmitirle un mensaje de parte del dueño de la vivienda.

Le entregué el apercibimiento de desahucio, que ella aceptó sin darse cuenta de lo que era.

—Eso es una orden de desahucio. Tienen un plazo de tres días para pagar la totalidad de la deuda o desalojar el inmueble. Dígales que elijan.

—Usted no puede hacer eso.

—No soy yo. Es el dueño, y ya los ha avisado. Recuérdeselo a su «hermana» cuando vuelva.

—¿Y por qué no cumple él con su parte del trato?

—¿Qué parte?

—¿Por qué habrían ellos de ser puntuales en el pago si ese hijo de puta tarda tanto en hacer las reparaciones? Eso en el supuesto de que las haga. Hay ventanas que no abren, desagües atascados. Mi hermana ni siquiera puede usar el fregadero. Tiene que lavar los platos en el baño. Mire alrededor. Este sitio es un vertedero, ¿y sabe usted a cuánto sube el alquiler? Seiscientos pavos al mes. Hubo que arreglar el tendido eléctrico, que costó ciento veinte dólares, o si no el edificio habría quedado reducido a cenizas. Por eso no han pagado, porque él no les reembolsa todo el dinero que gastaron.

—Lo entiendo, pero yo no podría darle asesoría legal aun cuando supiera qué aconsejarle. El señor Compton actúa conforme a sus derechos y ustedes tendrán que hacer lo mismo.

—Derechos, y una mierda. ¿Qué derechos? Me quedo aquí y aguanto esta mierda o me marcho. ¿Qué clase de trato es ése?

—El trato que firmó cuando se vino a vivir aquí —contesté—. Si quiere que se escuche su versión, puede unirse a una asociación de arrendatarios.

—Zorra.

Me cerró la puerta en las narices con toda su fuerza, o al menos con toda la que le permitió la cadena de seguridad.

Volví al coche y me encaminé hacia la notaría, donde tenía que rematar la faena.

15

Cuando volví a mi oficina después de comer, la luz del contestador parpadeaba anunciando que tenía mensajes. Pulsé el botón para escucharlos.

Una mujer dijo: «Hola. Ah, espero no haberme equivocado de número. Soy Dewel Greathouse. Llamo por una octavilla que encontré ayer en mi puerta. La cuestión es que estoy casi segura de haber visto a ese hombre. ¿Podría llamarme cuando oiga este mensaje? Gracias. Ah, me encontrará en el…». Recitó el número.

Me hice con un bolígrafo y un bloc y anoté lo que recordaba; luego volví a reproducir el mensaje para corroborar la información. Marqué el número, y el timbre sonó media docena de veces.

La mujer que por fin atendió estaba sin aliento.

—¿Diga?

—¿Señora Greathouse? ¿Es Dewel, o he entendido mal el nombre?

—Exacto. Dewel con D. Espere un momento. Acabo de subir corriendo la escalera. Perdone.

—No se preocupe. Tómese su tiempo.

—¡Puf! —dijo por fin—. Cuando he oído el teléfono, venía del lavadero. ¿Con quién hablo?

—Soy Kinsey Millhone. Le devuelvo la llamada. Me ha dejado usted un mensaje en el contestador en respuesta a unas octavillas que repartí ayer en su barrio.

—Sí, así es. Ahora me acuerdo, pero creo que no daba usted su nombre.

—Disculpe por eso; en todo caso, le agradezco que haya llamado.

—No se moleste si se lo pregunto, pero ¿por qué busca a ese hombre? No me gustaría meter a nadie en un lío. La octavilla mencionaba un accidente. ¿Atropelló a alguien?

Repetí mi explicación dejando claro que el hombre no había causado ni contribuido al accidente.

—Fue más bien el Buen Samaritano. Trabajo para un abogado que espera que ese hombre pueda aportar información sobre lo ocurrido.

—Ah, ya entiendo. Siendo así, no hay problema. No sé si puedo ser de gran ayuda, pero, al leer la descripción, he sabido exactamente a quién se refería.

—¿Vive en la zona?

—No lo creo. Lo he visto sentado en la parada de autobús de Vista del Mar y Palisade. ¿Sabe dónde digo?

—¿En el City College?

—Allí mismo, sólo que en la acera de enfrente.

—Ya. Bien.

—Me he fijado en él porque ésa es mi calle y lo veo cuando paso por delante en coche de camino a casa. Tengo que aminorar la marcha para girar y miro en esa dirección.

—¿Cada cuánto lo ve?

—Un par de tardes por semana desde el año pasado, diría yo.

—¿Y eso incluye el mes de mayo?

—Sí, sí.

—¿Podría decirme qué días de la semana?

—Así a bote pronto, no. Me mudé a mi apartamento en junio del ochenta y seis, después de entrar a trabajar en una empresa a tiempo parcial.

—¿A qué se dedica?

—Trabajo en el departamento de atención al cliente de Dutton Motors. Lo bueno es que estoy a diez minutos de la oficina, y por eso arrendé este apartamento.

—¿A qué hora del día, diría usted?

—A primera hora de la tarde. Casi siempre llego a casa a eso de las tres menos diez. Como estoy a sólo un kilómetro de aquí, en cuanto salgo a la carretera no tardo mucho.

—¿Sabe algo de él?

—La verdad es que no. Básicamente lo que he leído en la octavilla. Tiene el pelo blanco y tupido y lleva una cazadora marrón de cuero. Sólo lo veo de pasada, así que no puedo decirle ni la edad, ni el color de ojos, ni nada por el estilo.

—¿Cree que trabaja en el barrio?

—Eso supongo. Quizás hace reparaciones o cosas así.

—¿Podría ser un empleado del City College?

—Es posible —contestó con escepticismo—. Se ve demasiado mayor para ser un estudiante. Sé que muchas personas mayores vuelven a la universidad, pero nunca lo he visto con una mochila o una cartera. Todos los universitarios que veo llevan algo así. Al menos libros. Si quiere hablar con él, podría localizarlo en la parada de autobús.

—Lo intentaré. Entretanto, si vuelve a verlo, ¿podría avisarme?

—Cómo no —respondió, y colgó con un chasquido.

Dibujé un círculo en torno a su nombre y número de teléfono en el bloc y lo guardé en la carpeta. Me alegró tener una confirmación de la existencia de aquel hombre, por exigua que fuera. Como cuando alguien dice haber visto al monstruo del lago Ness o al abominable hombre de las nieves, la noticia me dio esperanza.

Ese día trabajé hasta tarde, pagando facturas y poniendo orden en mi vida. Cuando llegué a casa, eran las siete menos cuarto y ya había oscurecido. La temperatura había caído por debajo de los diez grados después de llegar a los diecisiete durante el día, y el jersey de cuello cisne y la americana no me protegían del viento que empezaba a levantarse. La bruma húmeda procedente de la playa intensificaba la sensación de frío. Sabía que en cuanto me hallase en casa a resguardo, no me apetecería volver a salir. Vi luces en casa de Gus y decidí que era tan buen momento como cualquier otro para hacer una visita. Esperaba que él ya hubiese cenado para no interrumpirlo.

Al pasar por delante del contenedor, observé que estaba medio lleno. Era evidente que Solana hacía avances en su proyecto de eliminación de basura. Llamé a la puerta de Gus, con los brazos firmemente cruzados y encogida de frío. Desplazaba el peso de mi cuerpo de un pie al otro en un vano intento de entrar en calor. Sentía curiosidad por conocer a Solana Rojas, cuyos antecedentes profesionales había investigado hacía tres semanas.

La vi acercarse a través del cristal de la puerta de entrada. Encendió la luz del porche y miró, preguntando a través del cristal:

—¿Sí?

—¿Es usted Solana?

—Sí.

Llevaba gafas de montura negra. El pelo oscuro era del color castaño uniforme de un tinte casero. Si se lo hubiese teñido en una peluquería, algún «artista» habría añadido unos cuantos reflejos de aspecto poco natural. Sabía por la solicitud que tenía sesenta y cuatro años, pero aparentaba menos edad.

Sonreí y levanté la voz, señalando con el pulgar en dirección a la casa de Henry.

—Soy Kinsey Millhone. Vivo al lado. He pensado en acercarme a ver cómo le va a Gus.

Abrió la puerta y del interior escapó un soplo de aire caliente.

—¿Le importaría repetirme el nombre?

—Millhone. Soy Kinsey.

—Encantada de conocerla, señorita Millhone. Pase, por favor. El señor Vronsky se alegrará de recibir visita. Ha estado un poco deprimido. —Retrocedió para dejarme entrar.

Era delgada pero tenía una abultada barriga que revelaba algún que otro parto. Las madres jóvenes a menudo pierden deprisa el peso adquirido en el embarazo, pero éste vuelve en la mediana edad para formar una bolsa permanente, como la de un canguro. Al pasar por su lado, calculé automáticamente su estatura, que sería de un metro cincuenta y cinco frente a mi metro sesenta y siete. Llevaba un práctico blusón verde pastel con pantalón a juego: no se trataba exactamente de un uniforme, pero eran prendas sin necesidad de plancha, adquiridas por su comodidad y fácil lavado. Las manchas de la sangre o demás fluidos corporales del paciente serían fáciles de eliminar.

Me sorprendió ver la sala de estar. Habían desaparecido las mesas desportilladas con sus adornos chabacanos. Las fundas elásticas de color marrón oscuro ya no cubrían el sofá y las tres butacas. La tapicería original resultó ser de una agraciada mezcla de estampados florales en tonos crema, rosa, coral y verde, elegidos probablemente por la difunta señora Vronsky. Habían desaparecido las ajadas cortinas, dejando las ventanas desnudas y limpias. Todo sin polvo ni trastos. La moqueta de color marrón seguía allí, pero ahora un ramo de rosas adornaba la mesita de centro, y tardé un momento en darme cuenta de que eran artificiales. Incluso los olores de la casa habían cambiado y dejado atrás décadas de nicotina a favor de un producto de limpieza que probablemente se llamaba «Lluvia de primavera» o «Flores silvestres».

—Vaya. Magnífico. Esta casa nunca ha estado tan bien.

Pareció complacida.

—Aún queda trabajo por hacer, pero al menos esta parte ha mejorado. El señor Vronsky está leyendo en su habitación. Si quiere usted acompañarme…

Seguí a Solana por el pasillo. Sus zapatos de suela de crepé no emitían sonido alguno, lo que producía un efecto extraño, casi como si fuese un aerodeslizador flotando ante mí. Cuando llegamos a la habitación de Gus, se asomó al interior y luego, mirándome, se llevó un dedo a los labios.

—Se ha quedado dormido —susurró.

Miré por encima de ella y vi a Gus reclinado en la cama, contra un montón de almohadas, con un libro sobre el pecho. Tenía la boca abierta y los párpados tan transparentes como los de un polluelo. La habitación estaba en orden y las sábanas parecían nuevas. Había una manta bien doblada al pie de la cama. Los audífonos estaban en la mesilla de noche. En voz baja, dije:

—No quiero molestarlo. ¿Y si vuelvo mañana por la mañana?

—Usted misma. Puedo despertarlo, si quiere.

—No. No hay prisa —insistí—. Salgo a trabajar a las ocho y media. Si está despierto, puedo visitarlo entonces.

—Se levanta a las seis. Se acuesta temprano y madruga.

—¿Cómo se encuentra?

—Deberíamos hablar en la cocina —contestó señalando en esa dirección.

—Sí, claro.

Volvió sobre sus pasos y giró a la izquierda para entrar en la cocina. La seguí, procurando caminar con el mismo sigilo que ella. La cocina, como la sala de estar y el dormitorio, había experimentado una transformación. Continuaban allí los mismos electrodomésticos, amarillentos por el paso del tiempo, pero ahora se había añadido un microondas nuevo, colocado sobre la encimera, que por lo demás se hallaba vacía. Todo estaba limpio, y las cortinas parecían lavadas y planchadas.

En una tardía respuesta a mi pregunta, dijo:

—Tiene días buenos y días malos. A esa edad, no se recuperan deprisa. Ha hecho progresos, pero son dos pasos adelante y tres pasos atrás.

—Ya lo imaginaba. Sé que a su sobrina le preocupa su estado mental.

La animación abandonó su rostro como si se desprendiera un velo.

—¿Ha hablado con ella?

—Me llamó ayer. Me dijo que al hablar con su tío por teléfono lo notó confuso. Me preguntó si había notado algún cambio en él. Como hacía semanas que no lo veía, la verdad es que no pude decir nada, pero le prometí que pasaría a verlo.

—Su memoria ya no es lo que era, como le expliqué a su sobrina. Si tiene alguna duda sobre los cuidados que necesita su tío, debería planteármela a mí. —Empleó un tono un tanto irritado, y sus mejillas se habían sonrojado ligeramente.

—No está preocupada por la atención que recibe. Sólo quería saber si yo había notado algo. Me comentó que usted sospecha de una posible demencia…

—Yo jamás he dicho tal cosa.

—¿Ah, no? Puede que me equivoque, pero creía haberle oído decir que mencionó usted los primeros síntomas de demencia.

—Me entendió mal. Dije que la demencia era una de varias posibilidades. Podría ser hipotiroidismo o carencia de vitamina B, trastornos ambos reversibles con el tratamiento adecuado. No pretendo hacer un diagnóstico. Eso no me corresponde a mí.

—Melanie no dijo que usted hubiera afirmado algo en particular. Sólo pretendía ponerme sobre aviso acerca del problema.

—«El problema.» —Me miraba fijamente, y me di cuenta de que, por alguna razón, se había ofendido.

—Lo siento. Me temo que no me he expresado bien. Melanie me contó que el señor Vronsky parecía confuso por teléfono y pensó que tal vez fuera la medicación o algo así. Añadió que la llamó a usted justo después y las dos hablaron del tema.

—Y ahora la ha enviado para controlarme.

—A usted no, a él.

Puntillosa y envarada, desvió la vista.

—Es triste que haya tenido la necesidad de mantener una conversación con usted a mis espaldas. Por lo visto, no quedó satisfecha con mi versión.

—Créame, no llamó para hablar de usted. Me preguntó si yo había notado algún cambio en él.

De pronto clavó en mí una mirada intensa e inescrutable.

—¿Conque ahora el médico es usted? Tal vez quiera ver mis anotaciones. Llevo un registro de todo, como me enseñaron a hacer. Medicación, tensión, deposiciones. Con mucho gusto le mandaré a la señorita Oberlin una copia si duda de mis aptitudes o mi dedicación a los cuidados de su tío.

Aunque no llegué a mirarla con los ojos entornados, tomé plena conciencia del cariz que había tomado la conversación. ¿Acaso estaba chiflada, esa mujer? Me era imposible aclarar el malentendido. Temía que si pronunciaba otro par de frases, abandonaría el empleo, indignada, y Melanie se vería en un apuro. Era como encontrarse ante una serpiente, que primero anunciaba su presencia con un silbido y luego se enrollaba presta a atacar. No me atreví a darle la espalda ni a apartar de ella la mirada. Me quedé inmóvil. Renuncié a mi defensa a ultranza y decidí hacerme la muerta. Si uno huye de un oso, éste lo persigue: es la reacción natural de la bestia. Lo mismo ocurre con la serpiente. Al menor movimiento, atacaría.

Me sostuvo la mirada. En ese breve instante, advertí que se contenía. Había bajado una especie de barrera y, detrás, yo había avistado un aspecto de ella que no quería que viese, un destello de ira que enseguida había vuelto a ocultar. Era como ver a alguien en medio de un ataque epiléptico: en el transcurso de tres segundos había perdido el control y vuelto en sí. Prefiriendo que se diera cuenta de hasta qué punto se había revelado ante mí, pasé a otro tema, como si no hubiera ocurrido nada.

—Ah, antes de que se me olvide, quería preguntarle si la caldera va bien.

Volvió a centrarse.

—¿Cómo dice?

—El año pasado Gus tuvo complicaciones con la caldera. Con el frío que está haciendo, quería asegurarme de que la calefacción funciona bien. ¿No han tenido ningún problema?

—Va perfectamente.

—Bien, pero si empieza a hacer cosas raras, no dude en avisar. Henry tiene los datos de la empresa que la reparó.

—Gracias. Eso haré, por supuesto.

—Ahora tengo que irme. Aún no he cenado y ya es tarde.

Me acerqué a la puerta y noté que me seguía de cerca. Miré hacia atrás y sonreí.

—Me pasaré por la mañana cuando salga para ir al trabajo.

No esperé su respuesta. Con toda naturalidad hice un gesto de despedida y salí. Al bajar por los peldaños del porche, percibí su presencia en la puerta a mis espaldas, mirando a través del cristal. Me resistí al impulso de comprobarlo. Doblé a la izquierda por el camino, y cuando ella ya no me veía, me permití uno de esos escalofríos que te sacuden de la cabeza a los pies. Abrí la puerta de mi estudio y dediqué unos minutos a encender todas las luces para disipar las sombras en la casa.

Por la mañana, antes de marcharme a la oficina me presenté por segunda vez en la casa de al lado, decidida a hablar con Gus. Me extrañó encontrarlo dormido tan temprano la tarde anterior, pero quizás era lo normal a esas edades. Había reproducido en mi mente una y otra vez la reacción de Solana a mi pregunta sobre el estado psíquico de Gus. Yo no había previsto tal arranque de paranoia, y de hecho ignoraba cuál era la causa y qué significaba. En cualquier caso, me había comprometido con Melanie a ir a ver cómo estaba su tío y no permitiría que esa mujer me ahuyentara. Sabía que Solana no empezaba a trabajar hasta primera hora de la tarde, y me alegraba la perspectiva de eludirla.

Subí por los peldaños del porche y llamé a la puerta. Como no recibí respuesta inmediata, ahuequé las manos contra el cristal y escudriñé el interior. No había ninguna luz encendida en la sala de estar, pero sí aparentemente en la cocina. Golpeé el cristal con los nudillos y esperé, pero no advertí la menor señal de presencia humana. Me había llevado la llave que Gus le había dado a Henry, pero pensaba que no debía tomarme la libertad de usarla.

Fui a la puerta trasera, con cristal en la mitad superior. Vi una nota pegada con celo por dentro:

«Voluntaria de Meals on Wheels: La puerta no está cerrada con llave. Pase usted misma. El señor Vronsky es duro de oído y puede que no abra».

Probé el picaporte y, en efecto, la puerta no estaba cerrada. La abrí lo suficiente para asomar la cabeza.

—¿Señor Vronsky?

Eché un vistazo a las encimeras y los fogones de la cocina. No parecía que hubiera desayunado. Vi una caja de cereales colocada al lado de un cuenco y una cuchara. No había platos en el fregadero.

—¿Señor Vronsky? ¿Está en casa?

Oí un ahogado golpeteo en el pasillo.

—¡Maldita sea! ¿Quieres acabar ya con ese griterío? Hago lo que puedo.

Al cabo de unos segundos Gus Vronsky, quejumbroso como siempre, apareció en la puerta ayudándose de un andador, y entró en la cocina. Aún iba en bata, casi doblado por la cintura a causa de la osteoporosis, que lo obligaba a mirar al suelo.

—Espero no haberte despertado. No sabía si me habías oído.

Ladeó la cabeza y me miró de soslayo. Tenía puestos los audífonos, pero llevaba el izquierdo torcido.

—¿Con semejante jaleo? He ido a la puerta de la calle, pero no había nadie en el porche. Pensaba que era una broma, niños dando guerra. Yo, cuando era pequeño, siempre lo hacía, eso de llamar a una puerta y echar a correr. Iba a volver a la cama cuando he oído el alboroto aquí atrás. ¿Qué diantres quieres?

—Soy Kinsey, la inquilina de Henry…

—¡Ya sé quién eres! No soy imbécil. Y te digo ya de entrada que no sé quién es el presidente, así que no te pienses que vas a pillarme por ahí. Harry Truman fue el último hombre decente en el cargo, y tiró aquellas bombas. Acabó con la segunda guerra mundial, eso sí puedo decírtelo en el acto.

—Quería asegurarme de que estás bien. ¿Necesitas algo?

—¿Que si necesito algo? Necesito recuperar el oído. Necesito una salud mejor. Necesito alivio para el dolor. Me caí y tengo el hombro fuera de servicio…

—Ya lo sé. Yo vine con Henry cuando él te encontró. Anoche pasé por aquí y estabas profundamente dormido.

—Ésa es la única intimidad que me queda. Ahora viene esa mujer que me hace la vida imposible. A lo mejor la conoces. Solana no sé cuántos. Dice que es enfermera, pero como tal deja mucho que desear, si quieres saber mi opinión. Aunque no puede decirse que eso cuente mucho hoy día. No sé dónde se habrá metido ahora. Hace un rato estaba aquí.

—Pensaba que venía a las tres.

—¿Y qué hora es?

—Las ocho y treinta y cinco.

—¿De la mañana o de la tarde?

—De la mañana. Si fuera de la tarde, sería de noche.

—Entonces no sé quién era. He oído trastear a alguien y he supuesto que era ella. La puerta está abierta, así que puede haber sido cualquiera. Es una suerte que no me hayan asesinado en la cama. —Desvió la mirada—. ¿Quién hay ahí?

Gus miraba por encima de mí hacia la puerta de la cocina, y me sobresalté al ver a alguien en el porche. Era una mujer robusta con un abrigo de visón; sostenía una bolsa de papel. Tendió la mano hacia el picaporte. Me acerqué y le abrí.

—Gracias, cariño. Esta mañana vengo muy cargada y no quería dejar esto en el suelo. ¿Qué tal?

—Bien. —Le expliqué quién era y ella hizo lo propio, presentándose como la señora Dell, la voluntaria de Meals on Wheels.

—¿Cómo se encuentra, señor Vronsky? —Dejó la bolsa en la mesa de la cocina y, mientras la vaciaba, habló con Gus—. Hace un frío tremendo. ¡Qué suerte tener unos vecinos que se preocupan por usted! ¿Ha estado bien?

Gus no se molestó en contestar, ni ella parecía esperar respuesta. Él hizo un gesto de irritación y acercó el andador a la silla.

La señora Dell guardó unas cajas en la nevera y metió tres envases en el microondas. A continuación, pulsó unos números.

—Esto es estofado de pollo. Una sola ración. Puede comerlo con las verduras de los dos recipientes más pequeños. Basta con apretar el botón de inicio. Ya he marcado el tiempo. Pero tenga cuidado al sacarlo. No quiero que se queme como la última vez. —Hablaba con voz más alta de lo normal, pero yo no tenía muy claro que él la oyese.

Gus mantenía la mirada fija en el suelo.

—No quiero remolacha. —Lo dijo como si ella lo hubiera acusado de algo y él tuviera que poner los puntos sobre las íes.

—No hay remolacha. Ya le dije a la señora Carrigan que a usted no le gusta, así que le ha puesto judías verdes. ¿Le parece bien? Dijo usted que las judías verdes eran su verdura preferida.

—Me gustan las judías verdes, pero no duras. Las crujientes no son buenas. No me gustan cuando saben a crudo.

—Éstas están bien. Y hay medio boniato. Le he dejado la cena en la bolsa de papel en la nevera. La señora Rojas dijo que ya le avisaría cuando fuese la hora de comer.

—¡Yo ya me acuerdo de que tengo que comer! ¿O acaso se piensa que soy idiota? ¿Qué hay en la bolsa?

—Un bocadillo de ensalada de atún, col, una manzana y unas cuantas galletas. De avena y pasas. ¿Se ha acordado de tomar las pastillas?

Él la miró con rostro inexpresivo.

—¿Cómo dice?

—¿Se ha tomado las pastillas esta mañana?

—Creo que sí.

—Bueno, bien. Me voy, pues. Que aproveche. Encantada de conocerte, querida.

Plegó la bolsa de papel y se la metió bajo el brazo antes de salir.

—¡Vaya entrometida! —comentó Gus, pero dudo que lo pensara de verdad. Sencillamente le gustaba quejarse. Por una vez, me tranquilizó su malhumorada reacción.

16

Mi visita a Gus se prolongó durante otro cuarto de hora, hasta que su energía pareció flaquear, y la mía también. La charla a altos decibelios con aquel viejo cascarrabias me superó.

—Tengo que irme, pero no quiero dejarte aquí. ¿No prefieres ir a la sala?

—Pues sí, pero coge la bolsa con la comida y déjala en el sofá. Si me entra hambre, no puedo estar yendo y viniendo.

—Creía que ibas a comer el estofado de pollo.

—No llego a ese artilugio. ¿Cómo voy a llegar, estando tan al fondo de la encimera? Necesitaría unos brazos el doble de largos.

—¿Quieres que te acerque el microondas?

—Yo no he dicho eso. Me gusta comer el almuerzo a la hora del almuerzo y la cena cuando es de noche.

Lo ayudé a levantarse de la silla de la cocina y, una vez de pie, lo sujeté para que no se cayera. Tendió las manos hacia el andador y desplazó su peso de mis manos a la estructura de aluminio. Caminé a su lado mientras se dirigía hacia la sala. No pude por menos de sorprenderme por las grandes disparidades que se daban en el proceso de envejecimiento. La diferencia entre Gus, por un lado, y Henry y sus hermanos, por otro, era notable, a pesar de que todos tenían poco más o menos la misma edad. El recorrido de la cocina a la sala de estar había agotado a Gus. Henry no corría maratones, pero era un hombre vigoroso y activo. Gus había perdido masa muscular. Al sujetarle el brazo con delicadeza, sentí la estructura ósea casi desprovista de carne. Hasta su piel parecía frágil.

Después de sentarse en el sofá, volví a la cocina y saqué su almuerzo del frigorífico.

—¿Quieres que te lo deje en la mesa?

Me miró con irritación.

—Me da igual lo que hagas. Ponlo donde te venga en gana.

Dejé la bolsa en el sofá, a su alcance. Esperaba que Gus no se desplomara de lado y aplastara lo que había dentro.

Me pidió que le buscara su programa de televisión favorito, los episodios de *Te quiero Lucy*, emitidos por una cadena local probablemente veinticuatro horas al día. El aparato en sí era viejo y la imagen de aquel canal en cuestión se veía enturbiada por ciertas interferencias, que a mí me parecían un tanto molestas. Cuando se lo mencioné a Gus, dijo que así veía él antes de operarse de cataratas seis años antes. Le preparé un té y luego eché un rápido vistazo al baño, donde tenía el pastillero en el borde del lavabo. La caja de plástico era del tamaño de un plumier y disponía de sucesivos compartimentos, cada uno marcado con una letra mayúscula correspondiente al día de la semana. La del miércoles estaba vacía, así que por lo visto sí se había tomado la medicación. De camino a casa, dejé la llave de Gus debajo del felpudo de Henry y me encaminé hacia la oficina.

A esa mañana le saqué mucho provecho en el despacho, me dediqué a ordenar los archivos. Tenía cuatro cajas de cartón, las llené de carpetas de 1987 y dejé sitio para el siguiente año. Guardé las cajas en el armario al fondo de la oficina, entre la cocina y el cuarto de baño. Hice una rápida visita a la tienda de material de oficina y compré nuevos archivadores colgantes, carpetas, una docena de mis rotuladores Pivot preferidos, cuadernos de papel pautado y Post-its. Vi un calendario de 1988 y también lo metí en el cesto.

Mientras volvía a la oficina, reflexioné acerca del testigo desaparecido. Esperar en la parada de autobús por si aparecía se me antojaba una pérdida de tiempo, aun cuando lo hiciera sólo durante una hora cada día de la semana. Mejor ir derecha a la fuente.

De nuevo ante mi escritorio, telefoneé a la compañía de autobuses y pregunté por el supervisor de turnos. Había decidido hablar con el conductor asignado a la ruta que cubría la zona del City College. Ofrecí al supervisor una versión abreviada del accidente entre los dos coches y le dije que me interesaba hablar con el conductor que hacía ese trayecto.

Me explicó que había dos líneas, la 16 y la 17, pero lo más probable era que Jeff Weber fuera el hombre que yo buscaba. Salía a las siete de la mañana de la cochera del cruce de las calles Chapel y Capillo y hacía un itinerario circular por la ciudad, subiendo por Palisade y volviendo al centro cada cuarenta y cinco minutos. Solía acabar el turno a las tres y cuarto.

Pasé otro par de horas en el papel de buena secretaria de mi propia oficina, mecanografiando, archivando y ordenando el escritorio. A las tres menos cuarto cerré el despacho con llave y me dirigí a la cochera de la compañía de autobuses, situada junto a la estación de la Greyhound. Dejé el coche en el aparcamiento de pago y me senté en la cochera con una novela de bolsillo.

El expendedor de billetes me señaló a Jeff Weber cuando éste salió del vestuario con una chaqueta doblada sobre un brazo. Pasaba de los cincuenta años y aún llevaba la placa con el nombre prendida del bolsillo del uniforme. Era alto, de pelo rubio entrecano, cortado al cepillo, y pequeños ojos azules bajo unas cejas blanquecinas. Tenía la nariz grande, quemada por el sol, y las mangas de la camisa le quedaban muy cortas, dejando a la vista unas muñecas huesudas. Si hubiese sido golfista, habría necesitado palos a medida para su estatura y la longitud de sus brazos.

Lo abordé en el aparcamiento y me presenté entregándole mi tarjeta. Aunque apenas la miró, me escuchó cortésmente mientras le describía al hombre que buscaba.

Cuando terminé, dijo:

—Ah, sí, ya sé a quién se refiere.

—¿Sí?

—Habla usted de Melvin Downs. ¿Qué ha hecho?

—Nada.

Una vez más, expliqué los detalles del accidente.

—Ya me acuerdo, aunque no vi el accidente en sí —dijo Weber—. Cuando llegué a esa parada, ya estaban allí la policía y la ambulancia y el tráfico avanzaba muy despacio. El agente hacía lo que podía para obligar a los coches a circular. El retraso fue sólo de diez minutos, pero molesto de todos modos. A esa hora ninguno de mis pasajeros se quejó, pero me doy cuenta cuando se enfadan. Muchos han salido del trabajo y están impacientes por llegar a casa, sobre todo al principio de un largo puente.

—¿Y el señor Downs? ¿Subió al autobús ese día?

—Es probable. Por lo general lo veo dos días por semana, los martes y los jueves.

—Pues debía de estar allí, porque las dos víctimas recuerdan haberlo visto.

—No lo dudo. Sólo digo que no recuerdo con seguridad si se subió al autobús.

—¿Sabe algo de él?

—Sólo lo que he podido observar. Es un buen hombre, bastante amable pero no tan hablador como otros. Se sienta al fondo del autobús y no tenemos muchas ocasiones de charlar. Con el autobús lleno, lo he visto ceder el asiento a minusválidos o a los ancianos. Me entero de muchas cosas por el espejo retrovisor, y ha llegado a impresionarme lo cortés que es. No es algo que uno vea muy a menudo. Hoy día la gente no aprende los mismos modales que nos enseñaron cuando yo era pequeño.

—¿Cree usted que trabaja en ese barrio?

—Supongo que sí, aunque no sabría decirle dónde.

—Alguien me dijo que quizá se dedicaba a hacer chapuzas a domicilio o a trabajos de jardinería, cosas así.

—Es posible. En la zona viven muchas mujeres de cierta edad, viudas y profesionales jubiladas, a las que seguramente no les viene mal tener a un manitas disponible.

—¿Dónde se baja?

—Viene hasta aquí. Es uno de los pasajeros que llegan al final del trayecto.

—¿Tiene idea de dónde vive?

—Pues da la casualidad de que sí. Hay un hostal residencia en Dave Levine Street, cerca de Floresta o Vía Madrina. Un edificio grande, de madera amarilla, con porche en los cuatro lados. Cuando hace buen tiempo, a veces lo veo allí sentado. —Se interrumpió para consultar el reloj—. Siento no poder serle de más ayuda, pero he quedado con mi mujer. —Sostuvo en alto mi tarjeta de visita—. ¿Qué le parece si me quedo con esto y la próxima vez que vea a Melvin le transmito su mensaje?

—Gracias. Si quiere, puede decirle por qué necesito hablar con él.

—Ah, bueno. Sí, mejor. Lo haré, no lo dude. Le deseo suerte.

Ya en el coche di la vuelta a la manzana, subiendo por Chapel y bajando por Dave Levine, que era una calle de un solo sentido. Avancé despacio, buscando el hostal residencia pintado de amarillo. El barrio, al igual que el mío, era una curiosa combinación de viviendas unifamiliares y pequeñas empresas. Muchas de las propiedades situadas en las esquinas, sobre todo las más cercanas al centro, se habían convertido en negocios familiares: un pequeño supermercado, una tienda de ropa antigua, dos anticuarios y una librería de viejo. Cuando por fin localicé el hostal, se había formado una cola de coches detrás de mí, y vi por el retrovisor que el conductor del primero de ellos me dirigía gestos obscenos. Doblé a la derecha en la primera travesía y recorrí otra manzana hasta encontrar aparcamiento.

Volví atrás a pie, pasando ante un concesionario de coches de segunda mano que ofrecía furgonetas y camionetas corrientes. Precios y eslóganes aparecían escritos con témpera en grandes letras sobre los parabrisas: ¡VÉALO! $2499 ¡NO SE LO PIERDA! SÚPER PRECIO. $1799. TAL CUAL. ¡¡UN PRECIO QUE SE VENDE SOLO!! $1999,99. Este último era una vieja camioneta de repartidor de leche convertida en caravana. Tenía las puertas traseras abiertas y vi una cocina minúscula, armarios empotrados y un par de asientos abatibles que, desplegados, formaban una cama. El vendedor, cruzado de brazos, exponía sus numerosas ventajas a un hombre canoso con gafas de sol y un sombrero de copa achatada y ala corta. Estuve a punto de detenerme a inspeccionar el vehículo yo misma.

Me encantan los espacios pequeños y, por menos de dos mil dólares —bueno, por un centavo menos—, podía imaginarme hecha un ovillo en una caravana con una novela y una lamparilla de lectura a pilas. Naturalmente, aparcaría delante de mi estudio y no en medio de la naturaleza, que, en mi opinión, no podría ser más traicionera. Una mujer sola en el bosque no es más que cebo para osos y arañas.

El hostal era una estructura victoriana que había ido sufriendo diversos cambios sin orden ni concierto. Daba la impresión de que se le había añadido un porche trasero y luego se había vuelto a cerrar. Un pasadizo cubierto comunicaba la casa con una construcción independiente que podía ser una vivienda en alquiler adicional. Los parterres de flores estaban impecables y los arbustos bien podados. La pintura exterior parecía reciente. Las ventanas en voladizo de los ángulos opuestos del edificio debían de ser de la obra original, a juzgar por la perfecta alineación de la del primer piso con la de la planta baja y las molduras en forma de corona que sobresalían a la altura del tejado. El recargado alero de medio metro se sostenía en barrocas ménsulas de madera con círculos y medias lunas grabados en él. Debajo, los pájaros habían construido sus nidos, y las enmarañadas acumulaciones de ramitas desentonaban tanto como la imagen de unas axilas sin depilar en una mujer elegante.

La puerta, de cristal en su mitad superior, estaba abierta y encima del timbre un letrero escrito a mano rezaba: TIMBRE AVERIADO. NO OIGO SI LLAMAN CON LA MANO. OFICINA AL FONDO DEL PASILLO. Lo interpreté como una invitación a pasar.

Al final del pasillo había tres puertas abiertas. A través de una de ellas vi una cocina de aspecto amplio y antiguo, con el linóleo tan desvaído que apenas tenía color. Los electrodomésticos eran como los de una atracción que yo había visto en un parque temático, donde se representaba la vida familiar en Estados Unidos en todas las décadas desde 1880. En la pared opuesta ascendía una escalera hasta perderse de vista, y deduje que no muy lejos había una puerta trasera, pese a que no la veía desde donde me hallaba.

La segunda puerta daba a lo que en su día debió de ser un salón, empleado ahora como comedor en virtud de, simplemente, la colocación de una mesa de roble macizo y diez sillas disparejas. El aire olía a cera de muebles, humo de tabaco antiguo y el guiso de cerdo de la noche anterior. Un tapete de ganchillo cubría la superficie de un sólido aparador de roble.

Una tercera puerta abierta reveló el comedor original, a juzgar por sus elegantes proporciones. Unos archivadores grises de metal bloqueaban dos puertas y un enorme buró de tapa corrediza quedaba encajonado contra las ventanas. Por lo demás, el despacho estaba vacío. Llamé al marco de la puerta y salió una mujer de una habitación más pequeña que podía ser un cuarto ropero convertido en tocador. Era robusta. Canosa, tenía el pelo crespo y ralo, recogido de cualquier manera, por lo que la mayor parte del cabello ya se le había escapado de su sitio. Llevaba unas gafas pequeñas de montura metálica y sus dientes se superponían como secciones de una acera levantada por las raíces de los árboles.

—Busco a Melvin Downs —dije—. ¿Puede decirme cuál es su habitación?

—No doy ningún dato sobre mis huéspedes. Debo pensar en su seguridad y su privacidad.

—¿Puede avisarle de que tiene visita?

Parpadeó, sin inmutarse.

—Podría, pero sería absurdo, porque no está. —Cerró la boca, prefiriendo por lo visto no agobiarme con más información de la que yo había solicitado.

—¿Tiene idea de cuándo volverá?

—Lo sé tan poco como usted, cariño. El señor Downs no me mantiene al corriente de sus idas y venidas. Soy su casera, no su mujer.

—¿Le importa si espero?

—Yo que usted no lo haría —respondió—. Los miércoles vuelve tarde.

—¿A eso de las seis, por ejemplo?

—Yo diría que más cerca de las diez, a juzgar por lo que ha hecho otras veces. ¿Es usted su hija?

—No. ¿Tiene una hija?

—Ha hablado de una hija. De hecho, no permito que mujeres solteras visiten a los huéspedes a partir de las nueve de la noche. Se presta a malas interpretaciones entre los demás residentes.

—Quizá sea mejor que vuelva a probarlo otro día.

—Eso.

Cuando llegué a mi estudio fui directa a casa de Henry y llamé a su puerta. No habíamos tenido ocasión de vernos desde hacía días. Lo encontré en su cocina sacando un gran cuenco de uno de los armarios inferiores. Golpeteé el cristal, y cuando me vio, dejó el cuenco en la encimera y me abrió.

—¿Interrumpo?

—No, no. Pasa. Estoy haciendo pepinillos en vinagre. Puedes echarme una mano.

Vi en el fregadero un gran colador lleno de pepinos. Un colador pequeño contenía cebollas blancas. En la encimera tenía dispuestos en una hilera pequeños frascos de cúrcuma, semillas de mostaza, semillas de apio y pimienta de cayena.

—¿Esos pepinos son tuyos?

—Mucho me temo que sí. Ésta es la tercera tanda de pepinillos en vinagre que hago este mes y todavía me quedan para dar y vender.

—Creía que sólo habías comprado una planta.

—Bueno, dos. La primera me pareció muy pequeña y pensé que debía añadir una segunda para hacerle compañía. Ahora las enredaderas ocupan medio jardín.

—Creía que eso era kuzu.

—Muy graciosa —dijo él.

—No me puedo creer que aún den fruto en enero.

—Yo tampoco. Coge un cuchillo y te sacaré una tabla de cortar.

Henry me sirvió media copa de vino y se preparó un Black Jack con hielo. De pie uno al lado del otro ante la encimera, cortamos pepinos y cebollas durante los diez minutos siguientes, intercalando algún que otro sorbo de nuestras bebidas. Cuando terminamos, Henry echó las verduras mezcladas con sal kosher en dos grandes cuencos de cerámica. Sacó una bolsa de hielo picado del congelador y amontonó el hielo encima de la combinación de pepino y cebolla. Por último cubrió cada cuenco con una tapa y puso un peso encima.

—Mi tía hacía los pepinillos en vinagre de la misma manera —comenté—. Hay que dejarlos tres horas, ¿verdad? Luego se hierven los demás ingredientes y se añaden los pepinos y las cebollas.

—Exacto. Te daré seis tarros. También voy a darle a Rosie. En el restaurante, los sirve con pan de centeno y queso fresco. A uno se le saltan las lágrimas al probarlos.

Llenó una gran olla de agua y la puso sobre el fogón para esterilizar los tarros que tenía al lado en una caja.

—¿Cómo le ha ido la Navidad a Charlotte?

—Ha dicho que bien. Los cuatro chicos se reunieron en casa de su hija en Phoenix. Pero en Nochebuena hubo un apagón, así que la familia entera cogió el coche, se fue a Scottsdale y tomó habitaciones en el Phoenician. Dijo que era la manera ideal de pasar el día de Navidad. Por la noche volvió la luz y regresaron a casa de su hija, y vuelta a empezar. Espera un momento, te enseñaré lo que me regaló.

—¿Te ha hecho un regalo de Navidad? Creía que no ibais a haceros regalos.

—Dijo que no era de Navidad. Es el del cumpleaños, por adelantado.

Henry se secó las manos y salió un momento de la cocina. Regresó con una caja de zapatos. La abrió y sacó una zapatilla de deporte.

—¿Zapatillas de deporte?

—Para caminar. Hace años que camina y quiere que yo también me aficione. Es posible que William nos acompañe.

—Vaya, qué buen plan —dije—. Me alegro de que aún ronde por aquí. Últimamente no la he visto mucho.

—Yo tampoco. Tiene un cliente que ha venido de Baltimore y la está volviendo loca. Se pasa el día llevándolo de un lado a otro, para ver propiedades que por una u otra razón no le convencen. Quiere construir un cuadruplex o algo por el estilo, y todo lo que ha visto es demasiado caro o no está en la zona adecuada. Ella intenta enseñarle cómo es el sector inmobiliario californiano y él no para de decirle que debe ser creativa. No sé de dónde saca la paciencia. ¿Y tú qué cuentas? ¿Cómo te trata la vida?

—Bien. Estoy organizándome para este año que empieza —contesté—. Tuve un extraño roce con Solana. Es de lo más quisquillosa. —Le describí el encuentro y la susceptibilidad de ella cuando se dio cuenta de que había hablado por teléfono con la sobrina de Gus—. Solana ni siquiera fue el motivo de la llamada. Melanie pensó que Gus estaba confuso y quiso saber si yo había notado algo. Dije que iría a verlo, pero no pretendía entrometerme en los asuntos de Solana. Yo no sé nada de cuidados geriátricos.

—Quizá sea una de esas personas que ve conspiraciones en todas partes.

—No lo sé... Tengo el presentimiento de que está ocurriendo algo más.

—Por lo que he visto de ella, no me entusiasma.

—A mí tampoco. Tiene algo que pone la carne de gallina.

17
Solana

Solana abrió los ojos y lanzó una mirada al reloj. Eran las 2:02 de la madrugada. Oyó el susurro del intercomunicador para bebés que había puesto en la habitación del viejo, junto a la cama. Su respiración era tan rítmica como el sonido de las olas. Apartó las sábanas y, descalza, recorrió el pasillo. La casa estaba a oscuras, pero ella tenía una visión nocturna excelente, y entraba suficiente luz de las farolas para revestir las paredes de un resplandor gris. Drogaba al viejo con regularidad triturando los somníferos dispensados sin receta y mezclándolos con la cena. Meals on Wheels entregaba una selección de platos calientes para el almuerzo y una bolsa de papel con la cena, pero él prefería la comida caliente a las cinco de la tarde, que era la hora a la que siempre había cenado. Con una manzana, una galleta y un sándwich, Solana podía hacer bien poco, pero un guiso era excelente para sus propósitos. El viejo, además, tenía por costumbre comerse un helado antes de irse a la cama. Había perdido el sentido del gusto, y si los somníferos tenían un sabor amargo, él nunca se quejó.

Ahora que lo tenía bien encarrilado era más fácil llevarse bien con él. A veces parecía confuso, pero no más que muchos de los ancianos que ella había cuidado. Pronto dependería por entero de ella. Le gustaba que sus pacientes fueran dóciles. Por lo común, los iracundos y conflictivos eran los primeros en aplacarse, como si llevaran toda la vida esperando el régimen apaciguador que ella les imponía. Era una madre y un ángel de bondad, que les prestaba la atención que les habían escatimado en la juventud.

Creía que los viejos problemáticos habían sido problemáticos de pequeños, y que así habían cosechado ira, frustración y rechazo de los padres, que deberían haberles dado amor y aprobación. Criados a base de una hostilidad paterna permanente, estos pobres, estas almas extraviadas, evitaban casi toda interacción social. Despreciados y a la vez llenos de desprecio hacia los demás sentían, oculto bajo la rabia y la soledad, un anhelo que se manifestaba en forma de mal carácter. Gus Vronsky no era ni más ni menos cascarrabias que la señora Sparrow, la vieja bruja de lengua viperina a quien Solana había atendido durante dos años. Cuando por fin envió a la señora Sparrow al otro mundo, se apagó tan silenciosa como un gatito, maullando una sola vez mientras los fármacos ejercían su efecto. Según la necrológica, había muerto plácidamente mientras dormía, lo que era más o menos verdad. Solana era una mujer de buen corazón. Se enorgullecía de eso. Acababa con el sufrimiento de los viejos y los liberaba.

Ahora, mientras Gus yacía inmovilizado, registró los cajones de su cómoda valiéndose de una pequeña linterna cuyo haz ocultaba con la palma de la mano. Durante semanas había incrementado de forma gradual la dosis hasta tener una justificación para quedarse a dormir allí. Su médico lo visitaba a menudo y no quería despertar sospechas. Fue él mismo quien comentó que Gus necesitaba supervisión. Solana explicó al médico que a veces se despertaba en plena noche, desorientado, e intentaba levantarse de la cama. Le contó que en dos ocasiones lo había encontrado deambulando por la casa sin saber dónde estaba.

Al ampliarse su horario, había sido necesario vaciar uno de los dormitorios para disponer de un sitio donde instalarse. Ya puestos, había limpiado las dos habitaciones libres, apartando los objetos de posible valor y desechando el resto. Con el contenedor junto a la acera, pudo eliminar la mayor parte de los cachivaches que Gus había guardado durante tantos años. Al principio, él armó tal alboroto que Solana optó por hacerlo mientras dormía. De todos modos, Gus rara vez entraba en esas habitaciones y no pareció darse cuenta de lo que había desaparecido.

Solana ya había registrado su dormitorio antes, pero obviamente había pasado algo por alto. ¿Cómo era posible que tuviera tan pocas cosas de valor? En tono de queja, Gus le contó que había trabajado para el ferrocarril toda su vida. Ella había visto sus cheques de la Seguridad Social y las mensualidades de su pensión, que juntos bastaban para cubrir sus gastos diarios. Pero ¿adónde había ido a parar el resto del dinero? Sabía que la casa estaba pagada, por espantosa que fuera, pero ahora tenía que abonarle el sueldo a ella, y eso no salía barato. Pronto empezaría a pasarle factura a Melanie por las horas extra, aunque dejaría que fuese el médico quien propusiera la cantidad de tiempo añadido.

La primera semana de trabajo encontró las libretas de dos cuentas de ahorro en una de las casillas de su buró. Una contenía unos miserables quince mil dólares y la otra veinte mil. Obviamente Gus quería hacerle creer que ahí acababa la cosa. Estaba burlándose de ella, a sabiendas de que le era imposible echar mano de sus fondos. En su trabajo anterior había ocurrido algo así. Si bien había convencido a la señora Feldcamp para que firmara innumerables cheques al portador, cuando ella murió aparecieron otras cuatro cuentas de ahorro con saldos considerables. Entre las cuatro sumaban unos quinientos mil dólares, cosa que hizo llorar de frustración a Solana. En una última intentona de embolsarse el dinero falsificó la firma de la anciana en cheques con fecha atrasada. Pensó que la maniobra era creíble, pero el banco no lo vio de la misma manera. Incluso se planteó la posibilidad de procesarla, y si ella no se hubiese despojado de esa identidad en particular, todo su esfuerzo podría haber quedado en nada. Por suerte actuó con rapidez y desapareció antes de que el banco descubriera el alcance de su argucia.

En casa de Gus, la semana anterior, después de un diligente registro de los cajones de una de las habitaciones libres, había encontrado unas joyas que debieron de pertenecer a su mujer. En su mayor parte eran baratijas, pero el anillo de compromiso de la señora Vronsky llevaba engastado un diamante de tamaño notable y el reloj era un Cartier. Solana los había trasladado a un escondrijo en su cuarto a la espera de poder llevarlos a un joyero para tasarlos. No quería ir a una casa de empeños, porque sabía que sólo recibiría una pequeña proporción del valor real. Además, era fácil seguir el rastro a los objetos de las casas de empeño, y eso no le convenía. Empezaba a perder la esperanza de descubrir bienes, aparte de los que ya tenía.

Se acercó sigilosamente al armario y, levantando el picaporte, abrió la puerta. Había descubierto por el camino difícil que las bisagras chirriaban con un ruido semejante al gañido de un perro cuando le pisan el rabo. Eso había ocurrido en su segunda noche en la casa. Gus, incorporándose en la cama, le había preguntado qué hacía en su habitación. Ella le había contestado lo primero que le vino a la cabeza: «Lo he oído gritar y he pensado que le ocurría algo. Debe de haber tenido una pesadilla. ¿Quiere que le traiga un poco de leche caliente?».

Mezcló la leche con jarabe para la tos con sabor a cereza y le dijo que era un preparado especial para niños, lleno de vitaminas y minerales. Él se lo bebió de un trago, y ella se planteó seriamente engrasar las bisagras antes de volver a intentarlo. Ahora registró una vez más los bolsillos de su cazadora, probó en su gabardina, su única americana y la bata que había dejado colgada en la puerta del armario. Nada de nada, pensó con irritación. Si el viejo no tenía un centavo, no estaba dispuesta a aguantarlo. Podía seguir renqueando durante años, ¿y qué sentido tenía ayudarlo si a ella no le reportaba ningún beneficio? Era una profesional titulada, no una voluntaria.

Abandonó la búsqueda por esa noche y volvió a la cama, frustrada y deprimida. Allí tendida, insomne, deambuló por la casa con la imaginación tratando de adivinar cómo se las había ingeniado él para ocultar el rastro. Nadie podía vivir tanto tiempo sin acumular una jugosa suma de dinero en algún sitio. Estaba obsesionada con eso desde el primer día de trabajo, segura ya entonces de que se saldría con la suya. Lo había interrogado acerca de sus pólizas de seguros, con el pretexto de que ella no sabía si contratar una para toda la vida o para un plazo determinado. Casi frotándose las manos, Gus le contestó que había dejado expirar sus pólizas. Pese a saber por su experiencia con el señor Ebersole lo difícil que era llegar a constar como beneficiaria, se había llevado una profunda decepción. Con la señora Pret, las cosas le fueron mejor, aunque no estaba del todo segura de si la lección aprendida en ese caso era aplicable a éste. Sin duda Gus tenía testamento, lo que podía representar otra posibilidad. No había encontrado copia, pero sí había descubierto la llave de una caja de seguridad, lo que inducía a pensar que guardaba sus objetos de valor en un banco.

Tanta preocupación era agotadora. A las cuatro de la madrugada se levantó, se vistió y se hizo la cama con esmero. Salió por la puerta delantera y fue hasta su coche, a media manzana de la casa. Estaba oscuro y hacía frío, y no podía sacudirse el malestar que él le había provocado. Se encaminó hacia Colgate. En la autopista, ancha y vacía como un río, recorrió largos trechos sin cruzarse con nadie. Aparcó bajo el sotechado de su complejo de apartamentos y echó una ojeada a la hilera de ventanas para ver si había alguien despierto. Le encantaba la sensación de poder que experimentaba al saber que ella estaba en pie mientras tantos otros permanecían ajenos al mundo.

Entró en su casa y fue a comprobar si Tiny estaba allí. Rara vez salía, pero cuando se iba, podía pasarse días sin verlo. Abrió la puerta de la habitación de su hijo con el mismo sigilo que empleaba para registrar los armarios de Gus. La oscuridad era total y los olores corporales saturaban el ambiente. Tenía corridas las tupidas cortinas, porque le molestaba la luz de la mañana, que lo despertaba horas antes de hallarse en condiciones de levantarse. Por la noche se quedaba hasta tarde viendo la televisión, y, según él, no podía hacer frente a la vida antes del mediodía. La tenue claridad de la luz del día procedente del pasillo reveló su abultado contorno en la cama, con un carnoso brazo sobre el edredón. Solana cerró la puerta.

Se sirvió un dedo de vodka en una copa de postre y se sentó a la mesa del comedor, abarrotada de correo comercial y facturas sin abrir, entre las cuales apareció su carnet de conducir, cosa que le causó una gran alegría. Encima de la pila más cercana vio un sobre con su nombre escrito a mano. Reconoció la letra casi ilegible de su casero. En realidad era sólo el administrador, cargo del que gozaba porque no pagaba alquiler. La nota que encontró dentro era breve e iba al grano, se le informaba de un aumento de doscientos dólares mensuales, aplicable de inmediato. Dos meses antes había llegado a sus oídos que el edificio cambiaba de propietario. Ahora el nuevo dueño subía sistemáticamente los alquileres, lo que de inmediato aumentaba el valor de la propiedad. Al mismo tiempo, el dueño llevaba a cabo ciertas mejoras, por llamarlas de algún modo. Se atribuía el mérito de haber arreglado los buzones cuando en realidad era una normativa impuesta por Correos. El cartero no entregaba nada en una dirección si no encontraba el buzón claramente identificado. Habían arrancado los arbustos secos frente al edificio y los habían dejado en la acera; y, durante semanas, los basureros se habían resistido a retirarlos. También había instalado lavadoras y secadoras que funcionaban con monedas en el lavadero comunitario, abandonado desde hacía años y utilizado para guardar las bicicletas, muchas de las cuales robaban. Solana sabía que la mayoría de los inquilinos prescindiría de las lavadoras.

Detrás del edificio, al otro lado del callejón, había otro complejo, también adquirido por el mismo dueño: veinticuatro unidades en cuatro bloques, cada uno con su propio lavadero, donde disponían de lavadora y secadora sin coste alguno y nunca cerraban con llave. En el edificio de Solana había sólo veinte apartamentos, y muchos de los inquilinos aprovechaban esas otras instalaciones gratuitas. Una máquina expendedora proporcionaba cajitas de detergente, pero era fácil manipular el mecanismo y sacar lo que uno necesitaba. Se preguntaba qué se proponía el nuevo dueño, probablemente apropiarse de inmuebles aquí y allá. La gente codiciosa era así: exprimía hasta el último centavo a las personas como ella, que luchaban por sobrevivir.

Solana no tenía la menor intención de pagar otros doscientos dólares al mes por un apartamento amueblado casi inhabitable. Durante un tiempo Tiny tuvo un gato, un macho blanco, grande y viejo, al que puso su mismo nombre. Como Tiny era demasiado perezoso para dejar entrar y salir al gato, al animal le dio por orinar en la moqueta y usar las rejillas de la calefacción para las deposiciones de mayor importancia. Ella ya se había acostumbrado al olor, pero sabía que si dejaba el piso, el administrador armaría un escándalo. No les habían exigido fianza para animales domésticos porque cuando se mudaron allí no tenían ninguno. Ahora Solana no veía por qué tenía que cargar ella con la responsabilidad si el animal ya se había muerto de viejo. Y no iba a molestarse siquiera en pensar en el botiquín que Tiny había arrancado de la pared del cuarto de baño, ni en la quemadura en el laminado de la encimera donde había dejado una sartén caliente unos meses antes. Decidió dejar de pagar el alquiler mientras contemplaba las diferentes opciones.

Volvió a casa de Gus a las tres de la tarde y lo encontró despierto y enfurruñado. El viejo sabía que Solana se quedaba a dormir en su casa tres o cuatro noches por semana y esperaba que estuviera a su disposición en todo momento. Dijo que llevaba horas aporreando la pared. Sólo de pensarlo, Solana se puso hecha una furia.

—Señor Vronsky, anoche le dije que me iría a las once como siempre. Precisamente entré en su habitación para comunicarle que me iba a casa y a usted le pareció bien.

—Alguien estuvo aquí.

—No fui yo. Si duda de mí, entre en mi habitación y mire la cama. Verá que no dormí en ella.

Solana se mantuvo en sus trece, defendiendo su versión de los hechos. Se dio cuenta de lo desconcertado que estaba él, convencido de una cosa cuando ella sostenía lo contrario.

Tras un rápido parpadeo, el rostro de Gus adquirió la ceñuda expresión de tozudez que Solana tan bien conocía. Ella apoyó una mano en el brazo de Gus.

—No es culpa suya. Tiene las emociones a flor de piel. A su edad es normal. Es posible que esté sufriendo una serie de pequeños derrames cerebrales. El efecto sería poco más o menos el mismo.

—Usted estuvo aquí. Entró en mi habitación. La vi buscar algo en mi armario.

Ella negó con la cabeza esbozando una triste sonrisa.

—Lo ha soñado. Eso mismo le pasó la semana pasada. ¿No se acuerda?

Él le escrutó el rostro. Ella mantuvo una expresión amable y un tono compasivo.

—Ya le dije entonces que eran imaginaciones suyas, pero se negó a creerme. Y ahora vuelta otra vez.

—No.

—Sí. Y no soy yo la única que se ha dado cuenta. Su sobrina me llamó justo después de hablar con usted por teléfono a primeros de semana. Dijo que lo notaba confuso. Se quedó tan preocupada que le pidió a una vecina que viniera a ver cómo estaba. ¿Se acuerda de la señorita Millhone?

—Claro que sí. Es detective privado y tiene la intención de investigarla a usted.

—No diga tonterías. Su sobrina le pidió que viniera a verlo porque le pareció notar en usted síntomas de demencia senil. Por eso vino la señorita Millhone, para verlo con sus propios ojos. No hace falta ser detective privado para darse cuenta de lo perturbado que está. Le dije que podía deberse a distintas razones. Una trastorno tiroideo, por ejemplo, como también le expliqué a su sobrina. En adelante, lo más sensato que puede hacer es mantener la boca cerrada. La gente pensará que está paranoico y que se inventa cosas: otro síntoma de demencia. No se degrade delante de los demás. Lo único que conseguirá es su compasión y su desprecio.

Solana vio cómo se desmoronaba la expresión de su rostro. Sabía que podía someterlo. Por cascarrabias y malhumorado que fuese, no era rival para ella. El viejo empezó a temblar y mover los labios. Volvió a parpadear, esta vez en un esfuerzo por contener las lágrimas. Ella le dio unas palmadas en el brazo y musitó unas palabras de afecto. Sabía por experiencia que para un anciano lo más doloroso era la amabilidad. La oposición la aceptaban bien. Probablemente incluso la agradecían. Pero la compasión (o en este caso el simulacro de amor) les llegaba al alma. Gus se echó a llorar;

era el sonido apagado e impotente de alguien que sucumbe al peso de la desesperación.

—¿Quiere tomar algo para calmarse?

Gus se llevó una mano trémula a los ojos y asintió con la cabeza.

—Bien. Se sentirá mejor. El médico no quiere que se altere. Le traeré también un ginger ale.

En cuanto se tomó el medicamento se sumió en un sueño tan profundo que, cuando Solana le pellizcó la pierna, no reaccionó.

Decidió abandonar el empleo al menor inconveniente. Estaba harta de cuidar de él.

A las siete de la tarde, Gus fue de su dormitorio a la cocina, donde ella estaba sentada. Se valía de su andador, y ese espantoso golpeteo la sacaba de sus casillas.

—No he cenado —dijo él.

—Claro que no. Es de mañana.

Él vaciló, de pronto inseguro. Lanzó una mirada en dirección a la ventana.

—Fuera es de noche.

—Son las cuatro de la mañana y, como es natural, no ha salido el sol. Si quiere, puedo prepararle el desayuno. ¿Le apetecen unos huevos?

—El reloj marca las siete.

—Está estropeado. Tendré que llevarlo a arreglar.

—Si fuera de mañana, usted no estaría aquí. Cuando le he dicho que anoche la vi, me ha contestado que eran imaginaciones mías. No viene a trabajar hasta primera hora de la tarde.

—Normalmente, así es, pero anoche me quedé porque usted estaba alterado y confuso, y me preocupé. Siéntese a la mesa y le prepararé un buen desayuno.

Lo ayudó a sentarse en la silla de la cocina. Solana notó que Gus intentaba desentrañar qué era verdad y qué no. Mientras le preparaba los huevos revueltos, él permaneció inmóvil, callado y cabizbajo. Le puso los huevos delante.

Él miró el plato pero no hizo ademán de comer.

—¿Y ahora qué pasa?

—No me gustan los huevos muy hechos. Ya se lo dije. Me gustan casi crudos.

—Lo siento. Me he equivocado —contestó ella. Agarró el plato y tiró los huevos a la basura; luego preparó otros dos, dejándolos tan crudos que parecían un amasijo de babas.

—Y ahora coma.

Esta vez, Gus obedeció.

Solana estaba harta de ese juego. Sin nada que ganar, tal vez había llegado el momento de cambiar de tercio. Le gustaban los pacientes un poco rebeldes. Si no, ¿qué valor tenían sus victorias? Para colmo, aquél era un viejo detestable, que despedía un ligero olor a fármacos y apestaba a orina. En ese mismo instante decidió marcharse. Si tan listo se creía, que se las apañara por su cuenta. Ni se molestaría en avisar a la sobrina de que se iba. ¿Para qué malgastar el tiempo o la energía en una conferencia? Le dijo a Gus que era la hora de los analgésicos.

—Ya los he tomado.

—No es verdad. Lo apunto todo para el médico. Véalo usted mismo. Aquí no hay nada escrito.

Se tomó las pastillas y en cuestión de minutos daba cabezadas. Solana lo ayudó a volver a la cama. Por fin paz y silencio. Fue a su propia habitación, recogió sus pertenencias, y metió las joyas de la mujer de Gus en la bolsa de viaje. El día anterior le había llegado por correo la paga por las horas extra, un mísero cheque de la sobrina, que ni siquiera se había molestado en adjuntar una nota de agradecimiento. Se preguntó si podría llevarse prestado el coche que había visto en el garaje. Seguramente Gus no se daría cuenta porque rara vez salía. Dadas las circunstancias, el coche no tenía la menor utilidad para nadie, y el descapotable de segunda mano de Solana estaba que se caía a pedazos.

Cuando acabó de cerrar las bolsas, oyó que llamaban a la puerta. ¿Quién podía ser a esas horas? Esperaba que no fuera el señor Pitts, el vecino de la casa de al lado, para interesarse por el viejo. Se miró en el espejo del tocador. Se atusó el pelo y se arregló el pasador con el que se lo mantenía recogido. Entró en la sala de estar. Encendió la luz del porche y miró afuera. No conocía a aquella mujer, aunque le sonaba de algo. Aparentaba unos setenta años e iba bien arreglada: zapatos de tacón bajo, medias y un traje oscuro con cuello de volantes. Parecía una asistenta social. Con una sonrisa amable, consultaba el papel que tenía en la mano para refrescarse la memoria. Solana entreabrió la puerta.

—¿Es usted la señora Rojas?

—Sí —contestó Solana con un titubeo.

—¿Lo he pronunciado bien?

—Sí.

—¿Puedo pasar?

—¿Vende usted algo?

—Nada más lejos. Me llamo Charlotte Snyder. Soy agente inmobiliaria. Me gustaría hablar con el señor Vronsky acerca de su casa. Sé que ha sufrido una caída y, si no está de humor, puedo volver en otro momento.

Solana echó una ojeada al reloj con un gesto ostensible, esperando que la mujer captara la indirecta.

—Disculpe por venir a esta hora. Sé que es tarde, pero me he pasado todo el día con un cliente y no he tenido ocasión de visitarlo antes.

—¿Para qué quiere hablarle de la casa?

Charlotte miró por detrás de ella hacia la sala de estar.

—Preferiría explicárselo a él.

Solana sonrió.

—¿Por qué no pasa? Iré a ver si está despierto. El médico quiere que descanse lo máximo posible.

—No es mi intención molestarlo.

—No se preocupe.

Dejó entrar a la mujer y, mientras ésta esperaba sentada en el sofá, fue al dormitorio. Encendió la luz del techo y miró a Gus. Estaba profundamente dormido. Esperó un tiempo prudencial, apagó la luz y volvió a la sala.

—No se encuentra del todo bien y no quiere salir de su habita-

193

ción. Dice que si me explica a mí lo que la trae por aquí, yo le transmitiré la información cuando esté mejor. Si no le importa repetirme su nombre...

—Snyder. Charlotte Snyder.

—Ya sé quién es. Es usted amiga del señor Pitts, el vecino de al lado, ¿no?

—Pues sí, pero no vengo de parte de él.

Solana se sentó y la miró. No le gustaba la gente esquiva a la hora de revelar sus intenciones. Aquella mujer estaba inquieta por algo, pero Solana no imaginaba la razón.

—Señora Snyder, debe usted hacer lo que considere más oportuno, por supuesto, pero el señor Vronsky confía en mí plenamente. Soy su enfermera.

—Es una gran responsabilidad. —Pareció debatirse en la duda, fuera cual fuera. Con la mirada fija en el suelo, parpadeó antes de decidirse a seguir—. No estoy aquí para convencer a nadie en un sentido u otro. Esto es una mera cortesía...

Solana hizo un gesto de impaciencia. Ya bastaba de preámbulos.

—No sé si el señor Vronsky es consciente del valor de esta casa. Da la casualidad de que tengo un cliente que busca una propiedad de estas características.

—¿Y a qué características se refiere? —El primer impulso de Solana fue menospreciar la casa, pequeña, anticuada y mal conservada. Por otro lado, ¿por qué darle a la agente motivos para ofrecer menos si era eso lo que se proponía?

—¿Sabía usted que es dueño de dos parcelas? He consultado el registro de la propiedad, y resulta que cuando el señor Vronsky compró este terreno, adquirió también el de al lado.

—Claro que lo sabía —contestó Solana, aunque jamás había sospechado siquiera que el solar contiguo pudiera pertenecer al viejo.

—Según la calificación del terreno, ambas son parcelas aptas para la construcción de bloques de apartamentos.

Solana sabía muy poco de bienes raíces, ya que nunca había sido propietaria de un inmueble.

—¿Ah, sí?

—Mi cliente es de Baltimore. Le he enseñado todo lo que tenemos ahora en oferta, pero ayer se me ocurrió…

—¿Cuánto?

—Disculpe, ¿cómo dice?

—Puede darme las cifras. Si el señor Vronsky tiene alguna pregunta, ya se lo haré saber. —Un paso en falso. Solana advirtió que la mujer volvía a dar señales de inquietud.

—Mire, pensándolo mejor, quizá sea preferible que vuelva en otro momento. Debería tratar este asunto con él personalmente.

—¿Qué le parece mañana a las once?

—Perfecto. Me parece bien. Se lo agradecería.

—Entretanto, no tiene sentido que ambos pierdan el tiempo. Si hay muy poco dinero de por medio, la venta queda descartada, en cuyo caso no será necesario volver a molestarlo. Está muy encariñado con esta casa.

—No me cabe duda, pero seamos realistas: en este momento, el valor del suelo es muy superior al de la casa, lo que significa que estamos hablando de una demolición.

Solana negó con la cabeza.

—Ah, no. A eso se negará. Vivió aquí con su mujer y le partiría el corazón. No aceptará así como así.

—Entiendo. Quizá no sea buena idea que hablemos usted y yo…

—Por suerte, puedo influir en él y convencerlo si el precio es bueno.

—No he hecho los cálculos. Tendría que pensármelo un poco, pero todo depende de su respuesta. Querría sondearlo antes de seguir adelante.

—Debe de tener ya alguna idea, o no habría venido.

—Ya he hablado más de la cuenta. Sería una grave irregularidad mencionar una cifra.

—Como usted vea —dijo Solana, pero con un tono que daba a entender que la puerta se cerraba.

La señora Snyder volvió a guardar silencio para poner en orden sus pensamientos.

—Bueno…

—Por favor, puedo ayudarla.

—Con las dos parcelas, creo que una cantidad razonable sería un nueve seguido de varios ceros.

—¿Nueve? ¿Quiere decir nueve mil o noventa mil? Porque si son nueve mil, mejor dejarlo aquí mismo. No querría insultarlo.

—Me refería a novecientos mil. Por supuesto, no voy a comprometer a mi cliente con una oferta concreta, pero hemos estado buscando en torno a esa suma. Yo represento ante todo sus intereses, pero si el señor Vronsky deseara poner su propiedad a la venta por mediación mía, con mucho gusto lo asesoraría en el proceso.

Solana se llevó la mano a la mejilla.

La mujer vaciló.

—¿Está usted bien?

—Perfectamente. ¿Me deja una tarjeta de visita?

—Claro.

Más tarde, Solana, aliviada, tuvo que cerrar los ojos, tras comprender lo cerca que había estado de echarlo todo a perder. En cuanto la mujer se fue, entró en el dormitorio y deshizo las maletas.

18

Al volver a casa del trabajo el viernes, vi a Henry y Charlotte pasear por el carril bici de Cabana Boulevard. Iban muy abrigados, Henry con un chaquetón azul marino, Charlotte con un anorak y un gorro de punto calado hasta las orejas. Enfrascados en su conversación, no me vieron pasar, pero yo los saludé con la mano de todos modos. Aún había luz, pero el aire presentaba ya el gris apagado del crepúsculo. Las farolas ya se habían encendido. Los restaurantes de Cabana estaban abiertos para la *happy hour* y los moteles encendían los rótulos anunciando que disponían de habitaciones. Las palmeras estaban en posición de firmes y se oía el murmullo de las frondas agitadas por la brisa marina.

Doblé por mi calle y aparqué en el primer sitio que vi, encajonada entre el Cadillac negro de Charlotte y un viejo monovolumen. Cerré con llave y me encaminé hacia el estudio; le eché un vistazo al contenedor justo al pasar. No hay nada mejor que los contenedores, porque piden a gritos que los llenen, y así nos animamos a vaciar de trastos acumulados nuestros garajes y desvanes. Solana había tirado los cuadros de bicicleta, los cortacéspedes, las latas de comida caducada hacía mucho tiempo y una caja de zapatos de mujer; de tal forma que el peso de la basura formaba una masa compacta. La pila ya era casi tan alta como el propio contenedor y probablemente tendrían que llevárselo pronto. Saqué el correo del buzón y crucé la verja. Cuando doblé la esquina del estudio, vi a William, el hermano de Henry, de pie en el porche con un rumboso traje con chaleco y bufanda alrededor del cuello. El frío de enero había sonrosado sus mejillas.

Atravesé el patio.

—¡Vaya sorpresa! ¿Buscas a Henry?

—Pues sí. Esta infección de las vías respiratorias me ha provocado un ataque de asma. Me ha dicho que me prestaría el humidificador para evitar males mayores. Le dije que pasaría a recogerlo, pero tiene la puerta cerrada y no me abre.

—Ha ido a pasear con Charlotte. Acabo de verlos en Cabana, así que supongo que no tardarán. Si quieres, puedo abrirte yo. Tenemos la misma llave, porque así él puede entrar en el estudio cuando yo no estoy.

—Te lo agradecería —dijo. Se hizo a un lado para dejarme pasar y abrirle la puerta de atrás. Henry había dejado el humidificador en la mesa de la cocina y William le escribió una nota antes de llevarse el aparato.

—¿Vas a casa a acostarte?

—No hasta después del trabajo, si aguanto en pie hasta entonces. Los viernes por la noche hay mucho movimiento. Los jóvenes calientan motores para el fin de semana. Si es necesario, puedo ponerme una mascarilla para no contagiar a los demás.

—Veo que vas muy elegante —comenté.

—Vengo de un velatorio en Wynington-Blake.

Wynington-Blake era una funeraria que yo conocía bien («Entierro, cremación y traslado: atendemos a todos los credos»), porque había pasado por allí en ocasiones anteriores.

—Lamento oírlo —dije—. ¿Alguien que yo conozco?

—No lo creo. Es un velatorio sobre el que leí al consultar las necrológicas en el diario de esta mañana. El difunto era un tal Sweets. Como no se mencionaban parientes cercanos, pensé hacer acto de presencia por si necesitaba compañía. ¿Cómo le va a Gus? Henry no me ha hablado de él últimamente.

—Parece que bien.

—Ya sabía yo que esto acabaría así. Los viejos, en cuanto se caen… —Dejó la frase en el aire, contemplando el triste fin de otra vida—. Debería ir a visitarlo ahora que aún estoy a tiempo. Gus podría abandonar este mundo de un momento a otro.

—Bueno, no creo que esté en su lecho de muerte, pero seguro que agradece la visita. Quizá por la mañana cuando esté de pie y en marcha. No le vendría mal que lo alegraran un poco.

—¿Qué mejor momento que éste? Para levantarle el ánimo, por así decirlo.

—Seguro que le va bien.

A William se le iluminó el semblante.

—Puedo hablarle de la muerte de Bill Kips. Gus y él jugaron juntos a los bolos durante muchos años. Lamentará haberse perdido el funeral, pero cogí un programa de más en el oficio y podría contarle toda la ceremonia. Al final se recitó un poema muy conmovedor. «Tanatopsis», de William Cullen Bryant. Ya lo conoces, seguro.

—Me temo que no.

—De pequeños, nuestro padre nos obligaba a mis hermanos y a mí a memorizar poemas. Creía que encomendar versos a la memoria era útil para la vida de un hombre. Podría recitártelo si quieres.

—Antes, ¿por qué no pasas adentro? Aquí fuera hace frío.

—Gracias. Será un placer.

Sostuve la puerta abierta, y William entró hasta la sala para permitirme cerrar. El aire frío pareció seguirlo hasta dentro, pero se puso manos a la obra sin vacilar. Con la mano derecha sujetándose la solapa y la izquierda detrás de la espalda, empezó a recitar:

—Sólo el final —dijo a modo de introducción. Entoces se aclaró la garganta—. «Vive pues, ya que cuando recibas la llamada / para unirte a la interminable caravana / hacia ese misterioso reino donde cada uno ocupa / su cámara en los silenciosos pasillos de la muerte, / no te irás como el esclavo de la cantera por la noche, / a golpe de látigo hasta su mazmorra, sino que, sostenido y apaciguado / por una confianza inquebrantable, te acercarás a la tumba / como quien se envuelve con la manta en su diván / y yace sumido en plácidos sueños.»

Esperé, previendo un alegre colofón.

—Sugerente, ¿no?

—No sé qué decirte, William. Yo no lo veo como para levantar mucho el ánimo. ¿Por qué no algo un poco más optimista?

Pestañeó, trabado en la búsqueda de alguna otra opción.

—¿Y si te lo piensas un poco? —propuse—. Entretanto, le diré a Henry que has estado aquí.

—Me parece bien.

El sábado por la mañana volví a pasar por el hostal residencia de Dave Levine Street. Aparqué delante y entré. Recorrí el pasillo hasta el despacho, donde la casera contabilizaba recibos con una máquina de sumar antigua provista de manivela.

—Perdone que la interrumpa —dije—. ¿Está Melvin Downs?

Ella se volvió en su silla.

—Usted otra vez. Creo que ha salido, pero puedo ir a comprobarlo si quiere.

—Se lo agradecería. Por cierto, me llamo Kinsey Millhone. No recuerdo su nombre.

—Juanita Von —dijo—. Soy la dueña, la gerente y la cocinera, todo en uno. No me ocupo de la limpieza. De eso se encargan dos chicas. —Se levantó de la mesa—. Puede que tarde un poco. Su habitación está en la tercera planta.

—¿No puede llamarlo?

—No permito teléfonos en las habitaciones. Sale muy caro instalar las tomas, así que les dejo usar el mío cuando se da el caso. Siempre y cuando no se aprovechen, claro está. Puede esperar en el salón. Es la habitación de aspecto formal, por ese pasillo a la izquierda.

Di media vuelta y retrocedí hasta el salón, donde examiné la estancia. Si bien las superficies no estaban abarrotadas de objetos, Juanita Von parecía mostrar preferencia por las figuras de cerámica, niños patizambos con los calcetines caídos y los dedos en la boca. En las estanterías no había libros, lo que probablemente ahorraba a las mujeres de la limpieza el esfuerzo de quitar el polvo. En la ventana, unos flácidos visillos dejaban pasar luz suficiente para dar a la habitación una claridad grisácea. Los sofás a juego eran un castigo para la vista y la silla de madera se tambaleaba. Sólo se oía el tictac del reloj de pie en un rincón. ¿Qué clase de gente vivía en un lugar así? Me imaginé a mí misma volviendo a una casa como aquélla al final de la jornada. Eso sí era deprimente.

Vi seis revistas bien apiladas en la mesita de centro. Alcancé la primera: una guía de televisión de la semana anterior. A continuación encontré el número de noviembre de 1982 de *Car & Driver* y, debajo, el *Business Week* del mes de marzo anterior. Unos minutos después volvió a aparecer Juanita Von.

—Ha salido —dijo, demasiado ufana para mi gusto.

—No quiero parecer repetitiva, pero ¿tiene idea de cuándo volverá?

—No. Como propietaria, no me entrometo en sus vidas. Si no es asunto mío, no pregunto. Ésa es mi política.

—Ésta es una de esas casas antiguas con mucho encanto —comenté con la idea de congraciarme—. ¿Desde cuándo la tiene?

—En marzo hará veintiséis años. En su día fue la finca Von. Es posible que haya oído hablar de ella. Antes se extendía desde State Street hasta Bay y abarcaba doce manzanas.

—¿No me diga? Menuda propiedad.

—Sí. Heredé la casa de mis abuelos. Mi bisabuelo la construyó a principios de siglo y se la regaló a mis abuelos el día que se casaron. Ha ido ampliándose a lo largo de los años, como puede ver. Salen pasillos en todas las direcciones.

—¿Sus padres también vivieron aquí?

—Durante un tiempo. La familia de mi madre era de Virginia, y ella insistió en que se fueran a vivir a Roanoke, que es donde yo nací. A ella no le gustaba California y desde luego no le interesaba en absoluto la historia local. Mis abuelos sabían que ella convencería a mi padre para que vendiera la propiedad en cuanto ellos murieran, así que se saltaron una generación y me la dejaron a mí. Lamento haber tenido que dividirla en unidades de alquiler, pero era la única forma de mantenerla.

—¿Cuántas habitaciones hay?

—Doce. Unas más grandes que otras, pero todas tienen los mismos techos altos y en su mayor parte son muy luminosas. Si alguna vez heredo un buen dinero, reformaré los espacios comunitarios, pero no es probable que eso suceda a corto plazo. A veces hago una pequeña rebaja en el alquiler si un inquilino quiere pintar o arreglar algo. A condición de que yo dé el visto bueno a los cambios.

Empezó a ordenar las revistas concentrándose en la tarea para evitar mirarme a los ojos.

—Si no es indiscreción, ¿para qué busca al señor Downs? Que yo sepa, nunca había recibido una visita.

—Creemos que presenció un accidente en mayo del año pasado. Fue una colisión entre dos vehículos cerca del City College, y él ofreció ayuda. Por desgracia, ahora una de las partes demanda a la otra exigiendo una gran suma de dinero, y esperamos que él tenga información que pueda zanjar la disputa.

—En mi opinión, la gente pone demasiadas demandas —señaló ella—. Yo he formado parte del jurado en dos juicios distintos y los dos fueron una pérdida de tiempo, por no hablar ya de los dólares del contribuyente. Y ahora, si ya hemos acabado la charla, seguiré con mi trabajo.

—¿Y si le dejo una nota al señor Downs para que me llame? No quiero ponerme pesada.

—Por mí, no hay inconveniente.

Saqué un bolígrafo y un cuaderno de espiral y escribí rápidamente una nota en la que le pedía que me telefoneara lo antes posible. Arranqué la hoja del cuaderno y la plegué por la mitad antes de entregársela junto con una tarjeta de visita.

—En los dos números hay contestador. Si no da conmigo, dígale que yo le devolveré la llamada cuanto antes.

Leyó la tarjeta y me lanzó una mirada penetrante. Sin embargo, no hizo comentario alguno.

—Supongo que sería mucho pedir que me enseñe la casa.

—No alquilo habitaciones a mujeres. Suelen traer problemas. No me gustan el chismorreo ni las rencillas, y menos aún ciertos productos de higiene femenina que atascan las cañerías. Me encargaré de que el señor Downs reciba la nota.

—De acuerdo —contesté.

De camino a casa pasé por el supermercado. Por una vez había salido el sol y, si bien la temperatura seguía por debajo de los quince grados, el cielo presentaba un radiante color azul claro. Entré en casa y vacié las bolsas de la compra. Henry había dejado a fermentar la masa para una hornada de pan en una repisa que tenía en el pasadizo acristalado entre su casa y la mía. Era la primera vez que hacía pan en mucho tiempo, y la idea me puso de buen humor. Como había sido panadero de oficio, durante una época horneaba entre ocho y diez barras cada vez y luego las compartía generosamente. No veía a Charlotte desde hacía una semana, así que en cuanto tuve la cocina en orden, corrí al patio y llamé a la puerta de Henry. Lo vi en plena faena, y a juzgar por el tamaño de la olla en el fogón, preparaba chile o salsa de espaguetis para acompañar el pan. William estaba sentado a la mesa, con una taza de café enfrente y una expresión extraña en la cara. Charlotte permanecía de pie con los brazos cruzados, y Henry cortaba una cebolla con saña. Alargó el brazo y me abrió la puerta, pero sólo cuando la cerré, percibí la tensión en el ambiente. Al principio, viéndolos tan callados, pensé que había surgido un problema con Gus. Supuse que William había ido a visitarlo y traído malas noticias, cosa que en parte era cierta. Los miré alternativamente, un semblante adusto tras otro.

—¿Ha pasado algo? —pregunté.

—En realidad, no —contestó Henry.

—¿Qué sucede, pues?

William se aclaró la garganta, pero Henry, sin darle tiempo a hablar, dijo:

—Ya me encargo yo.

—¿Encargarte de qué? —pregunté, todavía desconcertada.

Henry apartó la cebolla con la hoja del cuchillo. Sacó ocho dientes de ajo y, con la parte plana de la misma hoja, los aplastó antes de trocearlos.

—William ha estado en casa de Gus esta mañana y ha visto la tarjeta de visita de Charlotte en la mesita de centro.

—¿Ah, sí?

—No tenía que haberlo comentado —dijo William.

Henry lanzó una mirada furiosa en dirección a Charlotte y en ese momento me di cuenta de que me hallaba en medio de una discusión.

—Estas personas son vecinos míos. A algunas las conozco desde hace casi cincuenta años. Has ido allí para hacer negocio. Gus se quedó con la impresión de que te mandaba yo para hablar de la venta de su casa, cuando yo no hice nada por el estilo. No tiene el menor interés en poner a la venta su propiedad.

—Tú eso no lo sabes. Ignoraba por completo el patrimonio que había acumulado o el uso que podía darle. Claro que sabía que había comprado el solar contiguo, pero eso fue hace cincuenta años, y no se hacía idea de cuánto revalorizaban la propiedad esos dos mil metros cuadrados. La gente tiene derecho a la información. Que a ti no te interese no significa que no deba interesarle a él.

—Gracias a tu empeño, he quedado mal yo, y eso no me gusta. Por lo que cuenta su enfermera, estaba al borde del colapso.

—Eso no es verdad. No se ha alterado en absoluto. Hemos mantenido una agradable charla, y él ha dicho que se lo pensaría. He estado allí menos de veinte minutos. No lo he sometido a ninguna presión. Yo no trabajo así.

—Solana le ha dicho a William que has estado allí dos veces, una para hablar con ella y la otra para tratar el asunto con él. Puede que tú a eso no lo llames presión, pero para mí sí lo es.

—La primera vez él dormía, y Solana me dijo que le pasaría la información. He regresado a petición de ella, porque no estaba segura de habérselo explicado como es debido a Gus.

—Te pedí que no lo hicieras. Lo has hecho pasando por encima de mí.

—No necesito permiso tuyo para hacer mi trabajo.

—Yo no hablo de pedir permiso. Hablo de ser mínimamente decente. Uno no va por ahí metiéndose en casa del prójimo y creando problemas.

—¿De qué problemas hablas? Es Solana quien lo ha liado todo.

He tenido que venir desde Perdido esta mañana y encima tú te enfadas conmigo. ¿Qué necesidad tengo de eso?

Henry calló por un momento mientras abría una lata de tomate triturado.

—No sospechaba que te tomarías tales libertades —dijo por fin.

—Lamento que te hayas disgustado, pero no creo que tengas derecho a decirme cómo debo comportarme.

—Eso es verdad. Puedes hacer lo que quieras, pero a mí no me metas. Gus tiene problemas de salud, como ya sabes. No necesita que te presentes en su casa comportándote como si estuviera en el lecho de muerte.

—¡Yo no he hecho eso!

—Ya has oído a William. Gus estaba fuera de sí. Creía que iban a vender su casa sin su consentimiento e ingresarlo en una residencia.

—Basta ya —dijo Charlotte—. Ya está bien. Tengo un cliente interesado…

—¿Tienes un cliente en espera? —Henry se interrumpió y la miró atónito.

—Claro que tengo clientes. Tú lo sabes tan bien como yo. No he cometido ningún delito. Gus es muy libre de hacer lo que quiera.

—Al paso que va, acabarás tratando con sus herederos —dijo William—. Eso lo resolvería todo.

Henry dejó bruscamente el cuchillo.

—¡Maldita sea! ¡Ese hombre no está muerto!

Charlotte alcanzó el abrigo del respaldo de la silla de la cocina y se lo puso.

—Lo siento, pero esta discusión se ha acabado.

—En el momento más oportuno para ti —señaló Henry.

Esperaba verla salir por la puerta hecha una furia, pero ninguno de los dos estaba dispuesto a dar por concluida la discusión. Como en todo choque de voluntades, los dos se creían poseedores de la verdad y con derecho a indignarse por la actitud del otro.

—Encantada de verte —me dijo mientras se abrochaba el abrigo–. Lamento que hayas tenido que presenciar esta situación tan desagradable. –Sacó un par de guantes de piel y se los calzó ajustándose los dedos uno por uno.

–Ya te llamaré –dijo Henry–. Hablaremos cuando los dos nos hayamos tranquilizado.

–Si piensas tan mal de mí, hay poco de que hablar. Prácticamente me has acusado de ser una mujer insensible, indigna de confianza y sin escrúpulos...

–Te estoy hablando del efecto que has tenido en un viejo frágil. No voy a quedarme de brazos cruzados mientras tú vas y lo avasallas.

–Yo no lo he avasallado. ¿Por qué das más valor a la palabra de Solana que a la mía?

–Porque ella no se juega nada –repuso Henry–. Su trabajo consiste en cuidar de él. Tu trabajo consiste en convencerlo de que venda su casa y su terreno para embolsarte tu seis por ciento.

–Eso es insultante.

–Desde luego que lo es. Me cuesta creer que hayas utilizado semejante táctica cuando te pedí expresamente que no lo hicieras.

–Ya es la tercera vez que dices eso. Lo has dejado muy claro.

–No tan claro como debería, por lo visto. Aún no he oído una disculpa por tu parte. Defiendes tus supuestos derechos sin la menor consideración a los míos.

–¿De qué hablas? Mencioné el valor de las casas en este barrio y diste por supuesto que pretendía imponerme por la fuerza, abusando de tus vecinos para ganar unos cuantos dólares.

–Ese hombre estaba llorando. Han tenido que darle calmantes. ¿Qué es eso si no un abuso?

–Pero ¿qué dices de abusos? William ha hablado con él. ¿Has visto tú algo por el estilo? –preguntó volviéndose hacia él.

William movió la cabeza en un gesto de negación, eludiendo intencionadamente las miradas de ambos por miedo a que de pronto arremetieran contra él. Yo también mantuve la boca cerrada. La discusión había pasado de la visita de Charlotte a la versión que había dado Solana. Tan acelerados como estaban, resultaba imposible

206

mediar entre ellos. Además, a mí esas cosas no se me daban bien, y en ese caso en concreto no acababa de elucidar la verdad.

Charlotte siguió defendiéndose.

—¿Has hablado tú con él? No. ¿Te ha llamado para quejarse? Seguro que no. ¿Cómo sabes que no se lo ha inventado ella?

—No se lo ha inventado.

—En realidad no quieres saber la verdad, ¿a que no?

—Eres tú quien no quiere escuchar —contestó Henry.

Charlotte agarró su bolso y salió por la puerta de atrás sin pronunciar palabra. No dio un portazo, pero algo en su manera de cerrar reveló que aquello era definitivo.

Después de su marcha, ninguno de nosotros supo qué decir. William rompió el silencio.

—Espero no haber causado un problema.

Casi me eché a reír, porque, como era obvio, sí lo había causado.

—No quiero ni pensar qué habría sucedido si no lo hubieras mencionado —dijo Henry—. Yo mismo hablaré con Gus para ver si consigo convencerlo de que ni él ni su casa están en peligro.

William se puso en pie y cogió su abrigo.

—Tengo que irme. Rosie ya estará preparando la comida. —Empezó a decir algo más pero debió de pensárselo.

Cuando se fue, persistió el silencio. Henry cortaba más despacio. Estaba abstraído, probablemente reproduciendo en su cabeza la discusión. Recordaría los tantos que él se había anotado y olvidaría los de ella.

—¿Quieres hablar del asunto? —pregunté.

—Creo que no.

—¿Quieres compañía?

—En este momento, no. No quiero ser grosero, pero estoy disgustado.

—Si cambias de idea, ya sabes dónde encontrarme.

Volví a mi casa y saqué mis productos de limpieza. Fregar baños siempre ha sido mi remedio para el estrés. El alcohol y las drogas un sábado antes del mediodía eran una posibilidad demasiado sórdida para plantcármela.

En el improbable caso de que no me hubiese visto expuesta a suficientes conflictos por un día, decidí visitar a los Guffey en Colgate. Richard Compton me había dejado un mensaje el día anterior en el contestador; me informaba de que los Guffey seguían sin pagar el alquiler. Había ido al juzgado el viernes por la mañana y presentado una demanda por retención ilegal, que quería que yo entregara.

—Puedes añadirlo a la factura. Tengo los documentos aquí.

Podría haberme negado, pero últimamente me encargaba mucho trabajo, y el sábado era un buen día para encontrar a la gente en casa.

—Pasaré por tu casa de camino allí —dije.

19

Arranqué mi leal Mustang y me dirigí hacia casa de Compton, en el Upper East Side. A continuación enfilé la 101 hacia el norte. Los colgados de este mundo tienden a concentrarse en las mismas zonas. Ciertos barrios y ciertos enclaves, ruinosos y baratos, parecen atraer a individuos de mentalidad afín. Quizás algunas personas, incluso en las circunstancias más difíciles, seguían viviendo por encima de sus posibilidades y, en consecuencia, les ponían demandas, recibían citaciones y tenían que comparecer ante el juez por impago de sus deudas. Imaginaba al sector de la población fiscalmente irresponsable intercambiando los trucos del oficio: promesas, pagos parciales, mención a cheques enviados por correo, errores bancarios y sobres extraviados. Se trataba de personas que, por alguna razón, se consideraban exentas de responsabilidad. La mayoría de los casos que pasaban por mis manos concernían a individuos que se sentían con derecho a estafar y engañar. Mentían a sus jefes y no pagaban el alquiler ni las facturas. ¿Y por qué no? Al fin y al cabo, perseguirlos requería tiempo y dinero y sus acreedores tenían poco que ganar. La gente sin bienes está blindada. Por más que uno los amenace, no hay nada que hacer.

Rodeé el complejo de cuatro edificios, y miré bajo el sotechado para comprobar si la plaza asignada al apartamento 18 estaba ocupada. Vacía. O habían vendido el coche (en el supuesto de que lo tuvieran), o habían aprovechado el sábado para salir alegremente de excursión. Seguí rodeando la manzana y aparqué en la calle enfrente del apartamento. Saqué del bolso una novela negra y me acomodé. Leí en la paz y el silencio de mi coche, echando vistazos de forma regular por si los Guffey llegaban a casa.

Y a las tres y veinte, cómo no, oí el traqueteo y los resoplidos de un coche, parecidos a los de una avioneta fumigadora. Cuando alcé la vista, vi un sedán Chevrolet abollado entrar por el callejón y ocupar la plaza de los Guffey. El coche era como esos que anuncian los fanáticos de los automóviles antiguos, dedicados a la compraventa de «clásicos» compuestos por entero de óxido y abolladuras. Desmontado, las piezas valían más que el coche en sí. Jackie Guffey y un hombre que, deduje, era el marido doblaron la esquina cargados con bolsas de plástico, llenas a rebosar, de una tienda de artículos rebajados cercana. El impago del alquiler debía de haberles proporcionado mucho dinero extra para gastar. Esperé a que entraran en el apartamento y salí del coche.

Crucé la calle, subí la escalera y llamé a la puerta. Por desgracia, nadie se dignó abrir.

—¿Jackie? ¿Está ahí?

Al cabo de un momento, oí una voz ahogada:

—No.

Miré la puerta con los ojos entrecerrados.

—¿Es usted Patty?

Silencio.

—¿Está Grant en casa? —pregunté.

Silencio.

—¿Hay alguien?

Saqué un rollo de celo y pegué el aviso de retención ilegal en la puerta. Volví a llamar y dije:

—Aquí tienen el correo.

De camino a casa, pasé por la hilera de buzones delante de la oficina de Correos y envié una segunda copia del aviso a los Guffey por correo urgente.

El lunes por la mañana me desperté temprano, con una sensación de inquietud y depresión. La pelea de Henry con Charlotte me había alterado. Tendida boca arriba, tapada hasta la barbilla, empecé a mirar por la claraboya de plexiglás transparente encima de mi cama. Fuera se veía aún todo oscuro como boca de lobo, pero, por el despliegue de estrellas, supe que el cielo estaba despejado.

Tengo un bajo nivel de tolerancia al conflicto. Como hija única, me llevaba muy bien conmigo misma. Me encantaba estar sola en mi habitación, donde podía pintar en mi libro de colorear, empleando los lápices de mi caja de sesenta y cuatro colores con sacapuntas incorporado. Muchos libros de colorear eran tontos, pero mi tía procuraba comprar los mejores. También podía jugar con mi osito de peluche, que abría la boca al pulsar un botón debajo de la barbilla. Le daba de comer caramelos y luego lo ponía boca abajo y le bajaba la cremallera de la espalda. Sacaba el caramelo de la pequeña caja de metal que se suponía que era el vientre y me lo comía yo. El oso nunca se quejaba. Ésa sigue siendo mi idea de una relación perfecta.

El colegio fue para mí fuente de gran sufrimiento, pero en cuanto aprendí a leer, desaparecí en los libros, donde era una feliz visitante de todos los mundos que cobraban vida en la página impresa. Mis padres murieron cuando yo tenía cinco años, y la tía Gin, que se hizo cargo de mí, era tan poco sociable como yo. Tenía unos cuantos amigos, pero ninguno íntimo. Por consiguiente, me crié poco preparada para las discrepancias, las diferencias de opinión, los choques de voluntades o la necesidad de compromiso. Puedo lidiar con la conflictividad en mi vida profesional, pero si aparece la irritabilidad en una relación personal, cojo la puerta y me voy. Simplemente me resulta más fácil así. Eso explica por qué me he casado y divorciado dos veces y por qué no preveo cometer el mismo error una tercera. La discusión entre Henry y Charlotte me había provocado dolor de estómago.

A las 5:36, tras renunciar a la idea de volver a conciliar el sueño, me levanté y me puse la ropa para correr. El sol aún tardaría una hora en salir. El cielo presentaba ese extraño tono plateado que precede al amanecer. El carril bici resplandecía bajo mis pies como si estuviera iluminado desde abajo. En State doblé a la izquierda conforme a mi nuevo itinerario. Con los auriculares puestos, escuchaba la emisora local de rock «*light*». Las farolas, aún encendidas, proyectaban círculos blancos en el suelo, como una serie de enormes topos que yo atravesaba al correr. Los adornos navideños habían desaparecido hacía días y en la acera estaban los últimos árboles de Navidad secos, arrastrados hasta allí para que se los llevara el basurero. En el camino de vuelta me detuve a comprobar el progreso de la rehabilitación de la piscina del hotel Paramount. Se veía que ya estaban aplicando gunita en las armaduras de acero, lo que me pareció una señal alentadora. Seguí adelante. Correr es una manera de meditar, así que, como es natural, mis pensamientos se centraron en la comida, una experiencia totalmente espiritual, a mi modo de ver. Contemplé la posibilidad de comer un McMuffin de huevo, pero sólo porque McDonald's no sirve la hamburguesa de cuarto de libra a esas horas de la mañana.

Recorrí al paso las últimas manzanas hasta mi casa, tomándome tiempo para repasar los últimos acontecimientos. Aún no había tenido ocasión de hablar con Henry acerca de su discusión con Charlotte, que se repetía una y otra vez en mi cabeza. Al reflexionar sobre ella, me llamó la atención el derrotero que había tomado su disputa. Charlotte estaba convencida de que Solana Rojas había incidido en la trifulca entre ellos. Eso me inquietaba. Sin la ayuda de Solana, Gus sería incapaz de arreglárselas solo. Dependía de ella. Todos dependíamos de Solana, porque ella estaba en la brecha, cargando con el peso de sus cuidados. Eso la colocaba en una posición de poder, lo cual era preocupante. Para ella sería muy fácil aprovecharse de él.

Al investigar sus antecedentes, no había visto el menor problema, pero por más que Solana tuviera un historial impoluto, a veces la gente cambia. Era una mujer de más de sesenta años y tal vez no había ahorrado nada para sus años de jubilación. Gus no era millonario, pero tal vez sí tenía más que ella. La desigualdad económica es un incentivo poderoso. Las personas poco honradas sienten especial predilección por vaciar los bolsillos de quienes los tienen llenos.

Dejé Bay en el cruce con Albanil y me detuve al pasar por delante de casa de Gus. Había luces encendidas en la sala de estar, pero no vi la menor señal de Solana ni de él. Eché un vistazo al contenedor. La moqueta asquerosa había sido arrancada y descansaba sobre los demás desechos como una capa de nieve marrón. Examiné el resto del contenido, como hacía casi todos los días. Parecía que Solana había vaciado una papelera en el contenedor. Al caer la avalancha de papeles, éstos se habían disgregado y filtrado por varios resquicios y grietas como hace la nieve al posarse en la cima de una montaña. Vi correo comercial, periódicos, folletos y revistas.

Ladeé la cabeza. Un sobre con una raya roja en el borde había quedado atrapado en un pliegue de la moqueta. Alargué la mano y lo saqué para examinarlo de cerca. Iba dirigido a Augustus Vronsky y el remite era de la compañía eléctrica y del gas. Seguía sellado. Era una factura de suministros de Gus. La raya roja indicaba una severa reprimenda, y supuse que no había pagado. ¿Qué hacía eso en la basura?

Yo había visto el casillero del buró de Gus. Tenía las facturas pagadas y pendientes de pago claramente separadas, junto con recibos, extractos bancarios y demás documentación económica. Recordé lo mucho que me impresionó que mantuviera sus asuntos tan bien ordenados. Pese a su lamentable incapacidad para cuidar de la casa, era obvio que controlaba a conciencia las cuentas.

Di la vuelta al sobre. ¿No estaba pagando sus facturas? Eso era preocupante. Sin darme mucha cuenta de lo que hacía, tiré del borde de la solapa, dudando si era sensato o no echar un vistazo. Conozco el reglamento federal en lo referente al robo de correspondencia. Está prohibido robar el correo de otra persona, y a ese respecto no hay peros que valgan. También era verdad que un documento abandonado en un contenedor junto a la acera ya no conservaba el carácter de propiedad privada de la persona que lo había tirado. En este caso, parecía que la factura sin abrir había acabado en la papelera por error. Lo cual significaba que seguía siendo intocable. No sabía qué hacer.

Si eso era un aviso para exigirle el pago y yo lo dejaba donde lo había encontrado, podían cortarle el suministro. Por otro lado, si me quedaba con el sobre, podía acabar en una cárcel federal. Lo que me inquietaba era la certeza casi total de que no era Gus quien vaciaba últimamente la papelera. Eso lo hacía Solana. No había visto salir a Gus de su casa desde hacía dos meses. Apenas tenía movilidad, y yo sabía que no se ocupaba de sus tareas cotidianas.

Subí los peldaños del porche de su casa y dejé la factura en el buzón sujeto al marco de la puerta; luego me encaminé hacia mi estudio. Habría dado cualquier cosa por averiguar si Gus atendía debidamente sus asuntos económicos. Crucé la verja y rodeé el estudio. Entré y subí por la escalera de caracol al altillo, donde me quité el chándal sudado y me metí en la ducha. Después de vestirme, me comí mis cereales. A continuación, atravesé el patio y llamé a la puerta trasera de Henry.

Estaba sentado en la cocina con una taza de café y el periódico extendido delante. Se levantó para abrir la puerta. Me apoyé en el marco inclinándome hacia delante para echar una rápida mirada al interior.

—¿No tenemos pelea en marcha?

—No. No hay moros en la costa. ¿Quieres un café?

—Pues sí.

Me dejó pasar y me senté a la mesa de la cocina mientras él sacaba un tazón y lo llenaba. Acto seguido dejó la leche y el azúcar delante de mí y dijo:

—Es leche entera, no la semidesnatada de siempre. ¿A qué debo el placer? Espero que no vayas a sermonearme por mi mala conducta.

—Estoy pensando en llevarle una sopa casera a Gus.

—¿Necesitas una receta?

—No exactamente. En realidad esperaba conseguir una sopa ya hecha. ¿No tendrás en el congelador?

—¿Por qué no vamos a ver? De haberlo pensado, te la habría

214

llevado yo mismo. —Abrió el congelador y empezó a sacar recipientes de Tupperware, cada uno con el contenido y la fecha prolijamente anotados en etiquetas. Miró una—. Sopa con curry. No me acordaba de que la tenía. Esto no es algo que prepararías tú. Tú eres más del caldo de pollo con fideos.

—Exacto —corroboré, mientras miraba cómo sacaba un recipiente de un litro del fondo del compartimento. La etiqueta estaba cubierta de escarcha y tuvo que rascarla con la uña del pulgar—. ¿Julio de 1985? Me temo que la vichyssoise ha caducado. —Colocó el bote en el fregadero para que se descongelara—. Esta mañana te he visto salir a correr.

—¿Qué hacías en la calle tan temprano?

—Estarás orgullosa de mí. He caminado. Tres kilómetros exactos. Me ha gustado.

—Charlotte es una buena influencia.

—Lo era.

—Ya —dije—. Supongo que no querrás hablar del tema.

—No. —Sacó otro recipiente y leyó la etiqueta—. ¿Qué tal una de arroz con pollo? Sólo tiene dos meses.

—Perfecto. La descongelaré primero y la llevaré caliente. Así dará más el pego.

Cerró el congelador y dejó el recipiente de sopa dura como una piedra encima de la mesa junto a mí.

—¿A qué se debe el gesto de buena vecindad?

—Gus me tiene preocupada, y ésta es mi excusa para una visita.

—¿Por qué necesitas una excusa?

—Quizá sea un motivo más que una excusa. No quiero tomar partido, pero por lo visto Charlotte pensaba que Solana había influido en la desavenencia entre vosotros. Me preguntaba por qué habrá hecho una cosa así. O dicho de otro modo: si se trae algo entre manos, ¿cómo vamos a enterarnos nosotros?

—Yo no daría mucho crédito a lo que dice Charlotte, aunque, para ser justos, no creo que haya actuado mal; simplemente ha sido oportunista.

—¿Hay alguna posibilidad de reconciliación?

215

—Lo dudo. Ella no va a disculparse, y yo tampoco, eso desde luego.

—Te pareces a mí.

—Tan tozudo no soy —comentó él—. En cualquier caso, respecto a Solana, creí que habías investigado sus antecedentes y estaba libre de toda sospecha.

—Puede que sí, puede que no. Melanie me pidió que echara un vistazo por encima, y eso hice. Me consta que no tiene antecedentes penales porque eso fue lo primero que comprobé.

—Así que vas a ir a fisgonear.

—Más o menos. Si queda en nada, por mí tanto mejor. Prefiero hacer el ridículo a permitir que Gus corra algún peligro.

Cuando volví a casa, dejé el recipiente de sopa en el fregadero y abrí el agua caliente para que se descongelara. Saqué un tazón y lo coloqué en la encimera; luego tomé un cazo. Empezaba a verme como una mujercita de su casa. Mientras esperaba a que se calentara la sopa, puse una lavadora. En cuanto la sopa se calentó, volví a echarla en el recipiente de Tupperware y me acerqué a casa de Gus.

Llamé y poco después apareció Solana desde el pasillo. Vi que el sobre con el ribete rojo seguía en el buzón y lo dejé allí. En circunstancias normales lo habría sacado y entregado con una breve explicación, pero dada la paranoia de aquella mujer, si lo mencionaba siquiera, pensaría que la espiaba, como en efecto así era.

Cuando abrió la puerta, sostuve en alto el recipiente.

—He preparado una buena olla de sopa y he pensado que quizás a Gus le apetecería un poco.

Solana no adoptó una actitud precisamente acogedora. Aceptó el recipiente, me dio las gracias con un murmullo, y ya se disponía a cerrar la puerta cuando me apresuré a preguntar:

—¿Cómo está Gus?

Recibí la misma mirada inescrutable de la otra vez, pero pareció replantearse el impulso de hacerme un desaire. Bajó la vista.

—Ahora mismo duerme. Ha pasado una mala noche. Tiene problemas en el hombro.

—Lo siento. Henry habló con él ayer y tuvo la impresión de que Gus estaba mejor.

—Las visitas lo cansan. Podría comentárselo al señor Pitts. Se quedó más de la cuenta. A las tres, cuando llegué, el señor Vronsky se había ido a la cama. Se pasó casi todo el día dormitando, y por eso anoche durmió tan mal. Es como un bebé con el día y la noche cambiados.

—Tal vez el médico tenga alguna sugerencia.

—Le han dado hora para el viernes. Se lo comentaré —dijo—. ¿Algo más?

—Pues sí. Voy a hacer la compra y he pensado que a lo mejor necesita usted algo.

—No querría molestarla.

—No es ninguna molestia. Tengo que ir de todos modos y con mucho gusto le echaré una mano. Incluso puedo quedarme yo con Gus si prefiere ir usted.

Solana hizo caso omiso del ofrecimiento.

—Si espera un momento, hay un par de cosas que me podría traer.

—Claro.

Me había inventado lo de ir al supermercado sobre la marcha, en un intento desesperado por alargar la conversación. Aquella mujer era como un cancerbero. Resultaba imposible acceder a Gus sin pasar por ella.

La vi entrar en la cocina, donde dejó el recipiente de sopa en la encimera y desapareció, probablemente en busca de papel y lápiz. Entré en la sala de estar y eché una ojeada al buró de Gus. El casillero que antes contenía sus facturas ahora estaba vacío; sin embargo, seguían allí las dos libretas de ahorro. Parecía que el talonario también estaba allí. Me moría por examinar sus cuentas, al menos para asegurarme de que pagaba las facturas. Lancé una mirada hacia la puerta de la cocina. Ni rastro de Solana. Si hubiese actuado en ese preciso momento, tal vez me habría salido con la mía. Pero vacilé y perdí la oportunidad. Solana apareció al cabo de un momento con el bolso bajo el brazo. La lista que me dio era corta, unos cuantos artículos anotados a vuela pluma en una hoja suelta. Abrió el monedero, sacó un billete de veinte dólares y me lo dio.

—La sala ha quedado mucho mejor sin esa vieja moqueta gastada —comenté, como si hubiera pasado ese rato admirando su último arreglo doméstico en lugar de tramar cómo apoderarme de las libretas de ahorro de Gus. Me habría dado de cabezazos. En cuestión de segundos podría haber cruzado la habitación y agarrado los documentos.

—Hago lo que puedo. Me dijo la señorita Oberlin que usted y el señor Pitts limpiaron la casa antes de que ella llegara.

—No fue gran cosa. Una limpieza para la suegra, como decía mi tía. ¿No quiere nada más? —Guardé silencio y miré la lista por encima. Zanahorias, cebollas, sopa de setas, nabos, colinabos y patatas nuevas. Todo muy nutritivo y saludable.

—He prometido al señor Vronsky una crema de verduras. Ha perdido el apetito y es lo único que come. Cualquier clase de carne le provoca náuseas.

Sentí que me sonrojaba.

—Tenía que haberlo preguntado antes. La sopa que he traído es de arroz con pollo.

—Quizá sirva cuando se encuentre mejor.

Se acercó, básicamente con la intención de acompañarme a la puerta. Igual que si me hubiese cogido del brazo y arrastrado hasta la calle.

En el supermercado me lo tomé con calma, haciendo como si comprara también para mí. No tenía la menor idea de cómo era un colinabo, así que, después de una frustrante búsqueda, tuve que consultar al dependiente. Me dio una verdura enorme llena de nudos, como una patata hinchada con la piel cérea y unas cuantas hojas verdes en un extremo.

—¿Va en serio?

Sonrió.

—¿Ha oído hablar de los «nabos con patatitas»? Pues eso es un nabo, un nabo sueco. Los alemanes sobrevivieron gracias a ellos en el invierno de 1916 y 1917.

—¿Quién lo habría dicho?

Volví a mi coche y regresé a casa. Al dejar Bay y doblar por Albanil, vi que el camión de la compañía de recogida de desechos había cargado el contenedor y se lo llevaba. Aparqué en el hueco que había dejado y subí al porche de Gus con la compra de Solana. Para impedir cualquier otra intentona por mi parte, aceptó la bolsa de plástico y el cambio de los veinte dólares y me dio las gracias sin invitarme a entrar. Aquello era exasperante. Ahora tendría que buscar otra excusa para meterme en la casa.

20

El miércoles, cuando volví a casa para comer, encontré a la señora Dell en mi porche con su largo abrigo de visón, sosteniendo
la bolsa de papel marrón que contenía la comida de Meals on
Wheels.

—Hola, señora Dell. ¿Qué tal?

—Mal. Ando un poco preocupada.

—¿Por qué?

—La puerta de atrás de la casa del señor Vronsky está cerrada
con llave y en el cristal hay una nota pegada con celo que dice que
ya no necesitará nuestros servicios. ¿A usted le ha comentado
algo?

—No he hablado con él, pero sí parece extraño. Ese hombre tiene que comer.

—Si la comida no es de su gusto, preferiría que nos lo dijera.
Estamos dispuestos a realizar cualquier cambio si tiene algún problema.

—¿Usted no ha hablado con él?

—Lo he intentado. He llamado a la puerta tan fuerte como he
podido. Sé que es duro de oído y he esperado por si venía renqueando por el pasillo. Pero ha aparecido la enfermera. Saltaba a
la vista que no tenía ganas de hablar, pero al final ha abierto la
puerta. Me ha dicho que el señor Vronsky se negaba a comer y ella
no quería que la comida se desperdiciara. Se ha comportado de
una manera casi grosera.

—¿Ha anulado el servicio de Meals on Wheels?

—Ha dicho que el señor Vronsky está perdiendo peso. Lo llevó al médico para que le examinara el hombro y, efectivamente, pesa tres kilos menos. El médico se alarmó. Esa mujer ha actuado como si la culpa fuera mía.

—Veré qué puedo hacer.

—Sí, por favor. Nunca me había pasado nada semejante. Me siento fatal pensando que podría ser por mi causa.

En cuanto se fue, telefoneé a Melanie a Nueva York. Como de costumbre, no hablé con un ser humano vivo. Dejé un mensaje y ella me devolvió la llamada a las tres, hora de California, al llegar a casa del trabajo. Para entonces yo estaba ya en la oficina, pero dejé a un lado el informe que mecanografiaba en ese momento y le conté mi conversación con la señora Dell. Pensé que se sorprendería al oír lo ocurrido con Meals on Wheels. En lugar de eso, se irritó.

—¿Y por eso me llamas? Ya estoy enterada de todo. El tío Gus lleva semanas quejándose de la comida. Al principio, Solana no le hizo mucho caso porque pensó que era sólo por su mal carácter. Ya sabes lo mucho que le gusta quejarse.

Como yo también había observado ese rasgo, no se lo discutí.

—¿Y cómo hará con las comidas?

—Dice Solana que ya se ocupará ella. Se ofreció a cocinar para él cuando la entrevisté para el trabajo, pero entonces me pareció pedirle mucho, teniendo en cuenta que asumía ya los cuidados médicos. Ahora ya no lo veo tan claro. Me inclino hacia esa solución, al menos hasta que le vuelva el apetito. Realmente no veo por qué no. ¿Y tú?

—Melanie, ¿no te das cuenta de que aquí pasa algo raro? Esa mujer está levantando un muro alrededor de tu tío, impidiendo todo acceso.

—Ah, no lo creo —dijo con escepticismo.

—Pues yo sí. Gus se pasa el día durmiendo, y eso no puede ser bueno. Henry y yo nos acercamos a la casa, pero ella nos sale con que está «indispuesto» o «no tiene ganas de visitas». Siempre pone alguna excusa. Un día que Henry consiguió entrar, ella dijo después que Gus quedó tan debilitado que tuvo que acostarse.

—A mí eso me parece normal. Cuando estoy enferma, sólo me apetece dormir. Lo último que necesito es que alguien se siente a darme charla. Eso sí es agotador.

—¿Has hablado con él últimamente?

—Hará un par de semanas.

—Cosa que con toda seguridad a ella le conviene. Ha dejado claro que no me quiere allí. He tenido que devanarme los sesos para cruzar la puerta.

—Tiene una actitud protectora con él —explicó Melanie—. ¿Qué hay de malo en eso?

—Nada si él estuviera mejorando. Ese hombre va de mal en peor.

—No sé qué decirte. Solana y yo hablamos cada dos o tres días, y no es ésa la imagen de la situación que ella me da.

—Claro que no. Ella es la responsable. Aquí pasa algo, lo presiento —insistí.

—Espero que no estés sugiriendo que debo hacer otro viaje. Estuve allí hace seis semanas.

—Sé que es complicado, pero Gus necesita ayuda. Y te diré otra cosa. Si Solana se entera de que vas a venir, borrará el rastro.

—Vamos, Kinsey. Me ha pedido tres o cuatro veces que vaya a verlo, pero no puedo irme de aquí. ¿Por qué habría de ofrecerme una cosa así si estuviera haciendo algo mal?

—Porque es muy astuta.

Melanie permaneció callada y me imaginé los engranajes de su cabeza girando. Pensé que tal vez la había convencido, pero de pronto preguntó:

—¿Seguro que estás bien? Porque si quieres que te diga la verdad, todo esto me suena muy raro.

—Estoy perfectamente. Es Gus quien me preocupa.

—No dudo de tu interés por él, pero encuentro un poco melodramático tanto misterio e intriga, ¿no te parece?

—No.

Dejó escapar un largo sonido gutural de exasperación, como si todo aquello la desbordara.

—De acuerdo, está bien. Supongamos que tienes razón. Dame un ejemplo concreto.

Esta vez fui yo quien calló por un instante. Como de costumbre, ante una petición como ésa, me quedé en blanco.

—No se me ocurre nada, así a bote pronto. Si quieres saber lo que sospecho, juraría que lo está drogando.

—Por el amor de Dios —repuso Melanie—. Si crees que es tan peligrosa, despídela.

—Yo no tengo autoridad. Eso te corresponde a ti.

—Bueno, no puedo hacer nada hasta que hable con ella. Seamos justos. Todo tiene dos versiones. Si la despidiera basándome exclusivamente en lo que tú me has dicho, Solana presentaría una demanda en magistratura de trabajo por trato injusto o despido improcedente. ¿Sabes de qué hablo?

—Oye, Melanie. Si le dices algo a Solana de esto, se pondrá como un basilisco. Así reaccionó la última vez cuando pensó que yo estaba controlándola.

—Y si no, ¿cómo voy a averiguar lo que pasa?

—No reconocerá nada. Es muy lista.

—Pero por ahora es sólo tu palabra contra la suya. No quiero parecerte insensible, pero no pienso hacer un viaje de cinco mil kilómetros por un presentimiento tuyo.

—No tienes por qué quedarte sólo con mi versión. Si crees que estoy tan chiflada, ¿por qué no llamas a Henry y se lo preguntas a él también?

—No he dicho que estés chiflada. Te conozco lo suficiente para saber que no es eso. Me lo pensaré. Ahora mismo estamos desbordados de trabajo y sería un verdadero problema marcharme unos días. Hablaré con mi jefa y ya te volveré a llamar.

Como era propio de Melanie, ésa fue nuestra última conversación hasta pasado un mes.

A las seis fui al restaurante de Rosie y me encontré a Henry sentado a su mesa de siempre. Había decidido que mi buen comportamiento me daba derecho a salir a cenar. El local estaba abarrotado. Era la noche del miércoles, conocida entre las clases trabajadoras como «día del Ecuador», porque es el punto en que se supera la mitad de la semana. Henry, cortésmente, se levantó y me apartó la silla para que me sentara a su lado. Me invitó a una copa de vino, que yo bebí a la par que él se terminaba su Black Jack con hielo. Pedimos, o más bien escuchamos, mientras Rosie se planteaba qué nos serviría. Decidió que a Henry le gustaría su *ozporkolt*, un gulash de venado. Yo le expuse mis objetivos alimenticios, suplicándole y rogándole que me librara de la crema agria y sus muchas variantes. Se lo tomó con calma y dijo:

—Es muy buena. No te preocupes. Para ti, preparo *guisada de guilota*.

—¡Qué bien! ¿Y eso qué es?

—Codorniz estofada en salsa de chile y tomatillo.

Henry se revolvió en su asiento con expresión de agravio.

—¿Y yo por qué no puedo comer lo mismo?

—Vale. Los dos. Enseguida lo traigo.

Cuando llegó la comida, se aseguró de que ambos teníamos nuestras respectivas copas de vino tinto, verdaderamente malo, que escanció con un floreo. Brindé por ella y tomé un sorbo.

—¡Mmm! ¡Buenísimo! —exclamé a la vez que se me encogía la lengua en la boca.

Cuando se fue, probé la salsa antes de dedicarme por entero a la codorniz.

—Tenemos un problema —dije toqueteando el ave con el tenedor—. Necesito que me prestes la llave de casa de Gus.

Henry me miró por un momento. No sé qué vio en mi cara, pero se llevó la mano al bolsillo y sacó un llavero. Deslizó una por una las llaves prendidas del aro, y cuando llegó a la de la puerta trasera de Gus, la extrajo y me la puso en la palma de la mano.

—Supongo que no quieres explicármelo.

—Es mejor que no te lo cuente.

—¿No harás nada ilegal?

Me tapé las orejas con los dedos y tarareé.

225

—Eso no lo he oído. ¿Podrías preguntarme otra cosa?

—No me has contado qué pasó cuando le llevaste la sopa.

Me aparté los dedos de las orejas.

—Salió bien, sólo que Solana me dijo que Gus había perdido el apetito y la carne le daba náuseas. Y yo allí, justo después de darle el recipiente con sopa de pollo. Me sentí como una idiota.

—Pero ¿hablaste con él?

—Claro que no. Nadie habla con él. ¿Cuándo fue la última vez que lo viste tú?

—Anteayer.

—Ah, es verdad. ¿Y sabes qué? Según Solana, Gus tuvo que acostarse porque pasaste allí demasiado rato y se quedó agotado, y eso no cuela. Además ha anulado el servicio de Meals on Wheels. He telefoneado a Melanie para decírselo y la conversación no ha servido para nada. Ha insinuado que eran invenciones mías. En cualquier caso, cree que debe dar a Solana la oportunidad de defenderse. Pero sí ha sugerido que sería útil si yo aportara alguna prueba en la que apoyar mis sospechas. Por eso... —Alcé la llave.

—Ten cuidado.

—Tranquilo —dije. Ya sólo necesitaba la oportunidad.

Creo, como mucha gente, que las cosas pasan por alguna razón. No es que piense que existe un Gran Plan, pero sí me consta que los impulsos y el azar desempeñan un papel en el universo, al igual que la coincidencia. Los accidentes no existen.

Por ejemplo, vas por la autopista y se te pincha un neumático. Paras en el arcén con la esperanza de que alguien te ayude. Pasan muchos coches, y cuando por fin alguien acude en tu ayuda, resulta que es el niño que se sentaba detrás de ti en quinto de primaria. O quizá sales camino del trabajo con diez minutos de retraso y, por eso precisamente, encuentras un atasco, mientras que delante de ti el puente que cruzas a diario se hunde llevándose consigo seis coches. Si hubieras salido sólo cuatro minutos antes, habrías caído con ellos. La vida se compone de semejantes sucesos, para bien o para mal. Algunos lo llaman sincronicidad. Yo lo llamo pura suerte.

El jueves salí de la oficina temprano sin ningún motivo en particular. Ese día había resuelto mucho papeleo y quizás estaba aburrida. Cuando doblé la esquina de Cabana para tomar por Bay, me crucé con Solana Rojas, que iba al volante de su descapotable destartalado. Gus viajaba en el asiento del acompañante, encorvado y arrebujado en un abrigo. Que yo supiera, hacía semanas que no salía de su casa. Solana le hablaba muy concentrada y ninguno de los dos miró en dirección a mí. Por el retrovisor, la vi detenerse en la esquina y doblar a la derecha. Supuse que lo llevaba otra vez al médico, aunque después resultó que no era así.

Aparqué y cerré el coche. A continuación, corrí hasta la puerta de la casa de Gus. Llamé de manera ostensible golpeando el cristal. Saludé alegremente a una persona imaginaria en el interior y luego, señalando hacia el lado, asentí con la cabeza para mostrar que había entendido. Rodeé la casa hasta la parte de atrás y subí al porche posterior. Miré por el cristal de la puerta. La cocina estaba vacía y las luces apagadas: lo cual no me sorprendió. Entré con la llave que me había dado Henry. En rigor, la acción no era legal, pero la incluí en la misma categoría que la devolución del correo a Gus. Me dije que era una buena obra.

El problema era el siguiente:

Sin que me hubieran invitado, no tenía ninguna razón legítima para entrar en la casa de Gus Vronsky cuando él estaba allí, y menos aún cuando no estaba. Lo había visto pasar en el coche de Solana por pura casualidad, rumbo Dios sabía adónde. Si me sorprendían dentro, ¿qué explicación podía dar? No salía humo por las ventanas de la casa ni se oían gritos de socorro. No había apagón, ni terremotos, ni fugas de gas, ni escapes de agua en la cañería principal. En pocas palabras, no tenía ningún pretexto, aparte de mi preocupación por su seguridad y bienestar, y ya me imaginaba lo lejos que llegaría eso ante un tribunal.

Durante la incursión en la casa esperaba conseguir pruebas para una de las dos posibilidades que se me ofrecían: o bien la garantía de que Gus se hallaba en buenas manos, o bien un indicio de que mis sospechas eran fundadas y podía tomar medidas. Avancé por el pasillo y entré en la habitación de Gus. La cama estaba perfectamente hecha, siendo el credo de Solana «un sitio para todo y todo en su sitio». Abrí y cerré unos cuantos cajones pero no vi nada anormal. No sé qué esperaba encontrar, pero por eso se busca, porque uno no sabe con qué va a toparse. Entré en el cuarto de baño. El pastillero rectangular estaba en el lavabo. Los compartimentos de D, L y M estaban vacíos, mientras que los correspondientes a X, J, V y S seguían llenos de diversas pastillas. Abrí el botiquín y examiné los medicamentos dispensados con receta. Revolví mi bolso hasta localizar la libreta y el bolígrafo. Anoté la información de todos los frascos que vi: fecha, nombre del médico, fármaco, dosis e instrucciones. Había seis medicamentos en total. Como soy lega en cuestiones farmacéuticas, tomé nota concienzudamente y volví a dejar los frascos en el estante.

Salí del cuarto de baño y seguí por el pasillo. Abrí la puerta del segundo dormitorio, donde Solana tenía ropa y objetos personales para las noches que se quedaba allí. Ésa era la habitación donde Gus tenía guardadas antes numerosas cajas de cartón sin etiquetar, y ahora ya no quedaba ninguna. Los pocos muebles antiguos estaban limpios, abrillantados y redistribuidos. Vi que Solana se había instalado como en su casa. Había vuelto a montar una preciosa cama de caoba tallada, y ahora estaba hecha, con las sábanas tan lisas como las de un catre militar. Había una mecedora de nogal con nudos en la madera e incrustaciones de cerezo, un armario y una cómoda de madera de árbol frutal de contornos redondeados con barrocos tiradores de bronce. Abrí tres cajones, uno tras otro, y vi que estaban todos llenos de ropa de Solana. Sentí la tentación de seguir registrando su habitación, pero mi ángel de la guarda me aconsejó que desistiera, porque ya estaba arriesgándome a una pena de prisión.

Entre la segunda y la tercera habitación había un baño completo, pero tras una ojeada por la puerta abierta, comprobé que no contenía nada digno de atención. Abrí el botiquín y lo encontré vacío, salvo por unos cuantos cosméticos, que nunca había visto usar a Solana.

Crucé el pasillo y abrí la puerta de la tercera habitación. Alguien había colgado de las ventanas unas cortinas muy tupidas y opacas, de modo que la oscuridad era total y se respiraba un ambiente sofocante. En la cama individual adosada a la pared yacía una silueta descomunal. Al principio no entendí qué era lo que tenía ante mis ojos. ¿Unas almohadas enormes? ¿Bolsas llenas de ropa para tirar? Conocía de sobra el hábito de almacenar de Gus y supuse que aquello era una muestra más de su incapacidad para desprenderse de los objetos. Oí un gruñido. Siguió un movimiento, y el hombre tumbado en la cama se volvió del lado izquierdo al derecho, quedando de cara hacia la puerta. Aunque la parte superior de su cuerpo permaneció en la oscuridad, una franja de luz se proyectó sobre el rostro e iluminó dos brillantes rendijas. O bien dormía con los ojos abiertos, o bien me miraba. No reaccionó, ni dio la menor señal de haber registrado mi presencia. Paralizada, contuve la respiración.

En un sueño profundo, nuestro instinto animal asume el control alertándonos de cualquier peligro que surja. Incluso una leve alteración en la temperatura, una mínima corriente de aire, el más tenue ruido o una luz distinta pueden activar nuestras defensas. Al cambiar de posición, aquel hombre había salido de los niveles más profundos del sueño. Se acercó al estado de vigilia ascendiendo lentamente como un submarinista hacia un círculo de cielo abierto. Yo habría maullado de miedo, pero no me atreví a emitir el menor sonido. Retrocediendo, salí de la habitación con una clara percepción del susurro de mis vaqueros al moverme y la presión de la suela de mi bota en las tablas de madera. Cerré la puerta con infinito cuidado, sujetando firmemente el picaporte con una mano y poniendo la otra en el borde de la puerta para impedir el más mínimo chasquido cuando la puerta tocase el marco y el pestillo entrase en el cajetín.

Di media vuelta y volví sobre mis pasos, alejándome tan deprisa como es posible cuando se camina de puntillas. Mantuve el bolso pegado al cuerpo, consciente de que al menor golpe contra una silla el hombre podía despertarse de pronto y preguntarse quién había en la casa. Recorrí la cocina, salí por la puerta de atrás y crucé el porche con la misma cautela. Bajé los peldaños del porche trasero, aguzando el oído, atenta a cualquier sonido a mis espaldas. Cuanto más me acercaba a un lugar seguro, más en peligro me sentía.

Atravesé el jardín de Gus. Entre su propiedad y la de Henry había un pequeño tramo de alambrada y otro más largo de setos. Cuando llegué a la hilera de arbustos, levanté los brazos a la altura de los hombros y, abriéndome paso por una angosta brecha entre dos matas, fui a caer de bruces poco más o menos en el patio de Henry. Debí de dejar un revelador rastro de ramas rotas a mis espaldas, pero no me paré a comprobarlo. Sólo cuando me hallé en mi casa, con la puerta cerrada, me atreví a tomar aire. ¿Quién demonios era ese individuo?

Corrí el pasador de la puerta, dejé las luces apagadas y rodeé la encimera de la cocina hasta el hueco donde el fregadero, la cocina y los armarios forman una U sin ventanas. Me dejé caer en el suelo y me quedé allí sentada con las rodillas dobladas y en alto, temiendo que alguien aporrease la puerta y me exigiese una explicación. Ahora que estaba a salvo, se me aceleró el corazón, resonando en mi pecho como si alguien intentara echar abajo una puerta con un ariete.

En mi imaginación, reproduje la secuencia de acontecimientos: cuando hice ver que llamaba al cristal de la puerta como si me comunicara con alguien en el interior. Con ruidosos pasos había bajado alegremente del porche y subido igual de alegremente por la parte de detrás. Una vez dentro, había abierto y cerrado puertas y cajones, había mirado en dos botiquines, cuyas bisagras con toda seguridad habrían chirriado. No había prestado atención al ruido que hacía porque creía estar sola, y desde el principio aquel gorila dormía en la habitación de al lado. ¿Acaso estaba loca?

Después de treinta segundos allí escondida empecé a sentirme ridícula. No me habían detenido como a una ladrona con las manos en la masa, en pleno robo con fractura. Nadie me había visto entrar ni salir. Nadie había llamado a la policía para denunciar la presencia de un intruso. Por alguna razón, había escapado sin ser vista, al menos que yo supiera. Aun así, el incidente debería haber sido toda una lección para mí. Tendría que habérmela tomado en serio, y sin embargo me quedé de una pieza al caer en la cuenta de que había desperdiciado la oportunidad de llevarme las libretas y talonarios de Gus.

21

A la mañana siguiente, de camino al trabajo, fui por Santa
Teresa Street hasta Aurelia, doblé a la izquierda y entré en el aparcamiento de una farmacia. La Botica Jones era una farmacia a la
antigua usanza. Sus estantes exhibían un amplio surtido de vitaminas, material de primeros auxilios, suplementos alimenticios,
suministros para ostomías, panaceas, productos para la piel, el
pelo y las uñas y demás sustancias destinadas al alivio de los pequeños males humanos. Allí podían comprarse medicamentos
con receta, pero no muebles para el jardín, a diferencia de lo que
ocurre en los *drugstores*, la versión moderna de las farmacias; era
posible alquilar muletas y adquirir plantillas para los pies planos,
pero no revelar fotos. Sí ofrecían un control de la tensión arterial
gratuito, y mientras esperaba a que me atendiesen, me senté y me
ceñí el brazalete del tensiómetro. Después de mucho resoplar,
apretar y aflojar, dio una lectura de 118/68, por lo que deduje que
no estaba muerta.

En cuanto quedó libre la ventanilla, me acerqué al mostrador y
capté la atención del farmacéutico, Joe Brooks, que ya me había
sido útil en el pasado. Era un hombre de más de setenta años, con
el pelo blanco como la nieve y arremolinado en medio de la frente.

—Dígame, señora. ¿Qué tal? Hacía tiempo que no la veía por aquí.

—Voy tirando, y procuro no meterme en líos en la medida de
lo posible —contesté—. Ahora mismo necesito cierta información y
he pensado que quizás usted podría ayudarme. Un amigo mío
toma una serie de medicamentos y estoy preocupada por él. Creo
que duerme demasiado y, cuando está despierto, lo noto confuso.

He pensado que tal vez sea por los efectos secundarios de las pastillas que le han recetado. He hecho una lista con todo, pero no le vendieron los medicamentos aquí.

—Eso da igual. La mayoría de los farmacéuticos responden a las consultas de los pacientes igual que nosotros. Nos aseguramos de que el paciente entiende para qué sirve el medicamento, cuál es la dosis y cómo y cuándo debe tomarlo. También le explicamos cualquier posible incompatibilidad con alimentos u otros fármacos y les aconsejamos que llamen al médico si experimentan reacciones fuera de lo común.

—Eso suponía, pero quería asegurarme. Si le enseño la lista, ¿podría decirme para qué sirven?

—No creo que haya ningún problema. ¿Quién es el médico?

—Medford. ¿Lo conoce?

—Sí, y es un buen profesional.

Tomé mi libreta y la abrí por la hoja correspondiente. Él sacó del bolsillo de la chaqueta unas gafas para leer y se colocó las varillas sobre las orejas. Lo observé mientras seguía las líneas escritas con los ojos, haciendo comentarios a medida que bajaba.

—Son medicamentos corrientes. La indapamida es un diurético recetado para disminuir la tensión arterial. El metaprolol es un bloqueador beta, también recetado para la hipertensión. Klorvess es un sustituto de potasio con sabor a cereza que se vende con receta porque los suplementos de potasio pueden afectar el ritmo cardiaco y dañar el tracto gastrointestinal. La butazolidina es un antiinflamatorio, probablemente para el tratamiento de la osteoartritis. ¿Se lo ha mencionado alguna vez?

—Sé que se queja de dolores. Tiene osteoporosis, eso seguro. Está prácticamente doblado por la pérdida de masa ósea. —Mirando por encima de su hombro, leí la lista—. ¿Y esto qué es?

—El clofibrato se receta para reducir el índice de colesterol; y este último, el Tagamet, sirve para el reflujo de ácidos. Lo único que considero que habría que comprobar es su nivel de potasio. Un nivel bajo de potasio en sangre podría causarle confusión, debilidad o sueño. ¿Qué edad tiene?

—Ochenta y nueve.

Asintió y ladeó la cabeza mientras analizaba las implicaciones.

—La edad tiene que ver. De eso no cabe duda. Los enfermos geriátricos no eliminan los fármacos tan deprisa como los jóvenes, más sanos. Las funciones renales y hepáticas también se reducen de forma sustancial. El rendimiento coronario empieza a declinar a partir de los treinta años, y a los noventa se ha reducido a un máximo de entre un treinta y un cuarenta por ciento. Lo que usted describe podría ser un trastorno clínico que no se ha diagnosticado. Probablemente no le vendría mal un reconocimiento por un especialista geriátrico si no lo ha visto ninguno.

—Está bajo atención médica. Se dislocó un hombro en una caída hace un mes y estuvo ingresado para un chequeo. Yo esperaba una recuperación más rápida, pero no parece haber mejorado.

—Eso puede ser. Los músculos estriados también declinan con la edad y, por tanto, es muy posible que la recuperación del hombro se haya visto obstaculizada por la musculatura desgarrada, la osteoporosis, una diabetes sin diagnosticar o un sistema inmune mermado. ¿Ha hablado usted con su médico?

—No, y dudo que sirva de algo, teniendo en cuenta las leyes de protección de datos. La consulta no reconocería siquiera que es paciente suyo, y menos aún pasaría mi llamada a su médico para hablar con una desconocida sobre su tratamiento. Ni siquiera soy de la familia; es sólo un vecino. Doy por supuesto que su cuidadora ha dado toda la información al médico, pero no tengo manera de saberlo.

Joe Brooks se quedó pensativo, sopesando las posibilidades.

—Si le recetaron analgésicos para el hombro, podría ser que estuviese excediéndose con la medicación. No veo aquí mención de nada por el estilo, pero podría tener una buena provisión a mano. El consumo de alcohol es otra posibilidad.

—Eso no lo había pensado. Supongo que también podría ser. Nunca lo he visto beber, pero ¿quién sabe?

—Le propongo lo siguiente: si quiere, con mucho gusto llamaré a su médico y le transmitiré su preocupación. Lo conozco personalmente y creo que me escucharía.

—Dejémoslo de momento. Su cuidadora vive en la misma casa y ya está muy susceptible. Prefiero no pisarle el terreno a menos que sea del todo necesario.

—Lo entiendo —dijo él.

Ese día me marché de la oficina a eso de las doce, pensando en prepararme algo rápido para comer en casa. Cuando rodeé el estudio y llegué al patio trasero, vi a Solana llamar desesperadamente a la puerta de la cocina de Henry. Llevaba un abrigo sobre los hombros a modo de chal y estaba muy alterada.

Me detuve ante la puerta de mi casa.

—¿Ocurre algo?

—¿Sabe cuándo volverá el señor Pitts? He llamado una y otra vez, pero parece que no está.

—No sé adónde ha ido. ¿Puedo ayudarla en algo?

Percibí el conflicto en su semblante. Es muy probable que yo fuera la última persona en el mundo a quien recurriría, pero su problema debía de ser acuciante, porque se agarró las solapas del abrigo con la mano y cruzó el patio.

—Necesito que alguien me ayude con el señor Vronsky. Lo he metido en la ducha y no puedo sacarlo. Ayer se cayó y se hizo daño otra vez, y ahora le da miedo resbalar en las baldosas.

—¿Podremos moverlo entre las dos?

—Eso espero. Si es tan amable.

Caminamos con paso presuroso hacia la puerta de la casa de Gus, que estaba entornada. Entré detrás de ella y dejé el bolso en el sofá del salón al pasar.

—No sabía qué hacer —dijo ella, hablando por encima del hombro—. Estaba duchándolo antes de la cena. Ha tenido problemas de equilibrio, pero creía que yo podría con él. Está aquí dentro.

Atravesamos la habitación para llegar al cuarto de baño, que olía a jabón y vapor. El suelo parecía resbaladizo y comprendí lo difícil que sería maniobrar. Vi a Gus encogido sobre un taburete de plástico en un rincón de la ducha. El grifo estaba cerrado y aparentemente Solana había intentado secarlo antes de marcharse. Gus tiritaba pese a la bata que ella le había echado por encima para que no se enfriara. Tenía el pelo mojado y un hilo de agua le corría aún por la mejilla. Nunca lo había visto desnudo y me horrorizó lo delgado que estaba. Las fosas de los hombros parecían enormes y los brazos eran puro hueso. Se había magullado la cadera izquierda y lloraba con un gimoteo que delataba su desvalimiento.

Solana se inclinó a su lado.

—Está bien. Ya ha pasado. He encontrado a alguien para que nos ayude. No se preocupe.

Lo secó y luego lo agarró por el brazo derecho mientras yo lo sostenía por el izquierdo, proporcionándole apoyo mientras lo poníamos en pie. Temblaba y sin duda estaba aturdido, capaz sólo de dar pasos cortos y vacilantes. Solana se colocó ante él y, tomándolo de las manos, caminó hacia atrás para ayudarlo a conservar el equilibrio mientras avanzaba. Yo lo sujetaba por el codo cuando entró en el dormitorio. Tan débil estaba que no resultaba fácil mantenerlo erguido y en movimiento.

Cuando llegamos a la cama, Solana lo colocó al lado, apoyándolo en el colchón. Él se agarró a mí con las dos manos mientras ella le metía primero un brazo y luego el otro en las mangas del pijama de franela. En la mitad inferior del cuerpo le colgaba la piel de los muslos y los huesos pélvicos parecían afilados. Lo sentamos en el borde de la cama e introdujo los pies en las perneras del pantalón. Entre las dos lo levantamos por un momento para que ella pudiera subirle el pantalón hasta la cintura. Lo depositamos de nuevo en el borde de la cama. Cuando Solana le levantó los pies y le desplazó las piernas para meterlo entre las sábanas, él gritó de dolor. Había una pila de edredones viejos al lado y Solana lo tapó con tres de ellos para que entrara en calor. Temblaba de manera incontrolable y oí que le castañeteaban los dientes.

—¿Qué le parece si preparo un té?

Solana asintió, afanándose para que él estuviera cómodo.

Me alejé por el pasillo hacia la cocina. El hervidor estaba en el fogón. Abrí el grifo hasta que salió agua caliente, llené el hervidor y luego lo puse al fuego. Sin pérdida de tiempo, examiné los bien aprovisionados armarios en busca de las bolsas de té. ¿Una botella nueva de vodka? No. ¿Cereales, pasta y arroz? Tampoco. Encontré la caja de Lipton a la tercera. Alcancé una taza y un platillo y los dejé en la encimera. Me acerqué a la puerta y asomé la cabeza por la esquina. Oí a Solana en el dormitorio, hablándole a Gus en susurros. No me atreví a pararme a pensar en el riesgo que corría.

Crucé con sigilo el pasillo en dirección a la sala de estar y fui derecha al buró. El casillero seguía prácticamente igual que la vez anterior. Aunque no había facturas ni recibos a la vista, sí estaban los extractos bancarios, el talonario y las dos libretas de ahorros, sujetos con una gomita. Retiré la gomita y eché una rápida mirada a los saldos de las libretas. La cuenta que en principio tenía quince mil dólares parecía intacta. La segunda libreta reflejaba varias retiradas de efectivo, así que me la guardé en el bolso. Cogí el talonario, lo saqué de la funda y coloqué ésta junto con la otra libreta en el casillero.

Me acerqué al sofá y los escondí en el fondo del bolso. Con cuatro zancadas más estaba de vuelta en la cocina y echaba el agua hirviendo sobre una bolsa de té Lipton. El corazón me latía con tal fuerza que cuando recorrí el pasillo para llevar la taza y el plato de porcelana al cuarto de Gus, traqueteaban como castañuelas. Antes de entrar, tuve que echar en la taza el té derramado en el plato.

Encontré a Solana sentada en el borde de la cama, dando palmadas a Gus en la mano. Dejé la taza en la mesilla. Las dos arreglamos las almohadas que tenía a la espalda y lo colocamos en posición erguida.

—Lo dejaremos enfriar un poco y luego podrá tomarse un buen trago de té —dijo ella.

La mirada de Gus se cruzó con la mía y habría jurado que vi una súplica muda.

Consulté el reloj.

—¿No ha dicho que hoy tenía hora con el médico?

—Con el internista, sí. El señor Vronsky está tan débil que me preocupa.

—¿Tendrá fuerzas para ir?

—No le pasará nada. En cuanto entre en calor, lo vestiré.

—¿A qué hora es?

—Dentro de una hora. La consulta está a sólo diez minutos de aquí.

—¿A la una y media?

—A las dos.

—Espero que todo vaya bien. Puedo quedarme y ayudarla a llevarlo al coche, si quiere.

—No, no, ahora ya me las arreglo yo sola. Gracias por su ayuda.

—Me alegro de haber estado aquí. Y ahora, a menos que me necesite para algo más, me marcho —dije.

Me sentía dividida entre el deseo de quedarme y la necesidad de escapar. Sentí un hilo de sudor nervioso en la rabadilla. No esperé palabras de agradecimiento, que en cualquier caso, como bien sabía, serían escasas.

Atravesé el salón, me hice con mi bolso y me fui directa al coche. Eché una ojeada al reloj, arranqué y me aparté del bordillo. Si jugaba bien mis cartas, podía hacer fotocopias de los datos económicos de Gus y devolver el talonario y la libreta de ahorros al buró mientras Solana lo llevaba al médico.

Cuando llegué al despacho, abrí la puerta, dejé el bolso en la mesa y encendí la fotocopiadora. Durante el laborioso proceso de calentamiento del aparato, desplacé el peso del cuerpo de un pie al otro, gimiendo por lo que tardaba. En cuanto apareció en el indicador la señal de que la máquina estaba lista, empecé a fotocopiar el estado de cuentas del talonario, además de los ingresos y las retiradas de efectivo registrados en la libreta. Estudiaría las cifras después. Mientras tanto, si no me demoraba, podía regresar a casa y mantenerme a la espera. En cuanto viera a Solana marcharse con Gus para ir al médico, podía volver a entrar por la puerta de atrás y dejar en su sitio el talonario y la libreta, sin que ella se enterase. Un plan genial. Si bien el tiempo era esencial, estaba en una situación idónea para llevarlo a cabo, eso en el supuesto de que el gorila no se encontrara allí.

Mi fotocopiadora era de una lentitud insufrible. El carro de luz candente se desplazaba de un lado al otro de la placa. Yo levantaba la tapa, abría la libreta por las dos páginas siguientes, bajaba la tapa y pulsaba el botón. El papel fotocopiado salía todavía caliente de la máquina. Cuando acabé, apagué la fotocopiadora y agarré el bolso. En ese momento fijé la mirada en la agenda de mi mesa. Para el viernes, 15 de enero, tenía anotado: «Millard Fredrickson, 14 horas». Rodeé la mesa y miré la anotación del derecho.

—¡Mierda!

Tardé medio minuto en encontrar el número de teléfono de los Fredrickson. Con la esperanza de cambiar la hora de la cita, sujeté el auricular y marqué los números. La línea estaba ocupada. Consulté la hora. La una y cuarto. Solana me había dicho que la consulta del médico estaba a diez minutos, lo que significaba que se marcharía alrededor de la una y media para darse tiempo de aparcar y llevar a Gus al edificio. Él caminaría a paso de tortuga, dolorido como debía de estar después de la reciente caída. Probablemente Solana lo dejaría en la entrada, aparcaría y volvería para acompañarlo al otro lado de las puertas automáticas de cristal y llevarlo hasta el ascensor. Si iba temprano a casa de los Fredrickson, podía llevar a cabo una entrevista rápida y volver de inmediato a mi casa antes de que ella regresase. Si me dejaba algo en el tintero, podía interrogar a Millard más tarde por teléfono.

Los Fredrickson no vivían muy lejos de mi casa, y él probablemente se alegraría de que mi visita no se alargara más de los escasos quince minutos de que disponía. Recogí mi sujetapapeles con las notas que había tomado durante mi conversación con su mujer. La ansiedad me dominaba, pero debía concentrarme en la labor que tenía por delante.

El recorrido desde mi oficina hasta la casa de los Fredrickson implicó lógicamente parar en numerosos semáforos. En los cruces con la señal de stop, echaba un rápido vistazo de comprobación, asegurándome de que no había coches de policía a la vista, y luego seguía adelante sin molestarme en parar. Doblé en la calle de los Fredrickson, aparqué frente a la casa y me acerqué a la puerta.

Estuve a punto de resbalar en la rampa de madera impregnada de algas para la silla de ruedas, pero recuperé el equilibrio antes de caer de culo. Tuve la clara sensación de que había forzado la espalda y lo pagaría más tarde.

Llamé al timbre y aguardé, esperando que acudiera Gladys a la puerta como en mi visita anterior. Sin embargo, abrió el señor Fredrickson en su silla de ruedas, con una servilleta de papel remetida en el cuello de la camisa.

—Hola, señor Fredrickson. He pensado acercarme unos minutos antes, pero si le interrumpo durante la comida, siempre puedo volver dentro de una hora o así. ¿Lo prefiere? —Pensaba «por favor, por favor, por favor», pero no llegué al extremo de juntar las manos en actitud de oración.

Se miró la servilleta y se la quitó de un tirón.

—No, no. Ya he acabado. Aprovechando que está aquí, podemos empezar. —Se impulsó hacia atrás en la silla de ruedas, maniobró para darse la vuelta y siguió adelante hacia la mesita de centro—. Coja una silla. Gladys se ha ido a rehabilitación, así que dispongo de un par de horas libres.

Ante la idea de pasar dos horas con aquel hombre, el pánico me asaltó de nuevo.

—No será necesario tanto tiempo. Una cuantas preguntas rápidas y lo dejaré tranquilo. ¿Puedo sentarme aquí?

Amontoné a un lado las revistas y el correo para sentarme en el mismo sofá que había ocupado la vez anterior. Oí un ladrido ahogado en una habitación del fondo, pero no se veía ni rastro del pájaro, así que quizás el perro también se había dado su festín. Saqué la grabadora, con la esperanza de que aún quedaran pilas.

—Voy a grabar esta entrevista como hice con su mujer. Espero que no tenga inconveniente —dije mientras pulsaba los botones para ponerla en marcha.

—No, no hay problema. Como usted quiera.

Recité mi nombre, el suyo, la fecha, la hora, el asunto y otros detalles, hablando tan deprisa que daba la impresión de que la cinta avanzaba al doble de velocidad de lo normal.

Cruzó las manos en el regazo.

—Más vale que empiece por el principio. Sé que ustedes son… —Pasé las páginas de mi libreta de papel pautado—. Ya tengo casi toda la información, así que sólo necesito llenar algunos huecos. Enseguida acabo.

—Por mí no corra. No tenemos nada que esconder. Mi mujer y yo hemos sostenido una larga conversación sobre esto y tenemos la intención de colaborar. Nos parece lo más justo.

Bajé la mirada hacia la bobina que giraba en la grabadora y sentí que me ponía tensa.

—Se lo agradecemos —dije.

La frase «no tenemos nada que esconder» retumbó en mi interior. Lo primero que me vino a la cabeza fue el viejo dicho: «Cuanto más alto proclama su honradez, más nos conviene contar nuestras monedas». Fue como cuando alguien empieza una frase diciendo «para serte totalmente sincero», prueba inequívoca de que lo que viene a continuación estará a medio camino entre la falsedad y la mentira descarada.

—Cuando usted quiera —dije sin mirarlo.

Contó su versión del accidente con un nivel de detalle tedioso. El tono era tan estudiado y repetía tan fielmente el relato de su mujer que no me quedó la menor duda de que habían tratado el asunto largo y tendido. Las condiciones meteorológicas, el cinturón de seguridad, la repentina aparición de Lisa Ray por su carril, el frenazo, que él realizó con el freno de mano. Gladys no podía acordarse de todo lo que me había dicho, pero sabía que si volvía a hablar con ella, corregiría su versión hasta que fuera una réplica de la de su marido. Yo iba tomando notas mientras él hablaba, asegurándome de que incluía todo lo que decía. No hay nada peor que encontrarse con una respuesta inaudible cuando se transcribe una cinta.

En un recoveco de mi mente, sufría por Gus. No tenía idea de cómo volvería a dejar la libreta y el talonario en su sitio, pero no era el momento para preocuparme por eso. Mientras el señor Fredrickson hablaba y hablaba, yo asentía con la cabeza. Emitía interjecciones de solidaridad y simulaba interés y preocupación. Él fue entrando en calor conforme avanzaba en su relato. Al cabo de treinta y dos minutos, cuando empezó a repetirse, dije:

—Bien, gracias. Creo que con esto ya está todo. ¿Le gustaría añadir algo para dejar constancia?

—Creo que ya está —contestó—. Sólo quería añadir hacia dónde íbamos cuando esa tal Lisa Ray chocó con nosotros. Creo que se lo preguntó usted a mi mujer y ella no se acordaba.

—Así es —respondí.

Vaciló un poco y le cambió la voz, por lo que supe que una trola estaba a punto de salir de sus labios. Me incliné hacia él en actitud atenta, con el bolígrafo a punto sobre el papel.

—Al supermercado.

—Ah, el supermercado. Ya, eso encaja. ¿A cuál?

—El que está en la esquina al pie de la cuesta.

Tomando nota, asentí.

—¿Y qué iban a comprar?

—Un billete de lotería para el sorteo del sábado. Lamento decir que no ganamos.

—Lástima.

Apagué la grabadora y prendí el bolígrafo de lo alto del sujeta-papeles.

—Ha sido de gran ayuda. Pasaré otra vez por aquí con la transcripción en cuanto la tenga.

Volví a casa sin grandes esperanzas. Eran las tres menos cuarto y Solana y Gus probablemente habrían regresado ya de la consulta del médico. Si Solana entraba en el salón y veía las casillas vacías, se daría cuenta de lo que yo había hecho. Aparqué delante de casa y miré los coches a ambos lados de la calle. Ni rastro del de Solana. Sentí que se me aceleraba el corazón. ¿Cabía la posibilidad de que aún tuviera tiempo? Sólo necesitaba entrar un instante, dejarlo todo en el buró y salir corriendo.

Metí las llaves del coche en el bolso y crucé el jardín de Gus, siguiendo el sendero hasta la puerta de atrás. El talonario y la libreta estaban en el fondo de mi bolso. Los tenía ya en la mano mientras subía por los peldaños del porche. Vi la nota para la voluntaria de Meals on Wheels todavía pegada al cristal. Miré por la ventana. La cocina estaba a oscuras.

Necesitaba sólo diez o quince segundos, en el supuesto de que el gorila no estuviera esperándome en el salón. Saqué la llave, la introduje en la cerradura y la giré. Nada. Sujetando el picaporte, forcejeé pacientemente con la llave. Desconcertada, bajé la vista, pensando que Henry se había equivocado de llave. No era eso.

Habían cambiado la cerradura.

Gemí para mis adentros mientras bajaba los peldaños de dos en dos, preocupada de que me sorprendieran cuando en realidad no había conseguido lo que me proponía. Atravesé el seto que separaba los jardines de Gus y Henry, y entré en mi estudio. Cerré la puerta con llave y me senté ante mi escritorio; el pánico me subía a la garganta como la bilis. Si Solana se daba cuenta de que el talonario y la libreta habían desaparecido, sabría que me los había llevado yo, ¿quién si no? Era la única que había entrado en la casa, además del individuo que estaba en la cama. Henry había estado allí un par de días antes, así que la sospecha recaería también en él. Sentía el miedo en el vientre como una bomba a punto de estallar, pero no había nada que hacer. Me senté en silencio por unos segundos hasta recobrar el aliento. Ahora ya daba igual. Lo hecho, hecho estaba, y puesto que ya tenía la soga al cuello, bien podía ver cuál era el fruto de mi hurto.

Dediqué los siguientes diez minutos a examinar las cifras de las cuentas bancarias de Gus. No hacía falta un contable para ver lo que ocurría. La cuenta que inicialmente tenía un saldo de veintidós mil dólares se había reducido a la mitad, y eso en el transcurso de un mes. Eché un vistazo a las hojas anteriores de la libreta. Por lo visto, Gus, en la etapa anterior a Solana, hacía ingresos de entre dos y tres mil dólares a intervalos regulares. El estado de cuentas del talonario revelaba que, desde el 4 de enero, se había traspasado dinero de una de las cuentas de ahorros a la cuenta corriente y después se habían extendido varios cheques al portador. Ninguno de los cheques cobrados estaba disponible para su inspección, pero habría apostado cualquier cosa a que la firma era falsa. Al final de la libreta se hallaba el certificado de propiedad del coche de Gus, que de algún modo había ido a parar allí en lugar de estar en su sitio. De momento, Solana no había puesto el coche a su nombre. Revisé las cifras cabeceando. Había llegado el momento de dejarse de contemplaciones.

Saqué la guía telefónica y busqué la lista de instituciones del condado. Me encontré con la línea directa de Malos Tratos a la Tercera Edad, cuyo número, no pude por menos de advertir, se correspondía con la palabra MUERTE. Finalmente había caído en la cuenta de que no necesitaba demostrar que Solana tenía una conducta abusiva o ilegal. Era ella quien tenía que demostrar que no era así.

22

La mujer que atendió el teléfono en la Agencia de los Tres Condados para la Prevención de Malos Tratos a la Tercera Edad escuchó la breve explicación del motivo de mi llamada. Me pasaron con una tal Nancy Sullivan, asistenta social, y acabé sosteniendo una conversación de quince minutos con ella mientras tomaba nota de la denuncia. Parecía joven y, por su manera de hablar, deduje que leía las preguntas de un formulario que tenía delante. Le di la información pertinente: nombre de Gus, edad, dirección, nombre de Solana y descripción de ésta.

—¿Tiene algún problema de salud conocido?

—Muchos. Todo esto empezó con una caída por la que se le dislocó el hombro. Aparte de la lesión, tengo entendido que padece de hipertensión, osteoporosis, y es probable que también tenga osteoartritis y quizás algún trastorno digestivo.

—¿Algún indicio de demencia?

—No sé bien cómo contestar a eso. Solana Rojas ha hablado de síntomas de demencia, pero yo personalmente no he visto ninguno. Su sobrina de Nueva York habló un día con él por teléfono y lo notó confuso. La primera vez que fui a su casa, estaba dormido, pero cuando pasé por allí a la mañana siguiente, lo encontré bien. Con mal genio, pero no desorientado ni nada por el estilo.

Proseguí dándole todos los detalles que pude. No vi una manera de mencionar la cuestión económica sin reconocer que había afanado la libreta y el talonario. Sí describí su precario equilibrio de ese mismo día y la caída que, según Solana, había sufrido, aunque yo no la había presenciado con mis propios ojos.

—Vi los moretones y me horrorizó lo delgado que estaba. Parece un esqueleto andante.

—¿Cree que corre algún peligro inmediato?

—Sí y no. Si creyera que es asunto de vida o muerto, habría avisado a la policía. No obstante, estoy convencida de que necesita ayuda, y por eso llamo.

—¿Sabe si se ha producido algún incidente con gritos y golpes?

—Pues no.

—¿Malos tratos emocionales?

—No en mi presencia. Vivo al lado de ese hombre y antes lo veía continuamente. Está viejo, desde luego, pero se las apañaba bien. Como era el cascarrabias del barrio, nadie mantenía una relación muy estrecha con él. ¿Puedo hacer una pregunta?

—Claro.

—¿Y ahora qué va a pasar?

—Enviaremos a un investigador en un plazo máximo de cinco días. Ahora ya es tarde, así que no podremos darle curso a la denuncia hasta el lunes a primera hora de la mañana, y entonces alguien estudiará el caso. Según el resultado, asignaremos a un asistente y tomaremos las medidas que consideremos oportunas. Es posible que la llamen para responder a más preguntas.

—No hay problema. Sólo que no quiero que su cuidadora se entere de que he sido yo quien ha dado la voz de alarma.

—No se preocupe. Tanto su identidad como toda la información que nos facilite son estrictamente confidenciales.

—Se lo agradezco. Es posible que ella adivine que he sido yo, pero prefiero que no lo confirme.

—Somos muy conscientes de que conviene mantener estas cosas en secreto.

Entretanto, llegado el sábado por la mañana, tenía otras cosas de que ocuparme, básicamente localizar a Melvin Downs. Había visitado dos veces el hostal residencia sin resultados, y ya era hora de ponerme seria. Abandoné la autovía por la salida de Missile y doblé por Dave Levine Street. Aparqué a la vuelta de la esquina, en la calle adyacente, y pasé por delante del mismo concesionario de automóviles de segunda mano. Por lo visto, la camioneta de repartidor de leche valorada en 1999,99 dólares se había vendido, y lamenté no haberme parado a mirarla con mayor detenimiento. No soy una gran entusiasta de los vehículos de recreo, en parte porque conducir largas distancias no es una forma de viajar que me divierta. Dicho esto, añadiré que la camioneta de repartidor de leche era una monada y supe que debería haberla comprado. Henry me habría dejado aparcarla en el patio lateral, y si alguna vez me veía en apuros económicos, podía dejar el estudio e instalarme allí a vivir a lo grande.

Cuando llegué al hostal, subí de dos en dos los peldaños del porche y entré por la puerta delantera. El vestíbulo y el pasillo de la planta baja estaban vacíos, de modo que me dirigí al despacho de Juanita Von, al fondo de la planta baja. La encontré trasladando los archivos y libros de cuentas del año anterior del armario a una caja de seguridad.

—Yo acabo de hacer lo mismo —dije—. ¿Qué tal?

—Cansada. Esto es una lata, pero hay que hacerlo, y me gusta la satisfacción que siento después. Quizás esta vez tenga usted suerte. He visto entrar al señor Downs hace un rato, aunque podría haber salido por la escalera de delante sin que me diera cuenta. Es muy escurridizo.

—¿Quiere que le diga una cosa? Creo sinceramente que me he ganado el derecho a hablar con él incluso arriba, en la habitación. Es el tercer viaje que hago hasta aquí, y si esta vez no consigo mi propósito, tendrá que explicárselo usted misma al abogado que lleva el caso.

Reflexionó sobre mi petición, tomándoselo con calma para no dar la impresión de que cedía a la amenaza.

—Supongo que por una vez no pasa nada. Espere un momento y la acompañaré arriba.

—Puedo ir sola —contesté. En el fondo, deseaba una ocasión para husmear. Aquella mujer no iba a permitírmelo, al imaginarse quizá que yo organizaba un servicio de prostitutas a domicilio para ancianos de capa caída.

Antes de salir del despacho, se detuvo a lavarse las manos y cerró con llave el buró por temor a los ladrones. La seguí hacia la puerta de entrada y de camino fui respondiendo cortésmente mientras ella me señalaba detalles de la decoración. Sujetándose a la barandilla, empezó a subir por la escalera. A dos peldaños por detrás de ella, escuché su respiración entrecortada cuando llegamos a la primera planta.

—Aquí, en esta zona común del rellano, se reúnen los inquilinos por las noches. He puesto un televisor en color y les pido que tengan en cuenta a los demás. No puede ser que sea siempre el mismo quien decida lo que va a ver todo el grupo.

En el rellano había espacio suficiente para dos sofás, una butaca tapizada de brazos anchos y tres sillas de madera más pequeñas, las tres con el asiento acolchado. Imaginé a unos cuantos viejos con los pies apoyados en la mesita de centro, haciendo comentarios sobre los deportes y las series de policías. Doblamos a la derecha hacia un pequeño pasillo, al fondo del cual me enseñó un gran solarium acristalado y un lavadero. Bajamos dos peldaños para acceder a un corredor que atravesaba la casa de parte a parte. Las puertas de las habitaciones estaban cerradas, pero todas tenían una pequeña ventanilla de latón con una tarjeta en el interior que llevaba impreso el nombre de su ocupante. Vi los números de latón del uno al ocho, lo que significaba que la habitación de Melvin Downs debía de estar en la parte de atrás del edificio, cerca del final de la escalera posterior.

Doblamos el recodo y subimos al siguiente piso. Tuve la impresión de tardar seis minutos en llegar de la planta baja a la segunda, pero al final lo conseguimos. Esperaba sinceramente que Juanita Von no pretendiera quedarse a vigilar mi conversación con Downs. Me acompañó hasta la habitación y me obligó a colocarme a un lado mientras ella llamaba a la puerta. Esperó de forma cortés, con las manos cruzadas delante, dándole tiempo para ponerse presentable y abrir.

—Debe de haber salido otra vez —comentó, como si yo no tuviese luces suficientes para deducirlo por mi cuenta. Ladeó la cabeza—. Espere un momento. Es posible que sea él.

Entonces oí que alguien subía por la escalera posterior. Apareció un hombre de pelo canoso, con dos cajas de vino vacías, una dentro de la otra. Tenía el rostro alargado y orejas puntiagudas de duende. La edad le había abierto surcos en la piel, y profundas arrugas nacían en las comisuras de sus labios.

A Juanita Von se le iluminó el semblante.

—Aquí está. Le he dicho a la señorita Millhone que tal vez era usted el que subía por la escalera. Tiene visita.

Calzaba los rumoreados zapatos de punta con la puntera decorada con agujeros y la cazadora de cuero marrón de la que ya había oído hablar. Me di cuenta de que una sonrisa se formaba en mis labios y comprendí que hasta ese mismo instante había dudado de la existencia de aquel hombre. Tendí la mano.

—¿Cómo está, señor Downs? Soy Kinsey Millhone. Encantada de encontrarlo.

Tenía un apretón de manos firme y una actitud cordial, bajo la que se adivinaba cierta perplejidad.

—Me temo que no sé cuál es el motivo de su visita.

Incómoda, la señora Von dijo:

—Vuelvo a lo mío y los dejo para que hablen. En cuanto a las normas de la casa, no permito la visita de señoritas en las habitaciones de los huéspedes con las puertas cerradas. Si va a estar aquí más de diez minutos, pueden conversar en el salón, que es más adecuado que quedarse de pie en el pasillo.

—Gracias —dije.

—De nada —contestó—. Ya que estoy aquí, voy a ver cómo se encuentra el señor Bowie. No anda muy fino.

—Muy bien —dije—. Ya conozco el camino de salida.

Bajó por la escalera, y yo centré la atención en Downs.

—¿Prefiere hablar en el salón?

—El conductor del autobús que tomo habitualmente me comentó que alguien andaba preguntando por mí.

—¿Sólo le dijo eso? Pues lamento haberlo pillado por sorpresa. Le pedí que lo pusiera al corriente.

—Vi una octavilla que decía algo sobre un accidente de coche, pero yo nunca he tenido ninguno.

Tardé unos minutos en recitar la historia, repetida ya tantas veces, sobre el accidente, el proceso y nuestras preguntas sobre lo que él había visto ese día.

Me miró fijamente.

—¿Cómo me ha encontrado? Yo no conozco a nadie en esta ciudad.

—Fue un golpe de suerte. Repartí las octavillas por el barrio donde se produjo la colisión. Usted debió de ver una de ellas. Incluí una breve descripción, y me telefoneó una mujer para decirme que lo había visto a usted en la parada de autobús frente al City College. Llamé a la compañía de autobuses, me dieron el número de la línea y después charlé con el conductor. Fue él quien me dio su nombre y dirección.

—¿Se ha tomado tantas molestias por algo que ocurrió hace siete meses? Parece mentira. ¿Por qué ahora, después de tanto tiempo?

—La demanda no se presentó hasta hace poco —contesté—. ¿Le supone a usted esto algún trastorno? Porque no era ésa mi intención. Sólo quiero hacerle unas preguntas sobre el accidente para averiguar qué ocurrió y de quién fue la culpa. Eso es todo.

Pareció recomponerse y cambiar de actitud.

—No tengo nada que decir. Han pasado meses.

—Tal vez pueda refrescarle la memoria.

—Lo siento, pero tengo cosas que hacer. Quizás otro día.

—No nos llevará mucho tiempo. Sólo unas preguntas rápidas y no lo molestaré más. Por favor.

Tras un silencio, accedió:

—Bien, pero no recuerdo gran cosa. No parecía nada importante, ni siquiera en aquel momento.

—Lo entiendo —respondí—. No sé si se acuerda, pero sucedió el jueves anterior al puente de Los Caídos.

—Sí, algo así.

252

—¿Volvía a casa del trabajo?

Vaciló.

—¿Y eso qué más da?

—Sólo intento formarme una idea de la secuencia de los acontecimientos.

—Pues sí, volvía del trabajo, eso mismo. Esperaba el autobús y, cuando levanté la vista, vi salir del aparcamiento del City College un coche blanco con una joven al volante, dispuesta a girar a la izquierda.

Se interrumpió, como si midiera sus respuestas para ofrecer la menor cantidad de información posible sin que se notara demasiado.

—¿Y el otro coche?

—La furgoneta venía de Capillo Hill.

—E iba en dirección este —añadí. Intentaba animarlo a contestar sin inducir respuestas concretas. No quería que se limitara a devolverme la información que yo apuntaba.

—El conductor tenía puesto el intermitente de la derecha y lo vi reducir la marcha.

De pronto se calló. Yo permanecí inmóvil y en silencio, creando uno de esos vacíos en la conversación que normalmente empujan al otro a hablar. Lo observé con avidez, deseando que continuara.

—Antes de que la chica del primer coche completara el giro, el conductor de la furgoneta aceleró y la embistió.

El corazón me dio un vuelco.

—¿Aceleró? —pregunté.

—Sí.

—¿Deliberadamente?

—Eso he dicho.

—¿Y por qué haría una cosa así? ¿No le pareció extraño?

—No tuve tiempo de pensar en ello. Me acerqué corriendo a ver si podía ayudar. La chica no parecía herida de gravedad, pero la acompañante de la furgoneta, que era una mujer mayor, tuvo más problemas. Se lo vi en la cara. Hice lo que pude, aunque no fue mucho.

—La joven, la señorita Ray, quería darle las gracias por su amabilidad, pero dijo que cuando se dio cuenta, usted ya no estaba.

—Había hecho cuanto podía. Alguien debió de llamar al novecientos once. Oí las sirenas y supe que la ayuda venía de camino. Volví a la parada y, cuando llegó el autobús, me subí. No sé nada más.

—No sabe lo útil que ha sido. Esto es justo lo que necesitábamos. El abogado de la demandada querrá tomar su declaración...

Me miró como si le hubiera dado una bofetada.

—No me había dicho nada de una declaración.

—Creía habérselo mencionado. No es nada especial. El señor Effinger le repetirá todo esto para que conste... El mismo tipo de preguntas..., pero usted no tiene por qué preocuparse de eso ahora. Lo avisarán con tiempo de sobra, y estoy segura de que podrá arreglarlo para que usted no pierda horas de trabajo.

—Yo no he dicho que fuera a prestar testimonio.

—Puede que no sea necesario. Es posible que retiren la demanda o lleguen a un acuerdo, y en ese caso usted quedará al margen.

—Ya he respondido a sus preguntas. ¿No basta con eso?

—Mire, ya sé que es una lata. A nadie le gusta verse envuelto en estas cosas. Puedo pedirle que lo llame por teléfono.

—No tengo teléfono. La señora Von no es muy fiable a la hora de transmitir los mensajes.

—¿Qué le parece si le doy el número del señor Effinger y se pone usted en contacto con él? Así podrá hacerlo cuando mejor le vaya. —Saqué mi libreta y anoté el nombre y el número de la oficina de Effinger—. Lamento el malentendido —me disculpé—. Debería haber sido más clara. Como le he indicado, existe la posibilidad de que se resuelva el asunto. Incluso si presta testimonio, el señor Effinger le simplificará las cosas al máximo. Eso se lo prometo.

Cuando arranqué la hoja y se la entregué, le vi la mano derecha. Tenía un tosco tatuaje en el pliegue entre el pulgar y el índice. Un contorno rojo rodeaba aquella parte, como carmín deslucido con el tiempo. En el pulgar destacaban dos puntos negros, uno a cada lado del nudillo. De inmediato me indujo a pensar en la cárcel, lo que acaso explicase su actitud. Si había tenido problemas con la justicia en el pasado, era comprensible que ahora se mostrara evasivo.

Se llevó la mano al bolsillo.

Aparté la mirada, simulando interés en la decoración.

—Un sitio interesante. ¿Cuánto hace que vive aquí?

Cabeceó.

—No tengo tiempo para charlar.

—No se preocupe. Gracias por su tiempo.

En cuanto llegué a mi mesa de despacho llamé al bufete de Lowell Effinger, que estaba cerrado por el fin de semana. Saltó el contestador y dejé un mensaje para Geneva Burt, en el que le daba el nombre y la dirección de Melvin Downs.

—No lo retrasen. Ese hombre parece nervioso. Si no ha telefoneado el lunes a primera hora, hablen con su casera, la señora Von. Es una mujer de armas tomar y lo llamará a capítulo.

Dejé el número del despacho de Juanita Von.

23

Después de telefonear a la agencia del condado destinada a prevenir los malos tratos a la tercera edad, pensé que me quitaría un peso de encima. El asunto ya no estaba en mis manos y la investigación de Solana Rojas era responsabilidad de otros. En realidad, me inquietaba la perspectiva de encontrármela. Había hecho un gran esfuerzo por congraciarme con ella a fin de acceder a Gus, pero si cortaba todo contacto y aparecía el investigador haciendo determinadas preguntas, la conclusión obvia sería que yo había presentado la denuncia, como efectivamente así era. No sabía siquiera cómo aparentar inocencia. En el fondo, era consciente de que la seguridad de Gus era prioritaria, aun a riesgo de padecer la ira de Solana; sin embargo, me preocupaba. Siendo como era una embustera consumada, de pronto temía que me acusaran de decir la verdad.

Así funciona el sistema: un ciudadano presencia una acción indebida y avisa a las autoridades pertinentes. En lugar de recibir elogios, se ve rodeado de un aura de culpabilidad. Yo había obrado como consideraba correcto y ahora tenía la necesidad de andar escondiéndome, eludiéndola. Por más que me repitiera que esa actitud mía era una estupidez, temía por Gus, me preocupaba que pagara él las consecuencias de mi llamada. Solana no era una persona normal. Tenía algo de cruel, y en cuanto dedujera lo que yo había hecho, se me echaría encima con saña. Para colmo vivía al lado. Me desahogué contándoselo a Henry, sentados ambos en su cocina a la hora del cóctel: él ante un Black Jack con hielo, yo con mi Chardonnay.

—¿No tienes ningún asunto pendiente que te obligue a salir de la ciudad? —preguntó.

—Ojalá. Aunque si me marchara, las sospechas recaerían sobre ti.

Él le quitó importancia a esa posibilidad.

—Puedo con Solana. Y llegado el caso, tú también. Has hecho lo que debías.

—Eso mismo me digo yo una y otra vez, pero tengo que confesar una pequeña transgresión.

—¡Vaya por Dios! —exclamó él.

—Tampoco es para tanto. El día que ayudé a Solana con Gus, aproveché las circunstancias para sustraer el talonario y una libreta de ahorros.

—¿«Sustraer»? O sea, ¿robar?

—Hablando en plata, sí, así es. Eso fue lo que me impulsó a avisar a las autoridades. Fue la primera prueba que vi de que ella lo está desplumando. El problema es que, como ha cambiado la cerradura, no tengo manera de entrar a devolverlos.

—Santo cielo.

—Pues sí, «santo cielo». ¿Y ahora qué? Si me quedo con los documentos, no puedo tenerlos en casa. ¿Y si Solana se da cuenta, llama a la policía y consigue una orden de registro?

—¿Por qué no los pones en una caja de seguridad?

—Aun así me arriesgaría a que me sorprendieran con ellos. Por otra parte, no puedo destruirlos porque si se presentaran cargos contra Solana, ésa sería una prueba. De hecho, si la procesada soy yo, será una prueba contra mí.

Henry cabeceaba en señal de desacuerdo.

—No lo creo por tres razones. Los documentos no son admisibles como prueba porque son «el fruto del árbol prohibido». ¿No es así como se dice cuando se consigue una prueba por medios ilegales?

—Más o menos —respondí.

—Además, el banco tiene los mismos datos, así que si las cosas se ponen feas, la fiscalía puede requerir la presentación de las pruebas.

—¿Y cuál es la tercera razón? Me muero de ganas de saberla.

—Mételos en un sobre y mándamelos por correo —propuso Henry.

—No quiero ponerte en peligro. Ya me las arreglaré. Te aseguro que después de esto tengo intención de reformarme —dije—. Ah, y hay otra cosa. La primera vez que entré....

—¿Has entrado dos veces?

—Eh, la segunda me invitó ella. Fue cuando Gus quedó inmovilizado en la ducha. La primera vez utilicé la llave de su casa y apunté todos los medicamentos que él toma. Pensaba que quizá la causa de su estado de confusión y somnolencia era una combinación de fármacos. El farmacéutico con quien hablé sugirió un posible consumo de analgésicos, o exceso de alcohol, que no es el caso. Y todavía hay más. Cuando me paseaba por la casa, sabiendo que Gus y Solana no estaban, abrí la puerta del tercer dormitorio y encontré a un gorila de ciento cincuenta kilos dormido en la cama. ¿Quién demonios podía ser?

—Quizás era el ayudante que contrató. Me lo mencionó ella misma cuando fui. Viene una vez al día para ayudar a Gus a sentarse y levantarse del váter y cosas así.

—Pero ¿por qué dormía en horas de trabajo?

—Puede que se quedara esa noche allí para que ella se tomara el día de descanso.

—No lo creo. Solana había salido con Gus a hacer algún recado. Ahora que lo pienso, ¿por qué no estaba el ayudante allí cuando ella tuvo que sacar a Gus de la ducha?

—Tal vez ya se había ido. Según me dijo, ese hombre cobra por horas, así que no debe de estar mucho rato.

—Si vuelves a verlo, dímelo. Melanie no me ha comentado que Solana hubiera contratado a alguien.

Cuando volví a casa a las siete, estaba achispada. Una feliz consecuencia de mi angustia era que había perdido el apetito. A falta de comida, estaba dándome a la bebida. Eché un vistazo a mi escritorio y vi que parpadeaba la luz del contestador. Crucé la sala y pulsé el botón para reproducir el mensaje.

«Hola, Kinsey. Soy Richard Compton. ¿Podrías llamarme?»

¿Qué querría? Me había hecho un par de encargos la semana anterior, así que tal vez tenía alguno más. Estaba dispuesta a hacer prácticamente cualquier cosa con tal de salir de mi barrio. Marqué el número que me dejó y, cuando descolgó, me identifiqué.

—Gracias por devolverme la llamada. Verás, siento molestarte un sábado por la tarde, pero necesito que me hagas un favor.

—Claro.

—Salgo mañana para San Francisco. El vuelo es a las seis de la madrugada, y he pensado que era mejor llamarte ahora que desde el aeropuerto.

—Buena idea. ¿Y cuál es el favor?

—He recibido un mensaje del inquilino que vive encima de la casa de los Guffey. Cree que se estaban preparando para levantar el campamento.

—¿La demanda por retención ilegal surtió efecto, pues?

—Eso parece.

—Estupendo.

—Desde luego. El problema es que estaré fuera hasta el viernes y no podré ir a hacer la inspección final y recoger las llaves.

—Si de todos modos vas a cambiar las cerraduras, ¿por qué te preocupan tanto las llaves?

—Sí, eso es verdad, pero les pedí un depósito de veinte dólares por la llave, más otro de cien por la limpieza. Si no va alguien a comprobarlo, jurarán que dejaron la casa impecable y las llaves a la vista. Luego vendrán a exigir los dos depósitos íntegros. Lógicamente, no tienes que hacerlo ahora mismo. Basta con que pases en cualquier momento antes del mediodía del lunes.

—Puedo ir mañana si quieres.

—No hace falta que te tomes tanta molestia. Los llamaré para decirles que irás el lunes. ¿A alguna hora en particular?

—¿Qué tal a las once y cuarto? Así puedo ir antes de comer.

—Bien. Se lo diré. Por si necesitas ponerte en contacto conmigo, estaré alojado en el Hyatt de Union Square.

Me dio el número de teléfono del hotel y lo anoté.

—Oye, Richard, es un placer ayudarte, pero yo no me dedico a la gestión inmobiliaria. Deberías contratar a un profesional para cosas como ésta.

—Podría hacerlo, mujer, pero tú me sales mucho más barata. Una agencia se quedaría con el diez por ciento.

Habría podido contestar a eso, pero me colgó.

Cuando salí de casa el lunes por la mañana, no pude evitar escrutar la calle y la casa de Gus, con la esperanza de eludir un posible encuentro con Solana. No me sentía capaz de sostener una conversación civilizada con ella. Puse el motor en marcha y me aparté de la acera apresuradamente, sin poder resistir el impulso de estirar el cuello por si alcanzaba a ver algún indicio de ella. Me pareció advertir un movimiento en la ventana, pero debió de ser un nuevo acceso de paranoia.

Llegué a la oficina y entré. Recogí el correo del sábado, que habían metido por la ranura de la puerta y estaba desparramado sobre la alfombra de la recepción. El contestador parpadeaba alegremente. Aparté el correo comercial y lo tiré a la papelera mientras pulsaba el botón para reproducir el mensaje. Era de Geneva Burt, del bufete de Lowell Effinger. Parecía agobiada, pero así debían de ser los lunes para ella. Marqué el número del bufete mientras abría los sobres de las facturas, sujetando el teléfono entre la oreja y el hombro para dejar libres las manos. Cuando Geneva descolgó, me identifiqué y dije:

—¿Qué hay?

—Ah, hola Kinsey. Gracias por devolverme la llamada. Me está costando horrores ponerme en contacto con el señor Downs.

—Tenía que llamarte él a ti. Justo por eso le di tu número. Como no tiene teléfono recibe los mensajes por mediación de su casera. Me pareció más fácil pedirle a él que telefoneara por lo difícil que es localizarlo.

—Lo sé, y he transmitido tu comentario sobre su nerviosismo. El señor Effinger, impaciente por tomarle declaración, me ha pedido que lo llame y quedemos en algo concreto. Esta mañana lo he intentado tres veces, y nadie contesta. Lamento tener que hacerte esto, pero él me presiona a mí, y a mí no me queda más remedio que presionarte a ti.

—Ya veremos qué puedo hacer. No creo que Downs trabaje los lunes; quizá lo encuentre en casa. ¿Tenéis ya previstos día y hora? Si es así, me aseguraré de que él lo anota en su agenda.

—Todavía no. Nos acomodaremos a sus horarios en cuanto sepamos cuándo le va bien.

—De acuerdo. Te llamaré en cuanto haya hablado con él. Por poco que se resista, lo meteré en mi coche y lo llevaré hasta allí yo misma.

—Gracias.

Entré en el coche, cambié de sentido y recorrí ocho manzanas por Santa Teresa Street; finalmente, tras girar dos veces a la izquierda, llegué a Dave Levine. Apareció a la vista el hostal residencia y, por una vez, encontré una plaza de aparcamiento aceptable delante. Dejé el coche junto a la acera y subí de dos en dos los peldaños del porche. Abrí la puerta de un empujón y recorrí el pasillo hasta el despacho de la señora Von en la parte de atrás. En el mostrador había una campanilla antigua. Llamé.

Del comedor salió una joven con un plumero en una mano. Tenía veintitantos años y llevaba el pelo recogido detrás con peinetas de plástico azul. Vestía camiseta y vaqueros, y le colgaba un paño de la presilla del cinturón, como si fuera pinche de cocina.

—¿En qué puedo ayudarla?

—Busco a la señora Von.

—Ha ido a hacer unos recados.

A sus espaldas, empezó a sonar el teléfono del escritorio. Y sonó. Y sonó. Ella lo miró, prescindiendo de la solución obvia, que era responder.

—¿Puedo ayudarla en algo? —repitió.

El teléfono dejó de sonar.

—Es posible —contesté—. ¿Sabe si está el señor Downs?

—No está.

—Ese hombre nunca está. ¿Tiene idea de cuándo volverá?

—Se ha marchado. Tengo que limpiar su habitación, pero todavía no me ha dado tiempo. La señora Von va a poner un anuncio en el diario para alquilar la habitación. Es uno de los recados que ha ido a hacer.

—No puede ser. Hablé con él el sábado y no me dijo nada. ¿Cuándo dio aviso?

—No lo dio. Sencillamente hizo las maletas y se largó. No sé qué le dijo usted, pero debió de asustarlo —comentó ella, y soltó una risotada.

Me quedé de una pieza. ¿Y ahora qué demonios iba a decirle a Lowell Effinger? La declaración de Melvin Downs era vital para el caso, y de pronto el testigo se había pirado.

—¿Puedo echar un vistazo a su habitación?

—A la señora Von no le gustará.

—Sólo diez minutos. Por favor. Sólo pido eso. Ella no tiene por qué enterarse.

Se lo pensó y pareció hacer un gesto de indiferencia.

—La puerta no está cerrada con llave, así que puede entrar si quiere. Tampoco hay nada que ver. He echado una ojeada a primera hora por si había dejado la habitación muy patas arriba. Está limpia como una patena, por lo que yo he visto.

—Gracias.

—No hay de qué. Y yo no sé nada, ¿eh? Estoy ocupada limpiando la cocina. Si la señora Von la pilla, yo no he tenido nada que ver.

Esta vez subí por la escalera de atrás, temiendo encontrarme con la señora Von si por casualidad regresaba en ese momento. Desde abajo oí sonar otra vez el teléfono. Quizá la mujer de la limpieza tenía orden de no contestar. Quizá la norma 409 del Sindicato del Personal de Limpieza prohibía asumir responsabilidades que no se especificaban en el contrato.

Cuando llegué a la segunda planta, para mayor seguridad, llamé a la puerta de Melvin Downs y esperé un momento. Como nadie respondió, miré por el pasillo en ambas direcciones y abrí.

Entré en la habitación con la intensa sensación de peligro que experimento siempre que estoy en un sitio donde en teoría no debería estar, cosa que últimamente me ocurría casi a todas horas. Cerré los ojos y respiré hondo. La habitación olía a aftershave. Los abrí y llevé a cabo una inspección visual. Era un espacio de dimensiones inesperadamente amplias, quizás unos seis por siete metros. En el cuarto ropero cabían una cómoda ancha, dos varillas de madera para colgar ropa y un zapatero acoplado a la parte posterior de la puerta. Por encima de las varillas había estantes de madera vacíos hasta el techo.

El cuarto de baño contiguo, de cuatro metros por cuatro, contenía una bañera antigua de hierro colado con patas en forma de garras y un lavabo de reborde ancho con un estante de cristal encima. El inodoro tenía la tapa de madera y una cisterna colgada de la pared que se accionaba con una cadena. El suelo era de linóleo imitación parquet.

En la habitación principal había una segunda cómoda, una cama de matrimonio con cabezal de hierro pintado de blanco, y dos mesillas de noche disparejas. La única lámpara era funcional: dos bombillas de 75 vatios con una cadena de metal colgada del techo y una sencilla pantalla, quemada en algunos sitios. Cuando tiré de la cadena, sólo se encendió una bombilla. Habían retirado la ropa de la cama y el colchón estaba doblado por la mitad, dejando a la vista los muelles del somier. Melvin había apilado con pulcritud todo aquello que necesitaba lavarse: sábanas, fundas de almohada, la funda del colchón, la colcha y las toallas.

Bajo las ventanas en voladizo de la pared del fondo había una mesa de madera pintada de blanco y dos sillas de madera sin barnizar. Crucé la habitación hasta una encimera de cocina situada bajo unos pocos armarios. Examiné los estantes. Unos cuantos platos, seis vasos de agua, dos cajas de cereales y un surtido de galletas saladas. Conociendo a la señora Von como ya la conocía, sin duda estaban estrictamente prohibidos los calientaplatos y cualquier otro electrodoméstico destinado a guisar.

Empecé a registrar en serio, pese a que no veía muchos posibles escondites. Abrí todos los cajones, miré dentro y detrás, comprobé debajo y luego pasé a otra cosa. Nada en la papelera. Nada debajo de la cómoda. Cogí una de las sillas de cocina y la acerqué al cuarto ropero para subirme y echar un buen vistazo al fondo de los estantes. Tiré del cordel que encendía la única bombilla desnuda. Daba una luz mortecina. Al principio pensé que tampoco esta vez había dado en el clavo, pero vi algo en un rincón contra la pared. Me puse de puntillas y, agachando la cabeza, alargué el brazo por completo mientras buscaba a tientas por el polvoriento estante. Cerré la mano en torno al objeto y me lo acerqué para verlo. Era un juguete, uno de esos pequeños payasos de madera que hacen una voltereta al apretar los dos palos laterales a los que van prendidos. Contemplé el payaso mientras le hacía dar un par de vueltas y a continuación me bajé de la silla, la devolví a su sitio y me guardé el juguete en el bolso antes de entrar en el baño.

No habían limpiado el baño, pero tampoco contenía nada útil a modo de información. Vi el casillero de cartón de una caja de vino, plegado y encajado detrás del lavabo. Melvin Downs acarreaba dos cajas de vino vacías, una dentro de la otra, cuando nos presentaron. Eso significaba que ya entonces había empezado a hacer las maletas. Interesante. Algo había precipitado su marcha, y esperaba no haber sido yo.

Salí de la habitación y cerré la puerta. Cuando me encaminaba hacia la escalera, oí una radio en la habitación de enfrente. Vacilé, pero por fin llamé a la puerta. No tenía nada que perder.

Al hombre que abrió le faltaban los incisivos superiores y tenía barba de dos días.

—Perdone que lo moleste, pero me gustaría saber qué ha sido de Melvin Downs.

—No lo sé. Me da igual. No me caía bien y yo no le caía bien a él. Si se ha ido, tanto mejor.

—¿Hay alguien más con quien pudiera hablar?

—Veía la tele con el hombre de la habitación número cinco. En el primer piso.

—¿Está aquí?

Cerró la puerta.

–Gracias –dije.

Regresé a mi coche, me metí y me quedé allí sentada con las manos en el volante mientras contemplaba las distintas opciones. Consulté la hora. Eran cerca de las once. De momento, no podía hacer nada. Tenía que vérmelas con los Guffey, así que hice girar la llave de contacto y me dirigí hacia Colgate. Si no me ponía en marcha, llegaría tarde.

24
Solana

El domingo por la mañana, en la cocina, Solana trituraba un puñado de comprimidos con un mortero y una mano de almirez. El medicamento pulverizado era un nuevo somnífero de venta sin receta que había comprado el día anterior. Le gustaba experimentar. En ese momento el viejo estaba sedado, y ella aprovechó la ocasión para llamar a la Otra, con quien no hablaba desde antes de Navidad. Debido al ajetreo de las fiestas y sus obligaciones con el anciano, Solana apenas había pensado en la Otra. Se sentía a salvo. No veía cómo podía alcanzarla su pasado, pero nunca estaba de más tomarle el pulso a la Otra, por así decirlo.

Después de las trivialidades de costumbre, la Otra dijo:

—El otro día me pasó algo muy raro. Como andaba cerca de la Casa del Amanecer, pasé a saludar a la gente. Hay una mujer distinta en administración, y me preguntó si me gustaba mi nuevo trabajo. Cuando le dije que sólo estudiaba, me miró de una manera extraña. Ni te imaginas la cara que puso. Le pregunté qué ocurría y me explicó que había pasado por allí alguien que investigaba mis antecedentes de cara a un empleo como enfermera particular. Le dije que se equivocaba, que yo no trabajaba de enfermera.

Solana cerró los ojos, intentando interpretar el significado de ese episodio.

—Debió de ser un error. Te confundiría con otra persona.

—Eso pensé yo, pero mientras estaba allí, sacó el expediente y me señaló la anotación que hizo en su momento. Incluso me enseñó la tarjeta de visita de esa mujer.

Solana se concentró en la información con una curiosa sensación de distanciamiento.

—¿Una mujer?

—El nombre no me sonaba de nada y ahora no lo recuerdo, pero no me gusta la idea de que alguien vaya por ahí preguntando por mí.

—Tengo que colgar. Llaman a la puerta. Ya te telefonearé más tarde.

Solana colgó. Sintió que el calor ascendía por su cuerpo como un fogonazo. Lo que alarmó a Solana fue que la joven de la casa de al lado andaba husmeando donde no debía. La revelación resultó en extremo inquietante, pero de momento no podía prestarle atención a eso. Tenía otros asuntos pendientes. Había concertado una cita con una galería de arte, donde esperaba colocar los cuadros que había encontrado en la casa al empezar a trabajar allí. No sabía nada de arte, pero los marcos eran preciosos, y pensó que podían reportarle una buena suma. Había buscado en las páginas amarillas y elegido cinco o seis galerías en la zona elegante de la ciudad. En cuanto Tiny la ayudara a cargar los cuadros en el coche se marcharía, y lo dejaría a él al cuidado del señor Vronsky en su ausencia.

Salió de la autovía y tomó por Old Coast Road, que atravesaba la parte de Montebello conocida como el Lower Village. Era una zona de tiendas caras: ropa a medida, estudios de diseño de interiores y de arquitectura, agencias inmobiliarias con fotografías en color de casas de entre diez y quince millones de dólares en el escaparate. Localizó la galería en medio de una hilera de tiendas. El aparcamiento escaseaba y tuvo que dar dos vueltas a la manzana antes de encontrar un hueco. Abrió el maletero del descapotable y sacó dos de los seis cuadros que llevaba. En ambos casos, los marcos eran muy recargados, y Solana tenía la seguridad de que el pan de oro era auténtico.

La galería en sí era sencilla, una sala alargada y estrecha, sin moqueta. El mobiliario se reducía a una valiosa mesa antigua con una silla a cada lado. La iluminación era buena y dirigía la atención hacia la treintena de cuadros colgados en las paredes. Algunos no parecían mejores que los dos que ella llevaba.

La mujer sentada a la mesa levantó la vista con una sonrisa afable.

—Usted debe de ser la señora Tasinato. Soy Carys Mumford. ¿Qué tal?

—Bien —contestó Solana—. Tengo una cita con el dueño para hablar de unos cuadros que quiero vender.

—La dueña soy yo. ¿Por qué no se sienta?

Solana se sintió un poco violenta por su error, pero ¿cómo iba ella a saber que una mujer tan joven y atractiva podía ser la dueña de un establecimiento tan refinado como aquél? Ella se esperaba a un hombre, alguien mayor y estirado y fácil de manipular. Torpemente, dejó los cuadros, sin saber por dónde empezar.

La señorita Mumford se levantó y, rodeando la mesa, preguntó:

—¿Me permite echarles un vistazo?

—Adelante.

La mujer tomó el cuadro de mayor tamaño y lo llevó al otro lado de la sala. Lo apoyó en la pared y regresó a por el segundo cuadro, que colocó junto al primero. Solana vio demudarse el rostro de la galerista. No supo descifrar su reacción y la asaltó un momentáneo desasosiego. A ella le parecía que los cuadros no estaban mal, pero tal vez la dueña de la galería los consideraba inferiores.

—¿Cómo han llegado a sus manos?

—No son míos. Trabajo para el caballero que espera venderlos porque necesita el efectivo. Los compró su mujer hace años, pero cuando ella murió, él ya no supo qué hacer con ellos. Han estado guardados en un trastero, ocupando espacio.

—¿Conoce usted a estos dos artistas? —preguntó Carys Mumford.

—No. Nunca me han entusiasmado los paisajes: las montañas, las amapolas, o lo que quiera que sean esas flores de color naranja.

Quizá piense usted que estos cuadros no son tan buenos como los que tiene aquí, pero los marcos son muy valiosos —dijo ella, procurando no mostrarse desesperada ni dar la impresión de que se disculpaba.

Carys Mumford la miró sorprendida.

—¿Sólo vende los marcos? Creía que hablaba de los cuadros.

—También estoy dispuesta a incluirlos en el trato. ¿Hay algún problema?

—Nada más lejos. Éste es un John Gamble, uno de los pintores a *plein-air* de principios de siglo. Su obra es muy codiciada. Hacía años que no veía un cuadro de este tamaño. El otro es de William Wendt, otro pintor a *plein-air* muy conocido. Si usted no tiene mucha prisa, sé de un par de clientes míos que sin duda estarán interesados. Sólo es cuestión de ponerse en contacto con ellos.

—¿Cuánto tardaría?

—Entre una semana y diez días. Hay personas que viajan la mayor parte del año y a veces no es fácil localizarlas. No obstante, confían en mi criterio. Si les digo que son auténticos, aceptarán mi palabra.

—No sé si debo dejárselos. No estoy autorizada a hacerlo —dijo Solana.

—Como usted quiera, aunque cualquier comprador interesado deseará ver el cuadro y quizá llevárselo a casa unos días antes de decidirse.

Solana ya se lo imaginaba: esa mujer entregaría los cuadros a otra persona, y nunca más volvería a saber nada de ellos.

—En cuanto a ese tal Gamble…, ¿cuánto diría que vale? —Notó que se le humedecían las palmas de las manos. No le gustaba negociar en situaciones así, en las que ella no pisaba sobre seguro.

—Bueno, hace dos meses vendí un cuadro parecido por ciento veinticinco mil. Otros clientes, una pareja, me compraron un Gamble hace cinco o seis años por treinta y cinco mil. Ahora vale ciento cincuenta.

—Ciento cincuenta mil dólares —repitió Solana. Sin duda no la había engañado el oído.

—Si no le importa que se lo pregunte —continuó la tal Mumford—, ¿existe alguna razón por la que no pueda dejármelos?

—No es por mí, es por el caballero para el que trabajo. Podría convencerlo para dejárselos una semana, pero no más. Necesitaría un recibo. Necesitaría dos recibos.

—Se los daré con mucho gusto. Por supuesto, tendré que ver las dos facturas de la compra original o alguna prueba de que ese caballero es el verdadero propietario de los cuadros. Es una pura formalidad, pero en transacciones de esta magnitud la procedencia es crucial.

Solana negó con la cabeza, inventando una excusa tan deprisa como pudo.

—Imposible. Los compró su mujer hace muchos años. Después hubo un incendio y se quemaron todos los archivos. En cualquier caso, ¿qué más da después de tanto tiempo? Lo que cuenta es el valor actual. Esto es un Gamble auténtico. Uno grande. Usted misma lo ha dicho.

—¿Y una tasación para un seguro? —preguntó la galerista—. Seguro que tiene una cláusula en su póliza para protegerse en caso de pérdida.

—De eso no sé nada, pero puedo preguntarlo.

Vio que la mujer daba vueltas al problema. La cuestión de la procedencia no era más que un pretexto para bajar el precio. Quizá pensaba que los cuadros eran robados, y nada más lejos de la verdad. La mujer quería esos cuadros. Solana lo veía en su cara: tenía la expresión de una persona a dieta que contempla una bandeja de dónuts en un escaparate. Al final, la galerista dijo:

—Déjeme pensarlo y quizás encontremos una solución. Deme un número donde encontrarla y mañana le diré algo.

Cuando Solana se marchó de la galería tenía en la mano los dos recibos. El cuadro de menor tamaño, el William Wendt, estaba valorado en setenta y cinco mil. Los otros cuatro cuadros que llevaba en el maletero se los guardaría hasta asegurarse de que la trataban bien. Valía la pena esperar una semana si podía embolsarse semejante suma de dinero.

Ya en casa, no pudo por menos de dar vueltas al tema de Kinsey Millhone, que parecía empeñada en fisgonear. Solana recordaba claramente la primera vez que había llamado a la puerta del señor Vronsky. La aborreció nada más verla, observándola a través del cristal de la puerta como si fuera una tarántula en una vitrina del Museo de Historia Natural. Solana había llevado allí muchas veces a Tiny cuando éste era pequeño. A él le fascinaban aquellos insectos y arañas repugnantes, bichos peludos al acecho en los rincones y bajo las hojas. Algunos tenían cuernos y pinzas y duros caparazones negros. Esas despreciables criaturas eran capaces de camuflarse tan hábilmente que en ocasiones resultaba difícil localizarlas entre la vegetación donde permanecían ocultas. Las tarántulas eran las peores. La vitrina parecía vacía y Solana se preguntaba si la araña se había escapado. Acercaba la cara al cristal, escrutando inquieta el interior, y de pronto descubría al bicho tan cerca que podía tocarse. Esa chica era así.

Solana le había abierto la puerta y captado su olor con la misma claridad que el de un animal, algo femenino y floral que no le pegaba en absoluto. Era esbelta, de treinta y tantos años, de cuerpo atlético y fibroso. En ese primer encuentro vestía un jersey de cuello de cisne negro, americana gruesa, vaqueros y zapatillas de deporte, con un bolso de piel blanda colgado del hombro. Tenía el pelo oscuro y lacio, tan mal cortado como si lo hubiera hecho ella misma. Desde entonces se había presentado varias veces, siempre con los mismos pobres cumplidos y torpes preguntas sobre el viejo. En dos ocasiones Solana la había visto correr por State Street a primera hora de la mañana. Supuso que la joven hacía eso todos los días entre semana antes del amanecer. Se preguntó si salía a esas horas para espiarla. La había visto husmear en el contenedor al pasar por su lado. Lo que hacía Solana, lo que Solana echaba allí, no era asunto de ella.

Solana se obligó a conservar la calma y a tratar con amabilidad a la tal Millhone, aunque mantuvo fija en ella una mirada implacable. La joven tenía las cejas finas, ojos verdes orlados de oscuras pestañas. El color de sus ojos era inquietante: verdoso con motas doradas y con un anillo más claro en torno al iris que les confería un brillo semejante al de los ojos de un lobo. Observándola, Solana experimentó una sensación casi sexual. Eran almas afines, oscuridad frente a oscuridad. Por lo común, Solana era capaz de leer el pensamiento de los demás, pero no el de esa mujer. Si bien la actitud de Kinsey era cordial, en sus comentarios se adivinaba una curiosidad que a Solana no le hacía ninguna gracia. Era una persona que escondía más de lo que mostraba.

Se delató el día que se ofreció a ir al supermercado. Solana fue a la cocina para hacer la lista de la compra. Se miró en un espejo que tenía colgado en la cocina junto a la puerta de atrás. Se vio bien. Ofrecía exactamente la imagen que quería dar: atenta, considerada, una mujer que se interesaba de todo corazón por su paciente. Cuando regresó al salón con el bolso bajo el brazo y el monedero en la mano, vio que la vecina, en lugar de esperar en el porche como le había pedido, había entrado en la casa. Fue un gesto nimio, pero denotaba una gran terquedad. Aquélla era una mujer que hacía lo que le venía en gana, y no lo que le decían. Solana adivinó que había estado curioseando. ¿Qué habría visto? Solana habría comprobado de buena gana si faltaba algo en el salón, pero no apartó la mirada del rostro de la mujer. Era peligrosa.

A Solana no le gustaba la insistencia de Kinsey, aunque, pensándolo bien, hacía ya dos o tres días que no la veía. El viernes anterior había acudido a la casa del vecino en busca de ayuda para sacar al viejo de la ducha. El señor Pitts no estaba y la acompañó Kinsey en su lugar. A Solana le daba igual quién la ayudara. Lo que pretendía era dejar constancia de la caída del viejo. No porque se hubiera caído —¿cómo iba a caerse si apenas se levantaba de la cama?—, sino para explicar los moretones recientes en la pierna. Desde entonces no había vuelto a ver a Kinsey, y eso se le antojaba extraño. Con todo el interés que tanto ella como el señor Pitts habían manifestado por el viejo, ¿por qué ya no les preocupaba? Era evidente que los dos estaban confabulados, pero ¿qué tramaban?

Tiny le había dicho que el jueves, mientras dormía la siesta, oyó moverse a alguien por la casa de Gus. Solana no imaginaba cómo podía haber sido Kinsey, pues, que ella supiera, no tenía llave. En cualquier caso, Solana llamó a un cerrajero para cambiar la cerradura. Se acordó de su reciente conversación con la Otra, de la investigadora que, según le contó, había ido a hacer preguntas a la residencia de la tercera edad donde ellas dos habían trabajado. Estaba claro que Kinsey había metido las narices donde no debía.

Solana volvió a la habitación del viejo. Estaba despierto y había conseguido sentarse en el borde de la cama. Le colgaban los pies descalzos y, con un brazo extendido, se sujetaba a la mesita de noche.

Solana dio una ruidosa palmada.

—¡Muy bien! Se ha levantado. ¿Necesita ayuda?

Gus se llevó tal susto que Solana casi percibió la sacudida de miedo que le recorría la columna vertebral.

—Cuarto de baño.

—¿Por qué no espera aquí y le traigo el orinal? Está demasiado débil para andar trotando por la casa.

Sostuvo el orinal ante Gus, pero él no consiguió echar ni una gota. Como era de prever. No había sido más que una excusa para abandonar la cama. Solana no se explicaba qué pretendía. Había guardado el andador en la habitación vacía, de modo que Gus, para dar un paso, tenía que arrastrarse de una habitación a la otra, buscando apoyo en los muebles. Incluso si llegaba a la puerta de atrás, o a la de delante, tendría que vérselas con los peldaños del porche y después con la acera. Solana pensó que, llegado el caso, le permitiría escapar y llegar hasta la calle antes de ir a por él. Así podría decir a los vecinos que ahora le había dado por deambular de aquí para allá. Diría: «Pobre viejo. Con ese pijama tan fino, podría morirse de frío». Añadiría que, además, tenía alucinaciones y, en sus delirios, contaba que alguien lo perseguía.

El señor Vronsky temblaba a causa del esfuerzo, cosa de la que ella habría podido prevenirle si él se hubiese dignado preguntar. Lo ayudó a ir al salón para que viera su programa de televisión preferido. Ella se sentó a su lado en el sofá y se disculpó por haber perdido la paciencia. Aunque él la había provocado, le aseguró que no volvería a ocurrir. Le tenía cariño, dijo. Él la necesitaba y ella lo necesitaba a él.

—Sin mí, tendría que ir a una residencia. ¿Qué le parecería eso?

—Quiero quedarme aquí.

—Claro que sí, y yo haré todo lo que pueda para ayudarlo. Pero nada de quejas. Nunca debe hablarle a nadie de mí.

—No lo haré.

—Esa joven que viene a veces..., ¿sabe a quién me refiero?

Eludiendo su mirada, el anciano asintió.

—Si se queja a ella, si se comunica con ella de cualquier manera, Tiny le hará mucho daño a esa joven y usted será el culpable. ¿Entendido?

—No diré nada —contestó él con un hilo de voz.

—Buen chico —dijo ella—. Ahora que me tiene a mí, no volverá a estar solo nunca más.

Gus parecía agradecido y humilde tras semejante demostración de amabilidad. Cuando se acabó el programa, en recompensa por su buen comportamiento, Solana lo acarició para ayudarlo a relajarse. Después estaba de lo más dócil, y ella percibió el vínculo que se desarrollaba entre ellos. Su relación física era nueva, pero ella había esperado el momento oportuno, llevándolo en esa dirección día a día. Había sido educado para actuar como un caballero y jamás reconocería lo que ella le hacía.

Había tenido la inteligencia de deshacerse de la voluntaria de Meals on Wheels. No le gustaba dejar la puerta de atrás abierta, y despreciaba a la señora Dell, con su elegante peinado de peluquería y su caro abrigo de visón. Esa mujer vivía absorta en su imagen de benefactora. Si Solana estaba presente cuando llegaba con la comida, a veces decía algo por cortesía, pero en realidad no había conversación entre ellas, y la mujer rara vez se acordaba de preguntar por el viejo. En cualquier caso, Solana había anulado el servicio. Siempre existía el riesgo de que notase algo y la denunciase.

El lunes por la mañana Solana dio al viejo una dosis doble de su «medicina». Dormiría dos horas seguidas, y así ella dispondría de tiempo de sobra para ir a Colgate y volver. Debía pasar por su casa para ver qué hacía Tiny. No tenía ninguna seguridad de que él se comportase debidamente. Pensó en llevárselo otra vez a la casa de Gus para que la ayudara a meterlo y sacarlo de la ducha cuando despertara. Mientras mantuviese al viejo vigilado de cerca, quizá lo más sensato fuese permitirle recibir alguna que otra visita. Antes de irse, desconectó el teléfono de la habitación y se quedó al lado de la cama observándolo. En cuanto oyó que su respiración era profunda y acompasada, se puso el abrigo y recogió el bolso y las llaves del coche.

Cuando giraba el botón de bloqueo de la cerradura, oyó cerrarse suavemente la puerta de un coche y se detuvo. Arrancó un motor. Solana se acercó a la ventana y permaneció a un lado, con la espalda contra la pared. Desde ese ángulo, tenía una vista parcial de la calle, pero nadie la veía a ella desde fuera. Cuando pasó el Mustang azul, vio inclinarse a Kinsey, alargando el cuello como para echar un último vistazo a la casa. ¿Qué le interesaba tanto?

Por segunda vez Solana dio media vuelta y examinó la sala. Dejó vagar la mirada y, tras posarla por un momento en el buró, la fijó en él. Notó algo distinto. Cruzó la sala y, deteniéndose delante, observó el casillero en un intento de adivinar qué había cambiado. Sacó el paquete de documentación bancaria y se llevó una dolorosa sorpresa. Alguien había retirado la gomita y sacado la libreta de ahorros de una de las cuentas. Además, el talonario parecía más delgado, y al abrirlo, descubrió que sólo estaba la funda. ¡Dios santo! Volvió a dirigir la mirada hacia la ventana. Durante la semana anterior habían entrado en la casa dos personas: el señor Pitts y la exasperante Kinsey Millhone. Aquello era obra de uno de los dos, pero ¿cómo y cuándo lo habían hecho?

Cuando abrió la puerta de su apartamento, supo que no había nadie en casa. El televisor estaba apagado. En la encimera de la cocina vio los restos de las comidas de Tiny de los últimos días. Recorrió el corto pasillo hasta la habitación de Tiny y encendió la luz del techo. Ella era ordenada por naturaleza y siempre la horrorizaba la dejadez con que él vivía. De niño lo había perseguido continuamente, obligándolo a poner en orden su habitación antes de hacer cualquier otra cosa. Cuando llegó a la adolescencia, pesaba setenta kilos más que ella y ni todos los sermones del mundo surtían efecto. Él se quedaba mirándola con sus grandes ojos bovinos, pero no reaccionaba ante nada, al margen de lo que ella dijera o hiciera. Ya podía pegarle de la mañana a la noche, que él se limitaba a reírse. A su lado, era pequeña y endeble. Había desistido de cambiarlo o controlarlo. En la actualidad, a lo máximo que podía aspirar era a restringir su caos a la parte delantera de la casa. Por desgracia, ahora que pasaba más tiempo con el viejo, Tiny se sentía libre de vivir como le viniera en gana. Entró en el cuarto de baño que compartían y se irritó al ver las huellas de sangre dejadas por su hijo. A veces le gustaba meterse en peleas, y luego no siempre se limpiaba bien.

Solana entró en su habitación y tardó unos minutos en recoger las medias, bragas y ropa tirada por el suelo. Algunas de sus prendas más elegantes, que no había tenido ocasión de ponerse desde hacía años. Después de poner orden, reunió todo aquello que deseaba llevarse a la casa del viejo. Empezaba a gustarle vivir allí y estaba decidida a quedarse. Había puesto la maquinaria en marcha, como ya había hecho dos veces antes en su afán de permanencia. Quería echar raíces. Quería sentirse libre, sin tener que mirar por encima del hombro para ver si la policía daba con ella. Estaba harta de vivir como una gitana, siempre en movimiento. Tuvo la fugaz fantasía de una vida sin que nadie se interpusiera en su camino. El señor Vronsky era un pesado, pero tenía su utilidad, al menos de momento. Ahora el problema era cómo mantener bajo control a Tiny, su Tonto, que de día no solía alejarse mucho. Si desaparecía después de la cena, era inútil preguntarse siquiera adónde podía haber ido o qué se traía entre manos.

Cerró el apartamento y volvió al coche, dispuesta a recorrer el barrio en busca de Tiny. A su hijo le gustaba frecuentar un taller mecánico que había en una gasolinera. Lo atraía algo en el olor del metal caliente y la grasa. También le interesaba el túnel de lavado contiguo. Se quedaba mirando los vehículos que entraban sucios por una punta y salían por la otra, limpios y chorreantes. Podía quedarse allí durante una hora, contemplando el vaivén de las tiras de lona que golpeaban los costados y los techos de los coches. Le encantaban las espirales de jabón lanzadas contra los neumáticos y el rociado de cera caliente para abrillantarlos. Durante un tiempo, Solana albergó la esperanza de que encontrara trabajo allí, secando las gotas de humedad de los coches al final del túnel. Ésa era una tarea que estaba al alcance de sus posibilidades. Tiny veía la vida en términos concretos: lo que sucedía en ese mismo instante, lo que tenía ante sí, lo que quería comer, lo que le acarreaba un rapapolvo, lo que le valía una bofetada. Su visión del mundo era plana y sin complicación alguna. No tenía la menor curiosidad ni perspicacia. Carecía de ambición y de impulso para hacer cualquier cosa que no fuera perder el tiempo viendo la televisión y dedicándose a lo que quiera que se dedicase cuando salía. Más valía no ahondar en ese tema, pensó ella.

Solana condujo por las calles lentamente, atenta por si aparecía a la vista la mole de su hijo. Debía de llevar la cazadora vaquera y el gorro de punto negro calado hasta las orejas. Ni rastro de él en la gasolinera. Ni rastro de él en el túnel de lavado. Al final lo vio salir del supermercado de la esquina. Ya había pasado antes por allí, pero él debía de estar dentro, comprando tabaco y chocolatinas con el dinero que ella le había dejado. Aminoró la marcha hasta detenerse y tocó la bocina. Él se dirigió pesadamente hacia el coche, se sentó en el asiento del acompañante y cerró de un portazo. Fumaba un cigarrillo y mascaba chicle. Menudo zoquete estaba hecho.

—Apaga eso. Ya sabes que no te dejo fumar en el coche.

Ella lo observó mientras bajaba la ventanilla y tiraba el cigarrillo encendido. Tiny hundió las manos en los bolsillos de la cazadora, sonriente por alguna razón.

—¿Por qué estás tan contento? —preguntó Solana, irritada.

—Por na.

—Na no es una palabra. Se dice «nada». ¿Qué llevas en el bolsillo?

Él negó con la cabeza, como si no supiera de qué le hablaba.

—¿Has robado algo?

Él contestó que no, pero con tono malhumorado. Simple como era, no sabía mentir, y Solana supo por la expresión de su rostro que lo había pillado otra vez. Se arrimó a la acera.

—Vacía los bolsillos ahora mismo.

Tiny se negó descaradamente, pero ella le dio una colleja y él, obedeciendo, sacó dos paquetes pequeños de M&M's y uno de cecina de buey.

—¿Qué te pasa? La última vez que hiciste esto te dije que nunca más. ¿No te lo dije? ¿Qué pasará si te pillan?

Solana bajó la ventanilla y tiró las golosinas. Él gimió, emitiendo aquel mugido que a ella tanto la irritaba. No conocía a nadie más que, al llorar, articulase realmente las vocales «uaaa».

—No vuelvas a robar nunca. ¿Me has oído? Y eso otro que haces también debe acabarse. Porque, como sabes, puedo mandarte otra vez al pabellón. ¿Recuerdas dónde estuviste? ¿Recuerdas lo que te hicieron?

—Sí.

—Pues pueden hacértelo otra vez si yo se lo digo.

Lo examinó. ¿Qué sentido tenía reprender al chico? Hacía lo que hacía durante las horas que pasaba fuera de casa. Muchas veces Solana le había visto las manos, los nudillos llenos de magulladuras e hinchados como si llevara mitones. Cabeceó en un gesto de desesperación. Sabía que si lo presionaba más de la cuenta, se volvería contra ella como había ocurrido en otras ocasiones.

Cuando llegó a la manzana donde vivían, dobló por el callejón y buscó aparcamiento. La mayoría de las plazas bajo el sotechado estaban vacías. En el complejo de apartamentos detrás del suyo había una gran rotación de inquilinos, lo que significaba que las plazas de aparcamiento disponibles variaban continuamente conforme los residentes iban y venían. Alcanzó a ver un Mustang azul en el espacio reservado para los bomberos al final del callejón, arrimado a la fachada lateral del edificio.

No se lo podía creer. Nadie aparcaba allí. Había un cartel que anunciaba que era un espacio para los bomberos y debía permanecer desocupado. Al pasar de largo, Solana lanzó una mirada al vehículo. Supo de quién era. Lo había visto hacía menos de una hora. ¿Qué hacía allí Kinsey? Sintió una oleada de pánico en el pecho. Dejó escapar un leve sonido, algo entre exclamación ahogada y gemido.

—¿Qué te pasa? —preguntó Tiny, omitiendo casi todas las consonantes y achatando las vocales.

Salió del callejón.

—Ahora no vamos a parar. Te llevaré a la Casa de los Waffles y te invitaré a desayunar. Deberías dejar el tabaco. Es malo para la salud.

25

El lunes, a las once y diez de la mañana, subí por la escalera al primer piso del edificio de dos plantas donde vivían los Guffey. Oí correr agua y supuse que el jardinero o el portero estaba pasando la manguera por los caminos de acceso. No había tenido el gusto de conocer a Grant Guffey, pero su mujer era hostil y no me apetecía otro concurso de ingenio. ¿Por qué había aceptado ese encargo? Cuando fuera a pasar revista al apartamento, aunque hubiese grandes boquetes en las paredes, negarían toda responsabilidad, jurando y perjurando que ya estaban allí desde el primer día. Yo no tenía copia de la hoja de inspección que habían firmado al alquilar el piso. Me constaba que Compton era muy meticuloso en esa fase del proceso de alquiler, y eso precisamente le permitía ser tan duro con los inquilinos cuando se iban. Si había daños visibles y los Guffey protestaban, nos veríamos reducidos a una absurda discusión de «¡Has sido tú!», «¡No he sido yo!».

Había dejado el coche en el callejón, aparcado muy cerca del edificio, para que no se viera desde la ventana trasera del apartamento de los Guffey. En realidad no conocían mi coche, pero un mínimo de cautela nunca está de más. El espacio estaba reservado para los bomberos, pero esperaba quedarme poco tiempo. Si oía sirenas u olía a humo, correría como una liebre y rescataría mi pobre vehículo antes de que lo aplastara un camión de bomberos. Era la última vez que le hacía el trabajo sucio a Compton. No podía decirse que se lo regalara, pero tenía otros asuntos de que ocuparme. El espectro de Melvin Downs asomaba una y otra vez a mi mente, y traía consigo un lento y espeso temor.

Cuando llegué a lo alto de la escalera vi un charco de agua cada vez más grande que salía por debajo de la puerta del apartamento 18. El torrente se desbordaba por un lado del pasillo de la primera planta y caía en el patio de cemento, creando la ilusión de lluvia que había oído poco antes. ¡Qué suerte la mía! Vadeé hasta la puerta del apartamento, irradiando ondas a mi paso. Habían corrido las cortinas de las ventanas y no pude ver el interior, pero cuando llamé, la puerta se abrió sola girando sobre un único gozne chirriante. En las películas, éste es el momento en que el público quiere lanzar un grito de advertencia: ¡No entres, boba! Una puerta que se abre sola suele equivaler a un cadáver en el suelo, y el detective temerario será acusado del crimen después de recoger estúpidamente el arma para inspeccionarla en busca de residuos de pólvora. Yo era demasiado lista para eso.

Con sumo cuidado, me asomé. El agua ya me cubría las zapatillas de deporte y me empapaba los calcetines. El lugar no sólo estaba vacío, sino que además lo habían destrozado por completo. El agua salía a chorros desde los sanitarios rotos del cuarto de baño: el lavabo, el inodoro y la bañera. Habían rajado la moqueta con un instrumento cortante y las hebras se apartaban de la corriente de agua como largos y ondulantes tallos de hierba en las orillas de un río impetuoso. Los armarios de la cocina, arrancados de la pared, formaban un astillado montón en el suelo.

Si el apartamento se había alquilado con muebles, éstos habían sido robados o vendidos, porque, aparte de unas cuantas perchas, no se veía nada. A juzgar por el caudal de agua, pensé que podía apostarse sobre seguro a que crecería un bosque tropical en el apartamento de abajo. Retrocedí hacia la puerta acompañada de los chasquidos de mis zapatillas de deporte.

—Oiga —dijo una voz masculina.

Alcé la vista. Había un hombre inclinado sobre la barandilla de la segunda planta. Para verlo, me protegí los ojos del resplandor del sol con la mano.

—¿Tiene algún problema ahí abajo? —preguntó.

—¿Me permite usar su teléfono? Tengo que avisar a la policía.

—Ya lo había imaginado y los he llamado yo mismo. Si el coche que hay aparcado ahí atrás es suyo, más vale que lo saque o le pondrán una multa.

—Gracias. ¿Sabe dónde está la llave general del agua?

—Ni idea.

Después de cambiar el coche de sitio, me pasé la siguiente hora con el ayudante del *sheriff* del condado, que había llegado diez minutos después de la llamada. Mientras esperaba, había bajado al apartamento 10 y llamado, pero no me abrió nadie. Los inquilinos debían de estar trabajando y no se enterarían de la catástrofe acuática hasta las cinco de la tarde.

El ayudante del *sheriff* consiguió cortar el agua, lo que provocó la aparición de una segunda tanda de inquilinos, indignados y alarmados por la interrupción del suministro. Salió una mujer, envuelta en un albornoz, con un casco de champú burbujeante por pelo.

Jurando que le pagaría la conferencia, le pedí al vecino de arriba que me dejara usar el teléfono y llamé al Hyatt de San Francisco. Milagrosamente, encontré a Richard Compton en su habitación. Cuando le dije lo que ocurría, exclamó:

—¡Mierda! —Reflexionó un momento y luego dijo—: Vale, ya me ocuparé yo. Perdona por haberte metido en esto.

—¿Quieres que llame a una empresa de reformas para los daños causados por la inundación? Como mínimo pueden colocar ventiladores y deshumidificadores. Si no actúas deprisa, los suelos se combarán y saldrá moho en las paredes.

—Le pediré al administrador de otro edificio que se ocupe de eso. Él puede telefonear a la empresa con la que trabajamos. Entretanto, me pondré en contacto con mi seguro y pediré que envíen a alguien.

—Supongo que no devolverás la fianza a los Guffey.

Se rió, pero no mucho.

Después de colgar, tardé un momento en evaluar la situación.

Entre la desaparición de Melvin Downs y el vandalismo de los Guffey, no imaginaba cómo podían empeorar las cosas. Lo cual sólo demuestra lo poco que sé de la vida.

El resto del lunes transcurrió sin incidentes. El martes por la mañana fui a postrarme metafóricamente ante Lowell Effinger para darle la noticia sobre Melvin Downs. Había visto a Effinger dos veces antes y a partir de entonces siempre habíamos hablado por teléfono. Sentada al otro lado del escritorio, me fijé en sus ojeras grises y en lo cansado que parecía. Contaba algo más de sesenta años, y su pelo, una maraña de rizos, había pasado de entrecano a blanco desde la última vez que lo vi. Pese a la mandíbula y el mentón bien definidos, la cara se le había arrugado tanto como una bolsa de papel. Pensé que tal vez tenía problemas personales, pero no lo conocía tanto como para preguntárselo. Habló con una voz grave que resonaba desde el fondo de su pecho.

—¿Sabe usted dónde trabajaba?

—No el lugar concreto. Probablemente cerca del City College, porque tomaba el autobús allí. Cuando el conductor me dijo dónde vivía, me empeñé tanto en localizarlo allí que no me preocupé por averiguar dónde trabajaba.

—Si dejó su habitación, lo más probable es que haya abandonado también su trabajo, ¿no cree?

—Bueno, en todo caso merece la pena investigarlo. Regresaré al hostal y hablaré con la señora Von. La he visto ya tantas veces que a estas alturas bien podría adoptarme. Según ella, mantiene una política de discreción, pero estoy segura de que sabe más de lo que me ha dicho hasta el momento. También puedo hablar con algún que otro inquilino aprovechando mi presencia allí.

—Haga lo que pueda. Si no encontramos nada después de unos días, nos replantearemos el caso.

—Lamento no haber actuado más deprisa. Cuando hablé con él el sábado, no vi la menor señal de que planeara marcharse. Es cierto que había salido y llegó de pronto con un par de cajas de cartón, pero ni se me pasó por la cabeza que pudiera usarlas para hacer las maletas.

Media hora después estaba en el hostal residencia por enésima vez. En esta ocasión encontré a la señora Von saliendo de la cocina con una taza de té en la mano. Llevaba un jersey encima de la bata, y vi asomar un trozo de pañuelo de papel que se había metido bajo la manga.

—Usted otra vez —dijo sin especial animadversión.

—Lamento decir que sí. ¿Dispone de un momento?

—Si es en relación con el señor Downs, tengo todo el tiempo del mundo. Se marchó sin previo aviso, y para mí con eso está todo dicho. Hoy tengo la tarde libre, así que si quiere pasar a mi apartamento, podemos charlar.

—Con mucho gusto —respondí.

—¿Le apetece un té?

—No, gracias.

Abrió una puerta al fondo del despacho.

—Antiguamente esto era la zona de estar de los criados —comentó al entrar.

La seguí, y eché una rápida mirada alrededor.

—En tiempos de mis abuelos se suponía que los criados debían ser invisibles a menos que estuvieran trabajando. Esto era su sala de estar y la antesala donde comían. La cocinera les preparaba la comida, pero nada comparable a lo que se servía en el comedor oficial. Los criados tenían los dormitorios en el desván, encima del segundo piso.

Empleaba las dos habitaciones como dormitorio y salón, decoradas ambas en tonos rosa y malva, con un sinfín de fotografías familiares en marcos de plata. Cuatro gatos siameses holgazaneaban en los sillones, sin despertarse apenas de su siesta matutina. Dos me contemplaron con interés, y, al cabo de un rato, uno se levantó, se desperezó y cruzó la sala para olfatearme la mano.

—No les haga caso. Son mis chicas —dijo—. *Jo, Meg, Beth* y *Amy*. Yo hago de Marmee. —Se sentó en el sofá y dejó la taza a un lado—. Supongo que su interés en el señor Downs tiene que ver con el juicio.

—Exacto. ¿Se le ocurre adónde puede haber ido? Debe de tener familia en algún sitio.

—Tiene una hija en la ciudad. No sé su nombre de casada, pero me temo que da igual. No se tratan desde hace años. Ignoro los detalles, salvo que ella no le deja ver a sus nietos.

—Eso parece una mezquindad —comenté.

—No sé qué decirle. Sólo la mencionó una vez. Como es lógico, sentí curiosidad.

—¿Se fijó usted alguna vez en el tatuaje que llevaba en la mano derecha? —pregunté.

—Sí, aunque a él lo cohibía tanto que yo procuraba no mirarlo. ¿Qué cree que era?

—Sospecho que ha estado en la cárcel.

—Yo también lo he pensado. Debo decir que en el tiempo que estuvo aquí, su conducta fue ejemplar. Por lo que a mí se refiere, con tal de que mantuviera la habitación limpia y ordenada y pagara el alquiler con puntualidad, no veía razón para entrometerme. La mayoría de la gente tiene secretos.

—¿Quiere decir que si hubiese sabido que era un ex presidiario lo habría aceptado igualmente como inquilino?

—Sí, eso mismo.

—¿Sabe en qué trabajaba?

Pensó por un momento y al final negó con la cabeza.

—Nada que exigiera titulación. Dijo más de una vez lo mucho que lamentaba no haber acabado el instituto. Llegué a pensar que los miércoles por la noche, cuando volvía tarde, venía de una escuela nocturna. «Formación para adultos», creo que lo llaman.

—Cuando apareció buscando una habitación, ¿rellenó un formulario?

—Sí, pero a los tres años los destruyo. Ya tengo bastante papel en mi vida. Lo cierto es que soy muy cuidadosa con mis inquilinos. Si hubiese pensado que era un hombre de poco fiar, lo habría rechazado, hubiese estado en la cárcel o no. Si no recuerdo mal, no incluyó referencias personales, cosa que me extrañó. Por lo demás, era limpio y hablaba bien; sin duda era un hombre inteligente. También era amable por naturaleza, y nunca le oí decir tacos.

—Supongo que si tenía algo que esconder, no sería tan tonto como para ponerlo en el formulario.

—Eso supongo yo también.

—Tengo entendido que era amigo de un inquilino de la primera planta. ¿Le importa que hable con él?

—Hable con quien quiera. Si el señor Downs hubiese tenido la delicadeza de avisarme previamente de su marcha, me habría reservado estas observaciones. —Se interrumpió para consultar su reloj—. Y ahora, a menos que necesite algo más, más vale que siga con lo mío.

—¿Cómo se llama el caballero de la habitación cinco?

—Señor Waibel. Vernon.

—¿Está aquí?

—Ah, sí. Vive de una pensión de invalidez y apenas sale.

26

Vernon Waibel era un poco más amable que el vecino de Melvin de la segunda planta, que me había cerrado la puerta en las narices. También él, como Downs, pasaba de los cincuenta años. Tenía las cejas castañas y los ojos oscuros. Su pelo, ya cano, empezaba a ralear y, como para anticiparse a la inminente calvicie, lo llevaba cortado al uno; al igual que algunas personas cuando se enfrentan a la quimioterapia, había preferido ocuparse él mismo de la pérdida del cabello. Hombre de piel curtida y cuello arrugado por la exposición al sol, vestía un jersey de algodón multicolor de tonos tierra, unos pantalones chinos y mocasines sin calcetines. Tenía morena incluso la piel del empeine, y me pregunté cómo conseguía semejante bronceado si casi nunca salía a la calle. No vi indicios de invalidez, pero eso no era asunto mío.

Después de los habituales saludos preliminares, dije:

—Espero no molestarle.

—Depende de lo que quiera.

—Tengo entendido que el señor Downs se ha marchado. ¿Tiene idea de adónde ha ido?

—¿Es usted policía?

—Detective privada. El señor Downs debía declarar como testigo de un accidente de tráfico, y necesito localizarlo. No es culpable de nada. Sencillamente necesitamos su ayuda.

—Ahora dispongo de un rato para hablar; entre si quiere.

Recordé que, según las normas de Juanita Von, estaba prohibida la presencia de mujeres en las habitaciones de los inquilinos con la puerta cerrada. Pero a esas alturas, ella y yo éramos ya tan buenas amigas que pensé que bien podía exponerme a su desaprobación.

—Cómo no.

Retrocedió y pasé junto a él. La habitación no era tan amplia como la de Downs, pero estaba más limpia y resultaba más acogedora. Había añadido objetos personales al mobiliario original: dos plantas, un sofá con cojines pequeños y una colcha doblada encima de una cama de hierro. Señaló la única butaca tapizada de la habitación.

—Siéntese.

Tomé asiento y él se acomodó al lado en una sobria silla de madera.

—¿Es usted la que repartió aquella octavilla sobre él?

—¿Usted la vio?

—Sí, señora. Yo la vi y él también. Lo puso nerviosísimo, se lo aseguro.

—¿Por eso se ha ido?

—Antes estaba aquí y ahora ya no está. Saque usted misma sus conclusiones.

—No me gustaría pensar que fui yo quien lo ahuyentó.

—Eso no sabría decirle, pero si viene a hacer preguntas, tendrá que aceptar las respuestas.

—¿Conocía bien al señor Downs?

—Bien, no. Veíamos la televisión juntos, pero él hablaba poco. En cualquier caso, no contaba nada personal. A los dos nos gusta ese canal que pone clásicos del cine. *Lassie, Fiel amigo, El despertar*, cosas así. Historias que te parten el corazón. Eso era prácticamente lo único que teníamos en común, pero nos bastaba.

—¿Sabía usted que se iba a marchar?

—No me lo consultó, si se refiere a eso. Ninguno de los dos buscaba un amigo, sino alguien que no acaparase el televisor cuando queríamos acapararlo nosotros. *Raíces profundas* era otra de las películas que le gustaban. A veces llorábamos como niños allí sentados. Lamentable, pero ¿qué se le va a hacer? Está bien tener una excusa para desahogarse.

—¿Desde cuándo lo conoce?

—Desde que llegó al hostal, hace cinco años.

—Después de todo ese tiempo algo sabrá de él.

—Cosas superficiales. Los trabajos manuales se le daban bien. Si se apagaba el televisor, él lo toqueteaba hasta hacerlo funcionar otra vez. Tenía habilidad para las cosas mecánicas.

—¿Por ejemplo?

Pensó por un momento.

—El reloj de pie del salón se averió y la señora Von no encontraba a nadie que viniera a echarle un vistazo. Tenía el número de teléfono de un par de relojeros, pero uno había muerto y el otro se había retirado. Melvin dijo que no le importaría intentarlo. Lo reparó en un santiamén. No sé hasta qué punto nos hizo un favor. Por la noche lo oigo desde aquí. A veces no puedo dormir y cuento cada campanada. Cuatro veces en una hora, es como para volverse loco.

—¿De qué vive?

—Ni idea. No daba esa clase de información. Como yo cobro una pensión de invalidez, quizá pensó que me sentaría mal que él trabajara y yo no. Le pagaban en efectivo, eso sí lo sé; o sea, que podría ser algo bajo mano.

—Alguien me sugirió que quizá se dedica a los trabajos de jardinería o las reparaciones a domicilio.

—Debe de ser algo más especializado, creo yo, pero no sabría decir qué. Pequeños electrodomésticos, aparatos electrónicos, cosas de ese tipo.

—¿Tenía familia?

—Estuvo casado, porque mencionó a su mujer.

—¿Sabe de dónde es?

—No. Pero sí comentó que tenía un dinero ahorrado y le había echado el ojo a una camioneta.

—Pensaba que no conducía. Siendo así, ¿por qué iba de un lado al otro de la ciudad en autobús?

—Tenía carnet de conducir, pero no vehículo. Por eso quería comprar uno.

—Según parece, pues, se proponía echarse a la carretera.

—Es posible.

—¿Y qué hay del tatuaje en la mano? ¿Qué era?

—Era ventrílocuo aficionado.

—No veo la relación.

—Era capaz de proyectar la voz, como aquel señor Wences que salía en el *Show de Ed Sullivan*. Extendía el pulgar junto al índice y lo movía como una boca. El color rojo de la piel entre el índice y el pulgar era los labios, y los dos puntos a los lados del nudillo eran los ojos. La presentaba como una amiguita suya. La llamaba «Tía», como en español, y se ponía a conversar con ella. Sólo se lo vi hacer una vez, pero era gracioso. Sin darme cuenta, acabé hablándole a la Tía como si fuera real. Supongo que todo el mundo tiene algún talento, aunque sea un número que le has copiado a otro.

—¿Había estado en la cárcel?

—Se lo pregunté una vez. Admitió que cumplió condena, pero no quiso decirme por qué. —El señor Waibel vaciló y lanzó una elocuente mirada al reloj—. No es que quiera echarla, señorita, pero va a empezar un programa y, si no bajo ahora, los otros de la planta se adueñarán del televisor.

—Creo que ya está todo dicho. Si se acuerda de algo más, ¿le importaría llamarme? —Busqué una tarjeta de visita en el bolso y se la di.

—¡Cómo no!

Nos dimos la mano. Me colgué el bolso del hombro y me acerqué a la puerta. Entonces él se me adelantó y la abrió como todo un caballero.

—La acompañaré por el pasillo porque voy en la misma dirección. —Cuando casi habíamos llegado al rellano, añadió—: ¿Quiere saber mi opinión?

Me volví y lo miré.

—Me jugaría lo que fuera a que no se ha ido de la ciudad.

—¿Por qué?

—Tiene nietos.

—Según me han contado, no le permitían verlos —contesté.

—Eso no quiere decir que él no encontrara la manera.

Resultó que la investigadora de la Agencia de los Tres Condados para la Prevención de Malos Tratos a la Tercera Edad era la misma Nancy Sullivan que me atendió por teléfono, cosa que descubrí cuando se presentó en mi oficina el viernes por la tarde. Debía de tener algo más de veinte años, pero apenas aparentaba quince. El pelo, lacio, le caía a la altura de los hombros. Con actitud llana y formal, se inclinó ligeramente en la silla, manteniendo los pies juntos, para explicarme qué había averiguado en su investigación. Vestía una chaqueta y una falda hasta media pantorrilla que parecían compradas en un catálogo de ropa de viaje, de esa tela inarrugable que uno podía usar durante horas en un avión y luego lavar en el cuarto de baño de un hotel. Calzaba unos cómodos zapatos sin tacón, con unas medias opacas a través de las cuales entreví varices. ¿A su edad? Eso era preocupante. Intenté imaginármela conversando con Solana Rojas, que era mucho mayor, más lista y con más mundo. Solana era astuta. Nancy Sullivan parecía sincera, lo que viene a querer decir que no se enteraba de nada. No era rival para ella.

Después del intercambio de saludos, me contó que sustituía a uno de los investigadores asignados habitualmente a casos de presuntos malos tratos. Mientras hablaba, se llevó un mechón de pelo detrás de la oreja y se aclaró la garganta. A continuación explicó que su supervisora le había pedido que se ocupara de las entrevistas preliminares. Cualquier indagación posterior que se considerase necesaria se remitiría a uno de los investigadores habituales.

Hasta allí todo me pareció razonable, y asentía cortésmente una y otra vez como un perrito con la cabeza articulada en la bandeja posterior de un coche. Luego, como si tuviese percepción extrasensorial, empecé a oír frases que en realidad ella no había pronunciado. Sentí un pequeño escalofrío de miedo. Supe con absoluta certeza que estaba a punto de soltar una bomba.

Sacó una carpeta marrón del maletín y, abriéndola sobre el regazo, revisó los papeles.

—Y ahora le contaré lo que he averiguado —anunció—. En primer lugar, quiero decirle lo mucho que valoramos la llamada que nos hizo...

Sin querer, entorné los ojos.

—Va a darme una mala noticia, ¿no?

Sorprendida, se echó a reír.

—Ah, no. Nada más lejos. Lamento haberle dado esa impresión. He hablado largo y tendido con el señor Vronsky. Nuestro procedimiento consiste en hacer una visita sin previo aviso, con la idea de que la cuidadora o el cuidador no tenga tiempo de preparar el escenario, por así decirlo. El señor Vronsky carecía de movilidad, pero estaba despierto y comunicativo. Sí se lo veía emocionalmente frágil, y en algún momento desorientado, lo que no es de extrañar en un hombre de su edad. Le hice varias preguntas respecto a su relación con la señora Rojas, y él no tenía ninguna queja. Más bien todo lo contrario. Le pregunté por las magulladuras...

—¿Estuvo Solana presente todo el tiempo?

—No, qué va. Le pedí que nos dejara un rato solos. Como tenía trabajo que hacer, fue a ocuparse de sus cosas mientras charlábamos. Luego también hablé con ella por separado.

—Pero ¿estaba en la casa?

—Sí, pero no en la misma habitación.

—Menos mal. Confío en que no mencionara usted mi nombre.

—No ha sido necesario esconderlo. Ella misma me contó que usted le había dicho ya que nos había llamado.

La miré asombrada.

—¿No hablará en serio?

Vaciló.

—¿No le dijo usted que había llamado?

—No, guapa, no se lo dije. Ni loca haría una cosa así. Le tomó el pelo nada más abrir la boca. Eso fue un palo de ciego. Solana hizo una conjetura y recurrió a usted para confirmarla. Y premio.

—Yo no confirmé nada y desde luego no le dije quién había llamado. Mencionó su nombre en el contexto de la disputa porque quería aclarar las cosas.

—No entiendo.

—Dijo que usted y ella discutieron. Según la señora Rojas, usted desconfió de ella desde el momento mismo en que la contrataron, y ha estado encima de ella a todas horas, presentándose sin que nadie la invitara para vigilarla.

—Para empezar, eso es falso. Fui yo quien investigó sus antecedentes al contratarla. ¿Qué más le ha dicho? Me encantaría oírlo.

—Puede que no debiera repetirlo, pero mencionó que el día que usted vio las magulladuras del señor Vronsky, la acusó de hacerle daño y amenazó con llamar a las autoridades para presentar una demanda.

—Eso se lo inventó para desacreditarme.

—Es posible que hubiera un malentendido entre ustedes dos. Yo no soy quién para juzgarlas. No es nuestro cometido mediar en situaciones como ésta.

—¿Situaciones como cuál?

—Hay quienes nos llaman cuando surgen dudas en cuanto a los cuidados de un paciente. En general, suele ser a causa de una discrepancia entre los miembros de la familia. En un intento de imponerse...

—Oiga, aquí no hubo ninguna discrepancia. Nunca hemos hablado del tema en absoluto.

—¿Usted no fue a casa del señor Vronsky hace una semana para ayudar a sacarlo de la ducha?

—Sí, pero no la acusé de nada.

—¿Y no fue después de ese incidente cuando llamó usted a nuestra agencia? —preguntó ella.

—Usted ya sabe cuándo llamé. Hablé con usted. Dijo que la llamada era confidencial y luego va y le da mi nombre.

—No, yo no se lo di. Lo sacó la señora Rojas. Y añadió que usted misma le dijo que la había denunciado. Yo ni lo confirmé ni lo negué. Nunca violaría la confidencialidad.

Me encorvé y la silla giratoria chirrió en respuesta. Me la habían jugado y lo sabía, pero no podía seguir insistiendo sobre lo mismo.

—Dejémoslo. Todo esto es una tontería. Siga adelante —dije—. Habló con Gus, ¿y luego qué?

—Después de hablar con el señor Vronsky mantuve una conversación con la señora Rojas y ella me dio algunos datos concretos sobre el estado de salud del paciente. Habló en particular de sus magulladuras. Le diagnosticaron la anemia cuando estaba en el hospital, y aunque ha mejorado el recuento de glóbulos rojos, todavía es propenso a los hematomas. Me enseñó los análisis clínicos, que concordaban con sus afirmaciones.

—De modo que usted no cree que recibe malos tratos físicos.

—Si me concede un momento, enseguida llegaremos a eso. También hablé con el médico de cabecera y el ortopeda que lo trató por la lesión del hombro. Dicen que su estado de salud es estacionario, pero está frágil y no puede valerse por sí mismo. Según la señora Rojas, cuando la contrataron, la casa estaba hecha una pocilga y tuvo que pedir un contenedor...

—¿Y eso qué tiene que ver?

—También hay dudas acerca de su estado mental. No ha pagado las facturas desde hace meses y sus dos médicos creen que carece de la capacidad para dar un consentimiento fundado a su tratamiento médico. Es incapaz igualmente de atender sus necesidades cotidianas.

—Y por eso ella se aprovecha de él. ¿Es que no lo ve?

Adoptó una expresión de afectada seriedad, casi severa.

—Déjeme acabar, por favor. —Nerviosa, pasó unos papeles. De pronto volvió a mostrar una ferviente convicción, como si pasara a un tema más alegre—. Lo que yo no sabía, y es posible que usted tampoco sepa, es que el señor Vronsky ya ha sido objeto de la atención en los tribunales.

—¿Los tribunales? No lo entiendo.

—Hace una semana se presentó una solicitud de custodia temporal, y después de una vista con carácter de urgencia se asignó a un tutor profesional privado para administrar sus asuntos.

—¿Un «tutor»? —Al repetir sus palabras, me sentí como un loro descerebrado, pero mi estupefacción era tal que no podía hacer otra cosa. Me erguí e incliné hacia ella, aferrada al borde de la mesa—. ¿Un tutor? ¿Está usted loca?

Saltaba a la vista que la señorita Sullivan estaba alterada, porque la mitad de los papeles se salieron de la carpeta y se desparramaron por el suelo. Apresuradamente, se agachó y los reunió en una pila, procurando hablar al mismo tiempo.

—Es una especie de responsable legal, alguien que supervisa su atención médica y sus cuentas…

—Ya sé lo que significa la palabra. Lo que quiero saber es quién es. Y si me dice que es Solana Rojas, me vuelo la cabeza.

—Ah, no. Ni mucho menos. Tengo por aquí el nombre de la mujer. —Consultó sus notas. Con las manos temblorosas, puso las hojas del derecho y las ordenó como pudo. Se lamió el índice y pasó los papeles hasta encontrar lo que buscaba. Separó la hoja y la volvió hacia mí a la vez que leía el nombre—: Cristina Tasinato.

—¿Quién?

—¿Cristina Tasinato? Es una profesional privada.

—¡Eso ya lo ha dicho! ¿Y eso cuándo ha ocurrido?

—A finales de la semana pasada. Yo misma he visto los trámites, y todo se ha llevado a cabo debidamente. La señora Tasinato actuó por mediación de un abogado y depositó una fianza, como exige la ley.

—Gus no necesita que una desconocida se haga cargo de su vida. Tiene una sobrina en Nueva York. ¿Nadie ha hablado con ella? Algo tendrá que decir al respecto.

—Por supuesto. Según el derecho testamentario, los parientes tienen prioridad cuando hay que nombrar a un tutor. La señora Rojas mencionó a la sobrina. Evidentemente habló con ella en tres ocasiones, le explicó el estado del señor Vronsky y le pidió ayuda. La señorita Oberlin no tenía tiempo para él. La señora Rojas creyó que era imprescindible nombrar a un tutor por el bienestar del señor Vronsky…

—Eso son patrañas. Yo misma hablé con Melanie y ella no es en absoluto así. Solana la llamó, sí, seguro, pero no le dio el menor indicio de que él estuviera mal. De haberlo sabido, Melanie habría venido en el primer avión.

Otra vez la afectada seriedad.

—No es eso lo que dice la señora Rojas.

—¿No debería celebrarse una vista?

—Por regla general, sí, pero en casos de emergencia el juez puede adelantarse y conceder la petición, en espera de la investigación judicial.

—Ah, ya. Y supongamos que la investigación judicial es tan lamentable como la suya, ¿en qué posición deja eso a Gus?

—No hay necesidad de ofender. Todos nos tomamos los intereses del señor Vronsky muy en serio.

—Él puede hablar por sí mismo. ¿Por qué se ha hecho esto sin su conocimiento ni permiso?

—Según la petición, tiene problemas de oído y periodos de confusión. Así que, aun si se hubiese celebrado una vista normal, no habría estado en condiciones de comparecer. Según la señora Rojas, usted y sus otros vecinos no se hacen cargo plenamente del problema del señor Vronsky.

—Es la primera noticia que tenemos, eso desde luego. ¿Cómo coño se ha enterado esa tal Tasinato?

—Puede que se haya puesto en contacto con ella el centro de convalecencia o uno de sus médicos.

—Así pues, al margen de cómo se haya llegado a este punto, el caso es que ahora esa mujer tiene absoluto control sobre él, ¿no? ¿Las cuestiones económicas, la propiedad, el tratamiento médico? ¿Todo?

La señorita Sullivan rehusó contestar, lo que me sacó de mis casillas.

—¿Qué clase de idiota es usted? Solana Rojas le ha tomado el pelo. Nos ha tomado el pelo a todos. Y ya ve el resultado. Ha puesto usted a ese hombre en las garras de una manada de lobos.

Cada vez más ruborizada, Nancy Sullivan fijó la mirada en el regazo.

—Creo que no debemos seguir con esta conversación. Puede que prefiera usted tratar con mi supervisora. Esta mañana he hablado con ella del caso. Pensábamos que sería un alivio para usted...

—¿Un alivio?

—Lamento haberla disgustado. Es posible que me haya explicado mal. Si es así, lo siento. Usted llamó, nosotros investigamos, y tenemos la convicción de que el señor Vronsky se encuentra en buenas manos.

—Me permito discrepar.

—No me sorprende. Se ha mostrado hostil desde que me he sentado.

—Basta. Basta ya. Esto me está cabreando. Si no sale de aquí ahora mismo, empezaré a gritarle.

—Ya me ha gritado —dijo ella, tensa—. Y le aseguro que lo incluiré en mi informe.

Mientras guardaba los papeles en su maletín y recogía sus cosas, vi que le corrían lágrimas por las mejillas.

Apoyé la cabeza en las manos.

—Joder. Ahora resulta que soy yo la mala de la película.

27

Tan pronto como salió por la puerta, cogí la chaqueta y el bolso y corrí al juzgado, donde entré por una puerta lateral y subí por los anchos escalones de baldosas rojas hasta el pasillo de la primera planta. Los arcos que flanqueaban el hueco de la escalera estaban abiertos al gélido aire del invierno y mis pisadas resonaban entre los mosaicos de las paredes revestidas de azulejos. Entré en la oficina del secretario del condado y rellené un formulario para solicitar el expediente de Augustus Vronsky. Había estado allí mismo hacía siete semanas, verificando los antecedentes de Solana Rojas. Era obvio que ahí la había pifiado, aunque ignoraba dónde estaba el error. Me senté a esperar en una de las sillas de madera. Al cabo de seis minutos, tenía la carpeta en la mano.

Me fui al fondo de la sala y me senté a una mesa, ocupada en su mayor parte por un ordenador. Abrí el expediente y lo hojeé, aunque no había mucho que ver. Tenía ante mí el formulario estándar de cuatro páginas. A lo largo de la página, varias casillas aparecían marcadas con una débil equis mecanografiada. Salté a la última hoja, donde vi el nombre del abogado que representaba a Cristina Tasinato, un tal Dennis Altinova, con una dirección de Floresta. Constaban sus números de teléfono y fax, así como las señas de Cristina Tasinato. Volviendo a la primera página, empecé de nuevo. Examiné los apartados y subapartados, y comprobé lo que ya sabía. Augustus Vronsky, en lo sucesivo el tutelado, residía en el condado de Santa Teresa. La solicitante no era acreedora ni deudora ni representante de ninguna de las partes. La solicitante era Solana Rojas, que pidió al juzgado que designara a Cristina Tasinato tutora de la persona y el patrimonio del tutelado. Aun sospechando que todo eso era obra de Solana, me sobresalté al ver su nombre claramente mecanografiado en la casilla correspondiente.

En el apartado «Carácter y valor estimado del patrimonio», venía marcada la casilla «Desconocido» en todos los puntos, incluidos los bienes raíces, el patrimonio personal y las pensiones. También estaba marcada la casilla en la que se declaraba que el tutelado no era capaz de atender sus necesidades personales en cuanto a la salud, la alimentación, el vestir y la vivienda. Los datos en apoyo de dicha declaración se detallaban en un documento incluido en Información Confidencial Complementaria, «en el expediente adjunto». No había el menor rastro del documento, pero por eso era «Confidencial». En el siguiente párrafo, una equis en la casilla pertinente indicaba que Gus Vronsky, el tutelado propuesto, era «esencialmente incapaz de administrar sus recursos económicos o defenderse de engaños o influencias indebidas». Una vez más los datos en apoyo se especificaban en Información Confidencial Complementaria, aportados junto con la solicitud, pero no a disposición pública. Las firmas del abogado, Dennis Altinova, y la tutora, Cristina Tasinato, constaban al final. El documento se había presentado a la Audiencia de Santa Teresa el 19 de enero de 1988.

En el expediente se adjuntaba asimismo una factura en concepto de «Servicios de atención domiciliaria», desglosada según los honorarios, los meses y la cantidad total. Para la segunda mitad de diciembre de 1987 y las primeras dos semanas de enero de 1988, la cantidad solicitada era de 8.726,73 dólares. El justificativo de esa suma era una factura de Asistencia Sanitaria para la Tercera Edad, S.A. Se incorporaba también una factura emitida por el abogado en concepto de servicios profesionales, datada el 15 de enero de 1988, y en la que se detallaban fechas, honorarios por hora y la cantidad cobrada a la tutora. El importe adeudado era de 6.227,47 dólares. Estos gastos habían sido presentados para someterlos a la aprobación del juez; y por si el destino de los fondos no quedaba claro, una nota al pie rezaba: «Rogamos se extiendan los cheques a nombre de Dennis Altinova. Honorarios de socio mayoritario: 200 dólares/hora; honorarios de socio comanditario: 150 dólares/hora; honorarios de auxiliar jurídico: 50 dólares/hora». Entre los dos, la tutora recién nombrada y su abogado, se habían embolsado un total de 14.954,20 dólares. Me sorprendió que el abogado no adjuntara un sobre con franqueo pagado y las señas para acelerar el cobro.

Señalé las páginas que deseaba fotocopiar —es decir, todas— y devolví el expediente al secretario. Mientras esperaba las copias, pedí la guía telefónica y busqué a Dennis Altinova en las páginas blancas. Bajo la dirección y el número de teléfono de su bufete aparecían la dirección y el número de teléfono de su casa, lo que me sorprendió. No cabe esperar que médicos y abogados pongan información personal a disposición de cualquiera lo bastante listo para consultarla ahí. A Altinova, por lo visto, no le preocupaba que un cliente descontento lo acechara y lo asesinara. Vivía en un barrio caro, pero en Santa Teresa incluso las casas de las peores zonas de la ciudad alcanzaban cifras de vértigo. No constaba ningún otro Altinova. Busqué a los Rojas: había muchos, pero ninguno con el nombre de Solana. Busqué el apellido Tasinato: ni uno.

Cuando me llamó el secretario, pagué las fotocopias y me las guardé en el bolso.

El bufete de Dennis Altinova en Floresta se encontraba a media manzana del juzgado. La comisaría estaba en la misma calle, y ésta no tenía salida porque iba a dar al recinto del instituto de Santa Teresa. Por el otro extremo, Floresta cruzaba State Street, atravesaba el centro y desembocaba en la autovía. Los abogados habían acaparado la zona, ocupando las casas y los diversos edificios pequeños abandonados por los residentes originales. Altinova tenía alquilada una oficina en la planta superior de un edificio de dos pisos en el que una sucursal de un banco de crédito poco conocido ocupaba los bajos. Si no me fallaba la memoria, allí había antes un tapicero.

Consulté el directorio en el vestíbulo, que en realidad era poco más que un zaguán donde esperar el ascensor, el cual se desplazaba con la velocidad y la elegancia de un montaplatos. Los alquileres allí no eran baratos. Se trataba de una zona cara, aunque el edificio en sí había quedado en extremo anticuado. Probablemente el sacrificio que representaba destinar tiempo, energía y dinero a echar a los inquilinos y llevar a cabo una reforma como Dios manda no estaba al alcance del dueño.

Llegó el ascensor, un cubículo de poco más de un metro cuadrado que se sacudió y estremeció mientras subía despacio. Me dio tiempo a examinar las fechas de inspección y calcular cuántas personas harían falta para superar el límite de peso, que era de 1.250 kilos. Calculé que serían diez hombres de 125 kilos cada uno, en el supuesto de que diez hombres pudieran comprimirse en un artefacto de aquel tamaño. La posibilidad de meter a veinte mujeres de sesenta y tantos kilos quedaba totalmente descartada.

Salí en la segunda planta. El suelo del pasillo era de terrazo jaspeado blanco y negro, o sea, de escombros amalgamados con cemento blanco, arena y pigmento y moldeados en forma de baldosas. Las paredes estaban revestidas de roble oscurecido con el tiempo. Unos ventanales a ambos extremos del pasillo dejaban entrar la luz solar, complementada con tubos fluorescentes. Las puertas de las oficinas eran de cristal esmerilado, y los nombres de los ocupantes se leían en rótulos negros. Me encantó el efecto, que me recordó las oficinas de abogados y detectives de las viejas películas en blanco y negro.

El bufete de Altinova estaba a medio pasillo. La puerta daba a una modesta recepción, modernizada con la incorporación de una mesa de acero inoxidable y cristal moldeado. En la superficie no había nada salvo una centralita telefónica de cuatro líneas. La iluminación era indirecta. Por su aspecto, las sillas —cuatro— eran de esas en las que se te duerme el trasero en cuanto llevas unos segundos sentada. No había mesas auxiliares, ni revistas, ni cuadros, ni plantas. Ciertos «diseñadores de interiores» hacen porquerías como ésa y lo llaman minimalismo. Menuda tomadura de pelo.

Parecía un despacho en el que todavía no se había instalado el inquilino.

Al fondo había una puerta con el rótulo PRIVADO, y por ella apareció una recepcionista. Era alta, muy rubia, demasiado guapa para pensar que no se tiraba al jefe.

—¿En qué puedo ayudarla?

—Querría saber si es posible hablar un momento con el señor Altinova. —Me pareció que la palabra «momento» causó una buena impresión.

—¿Tiene hora?

—La verdad es que no. Me encontraba en el juzgado y he pensado que no perdía nada con intentarlo. ¿Está?

—¿Puede decirme de qué se trata?

—Preferiría hablar directamente con él.

—¿La envía alguien?

—No.

Como no le gustaron mis respuestas, me castigó desviando la mirada. Su cara era un óvalo perfecto, tan suave, pálida e impoluta como un huevo.

—¿Y su nombre es?

—Millhone.

—¿Disculpe?

—Millhone. —Se lo deletreé—. Con el acento en la primera sílaba. Hay quien lo pronuncia «Malone», pero yo no.

—Voy a ver si está disponible.

Tenía la relativa seguridad de que no sabía quién era yo; y si lo sabía, esperaba que sintiera curiosidad por averiguar qué me proponía. Yo misma sentía curiosidad. Sabía que no me facilitaría la menor información. En esencia, lo que quería era ver con mis propios ojos al hombre que había redactado los documentos jurídicos que privaban de autonomía a Gus Vronsky. Consideraba asimismo que podía ser interesante sacudir el árbol para ver si caía algo maduro o podrido.

Al cabo de dos minutos, Dennis Altinova en persona, apoyándose en el marco de la puerta, asomó la cabeza. Muy astuto por su parte. Si me hubiese invitado a su despacho, quizás habría dado la impresión de que le interesaba lo que yo tenía que decir. Saliendo a recepción daba a entender que:

(a) podía desaparecer a su antojo,

(b) la razón de mi visita no merecía siquiera sentarse a hablar y,

(c) por tanto, más me valía ir al grano.

—¿Señor Altinova? —dije.

—¿En qué puedo ayudarla? —El tono era tan frío y duro como la expresión de sus ojos. Alto y moreno, llevaba unas gafas de gruesa montura negra apoyadas en una gruesa y protuberante nariz. Tenía la dentadura sana, labios carnosos y un hoyuelo en el mentón tan profundo como si le hubieran dado un hachazo. Calculé que tenía más de sesenta años, pero se le veía en forma y mostraba el vigor (o quizá la irritabilidad) de una persona más joven. La recepcionista miró por encima del hombro desde el pasillo, observando nuestro intercambio como un niño que espera ver cómo le cae un rapapolvo a su hermano y lo mandan a su habitación.

—Busco a una tal Cristina Tasinato.

Su semblante no reveló nada, pero miró alrededor con fingida curiosidad, rastreando la recepción como si la señora Tasinato pudiera estar jugando al escondite en aquel espacio casi vacío.

—No puedo ayudarla.

—¿No le suena el nombre de nada?

—¿A qué se dedica, señorita Millhone?

—Soy investigadora privada. Tengo un par de preguntas para la señora Tasinato. Esperaba que usted pudiera ponerme en contacto con ella.

—Ya sabe que eso no es posible.

—Pero es clienta suya, ¿no?

—Pregunte a otro. No tenemos nada de que hablar.

—Su nombre sale junto al de usted en un documento que acabo de ver en el juzgado. Fue designada tutora de un hombre llamado Gus Vronsky. Estoy segura de que ha oído hablar de él.

—Encantado de conocerla, señorita Millhone. Ya sabe dónde está la puerta.

A falta de una réplica ingeniosa, dije:

—Gracias por su tiempo.

Cerró de un portazo, y me dejó allí sola. Aguardé unos segundos, pero su preciosa recepcionista no volvió a aparecer. No me podía creer que desperdiciase la ocasión de humillarme. En la impoluta mesa de cristal se encendió el indicador de la línea uno en la centralita telefónica: sin duda era Altinova llamando a Cristina Tasinato. Por lo demás, la mesa estaba vacía y no pude husmear. Obediente, salí y bajé por la escalera, sin arriesgarme a tomar el ascensor, poco más que una caja destartalada que pendía de una cuerda.

Saqué el coche del aparcamiento público, di la vuelta a la manzana y me dirigí a Capillo Hill, reanudando mi eterna búsqueda de Melvin Downs. Después de sufrir la indignidad del desplante de Altinova, necesitaba el efecto balsámico del trabajo de rutina. En el cruce con Palisade doblé a la izquierda y seguí recto hasta ver el campus del City College a mi derecha. El banco de la parada de autobús estaba vacío. Bajé despacio por la larga curva en pendiente que se alejaba del campus. Al final había una pequeño núcleo de comercios: un supermercado, una licorería y varios moteles. Si Melvin Downs tenía un empleo relacionado con el mantenimiento o la vigilancia, costaba creer que sólo trabajara dos días por semana. Esa clase de ocupaciones solían ser a jornada completa, de siete de la mañana a tres de la tarde o algo por el estilo. Por otro lado, la cuesta era larga y empinada, por lo que tendría que ascender penosamente ese kilómetro al terminar su jornada. ¿Por qué iba a hacer eso si había una parada de autobús a media manzana en dirección contraria, más cerca de la playa?

Volví a subir la pendiente. Esta vez pasé por delante de la universidad y seguí hasta las galerías comerciales en el cruce de Capillo y Palisade. Allí tenía muchas y variadas opciones. A mi izquierda había un gran *drugstore* y, detrás, una tienda de productos naturales y cultivos ecológicos. Quizá Melvin descargaba cajas o empaquetaba alimentos, o quizá lo habían contratado para mantener los pasillos limpios y el suelo fregado. Aparqué delante del *drugstore* y entré. Lo examiné pasillo por pasillo. Ni rastro de él. Era martes, y si seguía trabajando en el barrio, saldría al cabo de una o dos horas. Abandoné el establecimiento por la puerta delantera.

Todavía a pie, crucé la calle. Al recorrer el centro comercial dejé atrás, a mi derecha, dos restaurantes familiares, uno mexicano y otro que se concentraba más en los desayunos y almuerzos. Miré por el escaparate de un zapatero remendón; eché una ojeada dentro de la lavandería, una joyería y una peluquería canina. El último local era una zapatería de saldos, que anunciaba ¡LIQUIDACIÓN POR CIERRE DEL NEGOCIO! REBAJAS DEL 30 Y EL 40 POR CIENTO. La tienda estaba vacía, de modo que incluso la liquidación era un fracaso. Volví sobre mis pasos.

En la esquina esperé a que cambiara el semáforo y crucé Capillo en dirección a los comercios y oficinas alineados en el otro extremo de la intersección. Entré en una tienda de manualidades, en otra de regalos, en un *drugstore*, y nada. Volví a mi coche y me senté allí, preguntándome si no estaría errando el tiro por completo. Me había basado en la hipótesis de que Melvin seguía en la ciudad, apuntada por Vernon Waibel, pero en realidad no tenía ninguna razón para creerlo. Me complacía la idea de que podía dar con él a fuerza de pura tenacidad, cualidad que poseo desde que nací. O para ser más exactos, en el fondo era consciente de que si él hubiese huido al ancho mundo, me habría sido imposible encontrarlo. Me convenía más creer que estaba a mi alcance.

Arranqué y, retrocediendo, salí de la plaza. Giré a la derecha hacia Capillo y luego, en el semáforo, a la izquierda. De nuevo en Palisade, pasé por un barrio residencial de pequeñas casas de madera y estuco construidas en los años cuarenta. A mi derecha, una calle serpenteaba cuesta arriba hacia una zona más cara con espectaculares vistas del mar. Aminoré la marcha en los sucesivos pasos de peatones. Un guardia urbano observaba atentamente a una fila de niños que cruzaba de la esquina más cercana a la otra.

Iban de dos en dos, de la mano, y una maestra y su ayudante los apremiaban.

Cuando el guardia dio paso al tráfico, bajé por la pendiente hasta el aparcamiento de la playa. Lo rodeé lentamente, fijándome en las contadas personas que allí había. Salí de nuevo a la calle y volví a girar a la derecha para subir por la cuesta a la zona más poblada de Palisade que ya había atravesado antes. ¿Cuánta gasolina estaba dispuesta a consumir con la esperanza de encontrarlo?

Volví al City College y aparqué cerca de la parada de autobús en la misma acera. Me quedé un rato allí sentada, atenta al campus de enfrente, la guardería en la esquina y el bloque de apartamentos enclavado en la ladera. Después de media hora perdida, volví a poner el coche en marcha y doblé a la izquierda por Palisade. Daría una última vuelta antes de dejarlo correr por ese día. Llegué al límite del territorio imaginario que había asignado a mi presa. En el aparcamiento de la playa cambié de sentido y volví a subir por la cuesta hasta el cruce principal. Cuando estaba parada en el semáforo, lo vi a unos cien metros de mí.

Reconocer a una persona es un fenómeno complejo, una correlación casi instantánea de la memoria y la percepción, donde las variables son casi imposibles de reproducir. ¿Qué grabamos de los demás a simple vista en la memoria? La edad, la raza, el sexo, la emoción, el estado de ánimo, el ángulo y la rotación de la cabeza, el tamaño, la constitución, la postura. Más tarde es difícil identificar los datos visuales que desencadenan el proceso. Una vez me encontraba en la puerta de embarque del aeropuerto O'Hare de Chicago cuando vi de perfil a un hombre cruzar presuroso la terminal en medio de una tumultuosa muchedumbre. Fue una imagen de décimas de segundo, como un fotograma, antes de que los pasajeros se movieran y él quedara oculto. El hombre al que había visto era un compañero de promoción en la academia de policía. Lo llamé a gritos y él se volvió en el acto, tan sorprendido como yo de ver una cara conocida en un entorno extraño.

Yo había hablado con Melvin sólo una vez, pero reaccioné al ver su andar y la postura de los hombros. Dejando escapar una exclamación de sorpresa, lancé una ojeada al semáforo. Seguía en rojo. Cuando volví a mirar al frente, Melvin había desaparecido. Parpadeé, mirando rápido a uno y otro lado de la calle. No podía haberse ido muy lejos. En cuanto cambió el semáforo y vi un hueco entre los coches que venían de frente, doblé a la izquierda y entré por el callejón que discurría por detrás de las tiendas. Ni rastro de él. Sabía que no me había equivocado. Había visto de reojo el pelo blanco y la cazadora marrón agrietada.

Di toda la vuelta hasta llegar al cruce principal e inicié una búsqueda en retícula, dividiendo mentalmente la manzana en secciones más pequeñas que podía inspeccionar a cámara lenta. Fui de acá para allá. No creía que me hubiera visto porque miraba en dirección contraria, un hombre con un objetivo, ajeno a todo lo demás. Al menos había estrechado el cerco. Seguí avanzando despacio mientras, detrás de mí, los conductores me animaban a acelerar con alegres bocinazos. A esas alturas ya hablaba sola diciendo: «Mierda, mierda, mierda. Vamos, Downs, asoma la cabeza sólo una vez más».

Al cabo de veinte minutos desistí. No me podía creer que se lo hubiera tragado la tierra. Habría podido aparcar e iniciado otra búsqueda a pie, pero no me pareció una idea productiva. Volvería el jueves y peinaría la zona minuciosamente. Mientras tanto, supuse que podía volver a casa.

Al llegar a mi barrio, aparqué a media manzana, cerré el coche y me encaminé hacia la puerta trasera de Henry. Lo vi por el cristal acomodándose en la mecedora, y a su lado, en la mesa, el Black Jack con hielo. Llamé a la puerta. Se levantó y me abrió con una sonrisa.

—Kinsey. Pasa, cariño. ¿Cómo estás?

—Estupendamente —contesté, y me eché a llorar. Henry no tenía que haberme llamado «cariño», porque eso fue la gota que colmó el vaso.

No contaré mi llorera ni la descripción entrecortada, interrumpida por el hipo, de los desastres del día, empezando por Melvin Downs, siguiendo con las meteduras de pata de Nancy Sullivan, lo que había averiguado en el juzgado sobre los cargos a las cuentas de Gus y la visita al bufete del abogado, y volviendo de nuevo a Melvin para poner fin al patético relato. No dije que fue el peor día de mi vida adulta. He pasado por dos divorcios, y ese drama era capítulo aparte.

Pero a nivel profesional, atravesaba horas muy bajas.

Me desahogué contándole lo que yo había dicho, lo que él había dicho, lo que ella había dicho, cómo me sentía, qué lamentaba no haber dicho, qué había pensado entonces, después y entretanto. Cada vez que llegaba al final de mi relato, recordaba un detalle nuevo y volvía atrás para incorporarlo.

—Lo que me da más rabia es que todo lo que dijo Solana era exactamente lo que yo había dicho cuando llamé a la agencia, sólo que le dio la vuelta. No he podido negar que encontramos la casa en un estado lamentable, de modo que casi todo lo que le dijo a Nancy Sullivan era verdad. Su anemia, las magulladuras, todo. ¿Cómo podía discutírselo? Mientras yo empleaba los hechos como prueba de malos tratos, Solana usaba la misma información para justificar la conveniencia de que el tribunal se hiciera cargo de sus asuntos. Me parece todo tan injusto... —Me interrumpí para sonarme la nariz y añadí el kleenex a la pila de pañuelos húmedos que había tirado ya a la basura—. O sea, ¿quién es esa gente? Un abogado y una tutora profesional. Me parece delirante. En el juzgado he ido a la biblioteca y consultado *El código testamentario de California de Deering*. Ahí consta todo sobre la figura del tutor: potestad y responsabilidades, bla, bla, bla. Por lo que veo, no hay ningún procedimiento para obtener la licencia ni una institución que supervise o regule sus actos. No me cabe duda que habrá tutores serios, pero estos dos se han echado sobre Gus como vampiros.

Dos kleenex más tarde, notándome los labios hinchados de tantas lágrimas derramadas, dije:

—Debo reconocer el mérito de Solana: fue muy astuto por su

parte inventar la pelea entre nosotras. Al decir que la amenacé, dio la impresión de que llamé a la agencia por despecho.

Henry se encogió de hombros.

—Es una psicópata. Se rige por un código distinto. Bueno, por una sola regla. Hace lo que le conviene.

—Tendré que cambiar de estrategia. Aunque no sé cúal utilizar.

—En todo esto hay un dato para el optimismo —afirmó Henry.

—Ah, qué bien. No me vendrá mal —contesté.

—Mientras Gus tenga dinero en las cuentas, vale más para ellos vivo que muerto.

—Al paso que van, no durará mucho.

—Sé más astuta que ellos. No permitas que Solana te arrastre a hacer algo ilegal, aparte de lo que ya has hecho.

28

El miércoles por la mañana, al salir para ir a trabajar, encontré a Solana y Gus en la acera delante de casa. No lo veía desde hacía semanas y tuve que reconocer que, con una garbosa gorra de lana calada hasta las orejas, ofrecía buen aspecto. Sentado en su silla de ruedas, iba envuelto en un grueso chándal que formaba pliegues en los hombros y le colgaba desde las rodillas. Solana le había remetido una manta en el regazo. Debían de regresar de un paseo. Ella había dado la vuelta a la silla de ruedas para poder subir los peldaños.

Crucé la franja de hierba.

—¿Puedo ayudarla?

—Ya me arreglo yo sola —contestó.

Cuando hubo rebasado el último escalón, apoyé una mano en la silla y me incliné.

—Hola, Gus. ¿Cómo estás?

Solana intentó interponerse entre nosotros para impedir que me acercara. Levanté la mano a fin de detenerla y se le ensombreció el rostro.

—¿Qué hace? —preguntó.

—Le doy a Gus la oportunidad de hablar conmigo, si no tiene usted inconveniente.

—No quiere hablar con usted, ni yo tampoco. Le ruego que abandone su propiedad.

Advertí que Gus no llevaba los audífonos y pensé que era una buena manera de desconectarlo del mundo. ¿Cómo podía interactuar si no oía nada? Acerqué los labios a su oído.

—¿Puedo hacer algo por ti?

Me dirigió una mirada lastimera. Le tembló la boca y gimió como una mujer en las primeras etapas de un parto, antes de entender hasta qué punto iba a pasarlo mal. Miró a Solana, que permanecía allí cruzada de manos. Con sus robustos zapatos marrones y su grueso abrigo, también marrón, parecía la celadora de una cárcel.

—Adelante, señor Vronsky. Dígale lo que quiere.

Gus se llevó un dedo al oído y negó con la cabeza, fingiendo sordera pese a que yo sabía que me había oído. Levanté la voz.

—¿Te gustaría venir a casa de Henry a tomar un té? Él estará encantado de verte.

—Ya ha tomado su té —intervino Solana.

—Ya no puedo andar. Me fallan las piernas —dijo Gus.

Solana me miró a los ojos.

—Usted no es bien recibida aquí. Lo está alterando.

Sin hacerle el menor caso, me acuclillé para quedar a la altura de sus ojos. Incluso sentado, tenía la columna vertebral tan torcida que se vio obligado a volver la cabeza de lado para devolverme la mirada. Le sonreí con la esperanza de animarlo, cosa nada fácil ante la amenazadora presencia de Solana.

—Hace siglos que no te vemos. Seguro que Henry tiene unos deliciosos bollos caseros. Puedo llevarte en la silla y volver a traerte aquí en un santiamén. ¿No te apetece?

—No me encuentro bien.

—Lo sé, Gus. ¿Puedo ayudarte en algo?

Negó con la cabeza, acariciándose las nudosas manos en el regazo.

—Sabes que nos preocupamos por ti. Todos nosotros.

—Os doy las gracias por eso y por todo lo demás.

—Siempre y cuando estés bien.

Cabeceó.

—No estoy bien. Estoy viejo.

Pasé una mañana tranquila en el despacho, ordenando mi escritorio y pagando facturas. Me dediqué a tareas sencillas: tirar papeles, archivar, sacar la basura. Seguía preocupada por Gus, pero sabía que no tenía sentido continuar dándole vueltas. Debía concentrarme en otra cosa. En Melvin Downs, por ejemplo. Algo en torno a ese hombre me inquietaba, más allá del problema de localizarlo, que me sentía perfectamente capaz de resolver.

En cuanto tuve la mesa en orden, dediqué una hora a transcribir la entrevista a Gladys Fredrickson, adelantando y rebobinando la cinta una y otra vez. Es asombroso hasta qué punto los ruidos de fondo reducen la audibilidad: el crujido de papel, los ladridos del perro, el resuello de ella al hablar. Necesitaría más de una sesión para mecanografiarla entera, pero al menos me daba algo que hacer.

Cuando me cansé, abrí el cajón de los lápices y saqué un paquete de fichas. En el mismo cajón vi el juguete que había encontrado en el fondo de un estante del cuarto ropero en la habitación de Melvin Downs. Junté los dos palos y vi cómo un payaso de madera con dos articulaciones ejecutaba sucesivos movimientos en la barra fija: molino gigante, vertical, tres cuartos de molino gigante. Me resultaba imposible saber si el juguete era de Melvin o del inquilino anterior. Lo dejé y cogí el paquete de fichas.

Ficha por ficha, escribiendo una línea en cada una, anoté lo que sabía de él, que no era gran cosa. Probablemente trabajaba en las inmediaciones del City College, donde cogía el autobús. Le gustaban los clásicos del cine, en particular, por lo visto, las historias lacrimógenas sobre niños, crías de animales y situaciones de pérdida. No mantenía trato con su hija, que no le permitía ver a sus nietos por razones desconocidas. Había estado en la cárcel, lo que podía guardar relación con el alejamiento impuesto por su hija. Tenía una amiga imaginaria llamada Tía, que había creado dejándose tatuar unos labios de color carmín en la U formada entre los dedos pulgar e índice de la mano derecha; dos puntos negros a los lados del nudillo hacían las veces de ojos del títere.

¿Qué más?

Melvin tenía dotes para la mecánica, así como una gran aptitud para las reparaciones que le permitía arreglar objetos diversos, incluido un televisor averiado. Fuera cual fuese su empleo, le pagaban en efectivo. Terminaba su jornada y se sentaba a esperar el autobús los martes y los jueves a primera hora de la tarde. Era amable con los desconocidos, pero no tenía amigos íntimos. Había ahorrado dinero suficiente para comprar una camioneta. Llevaba cinco años en la ciudad, aparentemente para estar cerca de los nietos a quienes le habían prohibido ver. Su habitación del hostal era lúgubre, a menos, claro, que se hubiese llevado innumerables tapetes, cojines bordados y otros objetos ornamentales cuando se marchó. Al ver la octavilla que yo había repartido, tuvo una reacción de pánico, hizo las maletas y se fue.

Cuando agoté la información, barajé las fichas y las coloqué al azar con la esperanza de ver la luz. Las extendí sobre la mesa y, con la cabeza apoyada en la mano, pensé: «¿Cuál de estos datos está fuera de lugar?».

Sólo se me ocurrió una posibilidad. Acerqué dos fichas y las miré. ¿Cómo encajaban el payaso mecánico de Melvin y su amiga imaginaria, Tía, en el conjunto? De todo lo que había averiguado sobre él, no había nada que indujera a pensar en una personalidad lúdica. En realidad, se advertía cierta actitud furtiva en su reticencia a mostrar el tatuaje de los labios pintados. Así que tal vez la función de los juguetes no era su propio entretenimiento. Quizá la finalidad de Tía y el payaso era divertir a otros. ¿A quién, por ejemplo? Los niños, había visto muchos en el colegio cercano y la guardería próxima a la parada de autobús que él frecuentaba.

¿Era un pederasta?

Sabía que muchos pederastas tenían juegos y vídeos a mano y cultivaban la amistad con los niños hasta que se formaba un vínculo entre ellos. Poco a poco introducían el contacto físico. Después del afecto y la confianza venían las caricias, hasta que el toqueteo y los secretos eran la embriagadora sal de esa relación «especial». Si era un delincuente sexual, eso explicaría su temor a que lo localizaran en una zona a menos de mil metros de un colegio, un patio de recreo o una guardería. Explicaría asimismo la negativa de su hija a dejarlo ver a sus nietos.

Alcancé el teléfono y llamé al departamento de libertad condicional del condado. Pregunté por Priscilla Holloway, una asistente social. Pensaba que tendría que dejar un mensaje, pero descolgó y me identifiqué. Tenía una voz sorprendentemente suave para ser, según recordaba, una mujer de gran envergadura física. Era una pelirroja de huesos grandes, de esas que jugaban a deportes duros en el instituto y aún conservaban trofeos de fútbol y *softball* expuestos en el dormitorio de su casa. La había conocido en julio del año anterior, mientras yo cuidaba de una joven renegada, Reba Lafferty, que había salido en libertad condicional de la Penitenciaría para Mujeres de California.

—Tengo una pregunta que hacerle —dije, una vez zanjados los prolegómenos—. ¿Qué sabe de los delincuentes sexuales que constan oficialmente como residentes en la ciudad?

—Conozco a casi todos de nombre. Todos los conocemos. Muchos están obligados a presentarse aquí para someterse a análisis clínicos con la intención de comprobar que no consumen sustancias prohibidas. También deben comunicar los cambios de dirección o empleo. ¿De quién me habla en particular?

—Busco a un tal Melvin Downs.

Se produjo un silencio y casi la oí negar con la cabeza.

—No, creo que no. El nombre no me suena. ¿Qué ha hecho esta vez?

—No tengo la menor idea, pero sospecho que ha estado en la cárcel por abusos sexuales a menores. Tiene un tosco tatuaje que parece hecho en prisión, unos labios pintados en la membrana entre los dedos pulgar e índice de la mano derecha. Me han dicho que es ventrílocuo aficionado y me pregunto si emplea su talento para seducir a niños.

—Puedo consultar con otros asistentes sociales destinados a libertad condicional, por si alguno lo conoce. Hábleme del contexto.

—¿Conoce a un abogado que se llama Lowell Effinger?

—Claro que conozco a Lowell.

—Quiere citar a Downs como testigo en un juicio por daños personales. Downs es un hombre difícil de encontrar, pero al final di con él. Primero tuve la impresión de que estaba dispuesto a cooperar, pero de pronto se echó atrás y desapareció tan deprisa que pensé que tal vez había tenido algún problema con la ley.

—Si lo ha tenido, dudo mucho que haya sido aquí, pero podría ser un fugitivo de otro estado. Si estos individuos quieren esfumarse, les basta con coger la carretera sin avisarnos. Siempre tenemos entre diez y quince en paradero desconocido. Y eso a nivel local. En el estado, la cifra es para echarse a temblar.

—Dios mío, ¿son tantos los delincuentes sexuales que andan sueltos por ahí?

—Lamento decir que sí. Vuelva a darme su número y la llamaré si averiguo algo.

Le di las gracias y dejé el auricular en la horquilla. Mis sospechas no habían sido confirmadas, pero Priscilla tampoco había echado por tierra mi hipótesis. En conjunto, me sentí un poco más animada.

En semejante estado de cosas, el jueves a primera hora de la tarde volví a Capillo Hill, entré en el aparcamiento del supermercado de productos ecológicos y me quedé sentada en el coche, vigilando el cruce donde había visto a Downs dos días antes. Como aparentemente sus días de trabajo eran siempre los martes y jueves, creía tener razonables probabilidades de verlo. Esa búsqueda me mataba de aburrimiento, pero me había llevado una novela y un termo de café caliente. Había un lavabo de mujeres en la gasolinera a un paso de allí. ¿Qué más necesitaba una chica? Leí un rato, lanzando miradas de vez en cuando a través del parabrisas para peinar la zona.

Hice una visita a la gasolinera, y cuando salí del lavabo, vi actividad al otro lado de la calle. Una furgoneta se detuvo junto a la acera delante de la lavandería. Sin especial interés, observé a dos hombres apearse del vehículo y entrar en el local. Minutos después, cuando estaba otra vez sentada al volante de mi coche, salieron con cajas de cartón, que cargaron en la parte de atrás de la furgoneta. Ésta llevaba un rótulo en el costado, pero yo no alcanzaba a leerlo. Alargué el brazo hacia el asiento trasero y me hice con los prismáticos que siempre tenía a mano. Ajusté el enfoque hasta ver nítidamente el rótulo.

EMPEZAR DE CERO,
ORGANIZACIÓN BENÉFICA CRISTIANA.
LO QUE SE LLEVA EL BASURERO PARA NOSOTROS ES DINERO.
ACEPTAMOS HUMILDEMENTE ROPA USADA, MUEBLES,
PEQUEÑOS ELECTRODOMÉSTICOS Y MATERIAL DE OFICINA.
MARTES Y JUEVES, DE 9 A 14 HORAS.

Por lo visto, los dos hombres estaban recogiendo donaciones. ¿De una lavandería? Raro, ¿no? Las palabras «pequeños electrodomésticos» me llamaron la atención. También los días y el horario de trabajo. Era el empleo perfecto para alguien como Downs, aficionado a juguetear con trastos viejos y repararlos. Me lo imaginaba perfectamente con aspiradoras, secadores de pelo y ventiladores averiados, rescatando objetos que, de lo contrario, acabarían en la basura. Además, una organización benéfica cristiana quizá fuese más comprensiva con sus antecedentes penales.

Dejé el libro, salí del coche y lo cerré. Fui derecha hacia el paso de peatones en medio de la manzana. Cuando llegué a la lavandería, pasé por delante de la gran cristalera y atajé entre dos edificios hasta el callejón en la parte de atrás. Había recorrido ese callejón en coche dos veces, observando a los peatones mientras avanzaba con cuidado por el estrecho espacio de poco más de un carril y medio que apenas permitía el paso de dos coches. En una ocasión había tenido que detenerme allí mismo cuando la mujer que me precedía, con el coche lleno de niños, aminoró la marcha para entrar en su garaje.

Ahora que sabía lo que buscaba, la recompensa fue inmediata.

Encima de la puerta trasera de la lavandería se leía el mismo rótulo que había visto en el costado de la furgoneta. El local era un punto de recogida de Empezar de Cero; la organización benéfica debía de tener alquilada la trastienda para recibir y seleccionar las donaciones. El aparcamiento de detrás tenía cabida suficiente para tres coches, más un contenedor con tapa que se dejaba a disposición del público cuando el centro permanecía cerrado. El contenedor con ruedas estaba colocado frente a la salida del pasadizo entre la lavandería y la joyería contigua. Vi la parte de atrás del vehículo aparcado en ese hueco. Lo conocía bien: una vieja camioneta de repartidor de leche, en su día a la venta, «tal cual», por 1999,99 dólares. El concesionario que la vendía estaba a la vuelta de la esquina del hostal residencia donde antes vivía Downs. Incluso es posible que yo presenciara la transacción cuando vi hablar al vendedor con un hombre de pelo cano con gafas de sol y un sombrero de copa achatada y ala pequeña. Por entonces aún no conocía a Melvin, así que no estaba a mi alcance interpretar el hecho. Cuando por fin di con él, ya se había preparado para huir. Saqué la libreta y anoté la matrícula de la camioneta.

La puerta de atrás de la lavandería estaba entreabierta. Me acerqué con cautela y asomé la cabeza. Melvin, de espaldas a mí, plegaba ropa de niño y la colocaba ordenadamente en una caja de cartón. Ahora que ya sabía dónde encontrarlo, notificaría su paradero a Lowell Effinger. Éste fijaría una fecha para la declaración y haría llegar una orden de comparecencia a Downs. Apunté la dirección y el número de contacto rotulados en el contenedor. Luego regresé a mi coche y volví a la oficina, donde telefoneé al bufete del abogado y dije a su secretaria dónde podía entregarse la citación a Downs.

—¿Te ocuparás tú del servicio?

—No me parece buena idea —contesté—. Él ya me conoce, y tan pronto como yo entrase por la puerta de la calle, él saldría por atrás.

—Pero te lo has ganado a pulso. Te mereces la satisfacción —insistió ella—. Ya te avisaré cuando lo tenga todo listo, y no tardaré. Por cierto, Gladys dijo a Herr Buckwald que se hablaba de un testigo desaparecido, y ahora la Buckwald no para de darnos la lata para sonsacarnos el nombre y la dirección.

Me hizo gracia su imitación del acento alemán, que reflejaba con toda exactitud el talante de Hetty Buckwald.

—Suerte —dije—. Llámame cuando lo hayas acabado.

—Ya estoy en ello.

Al volver a casa esa tarde, tomé conciencia de la tensión en la nuca. Recelaba de Solana y esperaba no encontrarme con ella otra vez. Ella debía de saber que la tenía en la mira y seguramente no agradecía mi intromisión. Al final, nuestros caminos no se cruzaron hasta el sábado por la noche. Así pues, me preocupaba antes de tiempo.

Había ido al cine y llegué a casa cerca de las once. Aparqué en mi calle a media manzana, en el único hueco que encontré a esa hora. Salí y cerré el coche. La calle estaba oscura y vacía. Soplaba un viento racheado que arrastraba las hojas caídas hacia mis pies como si fueran una ondulante avalancha de ratones huyendo de un gato. La luna se veía a intervalos, ocultándose y asomando a causa del movimiento irregular de los árboles. Creí que era la única en la calle, pero, al acercarme a la verja de Henry, vi a Solana de pie entre las sombras. Me reacomodé el bolso en el hombro y hundí las manos en los bolsillos de la parka.

Cuando llegué a su altura, me salió al paso.

—Aléjese de mí —ordené.

—Me ha complicado las cosas con el condado. Ha sido una mala idea por su parte.

—¿Quién es Cristina Tasinato?

—Ya sabe quién es. La tutora legal del señor Vronsky. Ha dicho que ha ido usted a ver a su abogado. ¿Pensaba que yo no me enteraría?

—Me importa un carajo.

—El vocabulario soez es indecoroso. Esperaba más de usted.

—O quizá no esperaba tanto de mí.

Solana clavó en mí la mirada.

—Estuvo en mi casa. Fisgó entre los frascos de píldoras del señor Vronsky para ver qué medicación tomaba. Como no dejó los frascos exactamente en el mismo sitio, me di cuenta de que los habían tocado. Yo me fijo en esos detalles. Debió de pensar que era imposible descubrirla, pero no es así. También se llevó la libreta y el talonario.

—No sé de qué me habla —dije, pero me pregunté si Solana oía rebotar mi corazón dentro del pecho como una pelota de frontón.

—Ha cometido un grave error. Los que intentan aprovecharse de mí van muy equivocados. Siempre aprenden el significado de la palabra «arrepentimiento», pero para entonces ya es demasiado tarde.

—¿Acaso está amenazándome?

—Claro que no. Le estoy dando un consejo. Deje en paz al señor Vronsky.

—¿Quién es ese gorila enorme que tiene viviendo en la casa?

—En la casa no vive nadie aparte de nosotros dos. Es usted muy suspicaz. Algunos a eso lo llamarían paranoia.

—¿Es el auxiliar que usted contrató?

—A veces viene un auxiliar, si es que es asunto suyo. Está usted alterada. Entiendo su hostilidad. Es una persona testaruda, acostumbrada a hacer lo que se le antoja y a salirse con la suya. Somos muy parecidas, las dos dispuestas a ir a por todas.

Apoyó una mano en mi brazo y se la aparté de una sacudida.

—Déjese de melodramas. Por mí como si se muere.

—Ahora es usted quien me amenaza.

—Más le vale tenerlo en cuenta —dije.

La verja chirrió cuando la abrí y el ruido del pestillo señaló el final de la conversación. Ella seguía en la acera cuando doblé la esquina del estudio y entré en mi casa a oscuras. Eché el cerrojo, me quité la chaqueta y la lancé a la encimera de la cocina al pasar. Las luces seguían apagadas cuando entré en el cuarto de baño de abajo y me metí en la bañera para mirar por la ventana. Cuando me asomé, se había ido.

29

Me disponía a entrar en mi despacho el lunes por la mañana, cuando oí sonar el teléfono. Había un voluminoso paquete apoyado en la puerta, dejado allí por un mensajero. Me lo metí bajo el brazo, abrí de forma precipitada y pasé por encima de una pila de correo echado por la ranura de la puerta. Me detuve a recogerlo y entré corriendo en el despacho, donde tiré el correo encima de la mesa al mismo tiempo que alargaba el brazo hacia el teléfono. Descolgué cuando sonaba por quinta vez y oí la voz de Mary Bellflower, especialmente alegre.

—¿Has recibido los documentos que te envió Lowell Effinger por mensajero? También me los ha enviado a mí.

—Debe de ser el paquete que he encontrado en la puerta. Acabo de llegar y todavía no he podido abrirlo. ¿Qué es?

—La transcripción del testimonio del experto en reconstrucción de accidentes; declaró la semana pasada. Llámame en cuanto lo hayas leído.

—Por supuesto. Te noto muy contenta.

—Siento curiosidad, eso como mínimo. Lo que hay ahí nos es muy favorable.

Me quité la chaqueta y dejé caer el bolso al suelo junto al escritorio. Antes de abrir el paquete, recorrí el pequeño pasillo hasta la cocina y preparé una cafetera. Como me había olvidado de llevar una botella de leche, no me quedó más remedio que echar dos sobres de leche en polvo en cuanto el café dejó de gotear en la jarra. Volví a mi mesa y abrí el paquete marrón. A continuación me retrepé en la silla giratoria y apoyé los pies en el borde de la mesa con la transcripción en el regazo y la taza de café en la mano derecha.

Tilford Brannigan era un perito biomecánico que, en este caso, se ocupó también de la reconstrucción del accidente, asumiendo las dos funciones. El documento estaba mecanografiado con suma pulcritud y las hojas grapadas por el ángulo superior izquierdo. Habían reducido cada folio original a la cuarta parte para incluir cuatro en una sola fotocopia.

La primera página incluía un índice, bajo el título «Pruebas de la demandante: de 6-A a 6-H», y debajo las líneas estaban numeradas. Se adjuntaba el currículum vitae de Brannigan, los resúmenes médicos de Gladys Fredrickson, una solicitud de documentos, la respuesta de la demandante a la solicitud de documentos de la demandada, una solicitud suplementaria de documentos. Se habían requerido los historiales médicos del doctor Goldfarb, así como los de un tal doctor Spaulding. Había varias declaraciones, resúmenes e historiales médicos que constaban como la Prueba 16 de la demandante, junto con el informe policial. Varias fotografías de los automóviles dañados y el lugar del accidente figuraban como pruebas. Salté rápidamente a la última página, sólo para hacerme una idea de lo que me esperaba. El testimonio de Brannigan empezaba en la página 6 y proseguía hasta la 133. La sesión se había iniciado a la 16:30 horas y había concluido a las 19:15.

Una declaración es, por definición, un procedimiento menos formal que una comparecencia ante el juez, puesto que se desarrolla en un bufete y no en la sala de un juzgado. Se atestigua bajo juramento. Están presentes los abogados del demandante y del demandado, así como un funcionario judicial, pero no el juez.

Hetty Buckwald estaba allí en representación de los Fredrickson, y Lowell Effinger en nombre de Lisa Ray, aunque no asistieron los demandantes ni la demandada. Varios años atrás había verificado las referencias de la señorita Buckwald, convencida de que su título de abogada era de Harvard o Yale. Pero no era así: había estudiado en una de esas facultades de derecho que se anuncian con grandes y llamativos carteles en las vallas publicitarias de las autopistas.

Pasé rápidamente las repetitivas páginas iniciales, donde la señorita Buckwald intentaba fomentar la idea de que Brannigan tenía poca experiencia y carecía de la cualificación necesaria, cuando ninguna de las dos cosas era verdad. Lowell Effinger protestó a intervalos, diciendo en la mayoría de los casos «Malinterpreta el testimonio anterior» o «Ya lo ha preguntado y se le ha respondido» con una voz que, incluso en el papel, dejaba entrever aburrimiento e irritación. Effinger había marcado ciertas páginas para asegurarse de que yo no pasaba por alto su información. Del documento se desprendía en esencia que, pese a las permanentes insidias y las agotadoras preguntas de la señorita Buckwald, empeñada en poner en entredicho a Tilford Brannigan, éste insistió sin flaquear en que las lesiones de Gladys Fredrickson no coincidían con la dinámica de la colisión. Seguían catorce páginas de declaración en las que la señorita Buckwald arremetía contra él, intentando ponerlo en evidencia en cuestiones menores. Brannigan aguantó bien, paciente e imperturbable. Sus respuestas eran plácidas, a veces graciosas, lo que debió de sacar de sus casillas a la señorita Buckwald, que contaba con la fricción y la hostilidad para conseguir que el testigo se tambalease. Si él hacía la menor concesión, ella se abalanzaba sobre sus palabras como si fuera una gran victoria, socavando por completo el testimonio prestado antes. Yo no sabía muy bien a quién intentaba impresionar aquella mujer.

En cuanto acabé de leer el informe, telefoneé a Mary Bellflower, que dijo:

—¿Qué te ha parecido?

—No sé qué decir. Nos consta que Gladys resultó herida. Tenemos un montón de informes médicos: radiografías, protocolos de tratamiento, ecografías, resonancias magnéticas. Podría simular una lesión cervical o un dolor lumbar, pero ¿una fisura pélvica y dos costillas rotas? Por favor.

—Brannigan no ha dicho que no tuviera lesiones. Dice que las lesiones no las sufrió en el accidente. Ya estaba así cuando Millard

325

embistió a Lisa Ray al salir del aparcamiento. Brannigan no lo ha declarado abiertamente, pero es su conjetura.

—¿Qué significa eso? ¿Que Millard le dio una paliza o algo así?

—Eso es lo que tenemos que averiguar.

—Pero sus lesiones eran recientes, ¿no? O sea, no las tenía desde hacía semanas.

—Exacto. Podrían haberse producido antes de que subieran a la furgoneta. A lo mejor él la llevaba a urgencias y de pronto vio una oportunidad.

—No me tomes por obtusa, pero ¿por qué habría de hacer una cosa así? —pregunté.

—Tenía un seguro contra terceros, sin cobertura propia en caso de colisión. Habían cancelado la póliza del hogar porque no podían pagar las cuotas. No tenían seguro de invalidez ni de incapacidad permanente. Estaban desprotegidos por completo.

—¿Chocó de forma intencionada contra el coche de Lisa Ray, pues? Eso es muy arriesgado, ¿no? ¿Y si Lisa hubiese resultado muerta? O si a eso vamos, ¿y si su mujer hubiese resultado muerta?

—Él no tenía nada que perder. De hecho, incluso es posible que eso le hubiese convenido. Podía haber presentado demanda acusándola de homicidio por negligencia o cualquier otra cosa. La cuestión era echar la culpa a otro y cobrar en lugar de pagar. Él mismo había resultado gravemente herido en otro accidente y un jurado le concedió seiscientos ochenta mil dólares. Seguro que ya se lo han pulido todo.

—¡Dios santo, qué frialdad! —exclamé—. ¿Qué clase de hombre es?

—Digamos que un hombre desesperado. Hetty Buckwald se echó sobre Brannigan con uñas y dientes, pero no consiguió amilanarlo. Lowell dijo que le costó contener la risa. Cree que esto es magnífico. Extraordinario. Sólo tenemos que averiguar qué significa.

—Me pasaré otra vez por allí. Quizá los vecinos sepan algo que yo desconozco.

—Esperemos.

Regresé al barrio de los Fredrickson y empecé por los dos vecinos que vivían justo enfrente. Si algo sabían, probablemente sería poco, pero así al menos podría descartarlos. En la primera casa me abrió una mujer de mediana edad, y si bien era amable, declaró que no sabía nada acerca de los Fredrickson. Cuando le expliqué la situación, dijo que se había mudado allí hacía seis meses y prefería mantener las distancias con los vecinos.

—Así, si tengo algún problema con uno de ellos, puedo quejarme sin preocuparme por herir sus sentimientos —dijo—. Yo me ocupo de mis asuntos y espero que ellos se ocupen de los suyos.

—La verdad es que la entiendo. Yo he tenido suerte con mis vecinos hasta hace poco.

—No hay nada peor que los vecinos se te pongan en contra. Se supone que tu casa es tu refugio, no un campamento fortificado en una zona en guerra.

«Desde luego», pensé. Le di mi tarjeta y le pedí que me telefoneara si se enteraba de algo.

—No cuente con ello —respondió antes de cerrar la puerta.

Volví a la acera y subí por el camino de acceso de la casa contigua. Allí vivía un hombre de unos treinta años, de rostro delgado, gafas, mandíbula caída y una pequeña perilla cuya finalidad era definir el mentón poco pronunciado. Llevaba unos vaqueros holgados y una camiseta a rayas horizontales de las que elegiría una madre.

—Kinsey Millhone —dije tendiendo la mano.

—Julian Frisch. ¿Vende algo? ¿Avon, cepillos Fuller?

—Creo que ya no los venden puerta a puerta. —Volví a explicar quién era y que buscaba información acerca de los Fredrickson—. ¿Los conoce?

—Claro. Ella me lleva la contabilidad. ¿Quiere pasar?

—Se lo agradecería.

Su salón parecía la exposición de una tienda de informática. Identifiqué a simple vista parte del equipo: teclados y monitores que parecían televisores antiguos. Había ocho ordenadores en marcha, conectados mediante una maraña de cables que serpenteaban por el suelo. Además, vi cajas de cartón cerradas que debían de contener ordenadores nuevos. Unos cuantos apartados en un rincón parecían estar allí para ser reparados. Yo había oído los términos «disquete» y «arranque», pero no tenía ni idea de qué significaban.

—Deduzco que vende o repara ordenadores.

—Un poco de cada cosa. ¿Y usted qué tiene?

—Una Smith-Corona portátil.

Esbozó una media sonrisa, como si se lo hubiera dicho en broma, y luego blandió el dedo en dirección a mí.

—Más le vale ponerse al día con la realidad. Está perdiendo el tren. Habrá un momento en que los ordenadores lo harán todo.

—Me cuesta creerlo. Sencillamente me parece poco probable.

—Usted no tiene fe como el resto de nosotros. Llegará el día en que los niños de diez años dominarán estas máquinas y usted estará a su merced.

—Es una idea deprimente.

—No diga que no se lo advertí. En cualquier caso, no creo que haya llamado a mi puerta por eso.

—Cierto —contesté. Volví a centrarme y repetí la introducción, que para entonces ya había perfeccionado, completándola con una alusión al accidente entre los dos coches del 28 de mayo del año anterior—. ¿Desde cuándo le lleva la contabilidad Gladys Fredrickson?

—Desde hace dos o tres años. Nuestra relación es sólo profesional; no nos tratamos a nivel personal. Ahora mismo está hecha un cromo, pero trabaja bien.

—¿Trabaja o trabajaba?

—A mí sigue llevándome las cuentas. Siempre anda quejándose de sus dolores y achaques, pero no pierde comba.

—Dijo a la compañía de seguros que no trabaja porque no puede pasar mucho rato sentada ni concentrarse. También me lo dijo a mí cuando le tomé declaración —expliqué.

Contrajo el rostro.

—Eso es una trola. Veo llegar a los mensajeros dos o tres veces por semana.

—¿Está seguro de eso?

—Trabajo aquí. Veo perfectamente la casa de enfrente. No quiero chivarme, pero está igual de activa que siempre.

Quizás estaba enamorándome, o al menos eso parecía por el tamborileo de mi corazón y el calor que sentía en el pecho. Me llevé una mano a la frente para ver si sufría una fiebre repentina.

—Un momento. Esto es demasiado bueno para creerlo. ¿Le importaría repetirlo mientras lo grabo?

—No tengo inconveniente —respondió—. De todos modos pensaba despedirla. Su lloriqueo me saca de quicio.

Me senté en el único sitio disponible, una silla metálica plegable, y coloqué la grabadora encima de una caja sin abrir. Tomé el sujetapapeles para dejar constancia también por escrito de la información. Julian Frisch no tenía mucho que decir, pero la aportación valía su peso en oro. La presunta invalidez de Gladys Fredrickson era un engaño. Aún no había cobrado un centavo, a menos que recibiera una pensión de invalidez estatal, lo cual era muy posible. Cuando acabó de hablar para la grabación, recogí mis cosas y le estreché la mano con efusivas muestras de agradecimiento.

—No ha sido nada —contestó—. Y si cambia de idea y decide informatizarse, ya sabe dónde me tiene. Podría ponerla al día en un abrir y cerrar de ojos.

—¿Por cuánto?

—Diez mil.

—Acaba de perderme. No estoy dispuesta a pagar diez de los grandes por algo que me da complejo de inepta. —Me marché pensando: «Conque los niños de diez años, eh. Un poco de seriedad».

La vecina de la casa que se encontraba a la derecha de la que ocupaban los Fredrickson no fue de gran ayuda. La mujer, sin alcanzar siquiera a entender mis propósitos, pensó que vendía seguros y los rechazó amablemente. Repetí mi explicación y luego le di las gracias y me fui a la casa del otro lado.

La mujer que me abrió era la misma que vi la primera vez que fui a casa de los Fredrickson. Dada mi experiencia con los ancianos, a saber, con Gus, Henry y sus hermanos, le calculé unos ochenta años o poco más. Se la veía despierta y hablaba con fluidez, conservando en apariencia todas sus facultades. Además era regordeta como un alfiletero y olía a perfume Joy.

—Soy Lettie Bowers —se presentó al estrecharme la mano, y me invitó a pasar.

Tenía la piel de la mano delicada y seca, y la palma algunas décimas más caliente que la mía. Me extrañó que fuera tan confiada, abriendo así su casa a una desconocida, pero a mí ya me convenía.

En el salón había pocos muebles, cortinas vaporosas en las ventanas, una moqueta deslucida en el suelo y papel mortecino en las paredes. El mobiliario, de estilo victoriano, tenía algo de deprimente, lo que inducía a pensar que era auténtico. La mecedora en la que me senté tenía el asiento de pelo de caballo, cosa que no podría imitarse. A la derecha de la puerta de la calle, en la fachada orientada hacia la casa de los Fredrickson, unas puertas balconeras daban a una terraza con el suelo de madera llena de macetas. Le expliqué quién era y que trabajaba como investigadora para la compañía de seguros a la que Gladys Fredrickson había puesto una demanda después de su accidente.

—¿Le importa que le haga unas preguntas?

—En absoluto —contestó—. Me encanta recibir visitas. ¿Le apetece un té?

—No, gracias. Supongo que está al corriente de la demanda.

—Ah, sí. Ya me contó que iba a poner un pleito, y yo le dije: «Bien hecho». Debería ver cómo anda renqueando por ahí, la pobre. Lo que le pasó es horrible y tiene derecho a una recompensa.

—Bueno, de eso no estoy tan segura. Hoy día sablear a una compañía de seguros es como ir a Las Vegas a jugar con las máquinas tragaperras.

—Exacto. Con la de dinero que pagamos y luego nunca nos lo devuelven. Las compañías de seguros poco menos que nos retan a intentar cobrar. Tienen el poder de su lado. Si ganamos, nos echan o nos duplican la prima.

Aquello era desalentador. Ya había oído antes esas opiniones:

la convicción de que las compañías de seguros eran gatos gordos y los ratones merecían todo lo que pudieran sacar.

—En este caso, no está del todo claro qué sucedió exactamente; por eso estoy aquí.

—Lo que sucedió se cae por su propio peso. Hubo un accidente. Así de simple. Gladys me dijo que lo cubría la póliza del seguro del hogar y la compañía se negó a pagar. Dijo que la única manera de obligarlos era ponerles un juicio.

—Del automóvil.

—¿Del automóvil?

—No es la póliza del seguro del hogar. Ha puesto una demanda contra la compañía del seguro del automóvil de la otra parte.

—Me pregunté si no estaba tirando piedras sobre mi propio tejado. Aunque aquello parecía un diálogo de sordos, saqué la grabadora y volví a repetir la misma cantinela: mi nombre, el de Lettie Bowers, bla, bla, bla. Luego dije—: ¿Desde cuándo conoce usted a los Fredrickson?

—Si quiere que le diga la verdad, no los conozco mucho ni me caen muy bien. ¿Estoy bajo juramento?

—No, señora, pero sería de gran ayuda que me dijera lo que sabe con la mayor veracidad posible.

—Siempre lo hago. Me educaron así.

—Deduzco que Gladys Fredrickson le habló del accidente.

—No era necesario. Lo vi.

Me incliné un poco hacia ella.

—¿Estaba usted en el cruce?

Pareció desconcertada.

—¿Qué cruce? Yo estaba aquí sentada, mirando por la ventana.

—Entonces no entiendo cómo pudo ver lo sucedido.

—Me era imposible no verlo —insistió—. Siempre hago las labores de punto junto a la ventana, porque hay mucha luz y tengo una buena vista de la calle. Antes bordaba, pero últimamente he vuelto a hacer punto y ganchillo. Me cansa menos la vista y las manos. Estaba viéndolos trabajar, y por eso presencié la caída.

—¿Gladys se cayó?

—Ah, sí. La culpa fue de Gladys sin duda alguna, pero por lo que ella explica, el seguro tendrá que pagar igualmente si todo va bien.

—¿Podríamos dar marcha atrás y volver a empezar?

Tardé unos minutos en resumirle la demanda y ella cabeceaba mientras oía los detalles.

—Debe de estar hablando de otra persona. No fue eso lo que sucedió.

—Bien. Pues deme su versión.

—No quiero juzgar a nadie, pero su marido y ella son muy tacaños y no les gusta contratar a nadie. Los canalones estaban atascados por la acumulación de hojas. Habíamos tenido varias tormentas de primavera y el agua se desbordaba de los canalones a chorros en lugar de desaguar por el bajante. En cuanto llegó el buen tiempo, ella se subió a una escalera de mano para limpiar los canalones y la escalera se tambaleó. Fue a parar a la terraza de madera y, para colmo, la escalera le cayó encima y le dio en la cabeza. Con lo que pesa, me sorprendió que no se le partiera la espalda. Hizo un ruido espantoso, como un saco de cemento. Yo salí corriendo, pero me dijo que estaba bien, que no era nada. La noté aturdida y vi que cojeaba mucho, pero no aceptó mi ayuda. En un visto y no visto, Millard sacó la furgoneta, paró delante de la casa y tocó la bocina. Tuvieron una fuerte discusión y luego ella se subió.

—¿Gladys le pidió a usted que no contara nada?

—No exactamente. Dijo que la cosa quedaba entre nosotras y me guiñó el ojo. Y pensar que creía que la demanda era justa.

—¿Estaría dispuesta a declarar en favor de la demandada?

—Claro que sí. No me gustan los tramposos.

—A mí tampoco.

A última hora de la tarde, concediéndome un capricho especial, me acerqué al local de Rosie y pedí una copa de vino. Esperaría y comería en casa, pero ese día el trabajo me había cundido y merecía una recompensa. Nada más acomodarme en mi reservado preferido apareció Charlotte Snyder. Hacía semanas que no la veía, desde la pelea entre Henry y ella. Pensé que su presencia allí era pura casualidad, pero se detuvo en la puerta, miró alrededor y, al localizarme, vino derecha hacia mi mesa y se sentó enfrente. Llevaba el pelo recogido con un pañuelo, que se quitó y guardó en el bolsillo del abrigo a la vez que sacudía la melena para devolverle su forma natural. Tenía las mejillas sonrosadas por el frío y le brillaban los ojos.

—He pensado que a lo mejor te encontraba aquí al ver que no estabas en casa. Si me dices que Henry está a punto de venir, me iré.

—Hoy cena con William. Es la noche de farra de los chicos —contesté—. ¿Qué hay?

—Tengo la esperanza de redimirme a ojos de Henry. Me he enterado de que el juez ha nombrado a una tal Cristina Tasinato tutora de Gus Vronsky.

—No me lo recuerdes. Estuve a punto de vomitar cuando lo supe.

—Por eso quería hablar contigo. Según el banco, esa mujer ha solicitado un préstamo por una cantidad considerable para obras de construcción, hipotecando la casa.

—No lo sabía.

—Deduzco que quiere hacer reformas y aumentar el valor, añadir una rampa para la silla de ruedas, renovar la instalación eléctrica y las cañerías y, en términos generales, dejar la casa como nueva.

—No le vendrá mal un lavado de cara. Aun con la limpieza que ha hecho Solana, da pena verla. ¿De cuánto es el crédito?

—Un cuarto de millón de dólares.

—¡Cielos! ¿Cómo lo sabes?

—Me lo dijo Jay Larkin, un amigo mío del departamento de préstamos. Salí con él hace años y me ayudó mucho cuando empecé a trabajar en el sector inmobiliario. Sabía que me había interesado en tasar la propiedad y, cuando surgió esto, pensó que yo había llegado a un acuerdo. Me extrañó porque le dije a Solana que las dos parcelas juntas valían mucho más que la casa. Esa manzana ha sido recalificada como zona de viviendas plurifamiliares.

Cualquier comprador con un mínimo de sentido común adquiriría las dos parcelas y derribaría la casa.

—Pero tiene sentido reformarla estando Gus tan decidido a no desprenderse de ella.

—Precisamente ahí quería llegar. Ha puesto la casa en venta. Bueno, quizá no Solana, pero sí la tutora.

—¿En venta? ¿Y eso? No he visto ningún cartel.

—Tiene un contrato en exclusiva con una agencia inmobiliaria. Supongo que piensa devolver el préstamo con lo que saque de la venta. Yo no me habría enterado, pero la operación está en manos de una agente de nuestra oficina en Santa Teresa. Recordó que yo había hecho comparativas cuando vino mi cliente y me llamó para preguntarme si quería una comisión por enviarle una venta. Me sentí muy tentada, pero con lo enfadado que estaba Henry no me atreví.

—¿Cuánto piden?

—Un millón doscientos mil, lo cual es absurdo. Ni siquiera arreglada se venderá por esa cantidad. Me pareció raro después de oír a Solana jurar y perjurar que Gus no se iría de allí ni muerto. Lo que no entiendo es por qué eligieron a mi empresa para vender la casa. ¿Acaso no cayeron en la cuenta de que yo me enteraría?

—Seguro que la tutora no tenía ni idea de que trabajas allí —comenté—. Solana no parece tan al día en cuestiones del sector inmobiliario. Si esto es obra suya, es posible que no sepa que las sucursales colaboran estrechamente.

—O quizá se está riendo de nosotros.

—¿Esto se ha hecho a través del banco de Gus? —pregunté.

—Sí. Como si fuera una gran familia feliz, pero el asunto huele muy mal. He pensado que deberías saberlo.

—Me pregunto si habrá alguna manera de echarle a rodar los planes.

Charlotte me acercó un papel por encima de la mesa.

—Éste es el número de Jay en el banco. Puedes decirle que hemos hablado.

30

Tenía la cabeza tan acelerada que esa noche dormí mal. Las revelaciones de Lettie Bower habían sido un regalo caído del cielo, pero en lugar de sentirme bien, me daba de cabezazos por no haber hablado con ella antes. Con ella y con Julian. Si hubiese hablado con los vecinos antes de ir a ver a los Fredrickson, habría sabido a qué me enfrentaba. Tuve la sensación de estar perdiendo facultades, trastornada por mis errores de cálculo en el asunto de Solana Rojas. No era por flagelarme, pero Gus estaba metido en un grave apuro y la culpa era mía. ¿Qué más podía hacer? Ya había notificado el hecho a las autoridades del condado, así que era absurdo volver a pasar por eso. Sin duda Nancy Sullivan me había puesto verde en su informe. Por otro lado, yo no había presenciado malos tratos físicos, emocionales o verbales que justificaran una llamada a la policía. ¿Y eso dónde me dejaba?

Me resultaba imposible acallar mi mente. No podía hacer nada en plena noche, pero era incapaz de dejarlo correr. Al final, me sumí en un profundo sueño. Fue como hundirse en una sima oscura y silenciosa del lecho marino, inmovilizada por el peso del agua. Ni siquiera tuve conciencia de haberme dormido hasta que oí algo. Mis sentidos embotados registraron el ruido y concibieron rápidamente varias posibles explicaciones. Ninguna tenía sentido. Abrí los ojos de golpe. ¿Qué era eso?

Consulté el reloj, como si saber la hora cambiara las cosas. Eran las dos y cuarto. Si oigo el tapón de una botella de champán al descorcharse, enseguida miro la hora por si es un disparo y luego he de informar a la policía. Alguien pasaba en monopatín por delante de la casa; ruedas de metal sobre cemento, sucesivos chasquidos al deslizarse el monopatín sobre las grietas de la acera. En las idas y venidas, el sonido se acercaba y alejaba. Agucé el oído, intentando adivinar el número de monopatines: apafrentemente era sólo uno. Oí que el chico trataba de hacer un *kick-flip* tras otro, produciéndose un único choque contra el suelo si lo conseguía y un estridente golpeteo si fallaba. Me acordé de Gus cuando despotricaba contra los chicos de nueve años con sus monopatines en diciembre. Por entonces estaba de un humor de perros, pero al menos se mantenía en pie. Pese a sus quejas y las molestas llamadas que hacía, se le veía vivo y vigoroso. Ahora andaba de capa caída y no había nadie en el barrio tan irascible como para quejarse del alboroto en la calle. El monopatín continuó con su estrépito: bajaba del bordillo, seguía por la calzada, saltaba otra vez el bordillo y recorría la acera. Empezaba a sacarme de quicio. Quizás a partir de ese momento la vecina cascarrabias sería yo.

Aparté las mantas y atravesé el altillo a oscuras. Entraba suficiente claridad por la claraboya de plexiglás para ver por dónde iba. Descalza, bajé por la escalera de caracol, con las rodillas al descubierto debajo de la holgada camiseta. En el estudio hacía frío y supe que necesitaría un abrigo si salía a agitar el puño como habría hecho Gus. Entré en el cuarto de baño de abajo y me metí en la bañera de fibra de vidrio con mampara, contigua a una ventana que daba a la calle. No había encendido la luz para poder mirar sin que el patinador advirtiera mi presencia. El ruido parecía más lejano: ahogado pero persistente. Luego silencio.

Esperé, pero no oí nada. Crucé los brazos para darme calor y escudriñé la oscuridad. La calle estaba vacía y así siguió. Al final, volví a subir por la escalera de caracol y me metí en la cama. Eran las 2:25 y temblaba de frío. Me tapé hasta el cuello y esperé a entrar en calor. Ya no supe nada del mundo hasta las seis, hora de mi carrera matutina.

Empecé a sentirme más optimista a medida que superaba un kilómetro tras otro. La playa, el aire húmedo, el sol pintando vaporosas capas de color en el cielo: todo inducía a creer que ese día las cosas irían mejor. Cuando llegué a la fuente del delfín al pie de State, doblé a la izquierda y me dirigí hacia el centro. Al cabo de diez manzanas di media vuelta y corrí hacia la playa. No llevaba reloj, pero pude calcular el tiempo que había estado corriendo al oír el tintineo del paso a nivel cercano a la estación. El suelo empezó a vibrar y vi acercarse el tren, con el pitido de advertencia amortiguado por lo temprano que era. Más tarde, cuando pasara el tren de pasajeros, el silbato sonaría a volumen suficiente para interrumpir las conversaciones en la playa.

Como autodesignada capataz de la obra, aproveché para echar un vistazo a través de la valla de madera que rodeaba la nueva piscina del hotel Paramount. Habían desaparecido gran parte de los escombros y aparentemente habían aplicado una capa de yeso a la gunita. Imaginé el proyecto acabado: las tumbonas en su sitio, las mesas con sombrillas protegiendo del sol a los clientes del hotel. La imagen se desvaneció y dio paso a mi preocupación por Gus. Me planteé telefonear a Melanie a Nueva York. La situación era angustiosa y me culparía a mí. Por lo que yo sabía, Solana ya le había ofrecido una versión anotada de la historia, presentándose como la buena mientras que yo era la mala.

Nada más llegar a casa, llevé a cabo mi rutina de todas las mañanas, y a las ocho cerré el estudio y me dirigí hacia el Mustang. Justo enfrente, había un coche patrulla aparcado junto a la acera. Un agente de uniforme estaba enfrascado en una conversación con Solana Rojas. Los dos miraban en dirección a mí. ¿Y ahora qué pasaba? Lo primero que pensé fue en Gus, pero no había ninguna ambulancia ni vehículo de urgencias del departamento de bomberos. Movida por la curiosidad, crucé la calle.

—¿Hay algún problema?

Solana miró al agente y luego a mí, con expresión elocuente, antes de darse media vuelta y marcharse. Supe sin necesidad de que me lo dijeran que habían hablado de mí, pero ¿con qué objeto?

—Soy el agente Pearce —se presentó el policía.

—Hola, ¿qué tal? Soy Kinsey Millhone. —Ninguno de los dos

tendió la mano. Yo no sabía por qué estaba allí aquel hombre, pero desde luego no era para hacer amigos.

Pearce no era uno de los patrulleros que yo conocía. Alto, ancho de hombros, con siete u ocho kilos de más, mostraba esa sólida presencia policial en la que se adivinaba un profesional bien preparado. Incluso había algo de intimidatorio en los crujidos de su cinturón de cuero cuando se movía.

—¿Qué ocurre?

—Algún vándalo ha causado desperfectos en el coche de esa mujer.

Seguí su mirada, que se había posado en el descapotable de Solana, aparcado a dos coches del mío. Alguien, valiéndose de un instrumento afilado —un destornillador o un cincel— había grabado con profundas marcas la palabra MUERTA en la puerta del conductor. Se había saltado la pintura y el metal estaba mellado por la fuerza con que habían aplicado la herramienta.

—Caray. ¿Y eso cuándo ha sido?

—En algún momento entre las seis de la tarde de ayer, cuando ella aparcó el vehículo, y las siete menos cuarto de esta mañana. A esa hora ha visto de refilón que alguien pasaba por delante de la casa y ha salido a mirar. ¿Ha advertido usted actividad en la calle?

Por encima del hombro, vi que la vecina de la casa de enfrente había salido en bata a recoger el periódico y que había entablado con Solana poco más o menos la misma conversación que yo sostenía con el agente. A juzgar por los gestos de Solana, supe que estaba alterada.

—Ha debido de verme a mí esta mañana. Entre semana salgo a correr por State, a partir de las seis y diez o algo así, y vuelvo una media hora después.

—¿Había alguien más en los alrededores?

—Yo no he visto a nadie, pero sí oí un monopatín en plena noche, lo que me extrañó. Eran las dos y cuarto, porque recuerdo que consulté el reloj. Parece que iba arriba y abajo, a ratos por la calzada, a ratos por la acera. El ruido se alargó tanto que me levanté a mirar, pero no vi a nadie. Es posible que lo oyera también otro vecino.

—¿Un chico o más de uno?

—Yo diría que uno.

—¿Usted vive allí?

—En el estudio, sí. Se lo alquilo a un señor que se llama Henry Pitts. Él vive en la casa principal. Pregúntele si quiere, pero no creo que pueda aportar gran cosa. Su habitación está abajo, en la parte de atrás, así que no le llegan los mismos ruidos de la calle que oigo yo arriba. —Estaba hablando como una cotorra, dando a Pearce más información de la que necesitaba, pero no podía evitarlo.

—¿Salió a la calle cuando oyó al chico del monopatín?

—Pues no. Hacía frío y estaba muy oscuro, así que miré por la ventana del cuarto de baño de abajo. Como para entonces ya se había ido, me volví a la cama. Tampoco tuve la impresión de que estuviera causando destrozos. —Fue un comentario frívolo, pero él me lanzó una mirada inequívoca.

—¿Está en buenas relaciones con su vecina?

—¿Con Solana? Pues la verdad es que no. Yo no diría tanto.

—¿Están enemistadas?

—Supongo que podría decirse que sí.

—¿Y eso a qué se debe?

Respondí con un gesto, pues ya no sabía qué contestar. ¿Cómo resumir las semanas jugando furtivamente al ratón y al gato?

—Es una larga historia —respondí—. Con mucho gusto se la explicaría, pero tardaría mucho y no viene al caso.

—¿En qué sentido no viene al caso la hostilidad entre ustedes?

—Yo no lo llamaría hostilidad. Hemos tenido nuestras diferencias. —Me interrumpí y me volví hacia él—. ¿No le habrá insinuado que yo tuve algo que ver con esto?

—Una disputa entre vecinos es un asunto serio. Uno no puede alejarse del conflicto cuando vive en la casa de al lado.

—Oiga, un momento. Esto es absurdo. Soy una investigadora con licencia. ¿Por qué iba a arriesgarme a una multa y una condena de prisión por una disputa personal?

—¿Tiene idea de quién podría haber sido?

—No, pero desde luego no he sido yo.

¿Qué más podía decir sin parecer que me ponía a la defensiva? La simple insinuación de una fechoría basta para generar escepticismo en los demás. Si bien se nos llena la boca hablando de «presunta inocencia», nos cuesta poco presuponer todo lo contrario. Y menos a un agente de la ley que ha oído ya todas las posibles variaciones sobre el mismo tema.

—Debo irme a trabajar —dije—. ¿Necesita algo más de mí?

—¿Tiene un número en el que se la pueda localizar?

—Claro —contesté.

Saqué una tarjeta de visita de mi billetero y se la di. Sentí el deseo de decir: «Mire, soy una investigadora privada seria y una ciudadana respetuosa con la ley», pero eso únicamente sirvió para recordarme todas las veces que había transgredido la ley sólo en la última semana. Me puse bien el bolso y me dirigí a mi coche notando la mirada del agente en mí. Cuando me atreví a volver la vista atrás, Solana también me observaba con una expresión emponzoñada. La vecina a su lado me miró con inquietud. Sonrió y me saludó con la mano, quizá preocupada ante la posibilidad de que, si no era amable conmigo, le rayase también a ella el coche.

Arranqué el Mustang y, cuando di marcha atrás para salir, cómo no, topé con el parachoques del otro coche. No pareció tan grave como para salir a mirar, pero seguro que si no lo hacía, me reclamarían una reparación por valor de miles de dólares, amén de mandarme una citación por abandonar el lugar del accidente. Abrí la puerta del coche y la dejé entornada mientras iba a la parte de atrás. No había la menor señal de daños y cuando el agente se acercó a comprobarlo, pareció estar de acuerdo.

—Debería ir con un poco más de cuidado.

—Lo haré. Ya lo hago. Puedo dejar una nota si lo considera necesario.

¿Lo ven? El miedo a la autoridad reduce a una mujer adulta a esa clase de humillaciones, como si tuviese que abrillantarle la hebilla del cinturón a lametones a cambio de una sonrisa. Sonrisa que no se produjo.

Conseguí alejarme de allí sin más percances, pero tenía los nervios a flor de piel.

Entré en la oficina y me preparé una cafetera. No necesitaba la cafeína; ya estaba hiperexcitada. Lo que necesitaba era un plan de acción. Cuando el café estuvo listo, me serví un tazón y me lo llevé a la mesa. Solana estaba tendiéndome una trampa. Sin duda había rayado el coche ella misma y avisado luego a la policía. Era una taimada maniobra en su campaña para poner de manifiesto mi hostilidad. Cuanto más vengativa pareciese yo, más convincente era su imagen de inocencia. Ya había presentado mi llamada a la línea caliente del condado como un gesto de despecho. Ahora era candidata a una acusación por vandalismo. No le sería fácil demostrarlo, pero la cuestión era poner en tela de juicio mi credibilidad. Debía encontrar la manera de contrarrestar su estrategia. Si conseguía mantenerme un paso por delante de ella, tal vez sería capaz de derrotarla con sus propias reglas de juego.

Abrí el bolso, encontré el papel que me había dado Charlotte y telefoneé al banco. Cuando atendieron mi llamada, pregunté por Jay Larkin.

—Soy Larkin —dijo.

—Hola, Jay. Me llamo Kinsey Millhone. Charlotte Snyder me ha dado su número…

—Ah, sí. Claro. Ya sé quién es. ¿En qué puedo ayudarla?

—En fin, es una larga historia, pero le ofreceré la versión abreviada. —Le resumí la situación tanto como pude.

—No se preocupe —dijo cuando acabé—. Le agradezco la información. Ya nos encargaremos nosotros.

Cuando volví a probar el café, estaba frío como el hielo, pero me sentía mejor. Me recliné en la silla giratoria y levanté los pies. Entrelacé las manos en lo alto de la cabeza y fijé la mirada en el techo. Tal vez aún podía pararle los pies a esa mujer. A lo largo de mi vida me las he visto con individuos muy malos: matones, asesinos despiadados y timadores, además de diversas personas verdaderamente perversas. Solana Rojas era ladina, pero no creía que fuese más lista que yo. Puede que yo no tenga un título universitario, pero sí poseo (dijo ella, muy modesta) una personalidad retorcida y una gran inteligencia natural. Estoy dispuesta a rivalizar en ingenio casi con cualquiera. Si eso era así, bien podía, por tanto, rivalizar con ella. Sólo que no podía hacerlo con mi franqueza habitual. Enfrentarme a ella por la vía directa me había llevado a donde me encontraba. En adelante, tendría que ser sutil y tan ladina como ella. También pensé lo siguiente: si no puedes atravesar una barrera, encuentra la manera de circundarla. En algún lugar de su armadura debía de haber una grieta.

Me erguí en la silla, planté los pies en el suelo y abrí el cajón inferior derecho del escritorio, donde tenía guardado su expediente. Era poco lo que contenía: el contrato con Melanie, la solicitud de empleo original y el informe escrito de lo que yo había averiguado sobre ella. Más tarde se sabría que todas las referencias eran falsas, pero por entonces yo lo ignoraba. Había guardado el currículum de Lana Sherman al final de la carpeta y lo examiné. Sus comentarios sobre Solana Rojas habían sido hostiles, pero sus críticas no hacían más que confirmar la idea de que Solana era trabajadora y responsable. No contenía la menor alusión a malos tratos a ancianos por diversión o provecho.

Dejé la solicitud de Solana en la mesa ante mí. Era evidente que tendría que volver atrás y verificar línea por línea, empezando por la dirección que había dado en Colgate. La primera vez que vi el nombre de la calle no sabía dónde estaba, pero de pronto caí en la cuenta de que ahora sí la conocía. Franklin discurría paralela a Winslow, una manzana más allá del edificio de veinticuatro apartamentos propiedad de Richard Compton. Era la finca de Winslow Street donde los Guffey se lo habían pasado en grande arrancando los armarios y destrozando los sanitarios, generando así su propia versión del Diluvio Universal, a excepción hecha del arca de Noé. El barrio era un nido de gentuza, por lo que tenía sentido que Solana se encontrase allí a gusto. Fui por la chaqueta y el bolso y me encaminé hacia mi coche.

Aparqué frente al bloque de apartamentos de Franklin, una insípida construcción beige de tres plantas, desprovista de todo embellecimiento arquitectónico: sin dinteles voladizos, ni alféizares, ni postigos, ni porches, ni jardín, a menos que uno atribuya valor estético a un pedazo de tierra inmune a la sequía. Había una pila de arbustos muertos cerca del bordillo, y ahí acababa la vegetación. El número del apartamento en la solicitud de Solana era el 9. Cerré el coche y crucé la calle.

Una somera inspección de los buzones me indicó que era un edificio de veinte apartamentos. A juzgar por los números de las puertas, el 9 estaba en el primer piso. Subí por la escalera, donde cada peldaño se componía de una contrahuella de hierro y una huella de losas rectangulares de hormigón vertido con dibujo de guijarros. En lo alto me detuve un momento a pensar. Que yo supiera, Solana vivía permanentemente en casa de Gus, pero si la dirección de Franklin era aún su residencia oficial, tal vez fuera y viniera. Si me tropezaba con ella, sabría que estaba bajo vigilancia, lo cual no me convenía.

Regresé a la planta baja, donde había visto un letrero de plástico blanco en la puerta del apartamento 1, en el que se indicaba que el administrador vivía allí. Llamé y esperé. Al final, abrió un hombre. Era un cincuentón bajo y rechoncho, de facciones carnosas que con la edad se habían acumulado sobre el cuello de la camisa. Tenía las comisuras de los labios apuntadas hacia abajo y la mandíbula perdida en medio de la papada hasta el punto de parecer tan informe y chata como la de una rana.

—Hola, perdone que lo moleste, pero busco a Solana Rojas y no sé si aún vive aquí.

Al fondo, oí preguntar a alguien:

—Norman, ¿quién es?

—Un momento, Princess, estoy hablando —contestó él por encima del hombro.

—Eso ya lo sé —vociferó ella—. Yo he preguntado quién es.

—No hay nadie con el nombre de Rojas en este edificio —dijo el hombre, dirigiéndose a mí—. A menos que alguien subarriende, cosa que está prohibida.

—Norman, ¿es que no me has oído?

—Ven a verlo tú misma. No puedo andar gritando de esta manera. Es de mala educación.

Al cabo de un momento apareció su esposa, también baja y redonda, pero con veinte años menos y una mata de pelo teñida de amarillo.

—Busca a una tal Solana Rojas.

—No tenemos a ninguna Rojas.

—Eso mismo le he dicho yo. Pensaba que a lo mejor tú sabías quién era.

Volví a mirar la solicitud.

—Aquí dice que es el apartamento nueve.

Princess hizo una mueca.

—Ah, ésa. La mujer del nueve se marchó hace tres semanas, ella y el zoquete de su hijo, pero no se llama Rojas. Se llama Tasinato. Es turca o griega, o algo por el estilo.

—¿Cristina Tasinato?

—Costanza. Y prefiero no hablar mucho del tema. Nos dejó daños por valor de cientos de dólares que jamás recuperaremos.

—¿Cuánto tiempo vivió aquí?

Los dos se miraron, y él contestó:

—¿Nueve años? Tal vez diez. Su hijo y ella ya estaban en el edificio cuando yo empecé a trabajar de administrador aquí, y eso fue hace dos años. No tuve ocasión de inspeccionar su casa hasta que se marchó. El hijo había abierto un boquete en la pared de una patada y debía de crear corriente de aire, porque ella rellenó el agujero con periódicos viejos. Las fechas de los periódicos se remontaban a 1978. Una familia de ardillas se había instalado allí y aún no hemos conseguido sacarlas.

—El edificio se vendió hace dos meses y el nuevo propietario subió el alquiler, por eso se fue —explicó Princess—. Los inquilinos están marchándose de aquí como ratas.

—¿No dejó una dirección para enviarle el correo?

Norman negó con la cabeza.

—Ojalá pudiera ayudarla, pero desapareció de la noche a la mañana. Cuando entramos, la casa apestaba tanto que tuvimos que traer a una empresa de limpieza que suele ocuparse de lugares donde se ha cometido un crimen.

—Como si un cadáver hubiese estado pudriéndose en el suelo durante una semana y las tablas del suelo rezumaran esa porquería burbujeante, ¿sabe? —intervino Princess.

—Me hago una idea —contesté—. ¿Pueden describirme a esa mujer?

Norman no supo qué contestar.

—No sé, era normal. De mediana edad, morena...

—¿Gafas?

—No creo. Tal vez las llevaba para leer.

—¿Estatura? ¿Peso?

—Era tirando a delgada —respondió Princess—, un poco ancha de cintura, pero no tan gordita como yo. —Se echó a reír—. El hijo es inconfundible.

—La madre lo llamaba Tiny, y a veces Tonto —agregó Norman—. Con cara de niño, pero una mole.

—Lo que se dice una auténtica mole —remachó ella—. Y no estaba bien de la cabeza. Como es muy sordo, más que hablar, gruñía. Su madre hacía como si lo entendiera, pero los demás no nos enterábamos de nada. Es una bestia. De noche merodeaba por el barrio. Más de una vez me dio un susto de muerte.

—Un par de mujeres fueron agredidas —añadió Norman—. A una chica le dio una paliza de cuidado. Le hizo tanto daño que tuvo una crisis nerviosa.

—Encantador —comenté. Pensé en el gorila que había visto en mi visita a la casa de Gus. Solana había estado pagando los honorarios de un auxiliar, que bien podía ser su hijo, a costa del patrimonio de Gus—. ¿No tendrán por casualidad el formulario que rellenó al alquilar el piso?

—Tendría que pedírselo usted al nuevo dueño. El edificio tiene treinta años de antigüedad. Sé que hay un montón de cajas almacenadas desde no se sabe cuándo, pero no sabemos qué contienen.

—¿Por qué no le das el número de teléfono del señor Compton?

—¿Richard Compton? —pregunté sorprendida.

—Sí, ése. También es suyo el edificio de al lado.

—Yo trabajo para él. Lo llamaré y le preguntaré si no tiene inconveniente en que examine los expedientes archivados. Seguro que no le importará. Entretanto, si tienen noticias de la señora Tasinato, ¿serían tan amables de avisarme?

Saqué una tarjeta de visita, que Norman leyó y entregó a su mujer.

—¿Cree usted que esa mujer Rojas y Costanza Tasinato son la misma persona? —preguntó ella.

—Eso me temo.

—Es una mala pieza. Lástima no poder decirle adónde ha ido.

—No se preocupe. Ya lo sé.

En cuanto se cerró la puerta, me quedé allí por un momento, regodeándome con la información. Un tanto a mi favor. Por fin las cosas empezaban a cobrar sentido. Yo había comprobado los antecedentes de Solana Rojas, pero en realidad trataba con otra persona, de nombre Costanza o Cristina y apellido Tasinato. En algún momento se había producido un cambio de identidad, pero no sabía cuándo. La auténtica Solana Rojas quizá ni siquiera era consciente de que alguien había cogido prestados su currículum, sus referencias y su buen nombre.

Cuando volví al coche, había un Saab blanco aparcado detrás y un hombre, de pie en la acera con las manos en los bolsillos, miraba el Mustang con cara de entendido. Llevaba vaqueros y una americana de tweed con coderas de cuero: mediana edad, barba entrecana y bien recortada, boca ancha, un lunar cerca de la nariz y otro en la mejilla.

—¿Es suyo?

—Lo es. ¿Es usted aficionado?

—Sí, señora. Este coche es una virguería. ¿Está contenta con él?

—Más o menos. ¿Está interesado en comprar?

—Podría ser. —Se palpó el bolsillo de la americana, y yo casi esperaba que sacara tabaco o una tarjeta de visita—. ¿Es Kinsey Millhone, por casualidad?

—Sí. ¿Lo conozco?

—No, pero creo que esto es para usted —dijo, ofreciéndome un sobre alargado blanco con mi nombre escrito a mano.

Desconcertada, lo cogí y él me tocó el brazo y dijo:

—Cariño, has recibido notificación de un mandato judicial.

Sentí que me bajaba la tensión arterial y el corazón dejaba de latirme por un segundo. Mi alma y mi cuerpo se separaron claramente, como los vagones de un tren de carga cuando se retira el enganche. Tuve la sensación de estar de pie a mi lado, observándome. Me noté las manos frías, pero sólo me temblaban un poco cuando abrí el sobre y saqué la citación para la vista y la orden de alejamiento provisional.

La persona que solicitaba protección era Solana Rojas. Yo aparecía como la persona que requería contención, con mi sexo, estatura, peso, color de pelo, domicilio y otros datos personales perfectamente mecanografiados. La información era casi exacta salvo por el peso, porque el mío es de cinco kilos menos. La vista se había fijado para el 9 de febrero, el martes de la semana siguiente. Mientras tanto, bajo el apartado «Órdenes para la conducta personal», me prohibían acosar, atacar, golpear, amenazar, agredir, pegar, seguir, acechar, destruir bienes personales, mantener bajo vigilancia o estorbar las acciones de Solana Rojas. Se me ordenaba asimismo no acercarme a menos de treinta metros de ella, de su casa y de su vehículo; al parecer, al determinar ese escaso número de metros, se tuvo en cuenta el hecho de que yo vivía en la casa de al lado. También se me prohibía tener, poseer, comprar o intentar comprar, recibir o intentar recibir, o bien obtener de cualquier otra manera una pistola o cualquier arma de fuego. En el margen inferior del papel, en letras blancas sobre fondo negro, rezaba: «Esto es una orden judicial». Como si yo no lo hubiese deducido ya.

El agente notificador me observó con curiosidad mientras yo

cabeceaba. Debía de estar acostumbrado, como yo, a entregar órdenes de alejamiento a individuos necesitados de un cursillo para el tratamiento de la ira.

—Esto es totalmente falso. Yo nunca le he hecho nada. Se lo ha inventado todo.

—Para eso es la vista. Puede contarle al juez su versión de los hechos en el juzgado. Tal vez le dé la razón. Entretanto, yo que usted me buscaría un abogado.

—Ya lo tengo.

—En ese caso, suerte. Ha sido un placer tratar con usted. Me lo ha puesto muy fácil.

Y dicho esto, subió al coche y se marchó.

Abrí el Mustang y entré. Me quedé sentada, sin encender el motor, con las manos en el volante y la mirada fija en la calle. Eché un vistazo a la orden de alejamiento que había lanzado al asiento contiguo. Eché mano de ella y la leí por segunda vez. Bajo «Órdenes judiciales», en la Sección 4, se había marcado la casilla «b», especificando que si no obedecía dichas órdenes, sería detenida y acusada de un delito, en cuyo caso tendría que (a) ir a la cárcel, (b) pagar una multa de hasta mil dólares o (c) ambas cosas. Ninguna de las tres opciones me entusiasmaba.

Lo peor de todo era que Solana me había ganado la partida otra vez. Yo me había creído muy lista, y ella iba un paso por delante de mí. ¿Y eso dónde me dejaba? Tenía pocas alternativas, pero debía haber una escapatoria.

De camino a casa pasé por un *drugstore* y compré un carrete de película en color de 400 ASA. Luego volví al estudio y dejé el coche en el callejón detrás de la casa de Henry, en un hueco invadido por la hierba. Atravesé la cerca trasera por una brecha y entré en el estudio. Subí al altillo y despejé la superficie del baúl que utilizo como mesilla de noche, dejé en el suelo la lamparilla de lectura, el despertador y una pila de libros. Abrí el baúl y saqué mi cámara réflex, con un objetivo fijo de 35 mm. No era tecnología punta, pero no tenía otra cosa. Cargué el carrete y bajé por la escalera de caracol. Ahora sólo quedaba encontrar un lugar donde apostarme para fotografiar desde distintos ángulos a mi Némesis de la casa de al lado, asegurándome, al mismo tiempo, de que no me veía y llamaba a la policía. Sin duda, sacar fotos a escondidas se consideraría vigilancia.

Cuando le expliqué a Henry lo que me proponía, sonrió maliciosamente.

—En cualquier caso, has llegado en el momento oportuno. He visto marcharse a Solana cuando volvía de mi paseo.

Fue él quien tuvo la astuta idea de poner un parasol flexible plateado en el parabrisas de su coche familiar, que insistió en prestarme. Solana conocía mi coche de sobra y estaría pendiente de mí. Se fue al garaje y volvió con el parasol que usaba para reducir la temperatura interior cuando no aparcaba a la sombra. Hizo en el parasol un par de agujeros redondos del tamaño del objetivo y me dio las llaves del coche. Me puse el parasol bajo el brazo y lo eché al asiento del acompañante antes de sacar el coche del garaje.

Seguía sin verse el coche de Solana, aunque había un hermoso espacio vacío donde antes lo tenía aparcado. Di la vuelta a la manzana y encontré un hueco en la calle, cuidándome de mantener los treinta metros requeridos entre mi persona y la suya, siempre y cuando ella se quedase donde le correspondía. Aunque si alguien ocupaba su sitio y ella aparcaba detrás de mí, iría a la cárcel sin duda.

Desplegué el parasol y lo coloqué ante el parabrisas; luego me instalé, cámara en mano, y enfoqué la puerta de la casa de Gus. Desplacé el objetivo hacia la plaza de aparcamiento vacía junto al bordillo y ajusté la lente. Me arrellané y esperé, observando la fachada de la casa por una estrecha abertura entre el salpicadero y la base del parasol. Al cabo de veintiséis minutos, Solana dobló la esquina y tomó por Albanil, a media manzana calle abajo. La vi recuperar su plaza, sintiéndose probablemente muy satisfecha de sí misma al colocar el coche de morro en el hueco. Me incorporé y apoyé los brazos en el volante mientras Solana salía. El chasquido y el ronroneo de la cámara me resultaron relajantes mientras tomaba una instantánea tras otra. De pronto ella paró en seco e irguió la cabeza.

Uy, uy, uy.

La vi observar la calle, y en su lenguaje corporal se adivinaba un estado de hipervigilancia. Recorrió con la mirada toda la manzana hasta la esquina y luego, tras volver al punto de partida, la fijó en el coche de Henry. Inmóvil, clavó los ojos en el parasol como si pudiera ver a través. Aprovechando la circunstancia, hice seis fotografías más, y después contuve la respiración, esperando a ver si cruzaba la calle. No podía arrancar el coche y marcharme sin quitar primero el parasol, en cuyo caso quedaría a la vista. Incluso si lo conseguía, tendría que pasar por delante de ella y se habría acabado el juego.

31
Solana

Sentada en la cocina del viejo, Solana fumaba un cigarrillo de Tiny, un placer culpable que se concedía en raras ocasiones cuando necesitaba concentrarse. Se sirvió un vaso de vodka para tomárselo mientras contaba y agrupaba en fajos el dinero que había amasado. Parte procedía de una cuenta de ahorros suya, acumulada a lo largo de los años en otros trabajos. Tenía treinta mil dólares que le habían reportado intereses cómodamente mientras desempeñaba su actual empleo. La semana previa se había dedicado a vender las joyas obtenidas de Gus y los anteriores clientes. Algunas de las piezas las conservaba desde hacía años, por miedo a que hubiesen denunciado el robo. Había puesto un anuncio en el periódico local para hacer pública la venta de «joyas heredadas», lo cual quedaba muy postinero y refinado. Había recibido muchas llamadas de los sabuesos que peinaban esa sección de forma sistemática en busca de gangas surgidas de la desesperación de alguien. Había hecho tasar las joyas y calculado meticulosamente los precios de venta que serían tentadores sin generar dudas sobre la procedencia de anillos de diamantes eduardianos y Art Decó y pulseras de Cartier. Aunque no era asunto de nadie, había inventado varias historias: un marido rico que había muerto y sólo le había dejado las joyas regaladas a lo largo de los años; una madre que había sacado las pulseras y los anillos a escondidas de Alemania en 1939; una abuela que, a causa de las estrecheces, no había tenido más remedio que vender los preciados collares y pendientes heredados de su madre. A la gente le gustaban las historias lacrimógenas. Pagaban más por un objeto con una tragedia detrás. Estos relatos personales de apuros y anhelos daban a los anillos y pulseras, pendientes y broches, un valor que superaba el del contenido en oro y piedras.

Había telefoneado cada día a la galerista durante una semana para preguntarle si había encontrado comprador para los cuadros. Sospechaba que la mujer se limitaba a darle largas, pero no estaba del todo segura. En cualquier caso, Solana no podía permitirse perder ese contacto. Quería el dinero. Los muebles antiguos de Gus los había vendido uno por uno a distintos anticuarios de alto copete de la ciudad. Gus se pasaba el día en el salón o el dormitorio y no pareció darse cuenta de que le estaban vaciando la casa poco a poco. Por estas ventas se había embolsado poco más de 12.000 dólares, que no era tanto como esperaba. Si añadía esa suma a los 26.000 dólares que el viejo aún tenía guardados en distintas cuentas de ahorro, además de los 250.000 que había pedido prestados al banco hipotecando la casa, la suma ascendería a 288.000 dólares, más los 30.000 de su cuenta personal. Aún no tenía en su haber los 250.000, pero el señor Larkin, del banco, le había dicho que el préstamo estaba concedido y ya era sólo cuestión de pasar a recoger el cheque. Ese día quería hacer compras para sí misma y dejaría a Gus al cuidado de Tiny.

Tiny y el viejo se llevaban bien. Les gustaban los mismos programas de televisión. Compartían las mismas pizzas gruesas, repletas de los más repugnantes ingredientes, y las galletas baratas en envoltorios de plástico que ella compraba en Trader Joe's. Últimamente los dejaba fumar en el salón, pese a que le molestaba sobremanera el humo. Los dos eran duros de oído, y cuando el volumen del televisor empezaba a crisparle los nervios, Solana los desterraba a la habitación de Tiny, donde podían ver el televisor viejo que se había llevado de su apartamento. Por desgracia, vivir con los dos había echado a perder los placeres de la casa, que ahora se le antojaba pequeña y claustrofóbica. El señor Vronsky insistía en mantener el termostato a veintitrés grados, y a ella esa temperatura le resultaba sofocante. Había llegado el momento de desaparecer, pero aún no había decidido qué hacer con él.

Metió el dinero en una bolsa de lona que guardaba en el fondo de su armario. Después de vestirse, se miró en el espejo de cuerpo entero de la puerta del baño. Se vio bien. Vestía un austero traje pantalón azul marino, con una sencilla blusa debajo. Era una mujer respetable, interesada en resolver sus asuntos. Fue por el bolso y se detuvo en el salón, camino de la puerta.

—Tiny.

Tuvo que llamarlo dos veces porque él y el viejo estaban absortos en un programa de televisión. Tomó el mando a distancia y quitó el volumen. Su hijo alzó la vista, sorprendido y molesto por la interrupción.

—Me voy —anunció Solana—. Tú quédate aquí. ¿Entendido? No salgas. Cuento con que cuides del señor Vronsky. Y no abras la puerta a menos que haya un incendio.

—Vale —contestó él.

—No abras a nadie. Quiero que estés aquí cuando vuelva.

—¡Vale!

—¡Y no me contestes!

Fue por la autovía hasta La Cuesta, su centro comercial preferido. Sentía especial debilidad por los grandes almacenes Robinson, donde compraba el maquillaje, la ropa y algún que otro artículo doméstico. Ese día tenía previsto comprar maletas para su inminente marcha. Quería un juego nuevo, bonito y caro, como símbolo de la nueva vida que iniciaba. Era casi como un ajuar, cosa a la que hoy día las jóvenes no daban mucho valor. El ajuar debía ser nuevo, cuidadosamente reunido y empaquetado antes de la luna de miel.

Al entrar en la tienda, salía una joven que le sostuvo la puerta cortésmente para dejarla pasar. Solana le lanzó una mirada y desvió la vista de inmediato, pero ya era demasiado tarde. La mujer se llamaba Peggy algo más —quizá Klein, pensó—, y era nieta de una paciente que Solana había cuidado hasta su muerte.

—¿Athena? —dijo la tal Klein.

Solana, haciendo oídos sordos, entró en la tienda y se encaminó hacia la escalera mecánica. Lejos de desistir, la mujer la siguió gritándole con voz estridente:

—¡Un momento! Yo a usted la conozco. Es la mujer que cuidó de mi abuela.

Avanzó deprisa, pegada a los talones de Solana, y la agarró del brazo. Solana se volvió hacia ella con inquina.

—No sé de qué me habla. Me llamo Solana Rojas.

—¡Y una mierda! Usted es Athena Melanagras. Nos robó miles de dólares y luego...

—Se equivoca. Debe de haber sido otra persona. Yo nunca la he visto a usted ni a nadie de su familia.

—¡Embustera de mierda! Mi abuela se llamaba Esther Feldcamp. Murió hace dos años. Usted saqueó sus cuentas e hizo cosas aún peores, como sabe de sobra. Mi madre presentó cargos, pero usted ya había desaparecido.

—Déjeme en paz. Está delirando. Soy una mujer respetable. Nunca le he robado un centavo a nadie.

Solana se subió a la escalera mecánica y miró al frente. Ascendió mientras la mujer, un peldaño por debajo, seguía aferrada a ella.

—¡Necesito ayuda! ¡Llamen a la policía! —vociferaba la tal Klein. Parecía trastornada y la gente se volvía a mirarla.

—¡Cállese! —dijo Solana. Se dio la vuelta y la empujó.

La mujer, tambaleándose, bajó un peldaño, pero permaneció aferrada al brazo de Solana como un pulpo. En lo alto de la escalera mecánica, Solana intentó zafarse, pero acabó arrastrando a la mujer por la sección de ropa deportiva. En la caja, una dependienta las observó con creciente preocupación mientras Solana cogía los dedos de la mujer y los desprendía de su brazo uno por uno, doblándole el índice hasta hacerla gritar.

Solana le dio un puñetazo en la cara y, ya libre, se alejó a toda prisa. Procuró no correr, porque si corría llamaría más la atención, pero tenía que poner la mayor distancia posible entre ella y su acusadora. Desesperada por encontrar una salida, no vio ninguna, eso significaba que debía de estar por detrás de ella. Por un instante pensó en buscar un escondite —un probador, quizá—, pero temió verse acorralada. Detrás de ella, la Klein había convencido a la dependienta para que avisara a seguridad. Las vio a las dos juntas al lado del mostrador mientras se oía por los altavoces un código que sabía Dios qué significaba.

Solana dobló la esquina y se escabulló hacia la escalera mecánica de bajada que acababa de ver. Sujetándose al pasamanos en movimiento, bajó los peldaños de dos en dos. La gente en dirección contraria se volvía para mirarla sin especial interés, al parecer ajenos al drama que se desarrollaba.

Solana volvió la vista atrás. La Klein la había seguido y bajaba rápidamente por la escalera, acercándose por momentos a Solana. En la planta baja, cuando la mujer se aproximó, Solana blandió el bolso y le asestó un fuerte golpe a un lado de la cabeza. En lugar de retroceder, la mujer agarró el bolso y tiró de él. Las dos forcejearon con el bolso, que se había abierto. La Klein cogió el billetero y Solana gritó:

—¡Ladrona!

En el departamento de ropa de hombres, un cliente se encaminó hacia ellas sin saber si el asunto requería su intervención. Desde hacía algún tiempo, la gente, por miedo, era reacia a inmiscuirse. ¿Y si uno de los contendientes tenía un arma y el Buen Samaritano resultaba muerto cuando intentaba ayudar? Era una muerte absurda y nadie quería correr el riesgo. Solana dio dos puntapiés a la mujer en las espinillas. La Klein se desplomó, gritando de dolor. Cuando Solana echó un último vistazo a la mujer, vio que la sangre le corría por las piernas.

Se alejó tan deprisa como pudo. La mujer tenía su billetero, pero ella conservaba cuanto necesitaba: las llaves de la casa, las llaves del coche, la polvera. Podía prescindir del billetero. Por suerte, no llevaba dinero en efectivo, pero la mujer no tardaría en buscar la dirección que constaba en el carnet de conducir. Debería haber dejado la dirección de la Otra tal como estaba, pero en su momento le pareció más sensato cambiarla y poner la del apartamento donde entonces vivía. Una vez había solicitado un empleo manteniendo la dirección de la Otra en lugar de sustituirla por la suya, y la hija de la paciente se había presentado en la dirección real y llamado a la puerta. De inmediato se había dado cuenta de que la mujer con la que hablaba no era la que cuidaba de su anciana madre. Solana se había visto obligada a abandonar el empleo, dejando atrás un preciado dinero en efectivo que tenía escondido en su habitación. Ni siquiera una visita ya entrada la noche le sirvió de nada, pues habían cambiado las cerraduras.

Se imaginó a la Klein hablando con la policía, llorando como una histérica y farfullando la historia de su abuelita y la ladrona contratada para cuidar de ella. Solana no tenía antecedentes penales, pero Athena Melanagras había sido detenida una vez por posesión de drogas. Eso sí fue mala suerte. De haberlo sabido, nunca habría tomado prestada la identidad de esa mujer. Solana sabía que habían presentado denuncias contra sus distintos alias. Si la Klein acudía a la policía, las descripciones coincidirían. En el pasado, había dejado sus huellas. Ahora sabía que ése era un error garrafal, pero no se le había ocurrido hasta más tarde que en todas partes debería haber limpiado a fondo antes de marcharse.

Atravesó el aparcamiento a toda prisa hasta su coche y volvió a la autovía, tomando por la 101 en dirección sur hasta la salida de Capillo. El banco estaba en el centro y, a pesar del inquietante incidente en los grandes almacenes, quería su dinero en mano. Las maletas podía comprarlas en cualquier otra parte. O tal vez ni siquiera se tomase la molestia. Se le acababa el tiempo.

Cuando llegó al cruce de Anaconda con Floresta, dio una vuelta a la manzana para asegurarse de que nadie la seguía. Aparcó y entró en el banco. El señor Larkin, el director, le dio una calurosa bienvenida y la acompañó hasta su mesa, donde la invitó a sentarse cortésmente, tratándola como a una reina. Así era la vida cuando uno tenía dinero, la gente te adulaba, se comportaba de forma servil. Sostuvo el bolso en el regazo como un trofeo. Era un modelo caro, de diseño, y sabía que causaría buena impresión.

—¿Me disculpa un momento? —preguntó el señor Larkin—. Tengo una llamada.

—Por supuesto.

Lo observó cruzar el vestíbulo y desaparecer por una puerta. Mientras esperaba, sacó la polvera y se retocó la nariz. Se la veía tranquila y segura de sí misma, no como alguien que acababa de ser agredida por una demente. Le temblaban las manos, pero respiró hondo, esforzándose por mostrarse despreocupada y serena. Cerró la polvera.

—¿Señorita Tasinato?

Una mujer había aparecido por detrás de ella inesperadamente. Solana dio un respingo y la polvera salió volando. Observando el arco descendente que trazaba en el aire, tuvo la sensación de que el tiempo se ralentizaba mientras el estuche de plástico caía al suelo de mármol y rebotaba una vez. El disco recambiable saltó y el duro redondel de polvo compacto se partió en varios trozos. El espejo de la tapa de la polvera se hizo añicos y los fragmentos se esparcieron por el suelo. La esquirla de espejo que permanecía en el estuche parecía un puñal, puntiagudo y afilado. Apartó la polvera rota con el pie. Ya se encargaría otro de recogerlo. Un espejo roto traía mala suerte. Ya era malo romper cualquier cosa, pero un espejo era lo peor.

—Disculpe que la haya asustado. Pediré que venga alguien a recogerlo. No quiero que se corte la mano.

—No es nada. No se preocupe. Ya me compraré otra —dijo Solana, pero un ánimo sombrío se había apoderado de ella. Las cosas ya habían empezado mal, y ahora eso. Una calamidad tras otra, ya lo había visto otras veces.

Dirigió la atención hacia la mujer, intentando contener su desagrado. A ésta no la conocía. Tenía más de treinta años y estaba encinta, probablemente de más de siete meses a juzgar por el enorme bulto bajo el vestido de embarazada. Solana buscó la alianza nupcial, que la mujer en efecto llevaba. Sin embargo, sintió desaprobación. Debía dejar su empleo y quedarse en casa. No tenía por qué trabajar en un banco, exhibiendo su estado sin el menor pudor. Pasados tres meses, Solana vería su anuncio en el periódico: «Madre trabajadora necesita canguro experimentada y de confianza. Se piden referencias». Repugnante.

—Soy Rebecca Wilcher. El señor Larkin ha tenido que salir y me ha pedido que la atienda. —Se sentó en la silla del señor Larkin.

A Solana no le gustaba tratar de esos asuntos con mujeres. Quiso protestar, pero se contuvo, deseosa de dar por concluida la transacción.

—Permítame que eche una rápida mirada para familiarizarme con la documentación del crédito —dijo la mujer. Empezó a hojearla, leyendo con demasiado detenimiento. Solana vio deslizarse sus ojos por cada línea impresa. La mujer alzó la vista y dirigió una breve sonrisa a Solana—. Veo que la han nombrado tutora del señor Vronsky.

—En efecto. Su casa pide atención a gritos. La instalación eléctrica está vieja, las cañerías en mal estado, y no hay rampa para la silla de ruedas, lo que lo convierte prácticamente en un prisionero. Tiene ochenta y nueve años y es incapaz de cuidar de sí mismo. Sólo me tiene a mí.

—Entiendo. Lo conocí cuando empecé a trabajar aquí, pero hace meses que no lo vemos. —Dejó la carpeta en la mesa—. Todo parece en orden. Esto se presentará en el juzgado para su aprobación y, una vez resuelto ese trámite, le entregaremos el dinero del crédito. Por lo visto, falta un impreso. Tengo uno aquí en blanco que puede rellenar y devolver, si no le importa.

Metió la mano en el cajón, buscó en las carpetas y sacó un papel que le entregó por encima de la mesa.

Solana se lo quedó mirando con irritación.

—¿Qué es esto? Ya he rellenado todos los impresos que me pidió el señor Larkin.

—Éste debió de pasársele por alto. Perdone las molestias.

—¿Qué problema hay con los impresos que ya entregué?

—Ninguno. Éste es un requisito nuevo. No le llevará mucho tiempo.

—No dispongo de tiempo para esto. Pensaba que ya estaba todo resuelto. El señor Larkin dijo que sólo tenía que pasar por aquí y me extendería el talón. Eso me dijo.

—No sin la aprobación del juzgado. Es el procedimiento habitual. Necesitamos el visto bueno del juez.

—¿Qué me está diciendo? ¿Acaso pone en duda mi derecho a ese dinero? ¿Cree que la casa no necesita reformas? Debería venir a verla.

—No es eso. Sus planes para la casa nos parecen excelentes.

—Hay riesgo inminente de incendio. Si no se hace algo pronto, el señor Vronsky se expone a morir quemado en la cama. Puede decírselo al señor Larkin. Si ocurre algo, le pesará en la conciencia. Y también en la suya.

—Le pido disculpas por cualquier malentendido. Tal vez pueda hablar un momento con el director y resolverlo. Si me disculpa un momento...

En cuanto se alejó de la mesa, Solana se puso en pie, aferrada al bolso. Tendió la mano hacia la mesa y agarró el sobre de papel marrón con todos los documentos. Se dirigió hacia la entrada, procurando comportarse como una persona con un objetivo legítimo. Al acercarse a la puerta, bajó la vista y levantó el sobre para ocultar su cara a la cámara de vigilancia que, como bien sabía, estaba allí. ¿Qué le pasaba a esa mujer? Ella no había hecho nada para despertar sospechas. Había cooperado y demostrado buena disposición en todo momento, ¿y ahora la trataban así? Telefonearía más tarde. Hablaría con el señor Larkin y pondría el grito en el cielo. Si él insistía en que tenía que rellenar el impreso, lo haría, pero quería que él supiese lo molesta que estaba. Tal vez cambiase de banco. Se lo mencionaría. La aprobación de un juez podía tardar un mes, y siempre existía el riesgo de que la transacción se sometiera a examen.

Sacó el coche del aparcamiento y se fue derecha a casa, demasiado alterada para preocuparse por los cuadros del maletero. Advirtió que otros conductores miraban la palabra MUERTA grabada en la puerta del conductor. Quizás eso no había sido tan buena idea. El pequeño gamberro al que había contratado lo había hecho bien, pero ahora tenía que cargar con los daños. Era como ir con una pancarta a cuestas: MIRADME. SOY RARA. Su plaza de aparcamiento delante de la casa seguía vacía. Entró de frente y luego tuvo que maniobrar hasta que el coche quedó paralelo al bordillo.

Sólo cuando salió y cerró, notó algo extraño. Permaneció inmóvil y escrutó la calle. Recorrió las casas una por una con la mirada, llegando hasta la esquina y luego retrocediendo. El coche familiar de Henry estaba aparcado en el otro extremo de la calle, tres casas más allá, con un parasol plateado tras el parabrisas que impedía ver el interior. ¿Por qué lo había sacado del garaje y dejado en la calle?

Vio el sol moteado reflejarse en el cristal. Le pareció distinguir pequeñas sombras irregulares en el asiento del conductor, pero a esa distancia no sabía qué era lo que veía. Dio media vuelta, dudando si debía cruzar la calle y echar una mirada. Kinsey Millhone no se atrevería a desafiar la orden de alejamiento, pero quizá Henry la vigilaba. No se le ocurría qué motivo podía llevarlo a ello, pero era más sensato actuar como si no sospechase nada.

Entró en la casa. El salón estaba vacío, lo que significaba que Tiny y el señor Vronsky se habían ido a hacer la siesta como buenos chicos. Descolgó el teléfono y marcó el número de Henry. El timbre sonó dos veces y él contestó:

—¿Sí?

Dejó el auricular en la horquilla sin pronunciar palabra. Si no era Henry quien estaba en el coche, ¿de quién se trataba? La respuesta era evidente.

Salió por la puerta y bajó los peldaños. Cruzó la calle en diagonal y fue derecha hacia el coche de Henry. Aquello tenía que acabarse. No podía consentir que la espiaran. La ira que le subía a la garganta amenazaba con ahogarla. Vio que los seguros no estaban puestos. Abrió de un tirón la puerta del conductor.

Nadie.

Solana respiró hondo, aguzando los sentidos como un lobo. El olor de Kinsey flotaba en el aire: una tenue pero perceptible mezcla de champú y jabón. Solana tocó el asiento, y habría jurado que seguía caliente. No la había sorprendido allí por cuestión de segundos y experimentó una frustración tan profunda que a punto estuvo de lanzar un gemido. No debía perder el control. Cerrando los ojos, pensó: «Calma. Conserva la calma». Pasara lo que pasara, seguía siendo dueña de la situación. ¿Y qué más daba si Kinsey la había visto salir del coche? ¿Qué importancia tenía?

Ninguna.

A menos que, provista de una cámara, estuviese tomando fotografías. Solana se llevó una mano a la garganta. ¿Y si había visto la foto de la Otra en la residencia de ancianos y quería una foto reciente de ella para compararla? Solana no podía correr ese riesgo.

Regresó a la casa y cerró la puerta a sus espaldas como si la policía fuera a llegar de un momento a otro. Entró en la cocina y sacó un limpiador en aerosol de debajo del fregadero. Mojó una esponja, la escurrió y luego la roció de espray. Empezó a limpiar la casa, borrando toda huella de sí misma, de cuarto en cuarto. Ya se ocuparía después de la habitación de los chicos. Entretanto, tendría que hacer las maletas. Tendría que recoger las cosas de Tiny. Tendría que llenar el depósito de gasolina. Al salir de la ciudad, pasaría a buscar los cuadros y los llevaría a otra galería. Esta vez haría las cosas bien, sin cometer errores.

32

Según la orden de alejamiento, una vez entregada la notificación, disponía de un plazo de veinticuatro horas para entregar o vender toda pistola o arma en mi poder. No soy una fanática de las armas, pero siento apego por las dos que tengo. Una es una Heckler & Koch P7M13 de nueve milímetros; la otra, una pequeña Davis semiautomática del 32. Suelo llevar una de ellas, descargada, dentro de un maletín en el asiento trasero del coche. También guardo a mano munición; de lo contrario, ¿qué sentido tendría? Mi pistola preferida de todos los tiempos, una semiautomática del 32 sin marca, regalo de mi tía Gin, quedó destruida en la explosión de una bomba unos años antes.

A regañadientes, saqué las dos pistolas de la caja fuerte de la oficina. Tenía dos opciones para desprenderme de ellas. Podía ir a entregarlas a la comisaría, donde las anotarían en el registro y me darían un recibo. El problema de esa posibilidad era que yo conocía a unos cuantos agentes e inspectores del Departamento de Policía de Santa Teresa, entre ellos Cheney Phillips. La idea de tropezarme con alguno se me hacía insufrible. Opté por dejar las pistolas en manos de un armero con licencia de State Street, que rellenó los apartados 5 y 6 del formulario que me habían dado, y que yo, a su vez, devolví al secretario del juzgado para que lo archivase. Sólo me devolverían las armas por orden del juez.

Ya de paso, presenté una respuesta a la orden de alejamiento de Solana, donde sostenía que sus afirmaciones eran falsas. Después, pasé por el despacho de Lonnie Kingman y charlé con él. Accedió a acompañarme en mi comparecencia del martes de la semana siguiente.

—Supongo que no hace falta recordarte que si violas las condiciones de la orden de alejamiento, te retirarán la licencia.

—No tengo la menor intención de violar la orden judicial. ¿Cómo voy a ganarme la vida, si no? Ya he hecho bastantes trabajos de mierda en la vida. Le tengo apego a mi ocupación actual. ¿Algo más?

—Quizá deberías reunir a un par de testigos que apoyen tu versión de los hechos.

—Seguro que Henry estará dispuesto. Tendré que pensar si hay alguien más. Solana, astuta como es, se cuidó muy mucho de que nuestros encuentros fueran en privado.

Cuando entré en la oficina tenía en el contestador un mensaje de la secretaria de Lowell Effinger, Geneva, donde me decía que la citación de comparecencia para Melvin Downs estaba lista y podía pasar a recogerla. En cualquier caso, yo, con los nervios a flor de piel, no tenía intención de quedarme allí cruzada de brazos en espera del siguiente golpe. Curiosamente, había empezado a ver a Melvin Downs como a un amigo, y mi relación con él parecía cálida en comparación con mis tratos con Solana, que habían ido de mal en peor.

Me metí en el Mustang, me detuve un momento ante el bufete de Effinger a recoger los papeles y me encaminé hacia Capillo Hill. Doblé a la izquierda por el callejón a un paso de Palisade y aparqué detrás del edificio donde estaba la lavandería y el punto de recogida de Empezar de Cero. La puerta de atrás estaba cerrada, pero probé el picaporte y se abrió.

Encontré a Melvin encaramado en un taburete ante un mostrador que hacía las veces de mesa de trabajo. Había llenado de piruletas un tazón de cerámica, y vi el envoltorio de celofán que había quitado a la que tenía en la boca. Como la trastienda era fría, se había dejado puesta la cazadora de cuero marrón. La brisa húmeda procedente de la lavandería, en la parte delantera, olía a detergente, lejía y ropa de algodón dando vueltas en secadoras industriales. Melvin tenía una tostadora desmontada en la superficie de trabajo. Había retirado la carcasa del bastidor. El aparato desnudo parecía pequeño y vulnerable, como un pollo desplumado. Al verme, reaccionó con un ligero cabeceo.

Me llevé una mano al bolsillo de la chaqueta, más por la tensión que por el frío; en la otra, sostenía la citación.

—Pensaba que trabajaba los martes y los jueves.

—Me da igual el día de la semana. No tengo nada más que hacer.

La piruleta debía de ser de cereza, porque tenía la lengua rosa. Advirtió mi mirada y me tendió el tazón para ofrecerme una. Negué con la cabeza. Sólo había de cereza, y si bien era mi sabor favorito, me pareció impropio aceptar algo de él.

—¿Qué le pasa a la tostadora?

—La resistencia y la palanca. Estoy arreglando la palanca.

—¿Recibe muchas tostadoras?

—Sí, y también secadores de pelo. Hoy día, a la que falla una vez la tostadora, la gente la tira. Los electrodomésticos son baratos, y si algo se estropea, se compra uno nuevo. La mayoría de las veces el problema se debe a algo tan sencillo como no molestarse en vaciar la bandeja recogemigas.

—¿A qué se refiere? ¿A esa pieza que se desliza por debajo?

—Exacto. En ésta habían caído trozos de pan en la base y provocado un cortocircuito en la resistencia. Además, las migas atascaban el mecanismo, y he tenido que limpiar la palanca y engrasarla. En cuanto vuelva a montarla, debería funcionar a la perfección. ¿Y esta vez cómo me ha encontrado?

—Ah, tengo mis métodos.

Aguardé un momento, intentando recordar cuándo había vaciado por última vez la bandeja recogemigas de mi tostadora. Quizá por eso mis tostadas tendían a quemarse por un lado y a quedarse sin hacer por el otro.

Señaló el sobre con el mentón.

—¿Eso es para mí?

Lo dejé en el mostrador.

—Sí. Han fijado la fecha para su declaración, y ésta es la citación de comparecencia. Si lo desea, puedo venir a recogerlo y volver a traerlo aquí después. Sería un viernes, porque yo les dije qué días trabajaba.

—Muy considerada.

—Es lo máximo que he podido hacer.

—No lo dudo.

Se me fueron los ojos hacia su mano derecha.

—Dígame una cosa: ¿eso es un tatuaje carcelario?

Echó un vistazo al tatuaje. Luego juntó el pulgar y el índice para formar unos labios, que parecían separarse expectantes ante la siguiente pregunta. Los ojos pintados en los nudillos creaban en efecto la ilusión óptica de una cara pequeña.

—Ésta es Tía —dijo.

—Ya me han hablado de ella. Es una monada.

Se acercó la mano a la cara.

—¿Has oído? —dijo él—. Opina que eres una monada. ¿Quieres hablar con ella?

Melvin dio la vuelta a la mano y Tía pareció estudiarme con vivo interés.

—Vale —contestó ella, sus impasibles ojos negros fijos en los míos. Le preguntó a él—: ¿Qué puedo contarle?

—Decídelo tú.

—Estuvimos encerrados doce años —explicó ella—, y allí nos conocimos.

La voz de falsete me pareció muy real y, sin darme cuenta, le dirigí las preguntas a ella.

—¿Aquí, en California?

Se volvió y lo miró, y luego me miró a mí otra vez. Pese a parecer una vieja desdentada, conseguía dar una imagen de recatada coquetería.

—Preferiríamos no contestar a eso. Sí le diré lo siguiente: él se portó tan bien que le redujeron la pena. —Tía se ladeó hacia Downs y le dio un gran beso en la mejilla. En respuesta, él sonrió.

—¿Por qué lo encerraron?

—Ah, por ciertos asuntos. No hablamos de esas cosas con gente que acabamos de conocer.

—Deduje que fue por abusos sexuales a menores, y que por eso su hija no le deja ver a sus nietos.

—Vaya, le cuesta poco condenar —dijo Tía con aspereza.

—Sólo es una suposición.

—Él jamás puso la mano encima a esos niños, eso se lo aseguro —dijo ella, indignada, en nombre de Melvin.

—Tal vez su hija opina que los delincuentes sexuales no son dignos de confianza —comenté.

—Él intentó convencerla para que le permitiera visitarlos bajo supervisión, pero ella no quiso saber nada. Él hizo todo lo posible para reparar los daños, incluido cierto trato bajo mano con unos caballeros muy desagradables.

—¿A qué se refiere?

Tía ladeó la cabeza y me hizo una seña para que me acercara, indicando que lo que iba a decir era muy personal. Me incliné y le permití susurrarme al oído. Habría jurado que sentí su aliento en mi cuello.

—Hay una casa en San Francisco donde se ocupan de hombres como él. Un lugar de muy mal gusto. No es de nuestro estilo.

—No lo entiendo.

—Castración. —Tía arrugó los labios al pronunciar la palabra. Melvin la observó con interés, sin inmutarse.

—¿Como un hospital?

—No, no. Es una residencia privada, donde ciertas operaciones se practican bajo mano, por así decirlo. No eran médicos titulados, sino sólo hombres con herramientas y el equipo necesarios que disfrutaban cortando y cosiendo, liberando a otros de sus impulsos.

—¿Melvin se ofreció de forma voluntaria a eso?

—Era un medio para conseguir un fin. Necesitaba controlar sus impulsos, en lugar de verse controlado por ellos.

—¿Le sirvió?

—En general, sí. Su libido ha quedado prácticamente en nada, y el poco deseo que aún siente consigue someterlo. No bebe ni se droga porque, si lo hace, es incapaz de prever qué demonios aflorarán. No tiene usted ni idea de lo astutos que pueden llegar a ser. No hay manera de pactar con los Malignos. En cuanto se despiertan, toman las riendas. Sobrio, es un buen hombre. Pero nunca convencerá a su hija de eso.

—Es una chica de corazón duro —comentó Melvin.

Tía se volvió hacia él.

—Calla. Sabes que no es así. Es una madre. Su primera obligación es proteger a sus hijos.

—¿No está obligado a comunicar su paradero a las autoridades? Llamé al departamento de libertad condicional y no habían oído hablar de usted.

—Ya lo comuniqué en el lugar donde estaba antes.

—Si se muda, debe volver a hacerlo.

—En rigor sí, cariño —intervino Tía—. Pero le contaré lo que pasa. La gente se entera del motivo de su condena. En cuanto lo saben, empiezan los cuchicheos y luego los padres indignados desfilan ante su casa con pancartas de protesta. Y luego vienen las unidades móviles y los periodistas, y él ya no vuelve a tener un momento de paz.

—No se trata de él. Se trata de los niños de quienes él abusó. Nunca se recuperarán de esa maldición.

Melvin se aclaró la garganta.

—Lamento el pasado. Reconozco que hice cosas y que me hicieron cosas…

—Exacto —interrumpió Tía—. Ahora él lo único que quiere es vigilar a los pequeños y protegerlos. ¿Qué tiene eso de malo?

—No debe tener contacto con ellos. No debe estar a menos de mil metros de niños. Nada de colegios, nada de parques infantiles. Él lo sabe.

—Sólo mira. Sabe que está mal tocar y ya no lo hace.

Miré a Melvin.

—¿Por qué corre el riesgo? Es como un ex alcohólico que trabaja en un bar. La tentación está ahí mismo y llegará el día en que lo venza.

Tía emitió un chasquido de desaprobación.

—Yo misma se lo he dicho mil veces, cariño, pero no puede evitarlo.

No podía seguir escuchando aquello.

—¿Podemos hablar de la declaración? Tendrá alguna pregunta que hacer.

Melvin mantuvo la atención fija en la tostadora.

—Si accedo, ¿qué impedirá al abogado de la otra parte venir a por mí? ¿No es eso lo que hacen? Prestas testimonio, a ellos no les gusta y le dan la vuelta para utilizarlo contra ti. Demuestran que eres un despreciable ex presidiario y que nadie debe escuchar una sola palabra de lo que digas.

Pensé en Hetty Buckwald.

—Es probable. No le mentiré acerca de eso. Por otro lado, si no aparece, será acusado de desacato.

Tía cabeceó y dijo:

—Vamos, por favor. ¿Cree que eso le importa un carajo?

—¿No puede usted convencerlo?

—Dele un respiro. Ya ha pagado más que suficiente.

Esperé, pero ninguno de los dos dijo nada más. Sólo podía insistir hasta cierto punto. Dejé la citación en el mostrador y salí.

Para redondear la tarde, cuando llegué a la oficina, recibí una llamada telefónica de Melanie Oberlin, que fue derecha al grano.

—Kinsey, ¿qué demonios está pasando? Me ha dicho Solana que tuvo que solicitar una orden de alejamiento contra ti.

—Gracias, Melanie. Agradezco tu apoyo. Y ahora, ¿quieres oír mi versión?

—No tengo especial interés. Me ha dicho que llamaste a las autoridades del condado para poner una denuncia y la desestimaron.

—¿Te ha comentado también que una tal Cristina Tasinato ha sido nombrada tutora de Gus?

—¿Nombrada qué de Gus?

—Supongo que conoces la palabra.

—Claro, pero ¿por qué lo ha hecho?

—La pregunta debería ser, más bien: ¿quién es Cristina Tasinato? —maticé.

—Vale. ¿Quién es?

—Ella y la mujer a la que conocemos como Solana Rojas son la misma persona. Está haciendo todo lo posible para quitarle a Gus hasta el último centavo. Espera un momento y consultaré mis notas para darte las cifras exactas. Vamos allá. A modo de compensación, ha presentado facturas al juzgado por valor de 8.726,73 dólares en concepto de atención domiciliaria a Gus, a nombre de Asistencia Sanitaria para la Tercera Edad, S.A. Eso incluye a su hijo retrasado, el supuesto auxiliar, pese a que no hace más que dormir todo el día. También hay una factura de su abogado, de 6.227,47 dólares, por «servicios profesionales», con fecha del 15 de enero de 1988.

Se produjo un maravilloso momento de silencio.

—¿Y eso pueden hacerlo?

—Chica, no quiero parecer cínica, pero la intención es «ayudar» a los ancianos con grandes ahorros. ¿Por qué habría uno de nombrarse tutor de alguien que vive de un ingreso fijo? Es absurdo.

—Esto empieza a darme náuseas —dijo.

—Más vale.

—Pero ¿y a qué viene eso de las autoridades del condado?

—Ésa es la pregunta por la que has empezado. Denuncié a Solana a la Agencia de los Tres Condados para la Prevención de Malos Tratos a la Tercera Edad, y enviaron a una chica a investigar. Solana le dijo que te había rogado repetidamente que vinieras en ayuda de Gus, pero tú te habías negado. Dijo que Gus no estaba capacitado para atender sus necesidades básicas y se autodesignó..., o mejor dicho, designó a Cristina Tasinato..., para supervisar sus asuntos.

—Eso es una locura. ¿Desde cuándo?

—Hace una semana, tal vez diez días. Por supuesto, se han dado fechas anteriores para que coincida, casualmente, con la entrada en escena de la falsa Solana.

—¡No me lo puedo creer!

—Yo tampoco, pero es la verdad.

—Tú sabes que nunca me he negado a ayudarlo. Es una mentira asquerosa.

—Al igual que casi todo lo que dice Solana sobre mí.

—¿Por qué no me llamaste? No entiendo por qué me entero ahora de esto. Podrías haberme avisado.

Miré el auricular con los ojos entornados, asombrándome a mí misma por lo bien que había pronosticado su reacción. Ya me había cargado a mí con toda la culpa.

—Melanie, ya te dije que Solana tramaba algo, pero te negaste a creerme. ¿Para qué volver a llamarte?

—Fuiste tú quien le dio el visto bueno.

—Sí, y fuiste tú la que me dijo que limitara la investigación al título, el último empleo y un par de referencias.

—¿Eso dije?

—Sí, guapa. Tengo por costumbre anotar las instrucciones que recibo por si pasa algo así. ¿Y ahora vas a apearte del burro y ayudarme?

—¿Cómo?

—Para empezar, puedes venir y atestiguar a mi favor cuando comparezca ante el juez.

—¿Por qué vas a comparecer?

—Por la orden de alejamiento. No puedo acercarme a Gus porque Solana está allí las veinticuatro horas, pero tú aún estás autorizada a verlo a menos que solicite otra orden contra ti. También podrías iniciar los trámites para oponerte a su nombramiento. Eres la única pariente viva y tienes voz y voto. Ah, y ya que te tengo al teléfono, más vale que te avise. En cuanto mecanografíe mi informe, enviaré una copia al fiscal del distrito. Tal vez pueda intervenir y ponerle freno.

—Bien. Hazlo. Me organizaré para ir cuanto antes.

—De acuerdo.

Una vez resuelto eso, llamé a Richard Compton, que dijo que se pondría en contacto con Norman y le pediría que me dejara vía libre para examinar el material archivado en el sótano del edificio. Le dije aproximadamente cuándo iría por allí y me contestó que ya lo arreglaría. Tenía que pasar por dos sitios antes de ir a Colgate, el primero era el *drugstore* donde había dejado el carrete el día anterior. Con las fotos en la mano, fui a la Casa del Amanecer y entré por la puerta con cierta sensación de familiaridad porque ya había estado antes. Había anunciado mi visita por adelantado y hablado con Lana Sherman, la enfermera diplomada a quien había consultado al verificar los antecedentes de Solana Rojas. Dijo que podía concederme unos minutos siempre y cuando no surgiera ninguna urgencia.

En el vestíbulo, el árbol de Navidad salpicado de blanco había sido desmontado y guardado en su caja hasta las fiestas del año siguiente. En el escritorio antiguo empleado como mesa de recepción habían colocado un jarrón chino rojizo con una rama pintada de blanco de la que colgaban corazones rojos y rosados en celebración del día de San Valentín, para el que faltaban dos semanas.

La recepcionista me envió a Uno Oeste, la planta de postoperatorio. Al recorrer el pasillo, vi a Lana en una sala con cuatro camas administrando medicamentos en vasos blancos de papel estriado. Le hice una seña, indicándole que aguardaría en el mostrador de enfermeras. En un pequeño hueco habilitado como sala de espera encontré una silla de plástico gris y me hice con una manoseada revista que se titulaba *Madurez moderna*.

Lana apareció al cabo de un momento, acompañada del chirrido de sus zapatos de suela de goma sobre el vinilo.

—Ya me he tomado antes un descanso, así que no tengo mucho tiempo. —Se sentó a mi lado en una silla de plástico idéntica a la mía—. ¿Y qué tal le va a Solana con su trabajo?

—No muy bien —contesté. Me había planteado hasta qué punto debía ser franca con ella, pero no vi ninguna ventaja en retener información. Quería respuestas y no tenía sentido andarse por las ramas—. Me gustaría que echase un vistazo a unas fotografías y me dijese quién es la persona que ve.

—¿Como en una rueda de reconocimiento?

—No exactamente. —Saqué el sobre amarillo de fotografías de mi bolso y se lo di. Del carrete de treinta y seis fotos había seleccionado diez instantáneas, que ella pasó rápidamente antes de devolvérmelas—. Es Costanza Tasinato, una auxiliar de enfermera. Trabajó aquí en la misma época que Solana.

—¿Alguna vez la oyó usar el nombre de Cristina?

—No lo usaba, pero sé que era su primer nombre porque lo vi en su carnet de conducir. Costanza era el segundo nombre, y como se hacía llamar. ¿A qué viene esto?

—Ha estado haciéndose pasar por Solana Rojas en los últimos tres meses.

Lana me miró con asombro.

—Eso es ilegal, ¿no?

—Uno puede emplear el nombre que quiera siempre y cuando no intente engañar. En este caso, sostiene que es una enfermera diplomada. Se ha instalado en la casa del paciente, junto con su hijo, que, por lo que deduzco, es un demente. Intento ponerle freno antes de que haga más daño. ¿Está segura que ésta es Costanza y no Solana?

—Mire la pared al lado del mostrador de enfermeras. Allí lo verá por sí misma.

La seguí al pasillo, donde colgaban de la pared fotografías enmarcadas del «Empleado del Mes» de los últimos dos años. Me encontré ante una fotografía en color de la auténtica Solana Rojas, que era mayor y más voluminosa que la otra. Nadie que conociera a la verdadera Solana se habría dejado engañar por la suplantación de identidad, pero debía reconocer el mérito del subterfugio de la señora Tasinato.

—¿Cree que podría llevarme esto?

—No, pero la mujer del despacho le hará una copia si se lo pide amablemente.

Salí de la Casa del Amanecer y me fui a Colgate, donde aparqué, igual que la otra vez, enfrente del complejo de apartamentos de Franklin Avenue. Cuando llamé al apartamento 1, abrió Princess, que se llevó el dedo a los labios.

—Norman está haciendo una siesta —susurró—. Voy a buscar la llave y la acompañaré abajo.

«Abajo» resultó ser un auténtico sótano, fenómeno poco frecuente en California, donde muchos edificios se construyen directamente sobre cimientos de hormigón. Éste era húmedo, un extenso laberinto de habitaciones con paredes y suelos de cemento, algunas subdivididas en compartimentos cerrados con tela metálica y candados que los inquilinos utilizaban como trasteros. La iluminación consistía en una serie de bombillas que colgaban de un techo bajo donde se entrecruzaban los tubos de la caldera, las cañerías y el cableado. Era la clase de lugar en el cual uno esperaba que las predicciones sísmicas fueran muy lejanas, y no inminentes. Si el edificio se derrumbaba, nunca encontraría el camino de salida, en el supuesto de que aún estuviera viva.

Princess me acompañó a una habitación estrecha con las paredes revestidas de estantes. Casi se podía identificar por la letra a los administradores que habían pasado por allí en los treinta años que el edificio llevaba ocupado. Uno era un obseso del orden, que había guardado todos los papeles en cajas archivadoras idénticas. El siguiente se abandonó más al azar, utilizando una combinación de cajas de botellas, cajas de compresas Kotex y viejas cajas de madera para botellas de leche. Otro parecía haber comprado las cajas a una compañía de mudanzas y cada una presentaba un cuidadoso rótulo con el contenido en el ángulo superior izquierdo. En total, conté seis administradores en los últimos diez años. Norman y Princess me sorprendieron con su elección: cajas de plástico opaco. Cada una tenía delante una casilla donde uno de los dos había colocado un listado impreso, y ordenado por fechas, de las solicitudes de alquiler y diversos documentos, incluidos recibos, suministros, extractos del banco, facturas de reparaciones y copias de las declaraciones de renta del dueño.

Princess, tan deseosa como yo de sol y aire fresco, me dejó para que me las apañara sola. Seguí la hilera de cajas hacia el fondo de

374

la habitación, donde la luz era peor y las grietas en la pared creaban la ilusión de un goteo de agua, aunque no había agua por ningún lado. Naturalmente, como ex policía e investigadora muy bien preparada, me preocupaban los bichos: ciempiés, arañas saltarinas y demás. Seguí las fechas en las cajas empezando por 1976, algo más allá de los parámetros indicados por Norman. Comencé por las cajas archivadoras, que parecían más propicias que las cajas con la palabra KOTEX estampada por los cuatro costados. La fecha más antigua que vi fue 1953 y supuse que el edificio debió de construirse por entonces.

De una en una, saqué las tres primeras cajas de 1976 del estante y las llevé a la parte de la habitación mejor iluminada. Destapé la primera y me abrí paso con los dedos a través de cinco centímetros de carpetas, intentando deducir el orden. El sistema elegido era el azar, que consistía en una serie de carpetas de cartón marrón, agrupadas por meses, pero sin el menor esfuerzo por ordenar alfabéticamente los nombres de los inquilinos. Cada caja archivadora contenía las solicitudes de tres o cuatro años.

Dirigí mi atención a 1977. Me senté en una caja de plástico volcada, saqué una cuarta parte de las carpetas y me las puse en el regazo. Ya me dolía la espalda, pero seguí tenazmente. El papel olía a moho y vi que alguna que otra caja había absorbido la humedad como una esponja. Los años 1976 y 1977 no me llevaron a ninguna parte, pero en la tercera pila de carpetas, la de 1978, la encontré. Reconocí la pulcra letra de imprenta antes de ver el nombre. Tasinato, Cristina Costanza, y su hijo, Tomasso, que entonces tenía veinticinco años. Me levanté y crucé la habitación hasta quedar justo debajo de la bombilla de cuarenta vatios. Cristina trabajaba limpiando casas, al servicio de una empresa llamada Mighty Maids, que ya había cerrado. Partiendo del supuesto de que mentía por sistema, pasé por alto la mayor parte de la información salvo una línea. En «Referencias» había puesto el nombre de un abogado llamado Dennis Altinova, con una dirección y un número de teléfono que yo ya conocía. En la casilla «Relación» había escrito la palabra HERMANO.

Aparté la solicitud, cerré las cajas y las devolví al estante. Aunque cansada y con las manos sucias, me sentía eufórica. Había sido un día muy fructífero, y estaba a un paso de empapelar a Cristina Tasinato.

Al salir del sótano y subir por la escalera, vi a una mujer que me esperaba arriba. Vacilé. Tenía algo más de treinta años y vestía una falda corta, medias y zapatos de tacón bajo. Era una mujer atractiva e iba bien arreglada, salvo por las considerables magulladuras en las dos espinillas y el lado derecho de la cara. Las líneas de color rojo oscuro en torno a la órbita del ojo se volverían negras y azules al anochecer.

—¿Kinsey?

—Sí.

—Princess me ha dicho que estabas aquí. Espero no interrumpir tu trabajo.

—En absoluto. ¿En qué puedo ayudarte?

—Me llamo Peggy Klein. Creo que las dos buscamos a la misma mujer.

—¿A Cristina Tasinato?

—Cuando la conocí, se hacía llamar Athena Melanagras, pero la dirección que constaba en el carnet de conducir es ésta. —Me tendió el carnet y vi ante mis ojos a Solana Rojas, que ahora tenía otro alias que añadir a la lista.

—¿De dónde has sacado esto?

—Hemos tenido una buena agarrada en Robinson. Yo salía por la puerta lateral cuando ella entraba. Llevaba gafas y un peinado distinto, pero la he reconocido en el acto. Trabajó para mi abuela hacia el final de su vida, cuando ella necesitaba atención las veinticuatro horas del día. Después de morir mi abuela, mi madre descubrió que esa mujer había falsificado la firma de mi abuela en cheques por valor de miles de dólares.

—¿Se ha dado cuenta de que la has reconocido?

—Por supuesto. Me ha visto más o menos al mismo tiempo que yo a ella, y ha salido disparada. Tendrías que haberla visto.

—¿La has perseguido?

–Sí. Sé que ha sido una tontería, pero no he podido evitarlo. Me ha arrastrado por media tienda, pero yo no estaba dispuesta a soltarla. Ya casi la tenía controlada cuando me ha pegado un puñetazo. Me ha arreado con el bolso y me ha dado patadas, pero le he quitado el billetero, y eso es lo que me ha traído hasta aquí.

–Espero que hayas puesto una denuncia en la comisaría.

–Por supuesto. Ya se ha dictado una orden de detención contra ella.

–Bien hecho.

–Hay otra cosa. El médico de mi abuela nos dijo que había muerto de un fallo cardiaco congestivo, pero el forense que hizo la autopsia afirmó que la asfixia y el fallo cardiaco presentan rasgos comunes: edema pulmonar y congestión y lo que se conoce como hemorragias petequiales. Según él, alguien le puso una almohada en la cara y la ahogó. Adivina quién.

–¿Solana la mató?

–Sí, y la policía sospecha que probablemente ya lo había hecho antes. A diario mueren ancianos y nadie le concede la menor importancia. La policía hizo lo que pudo, pero para entonces ya había desaparecido. O eso pensábamos. Supusimos que se había ido de la ciudad, pero aquí la tenemos otra vez. ¿Cómo ha podido ser tan estúpida?

–«Codiciosa» es la palabra. Ahora se ha cebado en un pobre viejo, mi vecino de la casa de al lado, y lo está desplumando. He intentado ponerle freno, pero actúo con desventaja. Ha solicitado una orden de alejamiento contra mí y sólo con mirarla mal acabaré en la cárcel.

–Pues más vale que encuentres la manera de sortear esa orden. Lo último que hizo antes de desaparecer fue matar a mi abuela.

33

Peggy Klein me siguió con su coche, que aparcó en el callejón detrás del garaje de Henry. Yo encontré sitio en la acera de enfrente, seis vehículos más allá del automóvil de Solana. Crucé la verja y rodeé la casa hasta el estudio. Peggy esperaba junto a la brecha en la cerca trasera, que separé para que ella pasara. Henry tenía una verja, pero no podía utilizarse para entrar porque tanto la verja como la cerca estaban colmadas de campanillas.

—No has podido ser más oportuna presentándote en ese momento en el complejo de apartamentos.

—Cuando enseñé a Norman y Princess el carnet de conducir, enseguida se dieron cuenta de qué estaba pasando.

Peggy me siguió hasta la puerta trasera de Henry, y cuando éste vino a abrir, los presenté.

—¿Qué pasa? —preguntó él.

—Vamos a sacar a Gus de allí. Ella te pondrá al corriente mientras yo voy a casa a recoger unas cuantas herramientas.

Los dejé a los dos para que se lo explicaran todo entre sí. Abrí la puerta de mi casa y subí por la escalera de caracol. Por segunda vez en dos días, despejé el baúl y levanté la tapa. Saqué mi riñonera. Encontré la linterna y comprobé las pilas, que estaban cargadas; la metí en la riñonera, junto con el juego de ganzúas en un estuche de cuero monísimo que me regaló un ladrón al que había conocido hacía unos años. También era la orgullosa propietaria de una ganzúa eléctrica con pilas, obsequio de otro querido amigo que en ese momento cumplía condena y por tanto no necesitaba equipo tan especializado. En atención a la virtud, yo no había hecho ninguna entrada con allanamiento en serio desde hacía tiempo, pero ésta era una ocasión especial, y confiaba en que mis habilidades no se hubieran oxidado hasta el punto de impedirme hacerlo. Me ceñí la riñonera en la cintura y regresé a casa de Henry a tiempo de oír el final de la historia de Peggy. Henry y yo cruzamos una mirada. Los dos presentíamos que tendríamos una sola oportunidad para rescatar a Gus. Si no lo lográbamos, posiblemente Gus acabaría como la abuela de Peggy.

—Dios mío, vais a correr un gran riesgo —dijo Henry.

—¿Alguna pregunta?

—¿Y Solana?

—No la estoy acosando —contesté.

—Ya sabes a qué me refiero.

—Ya, bueno. Eso lo tengo bajo control. Peggy va a hacer una llamada. Le he explicado la situación y ella ha sugerido un plan que casi seguro que obliga a Solana a salir corriendo. ¿Te importa si usamos tu teléfono?

—Adelante.

Anoté el número de Gus en un bloc que Henry tenía al lado del teléfono y observé a Peggy mientras pulsaba los números. Le cambió la expresión cuando descolgaron el teléfono al otro lado de la línea, y yo ladeé la cabeza para acercar el oído al auricular y escuchar la conversación.

—¿Puedo hablar con la señora Tasinato? —dijo con fluidez. Tenía una manera de hablar por teléfono encantadora, una mezcla de gentileza y autoridad, a la que se sumaba cierta calidez en la voz.

—Sí, soy yo.

—Soy Denise Amber, la ayudante del señor Larkin, del banco de crédito. Tengo entendido que ha habido un problema con su préstamo. El señor Larkin me ha pedido que la llamara y le dijera lo mucho que siente las molestias que esto puede haberle causado.

—Así es. Me he llevado un disgusto y estoy pensando en cambiar de banco. Ya puede decírselo. No estoy acostumbrada a semejante trato. Él mismo me dijo que ya podía ir a recoger el cheque, y luego esa mujer, la preñada…

—Rebecca Wilcher.

—Ésa. Me ha dado otro impreso para rellenar cuando yo ya había entregado todos los papeles que el señor Larkin me pidió. Y luego tuvo la desfachatez de decirme que el dinero no estaría disponible antes de recibirse la aprobación del juez.

—Por eso la llamo. Me temo que entre la señora Wilcher y el señor Larkin ha habido un malentendido. Ella no sabía que él ya disponía de la autorización del juzgado.

—¿Ah, sí?

—Claro. El señor Vronsky ha sido un cliente muy apreciado durante muchos años. El señor Larkin se tomó la molestia de acelerar el proceso de aprobación.

—Me alegra oírlo. El lunes viene un contratista con una propuesta ya elaborada. Le prometí una paga y señal para iniciar la reforma de la instalación eléctrica. Ahora mismo los cables están tan pelados que la casa huele a chamuscado. En cuanto enchufo una plancha y la tostadora al mismo tiempo se va la luz. La señora Wilcher ni siquiera ha mostrado la menor preocupación.

—Estoy segura de que ella ignora por completo la situación en que usted se encuentra. La razón por la que la llamo es que tengo el cheque en mi mesa. El banco cierra a las cinco, así que, si quiere, puedo echarlo al correo y ahorrarle venir hasta aquí en hora punta.

Solana guardó silencio por un instante.

—Muy amable por su parte, pero es posible que pronto me vaya fuera. En este barrio el correo tarda en llegar, y no puedo permitirme el retraso. Preferiría recogerlo en persona e ingresar el dinero en una cuenta que he abierto especialmente para eso. No en su banco; en la empresa fiduciaria con la que trato desde hace años.

—Como a usted le venga mejor. Si prefiere dejarlo para mañana, abrimos a las nueve.

—Hoy ya me va bien. Ahora ando ocupada con una cosa, pero puedo dejarla de lado y estar ahí dentro de quince minutos.

—Estupendo. Yo ya me marcho, pero basta con que lo pida en

la ventanilla de caja. Meteré el cheque en un sobre a su nombre. Disculpe que no pueda estar aquí para entregárselo en persona.

—No importa. ¿En qué ventanilla?

—La primera. Justo a la entrada. Iré a dejar el sobre en cuanto acabemos de hablar.

—Se lo agradezco. Es un gran alivio —dijo Solana.

Peggy colgó con una sonrisa de satisfacción. Fue un placer para mí iniciarla en el deleite de contar trolas. Al principio se veía incapaz de conseguirlo, pero le dije que cualquiera que mintiese a los niños sobre Papá Noel y el conejo de Pascua sin duda podía hacerlo.

Henry se apostó junto a la ventana del comedor y permaneció atento a la calle. En cuestión de minutos, Solana apareció y se dirigió a toda prisa hacia su coche. En cuanto Henry indicó que se había marchado, yo salí por la puerta de atrás y atravesé el seto. Peggy lo cruzó detrás de mí, haciéndose Dios sabe cuántas carreras en las medias. «¿Qué más da?», me había dicho ella cuando se lo advertí.

—¿Tienes las llaves del coche? —pregunté.

Se dio unas palmadas en el bolsillo.

—He metido el bolso en el maletero, así que estamos listas para salir.

—Tienes talento para los tejemanejes, cosa que admiro. ¿A qué te dedicas? —le pregunté mientras subíamos por los peldaños del porche.

—A mis labores. Soy madre a jornada completa. Hoy día somos una especie en extinción. La mitad de las madres que conozco se aferran a sus empleos porque no soportan estar en casa con sus hijos todo el día.

—¿Cuántos tienes?

—Dos niñas, de seis y ocho años. Ahora están en casa de una amiga, por eso estoy libre. ¿Tú tienes hijos?

—No. Dudo mucho que sea lo mío.

Henry había salido a la calle con sus guantes de lona y unas cuantas herramientas de jardinería para colocarse cerca del camino de entrada de la casa de Gus, donde cavaría afanosamente. La hierba en la acera estaba aletargada y parecía más seca que la tierra, de modo que si Solana lo veía desherbando, no sé qué explicación iba a darle. Ya se le ocurriría alguna manera de embaucarla. Seguramente ella sabía tanto de jardinería como de bienes inmuebles.

Mi mayor preocupación era el hijo de Solana. Había prevenido a Peggy sobre él, pero no había entrado en detalles para no asustarla. Escudriñé a través del cristal de la puerta de atrás. Las luces de la cocina estaban apagadas; las del salón también, pero oí un televisor a todo volumen, lo que probablemente significaba que Tiny estaba en casa. Si Solana se lo hubiera llevado al banco, Henry nos lo habría dicho antes de emprender la misión. Probé el picaporte por si ella había dejado la casa abierta. Ya sabía que no, pero pensé que me sentiría como una estúpida si recurría a la ganzúa eléctrica con una puerta abierta.

Tiré de la correa de la riñonera para situármela al frente y saqué la herramienta de tensión y la ganzúa eléctrica, la mejor opción para una entrada rápida. Las cinco ganzúas del estuche requerían más tiempo y paciencia, pero podían ser útiles como refuerzo. De joven, se me daba mejor la ganzúa oscilante, pero había perdido la práctica y no quise arriesgarme. Según mis cálculos, Solana tardaría un cuarto de hora en ir al banco y otro cuarto de hora en volver. También contábamos con el retraso debido a la discusión con el cajero por el cheque inexistente que le había prometido la inexistente señora Amber. Si Solana se ponía agresiva, intervendría el servicio de seguridad y la obligaría a abandonar el establecimiento. En cualquier caso, no tardaría en darse cuenta de que la habían engañado. La única duda era si relacionaría el engaño con nuestro asalto al fuerte. Debía de pensar que me tenía bajo control con la orden de alejamiento. Pero no había contado con Peggy Klein. Una mala noticia para ella: Peggy Klein, el ama de casa, estaba dispuesta a cualquier cosa.

Empuñando la ganzúa eléctrica, me dispuse a empezar. Era una operación a dos manos, con la izquierda sujetaba la herramienta de tensión y con la derecha la ganzúa eléctrica. El mecanismo era ingenioso. Una vez introducida la ganzúa eléctrica en la cerradura, se activaba mediante un gatillo un diminuto mazo interno que comprimía un resorte ajustable. Si todo iba bien, la rápida oscilación de la ganzúa empujaría los dientes hacia arriba uno por uno, manteniéndolos por encima de la línea de cierre. Después de desplazarse todos los dientes, bastaba con aplicar una presión uniforme con la herramienta de tensión para girar el picaporte y entrar.

El mecanismo produjo un agradable chasquido al manipularlo. El sonido me recordó a una grapadora eléctrica clavando grapas en papel. Peggy se quedó mirando por encima de mi hombro, pero no hizo preguntas, a Dios gracias. Me di cuenta de que estaba nerviosa porque se movía inquieta, con los brazos cruzados, muy tensos, como en actitud de contenerse.

–Tendría que haber ido al baño cuando podía –fue su único comentario.

Yo ya estaba deseando que no lo hubiera mencionado. Estábamos en territorio enemigo y no podíamos detenernos a hacer pipí.

Cuando llevaba menos de un minuto, la cerradura cedió. Guardé mis herramientas y abrí la puerta con cuidado. Asomé la cabeza. El estruendo de la televisión procedía de uno de los tres dormitorios que daban al pasillo, y las risas en lata resonaban a suficiente volumen para hacer temblar los visillos de la cocina. Flotaba en el aire un fuerte olor a lejía y vi sobre la encimera un producto de limpieza en aerosol y, al lado, una esponja húmeda. Entré en la cocina y Peggy me siguió. Eché una ojeada al pasillo desde la puerta de la cocina. La violencia auditiva venía de la habitación de Tiny, al final del pasillo. Hice una seña a Peggy indicando la tercera habitación, donde la puerta estaba entreabierta. Oí a Tiny gritar unas palabras en respuesta a alguna escena en el televisor, pero no eran más que sonidos inarticulados. Esperaba que su limitada inteligencia no fuera un obstáculo a su capacidad para prestar atención al programa.

Lo primero que tenía que hacer era ir al salón y abrir la puerta de la calle por si necesitábamos la ayuda de Henry en la casa. Por lo visto, había dejado sus herramientas en la acera, simples accesorios en el drama que se estaba representando. Lo vi de pie en el porche, atento a la calle vacía. Era el vigilante, y nuestro éxito dependía de que él viera el coche de Solana y nos avisara con tiempo suficiente para salir a toda mecha. Pulsé el botón de bloqueo de la cerradura y lo fijé en la posición de apertura; luego volví al pasillo, donde me esperaba Peggy, pálida. Vi que no había desarrollado mi gusto por el peligro.

La habitación de Gus era la primera a la derecha. La puerta estaba cerrada. Cerré la mano en torno al pomo y lo giré con cautela hasta que sentí salir el pestillo del cajetín. Abrí la puerta a medias. Las cortinas estaban corridas y la luz que se filtraba por las persianas daba a la habitación una coloración sepia. El aire olía a pies sucios, mentol y sábanas mojadas de orina. En un rincón se oía el susurro de un humidificador, proporcionándonos otra capa de protección sonora.

Entré en la habitación y Peggy me siguió. Dejé la puerta entornada. Gus, recostado contra las almohadas, permanecía inmóvil. Tenía la cara vuelta hacia la puerta y los ojos cerrados. Observé su diafragma pero no advertí el reconfortante movimiento del pecho. Esperaba no estar ante un hombre en las fases iniciales del *rigor mortis*. Me acerqué a la cama y apoyé dos dedos en su mano, que estaba caliente al tacto. Abrió los ojos. Le costaba fijar la vista, como si cada ojo se fuera por su lado. Parecía desorientado y tuve la impresión de que no sabía dónde estaba. Fuera cual fuese la medicación que le administraba Solana, Gus no iba a facilitarnos las cosas.

Nuestro problema inmediato era ponerlo en pie. Llevaba un pijama de algodón ligero, y sus pies descalzos eran tan largos y finos como los de un santo. Viéndolo tan frágil, preferí no sacarlo a la calle sin envolverlo antes con algo. Peggy se arrodilló y sacó unas zapatillas de debajo de la cama. Me dio una, y ella cogió un pie y yo otro. No me fue fácil, porque Gus tenía los dedos encogidos y no conseguía meterle el pie en la zapatilla. Cuando Peggy vio mis apuros, tendió la mano y, usando el pulgar, le apretó la planta del pie con la habilidad propia de una madre al forcejear con un crío para ponerle unos zapatos de suela dura. Gus relajó los dedos y la zapatilla entró.

Eché un vistazo al armario, donde no había ningún abrigo. Peggy empezó a abrir y cerrar cajones de la cómoda, al parecer en vano. Al final, encontró un jersey de lana que no parecía abrigar mucho pero bastaría. Liberó a Gus de la maraña de mantas mientras yo lo levantaba hacia delante, apartándolo de las almohadas. Intenté ponerle el jersey, pero vi que las mangas estaban retorcidas. Peggy me apartó y empleó otro truco de madre para acabar de vestirlo. Había una manta doblada al pie de la cama. La extendí y le envolví los hombros con ella como si fuera una capa.

Desde el pasillo llegó una frenética sintonía musical, marcando el inicio de un programa concurso. Tiny cantaba al unísono con un estridente y desafinado gemido. Gritó algo, y me di cuenta, ya demasiado tarde, de que llamaba a Gus. Peggy y yo cruzamos una mirada de consternación. Volvió a extender las piernas de Gus en la cama y lo tapó con las sábanas para ocultar los pies calzados. Le quité la manta de los hombros y la tiré por debajo de la cama mientras ella le quitaba el jersey con un único y fluido movimiento y lo escondía entre las sábanas. Oímos los ruidosos pasos de Tiny al entrar en el cuarto de baño. Segundos después, meaba con una fuerza que imitaba el ruido de una catarata en un cubo metálico. Para mayor énfasis, se echó un largo pedo en una sola nota musical.

Tiró de la cadena —buen chico— y salió al pasillo en dirección hacia nosotras. Di un empujón a Peggy, y las dos, con grandes y sigilosos pasos, intentamos desaparecer. Nos quedamos inmóviles detrás de la puerta cuando la abrió de par en par y se asomó. Craso error. Vi su cara reflejada en el espejo colgado sobre la cómoda. Pensé que se me iba a parar el corazón. Si miraba hacia la derecha, nos vería tan bien como nosotras a él. En realidad, yo no lo había visto antes, excepto cuando lo descubrí dormido en lo que pensaba que era una casa vacía. Era una mole, con el cuello ancho y carnoso y las orejas a baja altura en la cabeza, como las de un chimpancé. Llevaba una coleta que le caía hasta media espalda, sujeta en apariencia con un trapo. Vocalizó lo que tal vez fuera una frase, incluso con una inflexión ascendente al final para indicar la interrogación. Deduje que instaba a Gus a reunirse con él para el festival de carcajadas en la otra habitación. Vi que Gus, desde la cama, lanzaba una mirada cándida en dirección a nosotras. Moví el dedo como un metrónomo y luego me lo llevé a los labios.

—Gracias, Tiny —contestó Gus con voz débil—, pero ahora estoy cansado. Quizá después. —Cerró los ojos, como para echar una cabezada.

Tiny pronunció otra frase ininteligible y se retiró. Lo oí alejarse por el pasillo arrastrando los pies, y en cuanto consideré que se había apoltronado ya en su cama, nos pusimos en marcha otra vez a toda prisa. Volví a retirar las mantas, Peggy guió los brazos de Gus al ponerle el jersey y luego le bajó las piernas a un lado de la cama. Le envolví los hombros con la manta. Gus comprendió nuestras intenciones, pero, débil como estaba, no podía ayudarnos. Peggy y yo lo agarramos cada una por un brazo, teniendo en cuenta lo doloroso que debía de ser el contacto con tan poca carne sobre los huesos. En cuanto se puso en pie, le fallaron las rodillas y tuvimos que sostenerlo para que no cayera.

Lo condujimos hacia la puerta, que abrí totalmente. En el último momento acerqué su mano al marco para que se apoyara y entré rauda en el cuarto de baño, donde me hice con sus medicamentos y los metí en mi riñonera. De nuevo a su lado, cargué su peso sobre mi hombro, rodeándome el cuello con su brazo para mayor estabilidad. Salimos al pasillo. Gracias al televisor, el alto nivel de decibelios encubrió nuestro avance entrecortado, pero también creó la sensación de que la amenaza de ser descubiertos era más inmediata. Si Tiny asomaba la cabeza por la puerta de su habitación, estábamos listas.

Gus avanzaba despacio, con pasos cortos, apenas unos centímetros cada vez. Para recorrer los cinco metros desde el dormitorio hasta el final del pasillo, tardamos casi dos minutos, lo que no parece mucho tiempo salvo si se tiene en cuenta que Solana Rojas venía de regreso a casa. Cuando llegamos a la puerta de la cocina, miré hacia la derecha. Henry no se atrevió a golpear el cristal, pero agitaba las manos y señalaba desesperadamente, indicándonos que nos apresuráramos y deslizándose el índice por la garganta. Por lo visto, Solana había doblado la esquina de Albanil desde Bay. Henry desapareció y confié en que, pensando en su propia seguridad, se escabullera mientras Peggy y yo nos concentrábamos en nuestra labor.

Peggy era más o menos de mi misma estatura, y a las dos nos representaba un esfuerzo mantener a Gus erguido y en movimiento. Era ligero como una pluma, pero no tenía el menor sentido del equilibrio y las piernas le fallaban cada dos o tres pasos. Cruzamos la cocina como en cámara lenta. Lo sacamos por la puerta trasera, y yo aún tuve la sangre fría necesaria para cerrarla al salir. No sabía qué pensaría Solana al encontrarse desbloqueada la cerradura de la puerta de la calle. Esperaba que echara la culpa a Tiny. Desde la calle, oí el golpe ahogado de la puerta de un coche al cerrarse. Dejé escapar un leve sonido gutural y Peggy me lanzó una mirada. Redoblamos nuestros esfuerzos.

Bajar los peldaños del porche trasero fue una pesadilla, pero no teníamos tiempo para preocuparnos por lo que sucedería si Gus se caía. Arrastraba la manta por detrás, y a veces ella, a veces yo nos enredamos los pies en el tejido. De un momento a otro podíamos tropezar, y me imaginé a los tres uno encima del otro en una pila de cuerpos. No pronunciamos palabra, pero percibí que Peggy sentía la misma tensión que yo, intentando llevarlo deprisa a un lugar seguro antes de que Solana entrara en la casa, mirara en la habitación y descubriera que había desaparecido.

A medio camino del sendero posterior, tomando conciencia súbitamente de lo obvio, Peggy pasó un brazo por debajo de las piernas de Gus. Hice lo mismo y, formando una silla con los brazos de ambas, lo levantamos en volandas. Gus se sujetaba a las dos con brazos temblorosos, agarrándose desesperadamente mientras recorríamos con sigilo el sendero hasta la verja trasera de su casa. Cuando la abrimos, se oyó un chirrido de bisagras oxidadas, pero para entonces estábamos ya tan cerca de la libertad que no dudamos ni por un instante. Tambaleándonos, recorrimos los veinte pasos hasta el coche. Peggy introdujo la llave en la puerta delantera para desbloquear el seguro, luego abrió la puerta trasera e instalamos a Gus en el asiento de atrás. Él tuvo la lucidez de tumbarse para esconderse. Saqué sus medicamentos de mi riñonera y los puse a su lado en el asiento. Mientras lo tapaba con la manta, me sujetó la mano.

—Cuidado.

—Ya sé que le duele, Gus. Hacemos lo que podemos.

—Me refiero a ti. Ándate con cuidado.

—Lo haré —contesté. Y volviéndome hacia Peggy—: Vete ya.

Peggy cerró la puerta del coche con el mínimo ruido posible. Se encaminó hacia la puerta del conductor y, tras sentarse al volante, cerró con el mismo sigilo. Arrancó mientras yo atravesaba la cerca del jardín trasero de Henry. Se apartó de la acera despacio, pero enseguida aceleró levantando la gravilla. El plan era que ella llevara a Gus directo al servicio de urgencias del St. Terry, donde lo examinaría un médico y lo ingresarían si era necesario. Yo ignoraba cómo explicaría su relación con él a menos que se presentara como vecina o amiga. No había motivos para mencionar a la tutora que lo había convertido prácticamente en un prisionero. Aparte del rescate inicial, no habíamos hablado de nada más, pero yo sabía que, salvando a Gus, Peggy se remontaba en el tiempo lo suficiente para salvar a su abuela.

Henry apareció por la esquina del estudio y cruzó el patio a paso rápido. No vi sus herramientas de jardinería, y supuse que las había abandonado. Cuando llegó junto a mí, me tomó por el codo y me condujo hacia la puerta de atrás de su casa y a la cocina. Nos quitamos las chaquetas. Henry pulsó el botón de bloqueo y se sentó a la mesa de la cocina mientras yo iba al teléfono. Llamé a la comisaría y pregunté por Cheney Phillips. Éste trabajaba en la brigada antivicio, pero me constaba que enseguida se haría cargo de la situación y pondría la maquinaria en movimiento. En cuanto se puso al aparato, soslayé las cortesías de rigor y le explicué lo que ocurría. Según Peggy, ya existía una orden de detención contra ella. Escuchó atentamente y lo oí pulsar las teclas del ordenador, buscando mandatos judiciales a nombre de cualquiera de sus distintos alias. Le informé del actual paradero de Solana y contestó que se ocuparía de ello. Eso fue todo.

Me senté con Henry a la mesa de la cocina, pero los dos estábamos demasiado nerviosos para quedarnos de brazos cruzados. Alcancé el periódico y lo abrí al azar en la página de opinión. La gente era idiota si había que tomar como referencia las opiniones que leí. Probé con las primeras páginas. El mundo seguía como siempre, pero ningún drama podía compararse con el que acabábamos de desencadenar aquí en casa. Vi sacudirse la rodilla de Henry y oí el golpeteo de su pie en el suelo. Se levantó y se acercó a la encimera, donde sacó una cebolla de una cesta de alambre y le quitó la piel quebradiza como el papel. Observé mientras la cortaba por la mitad y volvía a cortarla en cuartos, reduciéndola a trozos tan minúsculos que las lágrimas le resbalaron por las mejillas. Picar era su remedio para casi todos los males de esta vida. Aguardamos, roto el silencio sólo por el tictac del reloj a medida que el segundero recorría la esfera.

Con un crujido de papel, pasé a la sección de «Economía» y examiné un gráfico lleno de picos que representaba las principales tendencias del mercado desde 1978 hasta la actualidad. Contaba con que aquel artículo tan aburrido me calmara los nervios, pero no fue de gran ayuda. Esperaba oír de un momento a otro un grito a pleno pulmón de Solana. Primero insultaría a su hijo, y después de darle una reprimenda de padre y muy señor mío, vendría a aporrear la puerta de Henry hecha un basilisco, gimiendo, vociferando y acusándonos. Con suerte, llegaría la policía y se la llevaría antes de que continuara con sus desmanes.

En lugar del revuelo, no se oía nada.

Silencio y más silencio.

El teléfono sonó a las cinco y cuarto. Descolgué yo misma, porque Henry preparaba un pastel de carne, mezclando con los dedos copos de avena, ketchup y huevos crudos con medio kilo de carne picada.

—Diga.

—Soy Peggy. Sigo en el hospital, pero he pensado que debía ponerte al corriente. Han ingresado a Gus. Está fatal. Nada demasiado grave, pero sí lo suficiente para requerir un par de días de atención médica. Está desnutrido y deshidratado. Tiene una infección de orina sin importancia y una leve insuficiencia cardiaca. Hematomas por todas partes, además de una fisura en el radio del brazo derecho. Por lo que se ve en la radiografía, el médico dice que debe de ser una lesión antigua.

—Pobre hombre.

—Se pondrá bien. Por supuesto, no llevaba un documento de identidad ni su tarjeta de Medicare, pero el responsable de ingresos ha consultado los datos en su ficha de una hospitalización anterior. He explicado que debían tomarse ciertas medidas de seguridad y el médico ha accedido a ingresarlo con mi apellido.

—¿No han dado problemas por eso?

—Ninguno. Mi marido es uno de los neurólogos en plantilla. Es un médico de una reputación legendaria, pero lo más importante es que tiene muy mal genio. Sabían que si armaban jaleo, iban a vérselas con él. Aparte, en los últimos diez años mi padre ha donado dinero de sobra para añadir un pabellón al edificio. Los tenía a mis pies.

—Ah. —Habría expresado mi sorpresa, pero la profesión de su marido y la posición económica de su padre eran dos de las muchas circunstancias sobre ella que desconocía—. ¿Y las niñas? ¿No deberías estar ya en casa?

—También te llamo por eso. Van a cenar en casa de su amiga. He hablado con su madre y no ha tenido inconveniente, pero le he asegurado que las recogería dentro de una hora. No quería marcharme sin darte el parte.

—Eres increíble. No sé cómo agradecértelo.

—No ha sido nada. No me divertía tanto desde que iba al colegio.

Me eché a reír.

—Trepidante, ¿eh?

—Desde luego —contestó—. Le he dejado bien claro a la jefa de enfermeras que Gus no debía recibir visitas de nadie, salvo tú, Henry y yo. Le he hablado de Solana...

—¿Has dado nombres?

—Claro. ¿Por qué habríamos de protegerla cuando es una mierda de tía? Era obvio que Gus había recibido malos tratos, de modo que la enfermera enseguida ha ido para el teléfono y ha llamado a la policía y a la línea caliente de Malos Tratos a la Tercera Edad. Supongo que enviarán a alguien. ¿Y tú qué? ¿Qué está pasando por ahí?

—Poca cosa. Estamos a la espera de que estalle la bomba. Solana ya debe de haberse dado cuenta de que le han tomado el pelo. No entiendo por qué sigue tan callada.

—Eso es desquiciante.

—Desde luego. He llamado a un amigo mío del Departamento de Policía. Como hay una orden de detención contra Solana, de un momento a otro debería llegar un par de agentes para detenerla. Iremos al hospital después.

—No hay ninguna prisa. Gus está durmiendo, pero no estaría de más que viera una cara conocida al despertar.

—Iré en cuanto pueda.

—No pierdas la oportunidad de ver a Solana esposada y arrojada a la parte de atrás de un coche patrulla.

—Me muero de ganas.

Después de colgar, informé a Henry sobre el estado de salud de Gus, aunque en parte lo había deducido ya por lo que acababa de oír de la conversación telefónica.

—Peggy ha puesto a todo el mundo sobre aviso acerca de la posibilidad de que Solana aparezca e intente verlo. No podrá ni acercarse, y eso es una buena noticia —dije—. Me pregunto qué estará tramando. ¿Crees que habrá llegado la policía?

—Es pronto todavía, pero espera un momento.

Se lavó las manos apresuradamente y, llevándose el paño consigo, salió de la cocina y entró en el comedor. Lo seguí y lo vi apartar la cortina y mirar hacia la calle.

—¿Ves algo?

—Su coche sigue ahí y no veo el menor movimiento, así que quizás aún no lo ha descubierto.

Ésa era sin duda una posibilidad, pero ninguno de los dos estaba muy convencido.

34

Para entonces eran cerca de las seis. Henry puso el pastel de carne en una tartera, la tapó y la guardó en la nevera. Tenía la intención de meterlo en el horno al día siguiente para comerlo en la cena. Me invitó y yo acepté, en el supuesto de que para entonces siguiéramos con vida. Entretanto, sus actividades domésticas habían introducido una nota de normalidad. Como ya era media tarde, sacó un vaso antiguo y se sirvió su ritual Black Jack con hielo. Me preguntó si quería una copa de vino, y aunque me apetecía de verdad, decidí rehusar el ofrecimiento. Pensé que me convenía mantener la mente despejada por si aparecía Solana. A ese respecto, me planteaba dos posibilidades. Por un lado, pensaba que si Solana tenía que montar en cólera, ya lo habría hecho. Por otra parte, también podía ser que estuviera comprando armas y munición para dar plena expresión a su ira. Fuera cual fuese la realidad, consideramos poco prudente quedarnos tan a la vista en la cocina bien iluminada.

Pasamos al salón, corrimos las cortinas y encendimos el televisor. El telediario sólo dio malas noticias, pero en comparación resultaban tranquilizadoras. Empezábamos a relajarnos cuando de pronto llamaron a la puerta de la calle. Me sobresalté, Henry dio un respingo y derramó media copa.

—Tú quédate aquí —dijo.

Dejó el vaso en la mesita de centro y fue a la puerta. Encendió la luz del porche y acercó el ojo a la mirilla. No podía ser Solana porque le vi retirar la cadena, dispuesto a franquear el paso a alguien. Reconocí la voz de Cheney antes de verlo. Entró acompañado de un agente de uniforme, de treinta años cumplidos, en cuya placa se leía el nombre J. ANDERSON. Hombre de tez rubicunda y ojos azules, sus facciones delataban ascendencia irlandesa. Me vino a la cabeza el único verso que recordaba de mi época de notas mediocres en la clase de lengua y literatura del instituto: «John Anderson, mi Jo, John, cuando nos conocimos…». Y ahí acababa la cosa. No tenía la más remota idea de quién era el poeta, si bien el nombre de Robert Burns acechaba en algún lugar en el fondo de mi mente. Me pregunté si el padre de William tenía razón en su idea de que memorizar poesía en la niñez nos era útil más adelante en la vida.

Cheney y yo cruzamos una mirada. Era adorable, sin duda. O quizá mi percepción se veía teñida por el alivio de su presencia allí. Ya se ocuparía él de Solana y el gorila de su hijo. Mientras Cheney y Henry charlaban, tuve ocasión de observarlo. Llevaba pantalón de vestir y una camisa con las puntas del cuello abotonadas bajo un abrigo de cachemira de color caramelo. Cheney era de una familia con dinero, y si bien no deseaba trabajar en el banco de su padre, tenía inteligencia suficiente para disfrutar de las ventajas. Noté que me estaba ablandando de la misma manera que me ablando ante la idea de una hamburguesa de cuarto de libra con queso. No era un hombre que me conviniera, pero ¿qué más daba?

—¿Ha hablado con ella? —preguntó Henry.

—Por eso estoy aquí —contestó Cheney—. Nos gustaría que los dos os acercarais a la casa de al lado con nosotros.

—Claro —dijo Henry—. ¿Pasa algo?

—Eso ya nos lo diréis vosotros. Al llegar nos hemos encontrado la puerta de la calle abierta. Todas las luces están encendidas, pero parece que no hay nadie.

Henry salió con Cheney y el agente Anderson, sin molestarse en ponerse un abrigo sobre la camiseta de manga corta. Yo me detuve lo justo para coger mi chaqueta del respaldo de la silla de la cocina. Me llevé también la de Henry y salí corriendo detrás de él. Hacía una noche fría y empezaba a levantarse el viento. Donde antes estaba el coche de Solana quedaba ahora un espacio vacío. Recorrí la acera al trote, tranquilizada por la idea de que Cheney tenía la situación bajo control. La casa de Gus se encontraba tal como él había dicho. Se veía luz en todas las ventanas. Cuando crucé el jardín, vi a Anderson rodear la casa con su linterna: el haz zigzagueaba sobre las ventanas, el camino y los arbustos.

Cheney llevaba la orden de detención de Solana Rojas en la mano y supuse que eso le daba cierta libertad para registrar el lugar a fin de hallarla. También había descubierto dos órdenes pendientes para la detención de Tomasso Tasinato, una por agresión física con agravantes y la otra por agresión con lesiones graves. Nos contó que las cámaras de un supermercado de Colgate habían sorprendido a Tiny robando dos veces. El dueño lo había identificado, pero había decidido no presentar cargos aduciendo que un poco de cecina de buey y dos paquetes de M&M no merecían tantas molestias.

Cheney nos pidió que esperáramos fuera mientras él entraba. Henry se puso la chaqueta y metió las manos en los bolsillos. No dijimos una sola palabra, pero a él debía de preocuparle, como a mí, la posibilidad de que hubiera sucedido algo terrible. Cuando Cheney se aseguró de que la casa estaba vacía, nos pidió que lo acompañáramos para ver si advertíamos algo fuera de lo normal.

Se habían llevado todos los objetos personales. En mi anterior incursión no autorizada, no me había dado cuenta de lo aséptica que se veía la casa. El salón permanecía intacto, con todos los muebles en su sitio: las lámparas, el buró, un escabel, rosas falsas en la mesita de centro. Lo mismo podía decirse de la cocina: no había nada fuera de sitio. Si poco antes había platos sucios en el fregadero, los habían lavado, secado y guardado. Un paño húmedo, plegado, colgaba de una barra. El aerosol ya no estaba, pero seguía oliendo. Pensé que Solana llevaba su obsesión con el orden demasiado lejos.

La habitación de Gus estaba tal como la habíamos dejado. Las mantas echadas hacia atrás, las sábanas y la colcha revueltas, con un aspecto no muy limpio. Los cajones seguían medio abiertos después de la búsqueda de Peggy para dar con un jersey. El humidificador se había vaciado y no se oía ya el susurro del vapor. Seguí por el pasillo hasta la primera de las otras dos habitaciones.

En comparación con la última vez que la había visto, la habitación de Solana estaba vacía. Seguía allí la cama de caoba tallada, pero los demás muebles antiguos habían desaparecido: la mecedora de nogal con nudos, el armario, la cómoda de madera de árbol frutal de contornos redondeados con barrocos tiradores de bronce. Era imposible que hubiera metido los muebles en el coche en la hora escasa de que había dispuesto tras su regreso a casa. Para empezar, eran demasiado voluminosos, y además tenía demasiada prisa para tomarse la molestia. Eso significaba que se había desprendido de los muebles antes, pero a saber qué había hecho con ellos. En el armario, las perchas habían sido apartadas y casi toda la ropa de ella había desaparecido. Algunas prendas habían caído al suelo y las había dejado allí tiradas, indicio de la precipitación con que había recogido sus cosas.

Fui a la habitación de Tiny. Henry y Cheney esperaban en la puerta. Yo seguía temiendo encontrarme un cadáver —el de él o el de ella—, ahorcado o muerto de un tiro o una puñalada. Inquieta, entré detrás de Cheney, con la esperanza de que él me resguardara de cualquier imagen truculenta. Saturaba el aire un penetrante olor a «hombre»: testosterona, pelo, glándulas sudoríparas y ropa sucia. Por encima del hedor percibí el mismo olor a lejía que había notado en toda la casa. ¿Acaso Solana había usado el aerosol para limpiar las huellas dactilares de las superficies?

Las dos tupidas mantas usadas como cortinas para impedir el paso de la claridad del día seguían clavadas a los marcos de la ventana y la luz del techo, de un color rojizo, apenas iluminaba. El televisor había desaparecido, pero los artículos de aseo de Tiny continuaban desperdigados por la repisa del cuarto de baño que compartía con su madre. Había dejado el cepillo de dientes, pero probablemente no lo usaba, así que tampoco era una gran pérdida.

El agente Anderson apareció en el pasillo detrás de nosotros.

—¿Alguien sabe qué coche lleva?

—Un descapotable Chevrolet de 1972 con la palabra «muerta» marcada en la puerta del conductor —contestó Cheney—. Pearce tomó nota de la matrícula en su informe.

—Creo que ya lo tenemos. Ven a ver esto.

Salió por la puerta de atrás encendiendo la luz del porche al pasar. Bajamos los peldaños detrás de él y cruzamos el jardín hasta el garaje de una sola plaza al fondo de la parcela. Las viejas puertas de madera estaban cerradas con un candado, pero él acercó la linterna a la ventana polvorienta. Tuve que ponerme de puntillas para ver, pero el coche aparcado dentro era el de Solana. Tenía la capota bajada y todo parecía indicar que nadie ocupaba los asientos delanteros y trasero. Era evidente que Cheney necesitaría una orden de registro antes de seguir adelante.

—¿Tenía el señor Vronsky su propio vehículo? —preguntó.

—Sí —respondió Henry—, un Buick Electra de 1976, azul metálico con tapicería azul. Era su orgullo. Hacía años que no lo utilizaba, y estoy seguro de que el permiso de circulación ha caducado. No sé el número de la matrícula, pero no resultará difícil localizar un coche así.

—El Departamento de Tráfico tendrá la información. Avisaré a la oficina del *sheriff* y a la policía de carretera. ¿Tenéis alguna idea de hacia dónde puede haber ido?

—Ni la más remota —respondió Henry.

Antes de marcharse, Anderson precintó la casa y el garaje con cinta en previsión de la siguiente visita con una orden de registro y el técnico dactilográfico. Cheney no se mostró muy optimista en cuanto a la posibilidad de recuperar el dinero y los objetos de valor robados por Solana a lo largo de los años, pero no había que descartarlo del todo. Por lo menos, las huellas latentes servirían para establecer una conexión entre los casos.

—Oye, Cheney —dije cuando él entraba en su coche.

Me miró por encima del techo.

—Diles a los técnicos que, cuando vengan a buscar huellas, prueben en la botella de vodka del armario encima del fregadero. Probablemente no se ha acordado de limpiarla antes de irse.

Cheney sonrió.

—Eso haré.

Henry y yo regresamos a su casa.

—Me voy al hospital y después pasaré por el bar de Rosie —dije—. ¿Te apetece acompañarme?

—Me encantaría, pero Charlotte me ha dicho que se pasaría a eso de las ocho. Voy a llevarla a cenar.

—¿No me digas? ¡Qué interesante!

—No sé si realmente tiene interés. La traté mal por el asunto de Gus. Fui un estúpido y ha llegado el momento de enmendarme.

Lo dejé para que se acicalara y recorrí la media manzana hasta mi coche. Tardé menos de un cuarto de hora en llegar al St. Terry, tiempo que empleé en reflexionar acerca de la huida de Solana y la reaparición de Cheney. Sabía que no era buena idea reanudar la relación. Sin embargo (siempre hay un «sin embargo», ¿no?), alcancé a oler su aftershave y casi dejé escapar un gemido. Aparqué en una calle secundaria y me encaminé hacia la entrada bien iluminada del hospital.

Mi planeada visita a Gus duró poco. Cuando llegué a su planta y me identifiqué, me dijeron que aún dormía. Conversé brevemente con la jefa de enfermeras para asegurarme de que tenía claro a quién debía permitir el paso y a quién no. Peggy había preparado bien el terreno, y me quedé tranquila al ver que la seguridad de Gus era prioritaria para todos. Entré a verlo un momento y me quedé un minuto observando cómo dormía. Ya tenía mejor color.

Hubo un feliz momento por el que la excursión mereció la pena. Había llamado el ascensor y estaba esperando. Oí el susurro de los cables y la campanilla que anunciaba su llegada desde la planta inferior. Cuando se abrieron las puertas, me encontré cara a cara con Nancy Sullivan. Llevaba su maletín de buena chica y calzaba sus cómodos zapatos. Como prueba de que hay justicia en el mundo, le habían asignado el caso de Gus después de desestimar mi denuncia. Me saludó fríamente, como deseando que me partiera un rayo. No le dije nada, pero me regodeé. Resistí la tentación de sonreír hasta que se cerraron las puertas del ascensor y dejé de verla. Entonces dibujé con los labios las cinco palabras que mejor suenan: «Ya te lo había dicho».

Me fui a casa fantaseando acerca de mi cena en el restaurante de Rosie. Iba a por la grasa y el colesterol: pan con mantequilla, carne roja, crema agria en todo, y un gran postre bien empalagoso. Me llevaría una novela y leería mientras me atracaba. Me moría de impaciencia. Cuando doblé por Albanil, vi que apenas había aparcamiento. Olvidé otra vez que era miércoles, el día del Ecuador, y los juerguistas copaban todas las plazas. Mientras buscaba un sitio, recorrí la calle lentamente, atenta por si veía otras dos cosas: un coche patrulla, indicio de que la policía había vuelto a casa de Gus, o el Buick Electra azul metálico, señal de que Solana andaba cerca. Ni rastro de lo uno ni de lo otro.

Doblé la esquina hacia Bay y fui hasta el final de la manzana sin ver un solo espacio vacío. Doblé a la derecha por Cabana y de nuevo a la derecha por Albanil para recorrer otra vez la misma calle. Más adelante, en la acera, vi a una mujer con gabardina y zapatos de tacón alto. Mis faros iluminaron por un momento un cabello demasiado rubio para ser natural: pelo de prostituta, muy arreglado y teñido. Era una mujer enorme e incluso vista por detrás resultaba obvio que algo no encajaba. Sólo cuando pasé por delante caí en la cuenta de que era un travestido. Volví la cabeza y lo miré con los ojos entornados. ¿Era Tiny? Lo observé por el retrovisor. Había aparecido un hueco libre y lo ocupé.

Antes de apagar el motor, miré hacia la acera detrás de mí. No se veía el menor rastro de la «nena», de modo que bajé la ventanilla un par de dedos esperando oír el taconeo en el asfalto. La calle estaba en silencio. Si era Tiny, o bien había vuelto sobre sus pasos o bien había doblado la esquina. Aquello no me gustaba. Saqué la llave del contacto y me quedé con ella en la mano, cerrando el puño en torno al llavero y dejando asomar las llaves entre los dedos. Miré por encima del hombro derecho una vez más, inspeccionando la acera antes de abrir la puerta del coche.

Sentí que me arrancaban el tirador de la mano y la puerta se abría de par en par. Agarrándome del pelo, me levantaron y me sacaron del coche. Caí de culo en el suelo y sentí una punzada de dolor en la rabadilla. Reconocí a Tiny por el olor, corrosivo y fétido. Mientras lo miraba, intenté levantarme. Llevaba la peluca rubio platino torcida y vi asomarle la barba pese a un afeitado reciente. Se había quitado la gabardina y los zapatos de tacón. Vestía una blusa de mujer y tenía una falda de talla XXL recogida por encima de la cintura para darle libertad de movimiento. Seguía sujetándome por el pelo con las manos. Me agarré a ellas y tiré con fuerza para evitar que me arrancara el cuero cabelludo. Las llaves habían caído al suelo, casi debajo del coche. Ahora no tenía tiempo para preocuparme por eso. Forcejeé para levantarme. Conseguí apoyar firmemente los pies y le asesté una patada en la rodilla derecha. El tacón de la bota habría causado algún daño a no ser por su mole, que lo hacía casi impermeable al dolor. La adrenalina le corría por las venas, hiperexcitado por su propia fuerza. En las pantorrillas y la parte inferior de los muslos el vello quedaba aplastado bajo las medias de la talla más grande existente en el mercado. Desde la entrepierna, allí donde el nailon se había tensado al límite, se irradiaban numerosas carreras. Emitía resoplidos guturales, en parte por el esfuerzo, en parte por la excitación ante la idea de los daños que infligiría antes de acabar conmigo.

Luchamos, ahora los dos en la calzada. Tiny estaba tumbado de espaldas, y yo también, tendida torpemente encima de él. Él cruzaba las piernas una y otra vez intentando rodear mi cuerpo para aprisionarme entre sus muslos. Eché los brazos atrás y le arañé la cara con la esperanza de vaciarle un ojo. Hundí las uñas en su mejilla, y debió de notarlo porque me dio tal puñetazo en la cabeza que, lo juro, sentí que el cerebro me rebotaba dentro del cráneo. El muy cabrón pesaba sus buenos cien kilos más que yo. Me inmovilizó los brazos contra su cuerpo como si fuera un torno, comprimiéndome los codos contra sus costados hasta inutilizármelos. Se balanceó con la espalda y se impulsó hacia delante, tratando de cruzar las piernas para incorporarse. Conseguí colocarme de medio lado y utilizar la estructura ósea de la pelvis como cuña para mantener separadas sus rodillas. Sabía lo que él haría: atenazarme, obligarme a expulsar el aire de los pulmones con la creciente presión de sus muslos, atenazarme de nuevo. Recurriría a la compresión, como una boa constrictor, estrujándome con las piernas hasta que dejase de respirar.

Yo no podía emitir sonido alguno. En el palpitante silencio, me maravilló la sensación de soledad. No había nadie más en la calle, nadie imaginaba ni remotamente que estábamos allí los dos, unidos en aquel extraño abrazo. Él había empezado a maullar: euforia, excitación sexual, a saber. Me deslicé hacia abajo, notando ahora la presión de sus gruesos muslos en los lados de la cara. Estaba caliente y sudaba entre las piernas a la vez que apretaba. Sólo con su peso podría haberme aplastado. Sin realizar ningún otro esfuerzo, podría haberse sentado sobre mi pecho y en menos de treinta segundos me habría envuelto la oscuridad.

Yo no oía nada. Sus muslos habían acallado todo sonido excepto el rumor de la sangre que corría por sus venas. Retorciéndome, logré girar centímetro a centímetro. Seguí hasta tener la nariz contra la entrepierna de las medias con su bulto blando e indefenso al alcance. No tenía una erección. Eso era evidente. Cualquier prenda –unos vaqueros o un chándal– le habría ofrecido más protección que unas medias, actuando a modo de suspensorio o cojonera y resguardándole las pelotas. Pero le gustaba la sensación de la seda contra la piel desnuda. Así es la vida. Todos tenemos nuestras preferencias. Abrí la boca y le mordí el escroto. Cerré los ojos y apreté hasta que creí que los dientes superiores e inferiores se juntarían. El bulto tenía la consistencia de la goma espuma con cartílago en el centro. Me aferré, como un terrier, sabiendo que el virulento mensaje de dolor atravesaba su cuerpo como un rayo.

Lanzó un aullido y sus muslos se separaron como por efecto de un resorte, dejando pasar el aire frío. Rodé hacia un costado y, a gatas, retrocedí hasta el coche. Él se retorcía en el suelo detrás de mí, jadeando y gimiendo. Se agarraba la entrepierna allí donde yo tenía la esperanza de haberle infligido daños permanentes. Lloraba, un sollozo ronco marcado por la angustia y la incredulidad. Busqué a tientas las llaves del coche y las recuperé. Temblaba de tal manera que se me cayeron y tuve que volver a cogerlas. Él había conseguido incorporarse, pero se detuvo a vomitar antes de ponerse en pie, tambaleante. Pálido y sudoroso, con una mano entre las ingles, renqueó hacia mí. Gracias a su obesidad y su torpe andar, tuve tiempo de abrir la puerta del coche y entrar rápidamente. Cerré y bajé el seguro en el momento justo en que él agarraba la manilla y tiraba. Me arrojé sobre el asiento del acompañante y puse también el seguro de la puerta. Después me quedé allí sentada, sin mover un músculo, con la respiración agitada mientras hacía acopio de fuerzas.

Golpeó el techo con las dos manos y empujó el coche, intentando bambolearlo con la fuerza de su peso. Si yo hubiese estado atrapada en mi querido Volkswagen, habría conseguido volcarlo primero de costado y después sobre el techo. Pero el Mustang no podía moverlo más allá de un leve estremecimiento. Tiny tenía una baja tolerancia a la frustración. Agarró la varilla del limpiaparabrisas y la torció hasta dejarla como un dedo dislocado. Lo vi buscar algo más que destruir.

Rodeó el coche. Como hipnotizada, lo seguí con la mirada, volviendo la cabeza a medida que él circundaba la parte trasera y reaparecía a mi izquierda. Lanzaba sonidos que tal vez fueran palabras, pero las sílabas eran inarticuladas y deformes, sin la claridad y los matices de las vocales y las consonantes para distinguirlas. Retrocedió dos pasos y se abalanzó hacia el coche. Dio una patada de lado a la puerta. Supe que había abollado el metal, pero como iba descalzo y no llevaba más que unas medias, debía de haberse hecho más daño a sí mismo que al coche. Volvió a tirar de la manilla de la puerta. Dio un puñetazo al cristal y luego intentó meter los grandes dedos carnosos entre la ventana y el marco. Me sentí como un ratón en una urna de cristal con una serpiente fuera, silbando y golpeando en vano, mientras el miedo me traspasaba como descargas de una pistola eléctrica. En su ataque, violento e implacable, había algo de hipnótico. ¿Cuánto tardaría en abrir brecha en mi pequeña fortaleza? No me atrevía a abandonar el refugio del coche, que al menos lo mantenía a raya. Toqué la bocina hasta que el sonido invadió el aire de la noche.

Dio otra vuelta alrededor del coche, acechando, buscando un punto débil en mi fortificación. Su rabia por tenerme a la vista pero inaccesible era obvia. Se plantó junto al lado del conductor, mirándome fijamente, y de pronto dio media vuelta. Pensé que se iba, pero cruzó la calle y, en la otra acera, se volvió para mirarme otra vez. En su mirada había algo tan delirante que dejé escapar un lamento de miedo.

Con un tintineo de llaves conseguí introducir la correcta en el contacto. La hice girar y el motor cobró vida. Dando vueltas al volante, me aparté del bordillo. Sabía que para sortear el coche de delante tendría que hacer dos maniobras. Di marcha atrás y volví a girar el volante. Lancé una mirada a Tiny en el momento en que empezaba a correr hacia el coche a más velocidad de lo que yo habría creído posible en un hombre de su tamaño. Había echado atrás el puño derecho y, cuando llegó al coche, traspasó con él el cristal y lo hizo añicos. Grité y me agaché al tiempo que las afiladas esquirlas volaban alrededor y algunas caían en mi falda. El cristal que quedó en la ventanilla se le clavó en la carne. Tenía el brazo agresor metido en el coche hasta la axila, y cuando intentó sacarlo, el vidrio se le hundió en la tela de la blusa como los dientes cerrados de un tiburón. Me buscó a tientas, y noté sus dedos cerrarse en torno a mi garganta. El mero hecho del contacto físico me empujó a la acción.

Pisé el embrague, puse la primera y apreté el acelerador. El Mustang salió disparado con un chirrido de neumáticos quemados. De reojo, veía aún el brazo y la mano de Tiny, como la rama de un árbol que atraviesa una pared por efecto de un viento huracanado. Di un frenazo, pensando que así me libraría de él. Fue entonces cuando me di cuenta de mi error de percepción. Entre su propio peso y mi velocidad, lo había dejado a media manzana. Sólo quedaba su brazo, apoyado ligeramente en mi hombro como el de un viejo amigo.

35

No entraré en detalles sobre lo que sucedió después de ese truculento incidente. En cualquier caso, he olvidado la mayor parte. Sí recuerdo que llegó el agente Anderson con su coche patrulla y poco después Cheney en su elegante Mercedes descapotable rojo. Mi coche estaba aparcado donde lo había dejado, y yo, sentada en el bordillo delante de la casa de Henry, temblaba como si padeciera un trastorno neurológico. Después de mi combate con Tiny, lucía contusiones y abrasiones suficientes para dar credibilidad a mi versión del ataque. Aún me resonaba la cabeza a causa del puñetazo. Como ya había órdenes de búsqueda contra él por agresiones parecidas, nadie insinuó que yo era la culpable.

Los hechos a mi favor eran los siguientes:

En el momento del accidente, me detuve y me acerqué al hombre herido con la intención de ofrecerle auxilio si era necesario, y no lo era porque había muerto.

Según la prueba de alcoholemia y el posterior análisis de sangre, yo no conducía bajo los efectos del alcohol ni de droga alguna.

Cuando el agente de tráfico llegó al lugar de los hechos, di mi nombre, dirección, matrícula y la póliza del seguro. Tenía un carnet de conducir vigente expedido en California. Él llamó a la central y dio mi nombre, número de carnet y matrícula, y comprobó que no tenía antecedentes. Temí que se enterara del pequeño detalle de la orden de alejamiento, pero como aún no habíamos comparecido ante el juez, probablemente todavía no estaba en la base de datos. Aparte, nunca le había hecho nada a Solana.

Alguien insinuó que tal vez yo me había excedido en el uso de la fuerza al defenderme, pero esa opinión enseguida se desestimó.

El Mustang pasó una semana en el taller. Hubo que cambiar la varilla del parabrisas y la ventanilla del conductor. La puerta estaba abollada y el asiento de vinilo blanco del conductor no tenía remedio. Por mucho que se limpiara la tapicería, siempre quedarían restos de sangre en las costuras. Si me quedaba o no con el Mustang era otra cuestión. Tener ese coche era como tener un purasangre: hermoso a la vista, pero caro de mantener. El coche me había salvado la vida, de eso no cabía duda, pero no sabía si cada vez que me subiera a él, vería a Tiny emprender aquella fatídica carrera con el puño en alto.

A Gus le dieron el alta dos días después. Melanie pasó por una agencia local donde contrató a una nueva acompañante para él. La mujer hacía un poco de limpieza, le preparaba las comidas, se ocupaba de los recados, y por la noche volvía a casa con su propia familia. Naturalmente, Gus la despidió al cabo de dos semanas. La posterior acompañante ha sobrevivido hasta la fecha, pese a que, según informes de Henry, se oyen muchas discusiones al otro lado del seto. Una semana después de la muerte de Tiny apareció el Buick Electra de Gus a seis manzanas de la frontera mexicana. Habían limpiado las huellas, pero había una pila de óleos en el maletero que después se valoraron en casi un millón de dólares. Solana debió de maldecir por tener que abandonar semejante botín, pero difícilmente podía desaparecer aferrándose a tal cargamento de arte robado.

Una feliz secuela de su desaparición fue que no compareció en el juzgado el día de la vista por la orden de alejamiento. El asunto se desestimó; aun así, necesitaría una orden del juez para recuperar mis armas. En el fondo, yo sabía que no había acabado con ella, ni ella conmigo. Era la responsable de la muerte de su único hijo, y pagaría por eso.

Entretanto, me dije que no tenía sentido preocuparme. Solana se había ido y, si volvía, ya me encargaría de ella. Aparqué el problema. Lo hecho, hecho está. Yo no podía cambiar lo sucedido ni podía rendirme a las emociones que discurrían como una corriente bajo la plácida superficie que yo mostraba al mundo. Henry me conocía mejor. Con sumo tacto me sondeó, preguntándose en voz alta cómo sobrellevaba yo la muerte de Tiny, e insinuando que acaso me iría bien «hablar con alguien».

—No quiero hablar con nadie —contesté—. Hice lo que tenía que hacer. Él no debería haberme atacado. No debería haber traspasado el cristal de un puñetazo. Él eligió eso. Yo hice mis propias elecciones. No hay para tanto. Tampoco es la primera persona a la que mato.

—Bueno, ésa es otra manera de ver las cosas.

—Henry, agradezco tu preocupación, pero no tiene razón de ser.

Me di cuenta de que manifestaba cierta irritación, pero, por lo demás, me sentía bien. Al menos eso le dije a él y a cualquier otra persona que preguntara. Pese a que ponía buena cara, me pasaba los días con un pavor de fondo que apenas reconocía. Quería poner fin a aquello de alguna manera. Necesitaba atar todos los cabos sueltos. Mientras Solana siguiera libre, no me sentiría segura. Estaba asustada. Más bien, aterrorizada. Después me di cuenta de que padecía una forma de trastorno por estrés postraumático, pero en su momento sólo sabía lo mucho que me costaba contener la ansiedad. No tenía apetito. No tenía problemas para conciliar el sueño, pero me despertaba a las cuatro y ya no podía volver a dormir. Me costaba concentrarme. Me daban miedo las multitudes y me sobresaltaban los ruidos fuertes. Acababa el día agotada de tanto contenerme. El miedo, como cualquier emoción intensa, no es fácil de esconder. Dedicaba gran parte de mi energía a negar su existencia.

Lo único que me aliviaba era correr a primera hora de la mañana. Ansiaba el movimiento. Me encantaba la sensación de volar por encima del suelo. Necesitaba sudar y quedarme sin aliento. Si me dolían las piernas y me ardían los pulmones, tanto mejor. La calma que me invadía después era algo tangible. Empecé a forzarme, añadiendo un par de kilómetros a los cinco que ya corría normalmente. Cuando eso no me bastó, aumenté la velocidad.

El paréntesis no duró mucho. El domingo 14 de febrero fue el último día que pude disfrutar de tranquilidad, por artificial que fuera. La siguiente semana, aunque yo no lo sabía aún, Solana haría su jugada. El día de San Valentín, Henry cumplía ochenta y ocho años, y Rosie nos invitó a cenar para celebrarlo. Como el restaurante cerraba los domingos, lo teníamos todo para nosotros solos. Rosie preparó un festín y William la ayudó a servir. Sólo estábamos nosotros cuatro: Rosie, William, Henry y yo. Tuvimos que prescindir de Lewis, Charlie y Nell porque, debido a un temporal de nieve en el Medio Oeste, los hermanos se habían quedado aislados hasta que volviera a abrirse el aeropuerto. Henry y Charlotte habían hecho las paces. Pensé que él la invitaría, pero era reacio a permitirse la menor insinuación de que hubiera una relación sentimental entre ellos. Ella siempre sería demasiado impetuosa y resuelta para el estilo de vida relajado de él. Henry dijo que sólo quería estar con las personas más cercanas y queridas cuando soplara las velas, con una gran sonrisa ante nuestra briosa interpretación de *Cumpleaños feliz*. Rosie, William y yo le regalamos tres cacerolas con la base de cobre, que le encantaron.

El lunes por la mañana llegué al trabajo a las ocho, una hora temprana para mí, pero no había dormido bien y había salido a correr a las cinco y media en lugar de a las seis, con lo cual estaba en la oficina media hora antes de lo habitual. Una ventaja de mi oficina —quizá la única— era que siempre se podía aparcar delante. Estacioné, cerré el coche y entré. Encontré la habitual pila de correo en el suelo bajo la rendija. La mayor parte era publicidad que iría derecha a la papelera, pero encima de todo vi un sobre acolchado que, supuse, serían más documentos del bufete de Lowell Effinger. Melvin Downs no había comparecido a declarar, y le había prometido a Geneva que iría a buscarlo otra vez y tendríamos otra charla íntima. Era evidente que no le había impresionado la amenaza de desacato.

Dejé el bolso en el escritorio. Me quité la chaqueta y la colgué en el respaldo de la silla. Alcancé el sobre marrón, que estaba grapado, y tardé un rato en abrirlo. Separé la solapa y miré dentro. Al instante lancé un grito y arrojé el sobre al otro lado del despacho. Fue una reacción involuntaria, un acto reflejo desencadenado por la repulsión. Lo que había visto eran los apéndices peludos de una tarántula viva. Me estremecí, literalmente, pero no tuve tiempo de calmarme o detenerme a pensar.

Aterrorizada, observé la tarántula mientras salía con cautela del sobre acolchado, primero una pata peluda, después otra, tanteando la moqueta beige. Se la veía enorme, pero, de hecho, el cuerpo compacto no medía más de cuatro centímetros de ancho, suspendido de ocho patas de vivo color rojo que parecían moverse cada una por su lado. Las partes delantera y trasera del cuerpo eran redondeadas, y las patas, terminadas en diminutas garras planas, parecían tener articulaciones, como pequeños codos o rodillas. Con el cuerpo y las patas, la araña habría podido llenar un círculo de diez centímetros de diámetro. La tarántula avanzó por el suelo con pasos cortos de bailarina, como una bola andante de pelo rojo y negro.

Si no se lo impedía, se metería entre mis archivos y se quedaría a vivir allí para siempre. ¿Qué podía hacer? Pisar una araña de ese tamaño quedaba descartado. No quería acercarme tanto ni ver salir el salpicón de materia cuando la aplastara. Desde luego no iba a golpearla con una revista. Aparte de mi aversión, la araña no representaba el menor peligro. Las tarántulas no son venenosas, pero son feísimas: recubiertas de pelo, con ocho ojos redondos y resplandecientes y (no exagero) unos colmillos que se veían desde la otra punta de la habitación.

Ajena a mi inquietud, la tarántula salió de mi despacho con cierta elegancia y se dispuso a cruzar la recepción. Temí que se estirase y alargase para pasar por debajo del zócalo como un gato deslizándose por debajo de una alambrada.

Sin perderla de vista, retrocedí por el pasillo hasta la cocina. El viernes había lavado la jarra de cristal de la cafetera y la había dejado a secar boca abajo sobre una toalla. Me hice con la jarra y volví rápidamente; me sorprendió ver la distancia recorrida por la tarántula en esos pocos segundos. No me detuve a pensar en lo asquerosa que era de cerca. Dejé la mente en blanco y deposité la jarra boca abajo encima de ella. Luego volví a estremecerme y dejé escapar un gemido procedente de una parte primitiva de mí.

Me alejé de la jarra dándome palmadas en el pecho. Nunca volvería a usarla. Sería incapaz de beber de una cafetera que había tocado una araña con sus patas. No había resuelto mi problema; sólo había postergado la ineludible pregunta de qué hacer con ella. ¿Qué opciones tenía? ¿La Sociedad Protectora de Animales? ¿Un grupo local de Salvemos a las Tarántulas? No me atrevía a devolverla a la naturaleza (siendo la naturaleza la hiedra que se extendía ante mi puerta), porque siempre estaría buscándola por el suelo, preguntándome cuándo iba a asomar otra vez. Es en momentos como éste cuando se necesita a un hombre cerca, si bien habría apostado cualquier cosa a que la mayoría de los hombres sentían tanto asco como yo y casi la misma aprensión ante la idea de unas tripas de araña.

Volví a mi escritorio procurando no pisar el sobre marrón vacío, que tendría que quemar. Saqué el listín telefónico y busqué el número del Museo de Historia Natural. La mujer que contestó no dio la impresión de extrañarse por la situación en que me encontraba. Consultó su agenda y me dio el número de un hombre de Santa Teresa que de hecho criaba tarántulas. A continuación, con cierto atolondramiento, me informó de que la charla que ese hombre daba, con una demostración en vivo incluida, era una de las preferidas de los niños de primaria, a quienes les encantaba ver cómo se paseaban las arañas por sus brazos. Aparté la imagen de mi cabeza mientras marcaba el número que me había dado.

No sabía qué esperar de alguien que se ganaba la vida confraternizando con tarántulas. El joven que se presentó en mi oficina media hora después tenía poco más de veinte años y era corpulento y blando, con una barba cuya finalidad debía de ser darle aspecto de madurez.

—¿Eres Kinsey? Soy Byron Coe. Gracias por llamar.

Le di la mano, procurando no deshacerme en efusivas muestras de gratitud. Apretó la mía con delicadeza y le noté la palma caliente. Lo miré con la misma devoción que concedí a mi fontanero el día en que se soltó el tubo de la lavadora y se inundó todo de agua.

—Te agradezco que hayas venido tan pronto.

—Es un placer ayudar. —Tenía una sonrisa amable y su mata de pelo rubio era grande como un arbusto en llamas. Llevaba un peto vaquero, una camiseta de manga corta y botas de excursionista. Traía dos cajas de plástico ligero, que dejó en el suelo, una de tamaño medio y otra grande. La jarra de la cafetera había atraído su atención en cuanto llegó, pero se había contenido por cortesía—. Vamos a ver qué tienes ahí.

Hincó una rodilla en el suelo y luego se tendió boca abajo y acercó la cara a la jarra. Golpeó con un dedo el cristal, pero la araña, palpando el perímetro en busca de una vía de escape, estaba demasiado ocupada para reaccionar.

—Es preciosa —se admiró Byron.

—Gracias.

—Es una tarántula mexicana de patas rojas, una *Brachypelma emilia*, de unos cinco o seis años. Macho, a juzgar por el color. Fíjate en lo oscura que es. Las hembras son más bien de un marrón claro. ¿Dónde la has encontrado?

—De hecho, ella me ha encontrado a mí. Alguien me la ha mandado dentro de un sobre.

Alzó la vista con interés.

—¿Y qué celebras?

—No celebro nada, sólo ha sido una broma de mal gusto.

—Menuda broma. Es imposible comprar una araña de patas rojas por menos de ciento veinticinco dólares.

—Ya, claro, yo sólo me conformo con lo mejor. Cuando dices mexicana de patas rojas, ¿significa que únicamente se encuentran en México?

—No de forma exclusiva. En estados como Arizona, Nuevo

413

México y Texas no son raras. Yo crío las rodilla de oro de Chaco y las azul cobalto. Ninguna es tan cara como ésta. Tengo un par de tarántulas rosa salmón de Brasil que conseguí por diez pavos cada una. ¿Sabes que es posible adiestrar tarántulas como mascotas?

—¿Ah, sí? —respondí—. No tenía ni idea.

—Pues sí. Son tranquilas y no mudan. Pero sí pierden pelo y hay que tener un poco de cuidado con las picaduras. El veneno es inofensivo para los humanos, pero aparece una hinchazón y a veces un hormigueo o adormecimiento. Se pasa enseguida. Menos mal que no la has matado.

—En el fondo soy una conservacionista —dije—. Oye, si vas a tocarla con la mano, avisa, por favor, y saldré de la habitación.

—No, la pobre ya está bastante traumatizada por un día. No quiero que me tome por un enemigo.

Mientras lo observaba, quitó la tapa con respiraderos de la caja de plástico de tamaño medio. Alcanzó un lápiz de mi mesa, levantó la jarra y lo empleó para empujar a la araña hasta la caja. (Ese lápiz también iría a la basura.) La tapó otra vez y, levantando la caja por su asa, volvió a ponérsela a la altura de la cara.

—Si la quieres, tuya es —dije.

—¿En serio? —Sonrió ruborizándose de satisfacción.

No le había dado tanto placer a un hombre desde que Cheney y yo rompimos.

—También estoy dispuesto a pagarte por tu tiempo. Me has salvado la vida.

—Ni hablar, esto ya es pago suficiente. Si cambias de idea, te la traeré con mucho gusto.

—Ve con Dios —dije.

En cuanto salió y cerró la puerta, me senté ante mi escritorio y mantuve una larga y agradable charla conmigo misma. Una tarántula mexicana de patas rojas. Estaba claro: era obra de Solana. Si lo que pretendía era darme un susto de muerte, lo había conseguido. Yo no sabía qué significaba una tarántula para ella, pero desde mi punto de vista, ponía de manifiesto una mente retorcida. Me estaba avisando de algo y yo capté el mensaje. Todo el alivio que me había proporcionado el ejercicio de la mañana se fue al garete. Esa primera imagen de la araña me acompañaría de por vida. Aún tenía la carne de gallina. Reuní las carpetas que necesitaría, tomé la Smith-Corona portátil, cerré la oficina y lo cargué todo en el coche. Tenía la sensación de que el despacho estaba contaminado. Trabajaría en casa.

Fue pasando el día. Aunque me distraía con facilidad, estaba empeñada en ser productiva. Necesitaba algo que me reconfortara, y para comer me concedí un sándwich de pan integral con una gruesa capa de queso, de pimiento y aceitunas. Lo corté en cuartos, como hacía de pequeña, y saboreé cada ácido bocado. Tampoco fui muy estricta con la cena, debo confesarlo. Necesitaba sedarme con la comida y la bebida. Sé que está mal recurrir al alcohol para aliviar la tensión, pero el vino es barato, es legal y cumple con su cometido. Hasta cierto punto.

Esa noche, cuando me acosté, no tuve que preocuparme por el insomnio. Estaba un poco ebria y dormí como un tronco.

Me despertó una leve ráfaga de aire frío. Como preveía salir a correr a primera hora de la mañana, dormía con el chándal, pero incluso abrigada, tuve frío. Lancé una mirada al reloj digital, pero estaba apagado, y me di cuenta de que el habitual ronroneo de los electrodomésticos había cesado. Se había ido la luz, una molestia para una persona tan pendiente de la hora como yo. Miré por la claraboya de plexiglás y me fue imposible calcular la hora. Si hubiese sabido que era muy temprano, las dos o las tres de la madrugada, me habría tapado hasta la cabeza con las mantas y dormido hasta que mi despertador interno interrumpiera mi sueño a las seis. Ociosamente, me pregunté si el apagón afectaba a todo el barrio. En Santa Teresa, según sople el viento, se producen pequeños cortes en el suministro eléctrico. Segundos después, los relojes volvían a encenderse, pero los dígitos parpadeaban con alegría, anunciando

415

la interrupción. No era así en este caso. Habría podido buscar mi reloj a tientas en la mesilla. Entornando los ojos y buscando el ángulo adecuado, habría podido ver las manecillas, pero daba igual.

Me sorprendió el aire frío y me pregunté si había dejado alguna ventana abierta. No parecía probable. En invierno, mantengo el estudio caliente, cerrando a menudo las persianas interiores para evitar las corrientes de aire. Miré hacia los pies de mi cama.

Había alguien, una mujer. Inmóvil. La oscuridad nocturna nunca es absoluta. Debido a la contaminación lumínica de la ciudad, siempre puedo distinguir grados de luz, desde los tonos más pálidos de gris hasta el negro carbón. Si me despierto por la noche, eso es lo que me permite moverme por el estudio sin encender las luces.

Era Solana. En mi casa. En mi altillo, mirándome mientras dormía. El miedo me invadió despacio como el hielo. El frío se propagó desde lo más hondo de mí hasta la punta de los dedos de manos y pies, tal como el agua se solidifica gradualmente al congelarse un lago. ¿Cómo había entrado? Aguardé, preguntándome si el espectro cobraría la forma de un objeto corriente: una chaqueta abandonada en el pasamanos de la barandilla, una funda de abrigo colgada de la bisagra del armario.

Al principio se me quedó la mente en blanco a causa de la incredulidad. Era imposible —absolutamente imposible— que Solana hubiera podido entrar. Pero entonces me acordé de la llave de la casa de Henry con una etiqueta de cartón blanco donde se leía PITTS, en nítidas letras para su identificación. Gus guardaba la llave en el cajón de su escritorio, donde la había encontrado la primera vez que hurgué en busca del número de teléfono de Melanie. Henry me había contado que Gus solía pasarse por su casa a recoger el correo y regar las plantas cuando él se iba de viaje. La casa de Henry y la mía se abrían con la misma llave, y al pensarlo, me acordé de que no había puesto la cadena de seguridad, lo que significaba que una vez abierta la puerta, nada le impidió entrar. ¿Qué podía haber más fácil? Si me hubiese dejado la puerta entornada, habría sido lo mismo.

Debió de intuir que yo estaba despierta y la observaba. Nos miramos. No era necesario hablar. Si iba armada, ése era el momento de atacar, sabiendo que yo me había percatado de su presencia pero era incapaz de defenderme. En lugar de eso, se apartó. La vi volverse hacia la escalera de caracol y desaparecer. Con el corazón acelerado, me incorporé en la cama. Retiré las mantas, busqué mis zapatillas de deporte y me las puse rápidamente. El reloj volvió a encenderse, y los números parpadearon. Eran las 3:05. Solana debía de haber encontrado la caja de fusibles. Ahora que había vuelto la luz bajé por la escalera a toda prisa. La puerta de la calle estaba abierta y oí sus tranquilos pasos alejarse por el camino. Había cierta insolencia en la parsimonia con que se fue. Tenía todo el tiempo del mundo.

Cerré la puerta, pulsé el botón de bloqueo de la cerradura, eché la cadena y corrí al baño de abajo. La ventana me ofrecía un recuadro de la calle. Apreté la frente contra el cristal y miré en las dos direcciones. No vi ni rastro de ella. Esperaba oír el motor de un coche, pero nada rompió el silencio. Me senté en el borde de la bañera y me froté la cara con las manos.

Ahora que se había ido, tenía más miedo que cuando estaba en la casa.

En la oscuridad del baño, cerré los ojos y me proyecté a mí misma en su cabeza, viendo la situación tal como debía de verla ella. Primero la tarántula, ahora esto. ¿Qué se proponía? Si me quería muerta —como sin duda así era—, ¿por qué no había actuado cuando tuvo ocasión?

Porque quería demostrarme su poder sobre mí. Pretendía decirme que era capaz de cruzar las paredes, que yo nunca estaría a salvo cuando cerrase los ojos. Fuera a donde fuese e hiciera lo que hiciese, sería vulnerable. En la oficina, en casa, estaba a su merced, viva sólo por voluntad de ella, pero posiblemente no por mucho tiempo. ¿Cuáles eran los demás mensajes incluidos en el primero?

Empezando por lo obvio, no estaba en México. Había dejado el coche cerca de la frontera para que pensáramos que había huido. En lugar de eso, había vuelto. ¿Cómo? Yo no había oído el motor de un coche, pero ella podría haber aparcado a dos manzanas y recorrer el resto del camino hasta mi cama a pie. Desde su punto de vista, el problema era que comprar o alquilar un coche requería identificación. Peggy Klein le había quitado el carnet de conducir y sin eso estaba perdida. No podía estar segura de si su cara, su nombre y sus varios alias circulaban ya por todas partes. Por lo que ella sabía, tan pronto como intentase usar sus tarjetas de crédito falsas, anunciaría su paradero y la policía estrecharía el cerco.

En las semanas transcurridas desde su marcha, probablemente no había buscado empleo, lo que significaba que vivía de dinero en efectivo. Incluso si encontraba la manera de eludir el problema de la identificación, comprar o alquilar un coche consumiría valiosos recursos. En cuanto me matase, tendría que ocultarse, y eso implicaba preservar sus reservas de efectivo para mantenerse hasta encontrar una nueva presa en que cebarse. Esas cosas exigían paciencia y una minuciosa planificación. No había tenido tiempo material para iniciar una nueva vida. Siendo así, ¿cómo había conseguido llegar hasta aquí?

En autobús o en tren. Viajar en autobús era barato y básicamente anónimo. Viajar en tren le permitiría apearse a tres manzanas escasas de donde yo vivía.

A primera hora de la mañana, le conté a Henry lo de mi visitante nocturna y mi teoría sobre cómo había entrado. Después llamé a un cerrajero para que cambiara las cerraduras. Henry y Gus también las cambiaron. Telefoneé asimismo a Cheney y le dije lo que había ocurrido para que hiciese correr la voz. Le había dado las fotografías de Solana para que los agentes de todos los turnos estuviesen familiarizados con su cara.

Una vez más tenía los nervios a flor de piel. Presioné a Lonnie para que agilizara la orden judicial y yo pudiera recuperar mis armas. Ignoro cómo lo hizo, pero tuve la orden en la mano y las fui a buscar a la armería esa tarde. No me imaginaba a mí misma paseándome por ahí armada hasta los dientes como un pistolero, pero algo tenía que hacer para sentirme segura.

El miércoles por la mañana, cuando volví de correr, había una fotografía pegada con celo en la puerta de mi casa. Otra vez Solana. ¿Y ahora qué? Con el ceño fruncido, la desprendí. Entré, cerré la puerta y encendí la lámpara del escritorio. Examiné la imagen, sabiendo de antemano qué era. Me había sacado una fotografía el día anterior en algún punto del circuito que hago cuando salgo a correr. Reconocí el chándal azul oscuro que llevaba. Esa mañana hacía frío y me había envuelto el cuello con un pañuelo verde lima, por primera y única vez. Debía de llevar ya un buen rato corriendo, porque tenía el rostro enrojecido y respiraba por la boca. En segundo plano, vi parte de un edificio y, delante, una farola. Era un ángulo extraño, pero no conseguí interpretar qué significaba. No obstante, el mensaje era muy claro. Incluso el *jogging,* que había sido mi salvación, estaba bajo asedio. Me senté en el sofá y me llevé una mano a la boca. Tenía los dedos fríos y, sin darme cuenta, cabeceé. No podía vivir así. No podía pasarme el resto de mi vida en alerta roja. Miré la foto y se me ocurrió otra posibilidad. Quería que yo la encontrara. Me mostraba dónde localizarla, pero no iba a ponérmelo fácil. La astucia era su manera de llevar la delantera. Dondequiera que estuviese, le bastaba con esperar mientras el esfuerzo recaía en mí. El resto consistía en ver si yo tenía inteligencia suficiente para descubrir su paradero. Si no, me mandaría otra pista. Lo que yo no acababa de entender era su plan de acción. Tenía algo en mente, pero yo no podía ahondar en su pensamiento lo suficiente para descifrarlo. Era un despliegue de poder interesante. Yo me jugaba más que ella, pero ella no tenía nada que perder.

Me duché y me puse el chándal y las zapatillas de deporte. Desayuné cereales fríos. Lavé el tazón y la cuchara y los coloqué en el escurridor. Subí al altillo por la riñonera. Dejé las ganzúas en su pequeño estuche de piel, pero saqué la ganzúa eléctrica para que cupiera la H&K, que cargué antes de meterla. Salí de casa con la foto de Solana en la mano. Las otras instantáneas que llevaba eran de ella. Inicié mi recorrido habitual: primero por Cabana, y a la izquierda por State. Permanecía atenta al paisaje que dejaba atrás, intentando identificar el punto desde el que ella había tomado la foto. Daba la impresión de que el objetivo de la cámara estuviese inclinado hacia abajo, pero no mucho. Si ella hubiese estado al aire libre, yo la habría visto. Cuando corro, fijo la atención en el propio ejercicio, pero no hasta el punto de excluir todo lo demás. Por lo general salía a correr antes del amanecer, y por vacías que estuvieran las calles, siempre había alguien por ahí, y no todos buena gente. Me interesaba estar en forma, pero no por ello era imprudente.

Me sentí dividida entre el deseo natural de ser minuciosa y la necesidad de acabar cuanto antes. Optando por un término medio, recorrí a pie la mitad del camino. Presentía que se había apostado en la autovía, del lado de la playa. Los edificios al final de State eran muy distintos de los que se veían en la fotografía. Seguía esa ruta desde hacía semanas y me sorprendió lo diferentes que parecían las calles cuando las recorría a pie. Las tiendas permanecían cerradas, pero las populares cafeterías de la acera estaban llenas. La gente iba al gimnasio o regresaba a sus coches, sudada después de hacer ejercicio.

En el cruce de Neil con State, di media vuelta y volví sobre mis pasos. Me ayudó el hecho de que no hubiera demasiadas farolas: dos por manzana. Examiné los edificios hasta el segundo piso, comprobando las escaleras de incendios y los balcones donde podía estar escondida. Busqué ventanas que se encontraran al nivel que reproduciría el ángulo desde el que se había tomado la instantánea. Casi había llegado ya a la vía del ferrocarril y se me acababa el terreno. Caí por fin en la cuenta gracias a la sección del edificio que aparecía en el encuadre. Era la tienda de camisetas en la otra acera. Al fijarme, vi que el zócalo bajo el escaparate se veía nítidamente. Despacio, caminé hasta que el fragmento del paisaje de fondo coincidía con el de la imagen. Entonces me volví y miré a mis espaldas. El hotel Paramount.

Observé la ventana que se veía justo por encima de la marquesina. Era un salón en la esquina, probablemente amplio porque se veía una profunda terraza que rodeaba ambos lados del edificio en esa parte. Quizás el hotel original tuvo allí un restaurante, con puertas balconeras que daban a la terraza para que los clientes pudieran disfrutar del aire de la mañana mientras desayunaban y, más tarde, a la hora del cóctel, de la puesta de sol.

Entré en el vestíbulo por la puerta delantera. Las reformas se habían llevado a cabo con impecable atención a los detalles. El arquitecto había logrado capturar el glamour de antaño sin sacrificar los criterios de elegancia actuales. Parecía que los antiguos accesorios de bronce seguían en su sitio, perfectamente bruñidos. Sabía que no era así, ya que los originales habían sido expoliados durante los días posteriores al cierre del hotel. Murales de tonos apagados cubrían las paredes, con escenas que representaban a los elegantes huéspedes que frecuentaban el hotel Paramount durante la década de los cuarenta. Allí estaba el portero, junto con numerosos botones acarreando las maletas de los clientes recién llegados. Un grupo de mujeres muy delgadas con garbosos sombreros jugaban al bridge en un rincón del vestíbulo. Dos de las cuatro lucían estolas de zorro encima de chaquetas con grandes hombreras. No se advertía la menor señal de que estuviese librándose una guerra salvo por la escasez de hombres. Las zonas del patio y la piscina aparecían también en las pinturas, y para ello se habían extraído imágenes de fotografías antiguas. Vi seis casetas en el otro extremo de la piscina, flanqueadas de palmeras pata de elefante y también cocos plumosos, más grandes y elegantes. Semanas atrás, cuando miraba la obra a través de la valla, no me había dado cuenta de que la piscina entraba en el propio vestíbulo por debajo de una pared de cristal. La parte situada dentro del vestíbulo era básicamente decorativa, pero en conjunto conseguía un agradable efecto. En el mural aparecían automóviles de época aparcados en la calle y no se veía el menor asomo de las distintas tiendas dirigidas al turismo que ahora salpicaban State. Justo a la derecha, una escalera ancha alfombrada en *trompe l'oeil* ascendía en curva hacia el entresuelo. Me volví y vi la misma escalera en la realidad.

Subí y al llegar al rellano giré a la derecha, para encontrarme de cara a la calle. Lo que había supuesto que era un restaurante o un salón era una suite espléndida. El número de latón en la puerta era un recargado 2. Dentro oí un televisor a todo volumen. Me acerqué a la ventana al final del pasillo y me asomé. Solana debió de tomar la foto desde una ventana de la suite, porque la perspectiva era ligeramente distinta de la del lugar donde yo estaba.

Bajé al vestíbulo por la ancha escalera. El conserje era un hombre de entre treinta y cuarenta años, de rostro huesudo y cabello engominado, al estilo que se veía en las fotografías de los años cuarenta. También su traje tenía un aspecto retro.

—Buenos días. ¿En qué puedo ayudarla? —preguntó. Tenía en las uñas el lustre de una manicura reciente.

—Verá, me interesa la suite del entresuelo —contesté, y señalé hacia la escalera.

—Ésa es la suite Ava Gardner. Ahora mismo está ocupada. ¿Para cuándo necesita reservarla?

—En realidad, no quiero reservarla. Creo que la ocupa una amiga mía y he pensado en presentarme por sorpresa.

—Ha pedido que no la moleste nadie.

Arrugué un poco la frente.

—Eso no es propio de ella. Por lo general tiene una visita detrás de otra. Aunque, claro, se está divorciando y quizá le preocupe que su ex intente localizarla. ¿Puede decirme con qué nombre se ha registrado? Su nombre de casada era Brody.

—Sintiéndolo mucho, no puedo dar esa información. Va contra las normas del hotel. La privacidad de nuestros huéspedes es nuestra mayor prioridad.

—¿Y si le enseño una fotografía? ¿Podría al menos confirmarme que es mi amiga? No me gustaría llamar a la puerta si estoy equivocada.

—¿Por qué no me da su nombre y yo la avisaré?

—Pero entonces echaría a perder la sorpresa.

Me deslicé la riñonera de atrás adelante y abrí la cremallera del compartimento más pequeño de los dos. Saqué la foto de Solana y la puse en el mostrador.

—Me temo que no puedo ayudarla —dijo él. Procuró mantener

la mirada fija en mí, pero supe que no podría resistirse a echar un vistazo. Bajó los ojos una décima de segundo.

No dije nada, pero lo observé atentamente.

—En cualquier caso, tiene una visita en estos momentos. Acaba de subir un caballero.

Eso entendía él por respeto a la privacidad.

—¿Un caballero?

—Un atractivo hombre de pelo blanco, alto, muy delgado. Diría que ronda los ochenta años.

—¿Le ha dado su nombre?

—No ha sido necesario. Ella ha llamado para decir que esperaba a un tal señor Pitts, y que cuando llegara, debía mandarlo directamente arriba, que es lo que he hecho.

Me sentí palidecer.

—Quiero que llame a la policía y que lo haga ahora mismo.

Me miró con una sonrisa burlona en el rostro, como si aquello fuera una broma filmada por una cámara oculta para ver cómo reaccionaba.

—¿Llamar a la policía? Eso mismo ha dicho el caballero. ¿Hablan en serio?

—¡Mierda! Llame ahora mismo. Pregunte por el inspector Cheney Phillips. ¿Se acordará?

—Claro —contestó, con pundonor—. No soy tonto.

Me quedé allí. Vaciló y al cabo de un momento descolgó el teléfono.

Me alejé del mostrador y subí los peldaños de la escalera de dos en dos. ¿Por qué habría llamado a Henry? ¿Y qué podía haberle dicho para inducirlo a ir hasta allí? Cuando me acerqué por segunda vez a la suite Ava Gardner, habían bajado el volumen del televisor. Por suerte para mí, la modernización y reforma del hotel no había incluido la instalación de cerraduras activadas con tarjeta. No reconocí la marca de la cerradura, pero no podía ser muy distinta de cualquier otra. Abrí la riñonera y saqué el estuche de piel con las cinco ganzúas. Para mayor seguridad, habría preferido que sonaran la música y las voces a todo volumen, pero no podía correr riesgos. Iba a ponerme manos a la obra cuando se abrió la puerta y vi a Solana ante mí.

—Puedo ahorrarle el esfuerzo —dijo—. ¿Por qué no pasa? Me ha telefoneado el conserje para avisarme de que subía.

«El muy tarado», pensé. Entré en la habitación. Solana cerró la puerta y colocó la cadena.

Aquello era la sala de estar. Las puertas a la izquierda, abiertas, daban a dos dormitorios independientes y a un cuarto de baño de un anticuado mármol blanco con vetas grises. Henry estaba fuera del mundo, tendido en el mullido sofá con un gotero en el brazo, la aguja sujeta con esparadrapo. Aún tenía buen color y vi el movimiento uniforme de su pecho. Lo que me preocupó fue la jeringa llena en la mesa de centro junto al jarrón de cristal con rosas.

Las puertas balconeras estaban abiertas y la brisa agitaba los visillos. Vi las palmeras recién plantadas junto al patio enlosado alrededor de la piscina. El suelo de la terraza seguía en obras, pero parecía que la piscina estaba acabada, ya que habían empezado a llenarla. Solana me concedió unos momentos para que me hiciera una composición de lugar, disfrutando al ver el miedo que asomaba a mi semblante.

—¿Qué le ha hecho?

—Le he dado un sedante. Se ha puesto nervioso al ver que no estabas aquí.

—¿Por qué iba a pensar que yo estaba aquí?

—Porque eso es lo que le he dicho al telefonearlo. Le he explicado que usted había venido y me había agredido. Y que yo le había hecho mucho daño y estaba al borde de la muerte y rogaba que le permitiera verlo. Al principio no me ha creído, pero he insistido y él ha temido equivocarse. Le he dicho que le había intervenido el teléfono y que si llamaba a la policía, usted estaría muerta antes de colgar. Se ha dado mucha prisa, y en menos de quince minutos ya estaba llamando a la puerta.

—¿Qué le ha inyectado?

—Seguro que el nombre del medicamento no significa nada para usted. Se emplea para inmovilizar a un paciente antes de una intervención quirúrgica. Primero le he dado una inyección en el muslo. De efecto inmediato. Se ha desplomado como un árbol arrancado por el viento. No parece consciente, pero le aseguro que lo está. Lo oye todo. Sencillamente no puede moverse.

—¿Qué quiere de mí?

—Sólo el placer de ver su cara mientras él muere —contestó ella—. Usted me ha quitado al amor de mi vida, y yo le quitaré el suyo. Ah, pero antes deme la riñonera. Gus me dijo que tenía pistola. No me sorprendería que la llevara encima.

—No la llevo, pero puede mirar.

Me desabroché la riñonera y se la tendí. Cuando hizo ademán de atraparla, la agarré por el brazo y tiré de ella hacia mí. Perdió el equilibrio y, tropezando, cayó hacia delante al tiempo que yo levantaba la rodilla derecha para asestarle un golpe en la cara. Oí un grato chasquido y tuve la esperanza de que fuera la nariz. Y efectivamente la sangre manó por su cara. Parpadeó por un momento e hincó las rodillas en el suelo a la vez que extendía las manos ante ella para no caer de bruces. Le di un puntapié en el costado y un pisotón en una de las manos abiertas. Cogí la jeringuilla de la mesita de centro y la aplasté con el tacón. Me acerqué a Henry y arranqué el esparadrapo de su brazo. Quería retirarle ese gotero.

Solana vio lo que hacía y se abalanzó sobre mí. Tropecé con la mesita y caí hacia atrás, arrastrando a Solana conmigo. La mesita se volcó. El jarrón de rosas rebotó en la moqueta y quedó en posición vertical, con las rosas aún perfectamente dispuestas. Agarré el jarrón por el borde y la golpeé en la parte superior del brazo, obligándola a soltarme. Me volví de inmediato para apoyarme en manos y rodillas y ella arremetió de nuevo contra mí. Insistió, mientras yo le asestaba un codazo tras otro en el costado. Le di una patada, la alcancé en el muslo y le infligí el mayor daño posible con el tacón de la zapatilla.

La mujer era implacable. Se echó otra vez sobre mí, y en esta ocasión me rodeó los brazos con los suyos, inmovilizándome los codos a los costados. Estábamos en tan estrecho contacto que no podía quitármela de encima. Entrelacé las manos, las levanté y me liberé. Desplacé el peso del cuerpo a un lado, le agarré la muñeca y roté. Su cuerpo pasó por encima de mi cadera y cayó al suelo. Le rodeé el cuello con el brazo y le hundí los dedos en la cuenca de un ojo. Gritó de dolor y se llevó las manos a la cara. Con la respiración agitada, la aparté de un empujón. Oí sirenas en la calle y rogué que viniesen en dirección a nosotros. Con un ojo ensangrentado, Solana se volvió, enloquecida de dolor. Henry apareció en su campo visual, y, en dos zancadas, se plantó sobre él y le rodeó la garganta con los dedos. Salté sobre ella. Le golpeé las orejas con las palmas de las manos, la agarré del pelo y la aparté de él de un tirón. Tambaleante, retrocedió dos pasos y la embestí en el pecho con todas mis fuerzas. De espaldas, salió a la terraza por la puerta balconera.

Yo jadeaba y ella también. La vi sujetarse a la barandilla para levantarse. Sabía que le había hecho daño. También ella me había hecho daño a mí. Pero no descubriría cuánto hasta que bajase la adrenalina. De momento, estaba cansada, y no del todo segura de ser capaz de resistir otro ataque. Ella echó un vistazo a la calle, de donde llegaba el ruido de los coches de policía, el ululato de las sirenas, los chirridos de los frenos. Estábamos sólo a un piso de altura, y no tardarían en subir por la escalera a toda prisa.

Me acerqué a la puerta y retiré la cadena. Desbloqueé la cerradura, abrí y me apoyé en el marco. Cuando me volví para mirar a Solana, la terraza estaba vacía. Oí un grito abajo. Crucé la suite hasta la puerta balconera y salí a la terraza. Miré por encima de la barandilla. En el agua de la piscina se veía propagarse una mancha rosada. Forcejeó por un momento y finalmente quedó inmóvil. Poco importaba si se había caído o había saltado. Había aterrizado boca abajo y se había golpeado la cabeza con el borde de la piscina antes de ir a parar al agua. El extremo menos hondo tenía sólo medio metro de profundidad, pero bastó con eso. Se ahogó antes de que pudiera llegar alguien hasta ella.

Epílogo

Trasladaron a Henry en ambulancia al St. Terry. Se recuperó sin percances de aquella penosa experiencia. Creo que se avergonzaba de haberse dejado engañar por Solana, pero yo habría hecho lo mismo en su lugar. Los dos nos protegemos más el uno al otro que a nosotros mismos.

El juicio de los Fredrickson contra Lisa Ray fue sobreseído. Casi me dio pena Hetty Buckwald, que estaba convencida de que su demanda era legítima. Cuando pude ir a la lavandería para decirle a Melvin que ya no corría peligro, la camioneta de repartidor de leche había desaparecido y él también. Rellené una declaración jurada de «Entrega de orden de comparecencia no realizada» y se la di al secretario del juzgado, lo cual puso fin a mi relación con aquel hombre. No me sorprendió que se hubiera ido, pero me costaba creer que hubiese renunciado a velar por su nieto más pequeño. Deseé encontrar una manera de ponerme en contacto con él, pero desconocía el nombre y el apellido de su hija. Ignoraba dónde vivía y a qué colegio iba el hijo menor. Podía ser la guardería cercana al City College o cualquier otra que había visto a seis manzanas de allí.

Incluso ahora, a veces, caigo de pronto en la cuenta de que estoy dando vueltas con el coche por el barrio donde trabajaba Melvin, mirando las guarderías, escrutando a los niños en el patio. Paso al lado de los parques de la zona pensando que tal vez llegue a ver a un hombre de pelo cano con una cazadora de cuero marrón. Cada vez que veo a un niño con una piruleta, observo a los adultos en las inmediaciones, preguntándome si alguno de ellos ha ofrecido al pequeño un caramelo en ese primer intento de establecer contacto. En la piscina infantil, me detengo junto a la valla y contemplo jugar a los niños, salpicándose unos a otros, deslizándose sobre el vientre en la piscina poco profunda mientras avanzan por el fondo apoyándose en las manos para simular que nadan. Son tan monos, tan tiernos. No concibo que alguien haga daño voluntariamente a un niño. Y sin embargo hay quien lo hace. Existen miles de delincuentes sexuales condenados sólo en el estado de California. De ésos, se desconoce el paradero de un grupo pequeño pero alarmante.

No quiero pensar en los depredadores. Me consta que existen, pero prefiero centrarme en lo mejor de la naturaleza humana: la compasión, la generosidad, la voluntad de acudir en ayuda de los necesitados. Este sentimiento puede parecer absurdo, dada nuestra ración diaria de noticias que nos cuentan con todo lujo de detalles robos, agresiones, violaciones, asesinatos y otras fechorías. A los cínicos de este mundo debo de parecerles una idiota, pero me aferro a la bondad y procuro, siempre que puedo, separar a los malvados de aquello de lo que puedan sacar beneficios. Siempre habrá alguien dispuesto a aprovecharse de los vulnerables: los más jóvenes, los más viejos y los inocentes de cualquier edad. Si bien esto lo sé por una larga experiencia, me niego a caer en el desaliento. A mi modesta manera, sé que mi aportación sirve de algo. También la de ustedes.

Con todos mis respetos.

Kinsey Millhone